Greta Milán

Julis Schmetterling

amazon publishing

Das Buch

Bei einer Vernissage begegnet die attraktive Julietta dem unnahbaren Fotografen Bastian. Sofort spürt Juli Schmetterlinge im Bauch.

Aber Bastian hegt ein Geheimnis: Seit seiner Geburt leidet er an einer seltenen Hautkrankheit, aufgrund derer er sich außergewöhnlich schnell verletzt.

Sein Leben ist geprägt von Schmerz und Zurückweisung, seine Gedanken werden beherrscht von Selbstzweifeln und Misstrauen.

Juli will ihm helfen, seine Befangenheit abzulegen und sich ihr zu öffnen. Doch sie ahnt nicht, wie tief seine Wunden tatsächlich sind.

Die Autorin

Greta Milán wurde 1982 in Thüringen geboren und lebt heute mit ihrer Familie in der Nähe von Frankfurt am Main. Dort ist sie als Kreativleiterin für verschiedene Werbeagenturen und Unternehmen tätig.

Inspiriert von ihrer realen Liebe zu einem »Schmetterlingskind« und bewegt von den Reaktionen ihrer Mitmenschen, fand Greta Milán einen unkonventionellen Weg, auf die seltene Erbkrankheit Epidermolysis bullosa aufmerksam zu machen.

Ihr Debütroman »Julis Schmetterling« räumt mit Vorurteilen auf, schildert die Erfahrungen von Betroffenen und gibt einen facettenreichen Einblick in das Leben mit Epidermolysis bullosa.

Greta Milán

JULIS SCHMETTERLING

amazon publishing

Die Originalausgabe erschien 2013 unter dem Titel
»Julis Schmetterling« im Selbstverlag.

Veröffentlicht bei
Amazon Publishing, Amazon EU S.á.r.l
5 Rue Plaetis, L-2338, Luxembourg
Juli 2014

Umschlaggestaltung: bürosüd° München, www.buerosued.de
Umschlagmotiv: © Coffee&Milk, 182183263 / Getty Images
Lektorat: Miriam Shahd
Satz: Monika Daimer, www.buch-macher.de

Gedruckt durch
Amazon Distribution GmbH
Amazonstraße 1
04347 Leipzig, Deutschland

ISBN: 978-1-47782533-4

www.apub.com

Für Mika

Nur eines von 50 000 Kindern kommt jährlich mit einer Form der erblich bedingten Hautkrankheit Epidermolysis bullosa zur Welt. Etwa die Hälfte davon hat eine schwere Form. Die Haut der Betroffenen ist dabei so empfindlich, dass schon eine leichte Berührung ausreicht, um sie zu verletzen.

Epidermolysis bullosa ist nicht heilbar.

Prolog

Die junge Ärztin sah freundlich hinab auf den kleinen Jungen, der sich unsicher hinter seinem verschlissenen Stoffteddy versteckte. Seine grünen Augen blickten viel zu ernst für sein Alter und jene ungestüme Lebhaftigkeit, die sie von ihrem eigenen Sohn kannte, war bei diesem Kind einer disziplinierten Zurückhaltung gewichen. Vorsichtig setzte sie sich neben ihn auf die Untersuchungsliege des grell beleuchteten Krankenzimmers und wartete, bis er hinter seinem Stofftier hervorlugte.

Sie lächelte ihn aufmunternd an. »Hast du schon einmal einen Schmetterling ganz genau angesehen?«, fragte sie sanft.

Er nickte zögerlich, eine Geste, die typisch für ihn war. Er war ein scheues Kind.

»Dann hast du bestimmt auch bemerkt, wie zart seine Flügel sind, so klug wie du bist«, fuhr sie fort.

Wieder nickte er zustimmend, wagte jedoch nicht, das Wort zu ergreifen. Die junge Ärztin ließ sich durch sein Schweigen nicht beirren. »Genauso vorsichtig musst du sein, wenn es um deine Haut geht«, erklärte sie ihm. »Sie ist genauso zerbrechlich wie der Flügel eines Schmetterlings.«

Nicht zum ersten Mal sah er seine Haut genau an. Schon von Weitem war zu erkennen, dass sie anders aussah als die der anderen Kinder. Denn er hatte zahlreiche Wunden. Überall dort, wo er sich versehentlich gestoßen hatte, zogen sich pralle Blasen über seine Haut. Einige waren mit einer blutigen Wundflüssigkeit gefüllt. Diese würde die Ärztin gleich noch behandeln müssen. Andere Blasen waren von einer schorfigen Kruste überzogen oder bereits verheilt und hatten neue rosa Haut gebildet, die sich wie ein gescheecktes Muster über seine Hände und entlang seiner Arme zog. Seine Füße sahen ähnlich aus, auch seine Knie, Ellenbogen und die übrigen Gelenke waren stark in Mitleidenschaft gezogen. Sein Rumpf und seine Glieder waren verhältnismäßig wenig vernarbt, weil er sich an diesen Stellen seltener verletzte. Aber auch dort passierte es, meist so schnell, dass er nur noch tatenlos mitansehen konnte, wie seine Haut riss und sich die Wunde ausbreitete.

Der Schmerz war ihm vertraut. Auch das Brennen und der Juckreiz während der Heilung. Er kannte es gar nicht anders.

Die Ärztin beobachtete ihn geduldig, während er seine Haut trübsinnig musterte. »Schmetterlingskinder sind etwas Besonderes«, sagte sie leise. »Aber das ist jedes andere Kind auch.«

Verständnislosigkeit zeichnete sich in seinem Gesicht ab, als er aufsah.

Die Ärztin strich ihm sachte durch die dunklen Locken. »Eines hat große Ohren, eines trägt eine Brille, eines hat schiefe Zähne und eines verletzt sich leichter als andere, so wie du. Jedes Kind ist einzigartig und anders als die anderen«, erklärte sie ruhig. »Lass dir niemals etwas anderes einreden.«

Die Tragweite ihrer Worte verstand er an jenem Tag noch nicht. Wie hätte er auch ahnen sollen, wie grausam Kinder sein konnten.

Stattdessen stellte er sich den Schmetterling vor, den er bei seinem letzten Ausflug gesehen hatte. Er erinnerte sich gut an das fröhliche Flattern des kleinen Insekts. Doch er konnte nicht begreifen, warum seine Haut so beschaffen war wie diese Flügel, er aber trotzdem nicht fliegen konnte.

Es schien ihm nicht fair zu sein.

Kapitel 1

Mit einem Blumenstrauß im Arm betrat Juli das hell erleuchtete Foyer der Schubert-Galerie und blickte sich beeindruckt um. Vor ihr erstreckte sich der Hauptsaal, der sich weiter hinten in vier offene Bereiche unterteilte. Über jedem Eingang zeigte ein Metallschild den Namen des jeweiligen Künstlers an. Unter einem Lüster im Zentrum des großen Saales war eine ovale Theke aufgebaut, auf der Servierplatten mit Canapés und anderen frischen Speisen standen. Dahinter wirbelten eifrige Kellner umher und versorgten die Gäste mit erlesenen Weinen und Champagner. Auf der rechten Seite stand ein Tresen, hinter dem freundliche Servicemitarbeiterinnen die Garderobe der eintreffenden Besucher entgegennahmen.

Juli gab ihren Mantel ab und strebte zögernd in den Saal. Zahlreiche Gäste hatten sich bereits eingefunden und standen in Reichweite des Büfetts in Gespräche vertieft.

Nervös strich sie sich eine braune Strähne hinters Ohr, die sich unmittelbar gelöst hatte, nachdem sie ihr langes Haar zur Feier des Tages sorgsam zusammengesteckt hatte. Anschließend tastete sie über ihr eng anliegendes schwarzes Etuikleid, das ihr bis zu den Knien reichte und ihrer zarten Figur schmeichelte. Für gewöhnlich trug sie derlei exklusive Garderobe nicht mehr. Sie bevorzugte Jeans, lockere Pullover und band ihr Haar aus Gründen der Bequemlichkeit zu einem einfachen Pferdeschwanz zusammen.

An diesem Mittwoch jedoch war Isabelles großer Abend. Ihre schrille Freundin aus Kindertagen war in den vergangenen Monaten zu einem aufstrebenden Stern in der Kunstszene avanciert. Dies war die Eröffnung ihrer ersten Ausstellung, präsentiert von dem angesehensten Kunsthandelshaus der Region. Die Galerie hatte sich in erster Linie durch zahlreiche gelungene Versteigerungen einen Namen gemacht, rühmte sich aber auch damit, neue Talente zu entdecken und zu fördern. Mit Erfolg.

Die Menge teilte sich und Isabelle lief winkend auf sie zu. »Da bist du ja endlich, Püppchen«, rief sie aufgeregt.

Juli musste unwillkürlich grinsen, als sie ihre Freundin in einem grellen neonfarbenen Latexkostüm auf sich zustürmen sah. Ihre Haare, heute in einem feurigen Rotton gefärbt, waren zu einem Bob geschnitten.

Isabelle umarmte Juli überschwänglich. »Meine erste Ausstellung. Ist das nicht aufregend?«

»Herzlichen Glückwunsch«, entgegnete Juli lächelnd und überreichte ihr die Blumen. »Ich bin wirklich abartig stolz auf dich.«

»Ach Püppchen, das wäre doch nicht nötig gewesen«, erwiderte Isabelle, während sie den Strauß begutachtete. »Da hast du aber was besonders Hübsches für mich mitgebracht«, stellte sie zufrieden fest und hakte sich bei Juli unter. »Komm, ich stelle dir ein paar Leute vor. Du musst unbedingt meine Galeristin kennenlernen. Elena ist ein echter Schatz. Sie hat sich wirklich selbst übertroffen.« Isabelle grinste Juli an. »Wenn sie nicht gewesen wäre, wäre ich vor lauter Aufregung längst sternhagelvoll.«

Juli kicherte verständnisvoll.

Auf der Suche nach Elena reckte Isabelle den Kopf und fand sie in einer Gruppe mehrerer Männer stehend. »Da ist sie.«

Juli folgte Isabelles Blick durch die Besucherschar und entdeckte eine kurvenreiche sympathische Frau Ende dreißig. Sie war in eine smaragdgrüne Robe gehüllt, die ihr bis zu den Füßen reichte und denselben Farbton wie ihre Augen hatte. Als sie Isabelle entdeckte, winkte sie fröhlich.

Als sich die beiden jungen Frauen näherten, wies Elena auf Isabelle. »Meine Herren, darf ich euch Isabelle Voltaire vorstellen? Sie ist eine der vier jungen Künstlerinnen, deren Werke wir heute Abend präsentieren. Ihre Arbeiten sind im linken Flügel ausgestellt.«

Isabelle grinste breit und vollführte einen Knicks. »Guten Abend, Gentlemen.« Sie legte den Arm um Juli. »Und dies ist meine Muse, Julietta Hoffmann.«

»Das sind Daniel von der Zeitschrift ›Kunst heute‹, Philipp, mein Kollege, und Bastian, freier Fotograf«, stellte Elena die Männer der Reihe nach vor.

Höflich lächelnd nickte Juli in die Runde, darum bemüht, sich alle Namen einzuprägen. Ihr Blick streifte jeden der Männer flüchtig, bis er ihren Nachbarn erreichte.

Juli schätzte ihn auf Anfang dreißig. Obwohl sie Absatzschuhe trug, reichte sie ihm gerade einmal bis zum Kinn. Seine athletische Statur war in dunkelblaue Jeans und einen schwarzen Rollkragenpullover gehüllt, der trotz seiner Schlichtheit teuer aussah und die breiten Schultern perfekt zur Geltung brachte. Fasziniert beobachtete sie das satte Grün seiner Augen, das im Licht einen Wettstreit mit einem hellen Grauton auszutragen schien. Seine griechisch anmutende Nase war schmal und gerade und zog ihren Blick direkt auf seine leicht geschwungenen Lippen, die von einem dezenten Bartschatten umgeben waren. Seine kurzen schwarzen Locken standen ihm wirr vom Kopf, doch trotz allem wirkte sein Auftreten vielmehr lässig als ungepflegt.

Ein sanftes Kribbeln fuhr durch Julis Körper, wie ein tanzender Schmetterling, der durch ihren Magen flatterte.

Bastians dunkle Augenbraue hob sich leicht unter Julis Musterung und sie spürte die Hitze, die in ihre Wangen schoss. Kaum merklich trat er einen Schritt fort von ihr und wandte sich seinem Nachbarn Philipp zu.

Irritiert runzelte Juli die Stirn. Für gewöhnlich reagierten Männer nicht derart abweisend auf sie. Nicht, dass sie sich selbst für eine außergewöhnlich schöne Frau hielt. Zwar hatten ihre großen dunkelbraunen Augen schon häufiger Anlass zu Komplimenten gegeben, aber nichtsdestoweniger war sie mit ihrer schmalen Gestalt eher der Typ kleine Schwester als Traumfrau, was im Allgemeinen zumindest eine höfliche Konversation nach sich zog.

»Das sind wirklich beeindruckende Arbeiten, eine sehr gelungene Verbindung von Konstruktivismus und Effektivismus«, wandte sich Daniel, der Reporter, an Isabelle. Juli beäugte den untersetzten Mann Mitte dreißig, der vor Selbstbewusstsein geradezu strotzte. Er war ein ganzes Stück kleiner als Juli. Ausgestattet mit schütterem Haar und einer Nase, die zu klein für sein pausbäckiges Gesicht war, lebte seine sympathische Ausstrahlung allein von seinen freundlichen blauen Augen und seinem gewinnenden Lächeln.

»Komplimente vom Fachmann hört man gern«, erwiderte Isabelle stolz und erwähnte nicht weiter die Tatsache, dass sie sich nie darum geschert hatte, in welche Kunstrichtung diverse Experten ihre Bilder einordneten. Ihre Werke waren chaotisch und grell, genau wie sie, und jedes einzelne spiegelte ihre Emotionen wider, unabhängig davon, ob sie in Glück geschwelgt oder gelitten hatte.

Ein junger Kellner unterbrach sie mit einem höflichen Räuspern. »Ein Glas Champagner?«

»Lasst uns anstoßen«, rief Isabelle begeistert. Folgsam griffen alle nach einem Glas. Inmitten der vielen Hände stach ein Lederhandschuh heraus, der Bastians Hand einhüllte.

Isabelle stieß einen schrillen Schrei des Entzückens aus. Sie schob Juli interessiert zur Seite und griff ungeniert nach Bastians freier Hand, um sein Accessoire zu begutachten. »Die sind ja scharf.«

Bastian zeigte keine Regung, als sich alle Augen neugierig auf ihn richteten.

»Versteckst du darunter einen Ehering?«, fragte Isabelle interessiert.

»Nein«, erwiderte Bastian tonlos. Er zog seine Hand zurück und steckte sie in die Hosentasche.

»Man könnte sagen, das ist Bastians Markenzeichen«, kam Elena ihm hastig zu Hilfe. »Ohne die Handschuhe geht er praktisch nie aus dem Haus.«

»Natürlich.« Isabelle kicherte verständnisvoll. »Wir Künstler sind eigen. Ich verstehe schon.«

Bastian blieb distanziert, während Isabelle ihn begierig musterte und spöttisch ihre Lippen schürzte. Juli konnte sich lebhaft vorstellen, welche Fragen ihr gerade durch den Kopf geisterten. Sie hatte sich offensichtlich nur noch nicht entschieden, ob sie schlicht seine künstlerische Arbeit ins Visier nehmen oder – was Juli für wahrscheinlicher hielt – gleich seine Vorlieben erfragen sollte.

»Isabelle, ich will dir noch kurz Herrn Ducherow vorstellen. Er ist einer deiner stärksten Interessenten«, meinte Elena plötzlich in geschäftigem Ton. Juli konnte sich des Eindrucks nicht erwehren, dass Elena ihren Job wirklich gut machte und Isabelles Temperament genauso einträglich für peinliche Situationen einschätzte, wie sie selbst das tat.

Elena zog Isabelle sanft, aber bestimmt weg von der Gruppe und mit einem letzten belustigten Blick auf Bastian verschwanden sie in der Menge.

Daniel räusperte sich, um Julis Aufmerksamkeit auf sich zu ziehen. »Und du bist auch Künstlerin, Julietta?« Er setzte ein breites Lächeln auf. »Ich darf dich doch Julietta nennen?«

»Ich bin einfach Juli«, erwiderte sie höflich.

»Hm, Juli, wie hübsch!« Daniel seufzte etwas zu genüsslich für Julis Geschmack. »Und? Kann man deine Werke ebenfalls irgendwo bewundern?«, hakte er noch einmal nach. Sein Interesse klang aufrichtig, aber Juli war sich nicht sicher, ob er aus reiner Höflichkeit fragte oder tatsächlich immer ein offenes Auge für neue Talente hatte. Er wusste schließlich, welche Künstler ihre Werke an diesem Abend vorstellten und dass keiner davon ihren Namen trug.

»Ich bin leider nicht so begabt«, erklärte sie schulterzuckend.

Daniel warf ihr einen wissenden Blick zu. »Vermutlich, weil deine Tätigkeit als Muse dich ganz und gar gefangen nimmt.«

Juli grinste bei seinem Kommentar. »Isabelle übertreibt gern.«

»Da wäre ich nicht so sicher.« Ein süffisantes Lächeln huschte über Daniels Gesicht. Er spielte zweifelsohne gern den Charmeur.

»Entschuldigt mich«, sagte Bastian unvermittelt. Er bückte sich nach einer großen Tasche, die zu seinen Füßen stand, und ließ einen überrascht dreinschauenden Philipp zurück, der jedoch schnell die Fassung wiedergewann und näher zu Juli und Daniel aufrückte.

»Hat er irgendwo seine Karte hinterlegt?«, fragte Daniel in Bastians Richtung nickend.

Philipp schüttelte leicht den Kopf. »Das wird nicht nötig sein. Alle Bilder der vorangegangenen Pressekonferenz und der heutigen Veranstaltung werden wir nach der Durchsicht zum Download auf unserer Website zur Verfügung stellen«, erwiderte er und wandte sich zur Erklärung an Juli. »Die Geschäftsleitung hat entschieden, an diesem Abend nur einen Fotografen zu beauftragen, um die Exklusivität der Veranstaltung zu wahren.«

»Völlig übertrieben, wenn du mich fragst«, mischte sich Daniel ein.

Philipp lächelte gelassen. »Selbstverständlich ist es aus Sicht eines Journalisten müßig, nur eigenhändig geprüfte Bilder als Quelle heranzuziehen, aber erinnere dich bitte, dass es bei der letzten Ausstellungseröffnung zu einigen unschönen Aufnahmen kam.«

Daniel stieß ein Grunzen aus. »Dass sich Rupert Feuerberg derart seinem Rausch hingeben würde, war zwar vorauszusehen, aber es hat schließlich niemand ahnen können, dass er seine eigenen Bilder vollpinkeln würde.« Er gluckste schadenfroh. »Es war schon witzig, das musst du zugeben.«

»Ich denke, für die anwesenden Gäste war dies schon Trauma genug«, erwiderte Philipp mit einem matten Lächeln. »Kein Grund, auch noch die Öffentlichkeit daran teilhaben zu lassen.«

»Meine Aufgabe als seriöser Journalist besteht nun mal darin, das Wesen der Künstler und ihrer Werke so präzise wie möglich zu erfassen«, bemerkte Daniel entschuldigend, wenngleich der hämische Glanz in seinen Augen alles andere als Bedauern verriet.

»Wie dem auch sei«, wiegelte Philipp ab. »Bastian hat auf der Pressekonferenz vorhin hervorragende Arbeit geleistet und ich denke, er wird diesen Abend mit seinen Bildern ebenso treffend einfangen.«

»Er ist etwas distanziert für einen Fotografen, findest du nicht?«, fragte Daniel.

»Bastian agiert eher im Hintergrund und wir sind froh, dass wir ihn für heute Abend gewinnen konnten.«

»Nun, wenn wir am Ende trotzdem etwas zu sehen kriegen, soll es mir recht sein«, gab sich Daniel zufrieden. »Was denkst du, wer heute Abend die meisten Verkäufe erzielen wird?«

»Die besten Chancen haben sicher Isabelle und Sofia. Abstrakte Werke liegen im Trend ...«

Während die Männer über die ausgestellten Werke fachsimpelten, ließ Juli ihren Blick über die Menge schweifen. Ein paar Gesichter kamen ihr vage vertraut vor, aber von Isabelle abgesehen kannte sie niemanden persönlich. Sie entdeckte Bastian, der inzwischen lässig an einer Wand im linken Flügel lehnte und teilnahmslos an seinem Champagner nippte. Ein wenig wirkte er wie James Dean, fand sie. Sein Kinn war rebellisch nach vorn geschoben und in seinen grünen Augen tobte ein Sturm, dessen Ursprung sie gern ergründen würde. Einen Moment lang fragte sich Juli, ob sich hinter dieser kühlen Fassade mehr verbarg.

Als hätte er ihre Aufmerksamkeit gespürt, hob Bastian den Kopf. Plötzlich wirkte er nicht mehr kühl, sondern seltsam verletzlich. Julis Herz begann schneller zu schlagen. Sie wusste nicht, wie lange sie einander so intensiv ansahen, wahrscheinlich nur zwei Sekunden, wenngleich es sich für sie merkwürdig zeitlos anfühlte. Dennoch konnte sie zusehen, wie die Wärme in seinen Augen wieder schwand. Die Züge um seinen Mund verhärteten sich, als er seinen Kiefer anspannte, sein Glas an die Lippen hob und in eine andere Richtung schaute.

Hinter Juli stieß Isabelle einen theatralischen Seufzer aus. »So süß und so missmutig. Echt eine Schande.«

Erschrocken fuhr Juli zusammen und warf Isabelle einen kurzen Blick zu. Mehr bedurfte es nicht. Für jemanden, der in Liebesdingen eher unentschlossen war, hatte Isabelle einen erstaunlich guten Instinkt für die zwischenmenschlichen Beziehungen von anderen. Isabelle kniff die Augen zusammen. »Du findest ihn gut«, stellte sie grinsend fest.

»Ich kenne ihn überhaupt nicht«, wehrte Juli ab, klang jedoch nicht sehr überzeugend.

Isabelle seufzte. »Du hattest schon immer ein Faible für den melankomischen Typ.« Eine von Isabelles liebsten Wortkreationen.

Juli widerstand dem Impuls, es zu leugnen. Das hätte ohnehin keinen Sinn gehabt. »Und selbst wenn«, gestand sie zögernd ein, »ich glaube nicht, dass er mich besonders gut findet.«

»Woher willst du das denn wissen?«

»Er hat nicht gerade den Eindruck gemacht ...«, erklärte sie zerknirscht.

Isabelle sah ihre Freundin ungeduldig an. Als keine weitere Erklärung folgte, stieß sie ein genervtes Schnauben aus. »Du liebe Güte, Püppchen! Nur weil ein Mann dir nicht gleich einen Strauß Blumen unter die Nase hält, heißt das noch lange nicht, dass er nicht auf dich steht.«

»Es heißt aber auch nicht, dass er es tut.«

»Dann würde ich mal vorschlagen, du findest es heraus«, erwiderte Isabelle unbekümmert und schob Juli in Bastians Richtung. »Ich muss sowieso noch einmal die Runde machen.« Sie drückte Juli einen schnellen Kuss auf die Wange. »Lagebericht in einer halben Stunde an der großen Bar.«

Damit verschwand sie winkend in der Menge.

Juli hasste das Gefühl der Unsicherheit, das in ihr aufwallte, während sie sich zögerlich den Weg zu Bastian bahnte. In ihrem Kopf wirbelten alle möglichen Gesprächsthemen durcheinander, die sie jedoch verwarf, weil sie ihr zu dümmlich oder platt erschienen. Stattdessen beschränkte sie sich darauf, sich ihm langsam zu nähern, indem sie vorgab, sich für die ausgestellten Gemälde zu interessieren. Dass dies nicht sehr einfallsreich war, war ihr durchaus bewusst, aber eine unverfänglichere Alternative fiel ihr auf die Schnelle schlichtweg nicht ein.

Es dauerte eine gefühlte Ewigkeit, bis ihre bleischweren Füße sie zu Bastian gebracht hatten. Mit jedem Schritt reagierte ihr Körper deutlicher. Das Rauschen in ihren Ohren ignorierend, versuchte sie so unauffällig wie möglich zu ihm zu sehen und traf auf seine forschenden Augen. Ohne es verhindern zu können, errötete sie bei der Erkenntnis, dass er sie beobachtet hatte.

»Gefallen dir die Bilder?«, fragte sie unbeholfen und holte tief Luft. In der Rolle des nervösen Kükens gefiel sie sich überhaupt nicht. Entschlossen machte sie einen letzten Schritt, um die Distanz zwischen ihnen zu überwinden.

Bastian kniff die Augen zusammen.

»Ich bin da natürlich etwas voreingenommen, da Isabelle meine Freundin ist«, erklärte sie in bemüht lockerem Ton. »Deswegen würde mich deine Meinung interessieren.« Zu ihrer Freude gelang ihr ein Lächeln.

»Ich mag klassische Werke«, erwiderte Bastian schulterzuckend. Die Gleichmut in seiner Stimme war pure Folter.

»Philipp hat vorhin erzählt, dass du heute Abend die Fotos machst.«

»Ich tue Elena einen Gefallen«, meinte er schlicht.

»Dann seid ihr befreundet?«

Er holte tief Luft und nickte knapp, bevor er sich bückte, um seine Spiegelreflexkamera aus der Tasche zu befreien. Ohne Juli weiter zu beachten, nahm er verschiedene Einstellungen an seiner Kamera vor.

Da Juli in ihrem Leben noch nie einen desinteressierteren Gesprächspartner gehabt hatte, überlegte sie ernüchtert, wie sie einen eleganten Rückzug gestalten könnte. Sie wollte ihm gerade einen schönen Abend wünschen, als Daniel neben sie trat und ihr ein Glas Champagner anbot. »Noch ein Schlückchen Perlenwasser, liebe Juli?«, fragte er unbekümmert.

Bastian warf Daniel einen finsteren Blick zu, bevor er Juli ansah. Etwas flackerte kurz in seinen grünen Augen auf, aber er verharrte in demonstrativem Schweigen.

Von seiner ignoranten Miene provoziert, reckte Juli stolz ihr Kinn vor und schenkte ihm ein zuckersüßes Lächeln, ehe sie ihm den Rücken zudrehte.

»Gern«, sagte sie an Daniel gewandt, nahm das Glas entgegen und gab vor, seinen Interpretationen von Isabelles Arbeiten zu lauschen. Keine zehn Sekunden später sah sie aus dem Augenwinkel, wie sich Bastian von der Wand abstieß und in der Menge verschwand.

Kapitel 2

»Vielleicht solltest du sie fragen, ob sie etwas mit dir trinken gehen will«, schlug Elena in sanftem Ton vor.

Bastian sah von seiner Kamera auf, die er noch immer fest umklammert in den Händen hielt, und warf ihr einen missbilligenden Blick zu. Sie lehnte sich in entspannter Pose neben ihn an die gleiche Wand, an der er inzwischen Zuflucht gefunden hatte. So weit weg von Juli wie nur möglich. Über den Rand ihres Weinglases hinweg musterte Elena ihn mit einer Mischung aus Sorge und Verständnis. Sie hatte ihn also beobachtet.

Unbehaglich trat er von einen Fuß auf den anderen. »Vielleicht solltest du dich da raushalten«, knurrte er.

Jeden anderen hätte sein Ton zum Rückzug gezwungen. Nicht aber Elena.

»Sie scheint dich zu mögen«, bemerkte sie sanft. »Es soll ja Frauen geben, die eine Schwäche für arrogante Idioten haben«, fügte sie mit einem gutmütigen Lächeln hinzu. »Und heute Abend, mein Lieber, benimmst du dich mal wieder wie einer.«

Sie drückte ermutigend, aber sanft seinen Oberarm, woraufhin er kaum merklich zusammenzuckte. Dann zog sie sich zurück und ließ ihn allein.

Bastian ließ die Kamera an seine Seite sinken und sah nachdenklich zu Juli hinüber. Normalerweise legte er trotz seiner Zurückhaltung ein Mindestmaß an Höflichkeit an den Tag, doch irgendetwas an dieser Frau ließ all seine Alarmglocken lautstark in seinem Kopf schrillen. Auf der Suche nach einem plausiblen Grund für seine heftige Reaktion musterte er sie konzentriert.

Es hatte zweifelsohne etwas Elfenhaftes, wie sie sich leichtfüßig durch die Menge bewegte. Das dunkle Kleid betonte ihre zierliche Figur, spannte aber dennoch an den richtigen Stellen. Auch ihr Gesicht war recht ansehnlich. Ihre Haut war absolut makellos und weckte in ihm das Bedürfnis, sie zu berühren.

Alles in allem war sie ein hübsches, nach Wildrosen duftendes Gesamtpaket. Dass sie gut roch, war ihm rein zufällig aufgefallen, während sie in dem Bestreben um ein unverfängliches Gespräch an ihn herangetreten war. Irritierenderweise war in ihm sofort der Wunsch aufgeflammt, seine Nase in ihrer Halsbeuge zu vergraben, um noch mehr von ihrem Duft einzuatmen. Diese Reaktion war ungewohnt heftig, aber im Grunde war sie nicht die erste schöne Frau, der er begegnete und zu der er sich körperlich hingezogen fühlte. Er war schließlich auch nur ein Mann.

Dennoch unterschied sie sich in einem Punkt ganz entscheidend von den anderen: Sie war gewiss nicht der Typ, der an seiner Vorstellung einer »Beziehung« interessiert sein oder gar Gefallen daran finden würde. Für gewöhnlich zogen derlei Frauen auch nicht seine Aufmerksamkeit auf sich. Er registrierte ihre Anwesenheit lediglich beiläufig und keines von diesen unschuldigen Dingern hatte er je eines zweiten Blickes gewürdigt.

Aus gutem Grund.

Angespannt streckte er seine freie Hand in dem engen Leder und spürte den vertrauten Schmerz, den er schon seit seiner frühesten Kindheit kannte.

Als Juli aufsah, trafen sich ihre Blicke erneut, und da erkannte Bastian das Problem.

Es waren ihre Augen.

Diese rehbraunen Augen, deren Lebensfreude und warmer Glanz bis in sein Innerstes strahlten. Er konnte die Wärme förmlich spüren, die sich in ihm ausbreitete. Eine unbegreifliche Sehnsucht nach dem Leben packte ihn. Das Verlangen war so stark, dass er sich ihm kaum widersetzen konnte.

»Guten Abend.«

Verärgert über die Unterbrechung wandte sich Bastian der rotblonden Frau zu, die sich in sein Blickfeld schob.

»Ich bin Lißa«, schnurrte sie. »Mit scharfem S.«

Er musterte sie kühl. Oh ja, sie entsprach eher seinem Beuteschema. Mit knapp einem Meter achtzig, ihrer schlanken Figur und dem wallenden Haar war sie ein echtes Vollblut und sich ihrer Wirkung auf das andere Geschlecht durchaus bewusst. Für seine Begriffe ließ sie in ihrem schwarzen Ledermieder, dem kurzen roten Minirock und ihren Lackpumps nicht viel Spielraum für Fantasien, doch sie verstand es, ihre Vorzüge geschickt zu unterstreichen. Nicht wenige Gäste warfen ihr bewundernde Blicke zu, die von ihr jedoch unbeachtet blieben. Sie hatte ihn auserkoren.

»Schon etwas gefunden, das dein Interesse geweckt hat?«, fragte sie in einem Ton, der keinerlei Zweifel über ihre Absichten aufkommen ließ.

Im Grunde verachtete er diese oberflächlichen Tussis. Es würde ihn ein müdes Lächeln kosten und sie würde mit ihm gehen. Das wusste er schon nach einem kurzen Augenblick.

Bedauerlicherweise verspürte er an diesem Abend nicht das geringste Bedürfnis nach Ablenkung.

»Nein«, erwiderte er knapp.

Lißa rückte noch etwas näher an ihn heran, durchbrach die Distanz, die er als angenehm empfand. Instinktiv verspannte er sich, während sie sich gierig über die feuerroten Lippen leckte, ihren Rücken durchdrückte und ihm einen tiefen Einblick in ihr Dekolleté präsentierte. »Sicher, dass du nichts Interessantes entdeckt hast?«, hakte sie noch einmal in laszivem Ton nach.

So viel musste man ihr lassen. Ehrgeizig war sie. Er lehnte sich zurück und unterzog ihren Körper einer unverhohlenen Musterung. An ihrem selbstzufriedenen Lächeln erkannte er, dass sie sich wohlfühlte mit seiner ungeteilten Aufmerksamkeit.

»Ganz sicher!«, sagte er ungerührt. Ihr Lächeln erstarb. Sie warf ihm einen vernichtenden Blick zu. »Du hast keine Ahnung, was du verpasst«, zischte sie und stolzierte auf der Suche nach einem geneigteren Opfer zurück in die Menge.

Bastian verschwendete keine Zeit an sie. Stattdessen sah er verstohlen zu Juli, die noch immer mit dem Reporter sprach.

Die Selbstverständlichkeit, mit der der Mann seine mäßigen Flirtkünste einsetzte, nervte ihn. Was hätte er darum gegeben, einfach ihre Hand zu nehmen und sie von diesem schmierigen Typen wegzuziehen, der nichts unversucht ließ, ihre Gunst zu gewinnen.

Lägen die Dinge anders, wäre er ihren Bemühungen um ein Gespräch mit Freuden nachgekommen und hätte sich von seiner besten Seite gezeigt. Dann wäre er derjenige gewesen, der sie zum Lachen brachte, sie umgarnte und ihr die Röte ins Gesicht trieb. In mehr als einer Hinsicht.

Entsetzt angesichts der Richtung, die seine Gedanken einschlugen, schüttelte er den Kopf und konzentrierte seine Aufmerksamkeit wieder auf seine Kamera. Er war hier, um einen Job zu erledigen, und das würde er verdammt noch mal auch tun.

Durch den Kamerasucher blickend arbeitete er sich Stück für Stück durch die Besucherschar. Die Stimmung war nicht so gelöst, wie es im ersten Moment schien. Die übliche Koketterie zog sich durch sämtliche Mienen, die er einfing. Dieses ganze Theater war nur einer der Gründe, weshalb er derartige Veranstaltungen zutiefst verabscheute. Unter anderen Umständen hätte er einen solchen Auftrag nie angenommen, aber als Elena ihn angerufen und gebeten hatte, für den kurzfristig ausgefallenen Fotografen einzuspringen, den sie ursprünglich gebucht hatte, hatte er ihrer Bitte ohne zu Zögern nachgegeben.

Bastian beobachtete die aufgesetzte Freundlichkeit der Gäste und bemühte sich redlich darum, sich nicht von seinem aufsteigenden Unbehagen gefangen nehmen zu lassen.

Was ihm natürlich misslang.

Eine ältere Dame, die gequält auf den Boden sah, erregte seine Aufmerksamkeit. Neugierig schaute er auf und verzog angewidert das Gesicht. Zugegeben, einen Fuß dieser Größe in einen derart kleinen hochhackigen Schuh zu quetschen, erforderte ein gewisses Maß an Selbstgeißelung. Andererseits war es nicht so, dass sie keine andere Wahl gehabt hätte. Insofern verstand er nicht, worüber sie sich jetzt beklagte. Wie sie sich anstellte, hatte sie mit Sicherheit noch niemals echten Schmerz erlebt und war sich nicht im Mindesten darüber im Klaren, welches Glück sie hatte. Diese Undankbarkeit ärgerte ihn, doch es war sinnlos, sich darüber aufzuregen.

Er hob seine Kamera wieder vor das Gesicht und begann wahllos die Menge nach einem geeigneteren Motiv zu durchforsten. Es war wie ein Zwang, dem er sich nicht widersetzen konnte.

Wenn er in eigener Sache unterwegs war, war seine Auswahl äußerst streng. Die Menschen, die er fotografierte, mussten faszinierend sein, echt und makellos. Er suchte nicht vor dem Hintergrund einer anschließenden Bildbearbeitung, denn er verachtete diese künstlichen, ausdruckslosen Modelle, deren Fotos man nach der Aufnahme so lange in Grafikprogrammen malträtierte, bis man das Original kaum mehr erkannte.

Bastian strebte nach Schönheit in ihrer klarsten Form. Die bittere Erinnerung an seine eigene Unvollkommenheit stieg in ihm auf und er kniff angestrengt die Augen zusammen, um sich besser zu konzentrieren.

Er ermahnte sich, dass es an diesem Abend ohnehin keine Rolle spielte, wen er ablichtete, und er begann gelangweilt, Fotos von den Gästen zu schießen, bis er zum wiederholten Male bei Juli verweilte. Sie hatte sich endlich von dem anhänglichen Reporter gelöst und stand am Ende des Foyers mit Elena ins Gespräch vertieft. Bastian verstärkte den Fokus seiner Kamera.

Einige ihrer braunen Haare fielen ihr auf die sanften Züge ihrer Schultern. Ihre dunklen Augen leuchteten vergnügt und ihre weichen Lippen schienen einzig zum Küssen kreiert worden zu sein. Etwas, das sie hörte, wandelte ihr zaghaftes Lächeln in ein fröhliches Lachen, wobei sie ihre ebenmäßigen Zähne entblößte. In ihrer natürlichen Herzlichkeit lag eine Ausstrahlung, die ihn über die Maßen fesselte.

Bastians Fingerkuppen prickelten unter seinen Lederhandschuhen. Das war das Zeichen. Seine Intuition verriet ihm, dass dies der Moment war, der ihm den Abend versüßen würde.

Noch immer fasziniert von ihrem Anblick, drückte er den Auslöser. Dann ließ er zufrieden die Kamera sinken. Eine tiefe Ruhe breitete sich in ihm aus. Sein Werk war vollbracht.

Und es war nicht nur das gelungene Portrait jener schönen Frau, das das Gefühl des Triumphs in ihm auslöste. Es war viel mehr als das.

Es war klar, rein, vollkommen.

Es war perfekt.

Es war – das erkannte Bastian mit unerschütterlicher Klarheit – genau das, was er nie sein würde.

Kapitel 3

Isabelle erwartete Juli bereits an der großen Bar und hielt ihr ein volles Glas Champagner entgegen. Bei ihrem resignierten Schulterzucken fragte Isabelle nicht weiter nach, sondern schenkte ihr eines ihrer berühmten »Kopf hoch«-Lächeln.

»Hast du alle Interessenten mit deinem Charme um den Finger gewickelt?«, fragte Juli in dem Bestreben, die deprimierende Unterhaltung mit Bastian zu vergessen.

»Ich denke, wenn ich heute Abend hier rausspaziere, bin ich stinkreich«, erklärte sie zufrieden.

»Lass den anderen auch noch was übrig.«

Isabelle seufzte theatralisch. »Ach Püppchen, wenn der Rest der Menschheit nur halb so selbstlos wäre wie du, wäre die Welt ein besserer Ort.«

»Das hast du aber nett gesagt.«

»Hast du meine Konkurrenz schon unter die Lupe genommen?«, fragte Isabelle.

»Noch nicht.«

Isabelle nahm Juli am Arm und lenkte sie ein Stück nach rechts. Ein Glas in der Hand, wies sie auf eine scheue kleine Blondine. »Sofia ist die Schöpferin der surrealistischen Werke im rechten Flügel«, erklärte sie. »Sie mag harmlos wirken, aber glaube mir, ihr Talent ist genauso groß wie der Umfang ihrer Psychosen.«

Isabelle drehte Juli ein Stück weiter und deutete auf die hübsche Rothaarige, die unlängst und mit vollem Körpereinsatz Bastian umgarnt hatte. Unwillkürlich fragte sich Juli, ob ihr Unterfangen erfolgreich verlaufen war. Es sprach nicht viel dafür, da die Frau ihm inzwischen den Rücken gekehrt und sich an die Bar begeben hatte.

»Das ist Lißa mit scharfem S«, raunte Isabelle Juli ins Ohr und kicherte. »Die meint allen Ernstes, Männer seien dazu geboren, um ihr die Füße zu küssen.«

Juli presste die Lippen zusammen, um nicht laut loszulachen. Manche Frauen hatten wirklich ein beeindruckendes Ego.

Lißa langte nach einem Glas Chianti und flanierte an der Bar entlang in ihre Richtung. »Die Karikaturen sind von ihr. Für meinen Geschmack etwas zu plakativ, aber ihre Arbeiten sind recht populär.«

Als Lißa sie erreichte, hob Isabelle amüsiert eine Augenbraue. »Wieder auf der Jagd?«

Lißa, die gelangweilt an ihrem Glas nippte, warf Isabelle einen abfälligen Blick zu. »Das Klientel ist heute Abend eher gewöhnlich, findest du nicht?«

»Tatsächlich?«, entgegnete Isabelle. »Offen gestanden finde ich den einen oder anderen Gast schon reizend.« Sie betonte das letzte Wort mit einem anstößigen Grinsen.

Ohne dass Juli es selbst bemerkte, schweifte ihr Blick suchend durch die Menge und fand Bastian, der dabei war, Fotos von der Veranstaltung zu schießen.

»Von dem würde ich die Finger lassen.«

Juli zuckte zusammen, wandte sich eilig ab und begegnete Lißas überheblichem Lächeln. Sie nickte in Bastians Richtung. »Der Typ ist eindeutig ein Freak.«

»Wieso?«, mischte sich Isabelle ein. »Weil er dich hat abblitzen lassen?«

Juli liebte sie wirklich abgöttisch.

»Quatsch!«, entgegnete Lißa schroff, ein klares Anzeichen dafür, dass Isabelle mit ihrer Vermutung richtiglag. »Aber erklär mir mal, was der Blödsinn mit den Handschuhen soll.«

Isabelle grinste. »Vielleicht ist ihm kalt.«

»Aber sicher doch«, schnaubte Lißa verächtlich. Sie schien Isabelles Humor nicht zu teilen. »Oder aber er ist einfach ein Freak, der nicht einmal in aller Öffentlichkeit von seinem Fetisch loskommt.«

»Möglich, aber unwahrscheinlich«, erwiderte Isabelle belustigt.

Einmal mehr fragte sich auch Juli, was die Handschuhe zu bedeuten hatten. Für einen Mann war dieses Accessoire recht ungewöhnlich, doch ihr Instinkt sagte ihr, dass er triftige Gründe für ihren Gebrauch hatte. Sie selbst war jedoch ebenfalls ratlos, worin diese bestanden.

»Wahrscheinlich ist er schwul«, bemerkte Lißa, offenkundig auf der Suche nach einem akzeptablen Grund für seine Ablehnung.

Isabelle legte den Kopf schief und betrachtete Bastian einen Moment, der in seine Arbeit vertieft war. »Ist er nicht«, entschied sie. Ihr Ton ließ keinen Raum für Zweifel. Was die Bestimmung von sexuellen Neigungen Fremder betraf, rühmte sie sich selbst als Naturtalent und prahlte damit, nie eine einzige Verfehlung gehabt zu haben.

»Wie auch immer«, sagte Lißa in gleichgültigem Tonfall. »Ich sehe mich noch einmal um.«

Isabelle warf Juli einen wissenden Blick zu, nachdem sich Lißa entfernt hatte. »Mit anderen Worten: Ich suche mir was zum Vögeln.«

Kichernd trank Juli einen Schluck Champagner.

»Wo sind eigentlich deine Eltern heute Abend?«, fragte Isabelle. »Wollten sie nicht auch kommen?«

»Jetzt, wo du es sagst ...«, erwiderte Juli und schaute sich suchend um. »Ich sehe sie nirgends.«

»Merkwürdig, dass sich deine Mutter diese Veranstaltung entgehen lässt.«

»Sie wird ihre Gründe haben«, bemerkte Juli erleichtert.

Isabelle musterte sie argwöhnisch. »Du hast immer noch nicht mit ihnen geredet«, stellte sie missbilligend fest.

»Die Gelegenheit hat sich noch nicht ergeben.«

»Deine Eltern reißen dir schon nicht den Kopf ab, wenn du ihnen beichtest, dass du dein Jurastudium aufgegeben hast.«

»Du kennst doch meine Mutter.«

»Auch wieder wahr«, stimmte Isabelle ihrer Freundin zu. »Andererseits hat sie ja nicht ganz unrecht.«

»Ich weiß«, erwiderte Juli zerknirscht. »Das ist ja das Schlimme.«

»Du musst dich endlich mal entscheiden, was du willst, Püppchen. Sonst jobbst du mit vierzig immer noch als Kellnerin.«

»Wenigstens bin ich finanziell unabhängig«, verteidigte sich Juli, auch wenn es zwecklos war.

»Das ist ja alles gut und schön, aber ich entsinne mich nicht, dass das zu deinen Karriereplänen gezählt hat, als wir acht waren.«

»Da waren wir noch Kinder.«

»Ja, und jedes Jahr kamst du mit etwas anderem an. Weißt du noch, als du beschlossen hast, Schriftstellerin zu werden? Tagelang hast du nichts anderes getan, als dein Notizbuch vollzukritzeln. Oder als du Ingenieurin werden wolltest und alles auseinandergeschraubt hast.« Isabelle kicherte. »Wobei mein Lieblingsjahr das war, in dem du Archäologin werden wolltest und ständig irgendwo herumgebuddelt hast.«

»Sehr witzig.«

»Dein Problem war schon immer, dass du dich für zu viele Dinge interessierst und nie fokussierst.«

»Ich bin ein echtes Multitalent«, schnaubte Juli.

»Jetzt sei nicht zynisch.«

»Ich bin nicht zynisch. Ich bin verzweifelt.«

»Püppchen, wenn man mit so vielen Interessen gesegnet ist, ist das ein Geschenk und nichts, wovor man Angst haben muss«, entgegnete Isabelle sanft. »Aber wenn du deinen Alltag ständig mit Gelegenheitsjobs vollstopfst, wirst du nie herausfinden, was dich glücklich macht.«

»Was weißt du schon«, erwiderte Juli betrübt. »Dein ganzes Leben lang hast du nichts anderes getan als zu malen, malen und malen.«

»Und sieh nur, wozu es geführt hat«, grinste Isabelle mit einer ausladenden Geste.

»Du hast recht.« Juli lachte freudlos. »Genug davon. Heute ist dein großer Abend, nicht meiner.« Sie hob ihr Champagnerglas und stieß mit ihrer Freundin an. »Lass uns feiern.«

★★★

Kühle Nachtluft strömte in Julis Lungen und sie schloss genüsslich die Augen. Die Vernissage war noch in vollem Gang, aber sie hatte genug.

Sie hatte keine Lust, ein Taxi zu nehmen. Stattdessen stopfte sie ihre Hände tiefer in ihre Manteltaschen und spazierte die ruhige Allee entlang nach Hause. Der Frühling stand unmittelbar bevor. Sie genoss das Gefühl der schwindenden Kälte.

Die Stille der Dunkelheit war ihr eine willkommene Begleiterin. Sie hatte sich gut amüsiert an diesem Abend. Hin und wieder war sogar ein wenig von Isabelles Licht auf sie abgestrahlt. Die einzigen Gedanken, die einen Schatten auf ihr Wohlbefinden warfen, waren jene, die um Bastian kreisten.

Aus irgendeinem Grund war sie nicht wütend über seine abweisende Haltung. Sie bedauerte nur, dass er sich nicht einmal die Mühe gemacht hatte, sie kennenzulernen. Sie war schließlich ein netter Mensch. Meistens jedenfalls.

Juli fragte sich, warum er sich derart unnahbar verhalten hatte. Sie hatte seine Blicke gespürt. Er hatte sie an diesem Abend mehrfach beobachtet. Zuweilen hatte sie sogar das Gefühl gehabt, dass er ihr absichtlich aus dem Weg ging. Seine ausdruckslose Miene hatte etwas Unnatürliches gehabt. Sie konnte nicht umhin, seine offen zur Schau getragene Gleichgültigkeit anzuzweifeln.

Verwirrt schüttelte sie den Kopf. Diese irrationale Anziehung, die sie überkommen hatte, wenn sie seine Nähe gespürt hatte, war völlig neu für sie.

Sie war nie der Typ Frau gewesen, der sich irgendwelchen überzogenen Illusionen von Liebe auf den ersten Blick oder dergleichen hingab. Allein der Gedanke daran erschreckte sie zutiefst.

Sie überquerte die Straße und bog ab in eine kleine unbelebte Gasse, die ihr häufig als Abkürzung diente. Drei Männer kamen ihr entgegen. Sie waren angetrunken und rissen lauthals schmutzige Witze. Als sie Juli sahen, verstummten sie.

Der Größte unter ihnen, scheinbar ihr Anführer, blieb stehen und neigte prüfend den Kopf. Er wirkte wie ein Jäger, der seine Beute ins Visier nahm.

Unsicher verlangsamte Juli ihren Gang.

Ohne sie aus den Augen zu lassen, schlenderte er auf sie zu. Sein Blick war ebenso dunkel wie die Kleidung, die er trug.

»Wen haben wir denn da Hübsches?«, feixte er. Sein spöttischer Ton verursachte ihr eine Gänsehaut. Und zwar keine von der angenehmen Sorte.

Juli schaute hilfesuchend zur Seite. Zu ihrer Linken befand sich eine hohe Mauer, die ihr bis zu den Schultern reichte. Auf der gegenüberliegenden Seite war der Weg von parkenden Autos und vereinzelt abgezäunten Bäumen gesäumt. Außer ihnen war die Straße menschenleer.

Die beiden kleineren Männer lachten und setzten ihren Weg fort. Sie gingen grinsend an Juli vorbei. Doch ihr Anführer blieb reglos auf der Straße stehen und starrte Juli an.

»Kommst du, Bones?«, rief einer der Männer ungeduldig.

Bones – sofern das sein wirklicher Name war – nahm einen tiefen Schluck aus seiner Bierflasche. »Geht schon mal vor, Jungs«, antwortete er lässig. »Ich habe hier noch was zu erledigen.«

Die Männer stießen ein glucksendes Gelächter aus und wandten sich ab. Als seien ihnen solche Aktionen bestens bekannt, schlenderten sie weiter, während Bones Juli eingehend betrachtete.

Ihr Instinkt sagte ihr, dass das kein gutes Zeichen war. Überhaupt nicht. Sie wollte gar nicht darüber nachdenken, welche Fantasien sich der Typ gerade ausmalte.

Erneut huschte ihr Blick zur Seite, um eine Lücke zwischen den parkenden Autos auszumachen, durch die sie flüchten konnte. In etwa einem Meter Entfernung fand sie den gesuchten Pfad.

»Willst du schon gehen?«, erkundigte sich Bones in enttäuschtem Tonfall, während er beiläufig seine Flasche auf der Mauer abstellte. »Wir haben uns noch gar nicht richtig vorgestellt.«

Wortlos trat Juli einen Schritt zur Seite. Nicht schnell genug. Er packte sie grob am Arm und zerrte sie zurück auf den Weg.

»Nicht so eilig«, zischte er. »Willst du nicht ein bisschen Spaß haben?«

Juli funkelte ihn stumm an. Sie zerrte an ihrem Arm. Es war sinnlos. Er war viel zu kräftig, hatte sie fest in seinem Griff. Bones neigte seinen Kopf hinab, sodass sein schlechter Atem in Julis Gesicht blies. Sie schluckte die aufkeimende Übelkeit herunter.

»Ich habe dich etwas gefragt«, knurrte er.

Panisch überlegte Juli, was nun zu tun war. Wo waren die lehrreichen Stunden ihres Selbstverteidigungskurses, wenn sie sie brauchte? Völlig gelöscht. So viel stand fest.

Sie suchte angespannt nach einem Ausweg. Damit sie sich in Sicherheit bringen konnte, musste er ihren Arm freigeben, doch um dies zu erreichen, durfte sie ihn weder provozieren noch ermutigen.

»Lass die Frau in Ruhe.« Die tonlose Stimme kam ihr bekannt vor. Sie schaute verwirrt in ihre Richtung und sah zu ihrer Überraschung ihre Vermutung bestätigt.

Bastian trat heran und ging langsam auf die beiden zu. Augenblicklich erwachte der Schmetterling in Julis Bauch zum Leben.

Auch Bones war sichtlich verblüfft. Seinem Gesichtsausdruck nach zu urteilen, war er es nicht gewohnt, dass sich jemand in sein Handeln einmischte. Er ließ sich jedoch nicht beirren.

»Wen haben wir denn da?« Ein amüsiertes Grinsen trat auf sein Gesicht, während er Bastians kämpferische Fähigkeiten abschätzte. »Den Ritter in strahlender Rüstung?«

»Die Frau gehört zu mir«, erwiderte Bastian ruhig, seine ganze Aufmerksamkeit auf Bones gerichtet.

Die Worte veranlassten Julis Herz zu einem erfreuten Hüpfer, auch wenn diese Reaktion in Anbetracht der Situation völlig unangemessen war. Zugegeben, sie hatte eine Schwäche für theatralische Momente, auf diesen konnte sie aber getrost verzichten. Das Irre war nur: Was er sagte, fühlte sich so richtig an.

Bones Kumpanen hatten den Neuankömmling ebenfalls bemerkt und waren an der Straßenecke stehen geblieben.

»Lass es gut sein«, rief einer aus der Entfernung. »Komm jetzt!«

Unzufrieden über die Wendung der Ereignisse, verstärkte Bones seinen Griff um Julis Arm. Sie atmete scharf ein.

Bastian kniff die Augen zusammen. »Lass sie los.«

Beide Männer starrten einander schweigend an. Endlich spürte Juli, wie sich der feste Griff um ihren Arm lockerte und Bones zwei Schritte zurückwich.

Langsam schob sich Bastian vor sie und schirmte sie mit seinem Körper ab. Als er so unmittelbar vor ihr stand, konnte sie ihm kaum über die Schulter blicken. Juli spürte die Anspannung, die von ihm ausging. Eine Aura kämpferischer Stärke umgab ihn.

Bones hob ergeben die Arme. »Wenn das so ist«, erklärte er in versöhnlichem Ton. Er trat einen Schritt zur Seite, um zu seinen Freunden zu gelangen.

Sein Angriff kam so schnell, dass Juli ihn kaum mit bloßem Auge wahrnahm. Er stieß Bastian brutal gegen die Brust. Bastian versuchte sich auszubalancieren, stolperte jedoch an Juli vorbei und fiel mit den Ellenbogen voran unsanft auf den Rücken.

Juli schnappte entsetzt nach Luft, aber Bastian hatte sich bereits aufgerichtet und mit einem Satz wieder vor sie gestellt.

Bones gehässiges Lachen ertönte, während er lauernd seinen Weg fortsetzte. Er erwartete Bastians Reaktion, doch dieser bewegte sich keinen Zentimeter.

»Verdammt, Bones«, rief sein Kumpel genervt. »Musste das sein?«

»Nein.« Bones kicherte diabolisch. »Aber es hat Spaß gemacht.«

»Los, hauen wir ab.«

In sicherem Abstand drehte sich Bones noch einmal um und suchte Julis Blick. »Schönen Abend noch, Süße.« Seine Augen blitzten vergnügt. »Ich hoffe, man sieht sich mal wieder.«

Dann war er bei seinen Freunden angelangt und alle drei bogen feixend um die Ecke.

Mit angehaltenem Atem starrte Juli auf die Straßenecke, um sicherzugehen, dass sie wirklich weg waren. Dann trat sie vor und schaute unsicher zu Bastian auf. Sein Gesicht war völlig ausdruckslos. Nur in seinen Augen lag ein zorniger Glanz.

»Alles in Ordnung?«, fragte sie leise.

Kapitel 4

Bastian nickte und biss wütend die Zähne zusammen. Ganz toll. Genauso hatte er sich das vorgestellt. Von wegen Ritter in strahlender Rüstung. Er fühlte sich wie der letzte Depp.

Er konnte bereits fühlen, wie sein warmes Blut durch seinen Pullover und seine Jacke sickerte. Krampfhaft versuchte er, seinen Arm hinter dem Rücken zu verstecken, und wandte sich zum Gehen.

»Du bist verletzt«, stieß Juli erschrocken hervor, als sie das herabtropfende Blut bemerkte. »Soll ich … einen Krankenwagen rufen?« Ihre Stimme klang panisch.

»Nein.«

Juli griff nach seinem Ellenbogen. »Lass mal sehen.«

Bastian unterdrückte den Impuls, vor ihr zurückzuweichen, und zog nur seinen Ellenbogen fort. »Ist schon gut«, brummte er.

Sie sah ihn fassungslos an. »Aber du kannst doch nicht blutend in der Gegend herumlaufen.«

»Ist halb so wild«, erwiderte er achselzuckend. Es war schließlich nicht das erste Mal.

»Ich wohne nicht weit von hier …«, setzte Juli an.

Bastian hob eine Augenbraue. »Lädst du häufig wildfremde Männer zu dir ein?«

»Nein«, sagte Juli geduldig. »Das tue ich nicht.«

»Dann wüsste ich nicht, warum du heute mit alten Gewohnheiten brechen solltest.«

»Ich mag dich kaum kennen, aber erstens bist du ein guter Freund von Elena, die viel von dir zu halten scheint, und zweitens: Hättest du mir schaden wollen, hättest du mir nicht geholfen.«

»Vielleicht wollte ich mich ja deiner persönlich annehmen«, stellte Bastian in gefährlich ruhigem Ton fest.

Juli verschränkte unbeeindruckt die Arme vor der Brust. »Wir können gern weiterdiskutieren oder aber du kommst mit und lässt mich wenigstens die Wunde versorgen.«

»Es geht schon.«

Bastian konnte Juli genau ansehen, dass sie an diesem Punkt die Geduld verlor. Nicht nur, weil sie auf den Boden aufstampfte wie ein kleines Kind. Es war vor allem der störrische Glanz in ihren Augen. »Jetzt sei doch nicht so stur.«

»Also schön«, gab er seufzend nach. »Wenn es dich glücklich macht.«

Juli reckte stolz ihr Kinn. »Ja, tut es.«

Nun, das entsprach sicher nicht ganz der Wahrheit, aber wie es aussah, würde sie ohnehin nicht nachgeben.

Ihre Wohnung lag kaum fünf Minuten zu Fuß entfernt. Sie legten die Strecke in angespanntem Schweigen zurück. Für Bastian war es schwer, ein geeignetes Gesprächsthema zu finden. Oberflächliche Unterhaltungen standen ihm generell nicht gut zu Gesicht und nachdem er sich an diesem Abend nicht von seiner besten Seite gezeigt hatte, konnte er es ihr nicht verübeln, dass sie schwieg.

Zielstrebig wies sie ihm den Weg in die kleine Zweiraumwohnung eines Mehrfamilienhauses. Sie war das komplette Gegenteil von seinem Heim. Schon im Eingangsbereich konnte er das chaotische Ambiente erahnen. Die ganze Wand war gepflastert mit Postkarten und bunten Bilderrahmen, die ihr Leben anschaulich präsentierten. Einen Augenblick betrachtete er die Fotos an den Wänden. Juli wirkte darauf frei und glücklich. Gefühle, die ihm völlig fremd waren.

Sie warf ihren Mantel achtlos über einen Kleiderhaken und streifte ihre Schuhe ab. Einer Ballerina gleich dehnte sie ihre Zehen, während sie genüsslich die Augen schloss.

Wider besseren Wissens nahm Bastian ihre nackten Füße genauer in Augenschein und schnaubte frustriert auf. Sie waren wie der Rest von ihr absolut makellos. Was hätte er für einen eingewachsenen Zehennagel oder ein klitzekleines Hühnerauge gegeben. Es hätte die Dinge für ihn so viel leichter gemacht. Zumindest wollte er sich das gern einreden.

Ein leises Mauzen zog seine Aufmerksamkeit auf ein kleines weißes Fellknäuel, das in der Tür zum dunklen Wohnzimmer stand und herzhaft gähnte. Auf ihrer Stirn trug die kleine Katze einen schwarzen Punkt.

Juli ging sofort in die Hocke, um den Wattebausch zu begrüßen. »Na, meine Süße«, murmelte sie und strich ihr sanft über den Rücken. Genüsslich schmiegte sie sich in ihre Hand. Für ein Wesen, das so klein war, konnte diese Katze erstaunlich laut schnurren. Als sie Bastian bemerkte, tapste sie zu seinen Füßen, schnüffelte daran und entschied im Bruchteil einer Sekunde, dass sie ihm verfallen war, was sie darin äußerte, dass sie sich in Erwartung seiner Streicheleinheiten ergeben auf den Rücken rollte. Bastian schaute irritiert auf den Boden. Es war nicht so, dass er Katzen nicht mochte, aber für gewöhnlich kannte er sie nicht derart zahm.

Juli stand auf und nickte mit dem Kopf in Richtung einer Tür, an der ein skurriles Toilettenplakat prangte. »Am besten gehen wir ins Bad.«

Bastian folgte ihr und blieb unentschlossen im Badezimmer stehen. Der enge Raum bot nicht viel Bewegungsfreiheit.

»Hier, setz dich auf den Wannenrand«, wies Juli ihn an. Sie kramte konzentriert in einer Schachtel nach Verbandsmaterial.

Er ließ sich gehorsam auf den schmalen Rand sinken und zog nach kurzem Zögern seine Jacke aus. Dann krempelte er vorsichtig seinen Ärmel nach oben. Seine Handschuhe behielt er jedoch an.

Prüfend warf er einen Blick auf die Wunde. Die Wucht des Aufpralls und der Asphalt hatten ganze Arbeit geleistet. Lauter

Kratzer und abgerissene Hautfetzen zogen sich auf der Rückseite seines rechten Unterarmes vom Ellenbogen bis zum Handgelenk hinunter. Es sah aus wie eine gewöhnliche Abschürfung mit dem Unterschied, dass diese Wunde großflächiger war, als es bei anderen der Fall gewesen wäre. Aber das würde Juli sicherlich nicht bemerken.

»Lass mich mal sehen.«

Bastian hob seinen Arm. »Wie ich bereits sagte: halb so schlimm.«

»Du bist ein wahrer Held«, kommentierte sie ihn sarkastisch und setzte sich auf den Toilettendeckel unmittelbar neben ihn. Vorsichtig untersuchte sie seinen Arm genauer. Auf ihrem Schoß hatte sie bereits alle notwendigen Utensilien platziert.

Zuerst nahm sie ein feuchtes Tuch und tupfte sachte über die Wunde, um sie von den gröbsten Blutflecken zu befreien. Bastian biss die Zähne zusammen, als das erste Brennen unter ihrer Berührung einsetzte und in einen scharfen Schmerz überging. Er richtete seine Konzentration auf Julis besorgtes Gesicht, um sich abzulenken. Das half.

»Am besten ziehst du deine Handschuhe auch aus.«

»Nein.«

Sie sah verwirrt auf. »Aber ich kann dein Handgelenk so nicht richtig sauber machen.«

»Das musst du auch nicht.«

»Aber ...«

»Bist du fertig?«

Sie kniff verärgert die Augen zusammen. »Ich werde dir sagen, wenn ich fertig bin«, erwiderte sie energisch. »Und jetzt lass mich die Wunde richtig versorgen.«

Fasziniert beobachtete Bastian, wie Juli arbeitete. Nachdem sie die Wunde ausreichend gesäubert hatte, trug sie eine Heilsalbe auf, legte ein Stück Kompresse darüber und umwickelte alles mit einem Mullverband. Ihre Hände waren flink und geschickt.

»Wieso bist du ausgestattet wie eine Krankenschwester?«, fragte er neugierig.

»Ich passe öfter auf meinen Neffen auf. Er ist etwas tollpatschig.«

Sie hielt ihm zwei bunte Pflaster vor die Nase. »Indianer oder Dinosaurier?«

Bastians Mundwinkel zuckten. »Gibt's keine Astronauten?«

Sie grinste. »Sind leider alle.« Juli klebte ein Indianerpflaster auf den Verband, um ihn zu fixieren. »Fertig.« Dann stand sie auf und entsorgte die Verbandsreste.

»Danke.«

»Keine Ursache.«

Mit einem zurückhaltenden Lächeln wandte sie sich ab und verließ das Badezimmer. Bastian folgte ihr zögerlich ins Wohnzimmer und schaute sich neugierig um.

In diesem Raum wirkte alles wahllos durcheinandergewürfelt. Aber die Raffinesse lag im Detail. An einem runden Esstisch standen vier Stühle aus unterschiedlichem Material, mit Stoffbezug und ohne, aber jeder Stuhl hatte wiederkehrende Ornamente. Farblich passend zu den Stühlen lag über dem Sofa eine riesige Decke mit Retromuster. Sie harmonierte perfekt mit den bunten Bildern an den Wänden. Eine offene dunkelrote Küchenzeile schloss nahtlos an. Auch dort waren die Wände gespickt mit Fotos und Karten.

Überrascht stellte Bastian fest, dass er es mochte. Wieder spürte er diese unbekannte Sehnsucht, den merkwürdigen Wunsch, mehr über Juli und ihr Leben zu erfahren. Eine Neugier, die ihm Angst machte.

»Kaffee?« Das arglose Leuchten in ihren dunklen Augen schmerzte ihn. »Oder möchtest du etwas anderes trinken?« Ihre Stimme klang so hoffnungsvoll, dass Bastian kurz versucht war, ihrer Einladung nachzugeben. Aber was dann? Würden sie die ganze Nacht hier sitzen und reden, nur um dann zu erkennen, dass es vor gewissen Tatsachen kein Entkommen gab? Würde er es ertragen, wenn sie ihren Ekel nicht verbergen konnte, so wie die anderen?

Bevor er ihre Einladung ausschlagen konnte, holte sie tief Luft und fragte: »Warum hast du das getan?«

»Was meinst du?«

Plötzlich wirkte sie nervös. »Es ist so: Ich begreife einfach nicht, warum«, setzte sie an. »Du warst nicht sonderlich gesprächig heute Abend. Offen gestanden hast du überaus glaubhaft dein Desinteresse vermittelt.« Sie sah mit einer Mischung aus verletztem Stolz und Unverständnis zu ihm auf. »Und dann tauchst du plötzlich auf, um mich zu beschützen. Nicht, dass ich deinen heroischen Einsatz nicht zu schätzen wüsste. Ich bin dir wirklich dankbar, dass du dich eingemischt hast, aber in meiner Welt gibt es entschieden einfachere Wege, einer Frau zu zeigen, dass man sie gut findet, als sich mit einem betrunkenen Idioten anzulegen.« Vor Aufregung schoss ihr die Röte ins Gesicht. »Also, *wenn* man sie gut findet.«

Er betrachtete sie schweigend, ehe er antwortete. »Zunächst einmal sehe ich nicht gern dabei zu, wenn Frauen gegen ihren Willen belästigt werden«, sagte er langsam. »Und was die andere Sache betrifft ...« Er ließ seinen Blick kurz von ihren dunklen Augen zu ihrem Mund wandern, der verführerisch glänzte. »Du bist nicht mein Typ«, erklärte er tonlos.

»Verstehe«, sagte sie leise. »Tja ... Dann danke für deine Hilfe.« Juli starrte betreten zu Boden, offenbar in der Hoffnung, er möge sich auftun und sie verschlucken, damit sie dieser peinlichen Situation entrinnen könnte.

Und weil das alles war, was er noch tun konnte, ging er ohne ein weiteres Wort.

Kapitel 5

Erst in den frühen Morgenstunden fiel Juli in einen unruhigen Schlaf. Er war jedoch nicht von Dauer. Sie war viel zu aufgewühlt, um zur Ruhe zu kommen.

Stattdessen starrte sie gedankenverloren in ihrem Schlafzimmer umher. Es war nicht sehr groß, aber genauso gemütlich eingerichtet wie der Rest ihrer Behausung. Sie hatte die Wände in einem warmen Grünton gestrichen. Über dem Bett befand sich passend dazu ein großes, bunt gesprenkeltes Gemälde, ein Geschenk von Isabelle. Daneben stand ein Nachttisch mit einer dunkelgrünen Lampe, einem Wecker, einer Cremedose und einer abgegriffenen Ausgabe von Jane Austens »Stolz und Vorurteil«, ihrem Lieblingsbuch. Zwar waren die Fenster dahinter mit schweren dunkelbraunen Vorhängen zugezogen, aber da der Morgen bereits graute, war der Raum in ein fahles Licht getaucht. Auf der anderen Seite des Bettes befand sich eine mahagonifarbene antike Kommode. Im gleichen Stil stand an der gegenüberliegenden Wand des Raumes ein Kleiderschrank, der an der Seite mit bunten Tüchern und Schals behangen war. Die übrigen Wände hatte sie mit gerahmten Landschaftsfotografien in warmen Erdtönen geschmückt, die sie auf einem Flohmarkt erstanden hatte. Für gewöhnlich mochte sie die Ruhe, die von diesen Bildern ausging, aber an diesem Morgen wirkten sie farblos und trist auf sie.

Naserümpfend zog sie sich die Decke bis unters Kinn und beobachtete den Zeiger ihres Weckers, der sich im Takt zu dem pochenden Schmerz in ihren Schläfen der Sieben-Uhr-Grenze näherte.

Unsicher, ob die Ursache für ihre Kopfschmerzen auf ihren Champagnerkonsum zurückzuführen war oder ob der Ausgang des Abends Schuld daran war, versuchte sie auf andere Gedanken zu kommen.

Und versagte kläglich.

Immer wieder stahl sich Bastians Gesichtsausdruck in ihren Kopf. Wie er sie schweigend gemustert hatte, während sie einander vorgestellt wurden, wie intensiv sie seine Blicke den ganzen Abend über auf sich gespürt hatte, wie er ihr voller Zivilcourage geholfen hatte, wie kalt er sie abgewiesen hatte – mehrfach.

Warum sie ihn derart lebendig in Erinnerung hatte, war ihr vollkommen schleierhaft. Immerhin hatten sie kaum ein Wort miteinander gewechselt, geschweige denn etwas Nettes zueinander gesagt. Tatsache war, sie kannten sich nicht und nach seiner gestrigen Flucht würde sie ihn wohl auch nie wiedersehen.

Sie atmete tief ein, sammelte ihre Kräfte und schlug stöhnend die Decke zurück. Ihre Katze Pünktchen, die wie jede Nacht ihre Füße belagerte, schnaufte empört auf, als Juli unsanft die Beine unter ihr wegzog. »Sorry, Süße«, murmelte Juli und wühlte sich träge aus dem Bett.

Entschlossen, zuerst ihren Kopfschmerz in die Flucht zu schlagen, schlurfte Juli frei von jedweder Motivation, sich etwas Gesundes, Vitaminreiches zum Frühstück zuzubereiten, in die Küche. Auf der Suche nach geeigneten Glückshormonen durchwühlte sie den Schrank nach Schokomüsli und kippte es zusammen mit viel Milch in eine Schüssel.

Dann setzte sie sich auf ihr Sofa und begann, die Endorphine zielstrebig in sich hineinzuschaufeln. Kaum hatte sie aufgegessen, da klingelte es an der Tür.

Juli stöhnte gequält auf. Nur eine Person besaß die Unverfrorenheit, ihr zu so unchristlichen Zeiten einen Besuch abzustatten.

Mühsam erhob sie sich und öffnete die Tür, um ihre Mutter zu begrüßen.

Luisa Hoffmann besaß trotz ihrer geringen Körpergröße eine geradezu beängstigende Ausstrahlung. In ihrem teuren dunkelblauen Kostüm wirkte sie ganz wie die ehrbare Dame, als die sie sich selbst gern ausgab. Je näher Luisa ihrer Tochter durch den Hausflur kam, desto klarer konnte Juli die präzisen Konturen ihres dunkelroten Lippenstifts und die strengen Falten auf ihrer Stirnpartie erkennen. Überraschend sanfte Augen sahen sie erwartungsvoll an, als sie die Tür erreichte.

»Guten Tag, Julietta«, grüßte Luisa in gewohnt steifem Ton und ließ einen missbilligenden Blick über Julis rosa Shirt mit der Aufschrift »Biest« schweifen.

Juli zwang sich zu einem Lächeln. »Guten Morgen.« Sie hauchte ihrer Mutter einen Kuss auf die Wange und trat zur Seite, um ihr Einlass zu gewähren. »Wie geht's dir?«

»Danke, gut, Kind.« Sie musterte Julis zerknirschtes Gesicht. »Du siehst schrecklich aus«, stellte sie knapp fest. Dann rauschte sie ohne Erwartung einer Antwort ins Wohnzimmer.

»Das liegt wahrscheinlich daran, dass es noch nicht mal halb acht ist«, murmelte Juli missmutig. Dann sammelte sie sich für das Gespräch mit ihrer Mutter. Sie war nicht ohne Grund gekommen. Das tat sie nie.

»Wo wart ihr denn gestern?«, erkundigte sich Juli in der Hoffnung, den Anlass ihres Besuches noch eine Weile hinauszuzögern. Bei dem fragenden Gesichtsausdruck ihrer Mutter hielt Juli inne. »Die Vernissage. Schubert-Galerie. Großes gesellschaftliches Ereignis«, erklärte sie verwirrt über die Tatsache, dass ihre Mutter die Feierlichkeit vergessen zu haben schien.

»Die Ausstellungseröffnung war gestern?«, fragte sie schrill. Dann kniff sie erbost die Augen zusammen. »Dein Vater musste kurzfristig anderen Verpflichtungen nachgehen.«

»Wirklich schade.« Juli bemühte sich darum, ihr Grinsen zu unterdrücken. Wie sie ihren Vater kannte, hatte er die Einladung verschwinden lassen und spontan ein Geschäftsessen vorgeschoben, um der Kunstveranstaltung zu entgehen.

»Wie war es denn?«, erkundigte sich Luisa.

»Sehr gut. Isabelle hat eine Menge Bilder verkauft.«

Luisa, die Expertin darin war, ihren Ärger über ihren Ehemann hinunterzuschlucken, ließ einen kritischen Blick durch Julis Wohnzimmer gleiten. Für Julietta Hoffmann, Tochter des bekannten Bauunternehmers und Abgeordneten Josef Hoffmann, ziemte sich eine derartige Behausung nicht. Einmal mehr schien Luisa ihr Versagen als Mutter bestätigt zu sehen, wenn sie sich in diesem bescheiden eingerichteten Appartement umsah. Sie seufzte tief.

Juli entging der kritische Gesichtsausdruck ihrer Mutter nicht, doch er war ihr inzwischen vertraut. In Luisas Gegenwart fühlte sie sich immerzu einem so übermächtigen Erwartungsdruck ausgesetzt, dass sie sich am liebsten die Bettdecke über den Kopf gezogen hätte.

»Möchtest du einen Kaffee oder etwas anderes?«, fragte Juli höflich, einen sehnsüchtigen Blick zum Schlafzimmer werfend.

»Nein danke«, entgegnete Luisa kühl, nahm elegant auf dem Sofa Platz und positionierte ihre überteuerte Handtasche auf dem Schoß. Sie sah ihre Tochter zutiefst unglücklich an. »Julietta.« Ihr Ton nahm eine besorgte Note an. »Ich habe dir schon so oft gesagt, dass du nicht servieren gehen musst. Dein Vater und ich heißen das ganz und gar nicht gut.«

»Ich weiß. Aber ich bin alt genug, um auf eigenen Beinen zu stehen.«

»Du würdest deine Zeit sinnvoller nutzen, wenn du dich deinem Studium widmen würdest«, beharrte Luisa.

Julis Herz zog sich ein Stück zusammen. Dass sie ihren Eltern ihre Entscheidung vorenthielt, ihr Studium nicht länger fortzusetzen, beschämte sie. Aber sie hatte es bisher einfach nicht über sich gebracht, mit ihnen über ihre Zukunft zu sprechen. Nicht zuletzt, weil ihr schlichtweg die richtigen Argumente fehlten. Sie konnte ihren Eltern schlecht sagen, dass sie ihr Jurastudium aufgegeben hatte, weil das Paragrafenwälzen sie nicht mit Glück erfüllte. Das würden sie ihr niemals durchgehen lassen. In der Welt der Hoffmanns galt es nicht viel, nach Seelenfrieden zu streben. Was zählte, war gesellschaftliches Ansehen, und das wiederum resultierte aus

Leistung und Erfolg. Da Juli selbst keine Idee hatte, welche Alternative der richtige Weg für sie war, graute ihr vor diesem Gespräch mehr als vor einer kleinen Notlüge.

»Weißt du eigentlich, wie viele Studenten nebenbei arbeiten?«, redete sie sich heraus und ließ sich aufs Sofa fallen.

»Die sind aber nicht meine Tochter«, gab Luisa in brüskem Ton zurück.

Bei diesem wohlbekannten Satz holte Juli tief Luft. Es war Zeit, den Tatsachen ins Auge zu sehen. »Was kann ich für dich tun?«, fragte sie betont freundlich.

»Ich habe entschieden, einige Sammlerstücke aus der Villa zum Verkauf anzubieten.« Luisa setzte eine gelangweilte Miene auf. »Ich bin ihres Anblicks überdrüssig.«

»Und welche Rolle spiele ich dabei?«, fragte Juli, ihre dunkle Vorahnung ignorierend.

»Ich habe für die Katalogerstellung eine Agentur beauftragt. Ein Fotograf wird die Objekte zunächst ablichten und ich würde dich bitten, seine Arbeit zu überwachen. Schließlich handelt es sich hier um diverse Kostbarkeiten und die vertraue ich nicht einem Fremden an.«

»Ich muss arbeiten«, redete sich Juli schnell heraus, doch ihre Mutter lächelte wissend.

»Zufällig weiß ich, dass du den Rest der Woche frei hast.«

Juli zog ein gequältes Gesicht. »Muss das wirklich sein?«

»Deine Schwester hat, wie du weißt, andere Verpflichtungen und da du dein Studium dieser Tage ohnehin vernachlässigst, wäre es mir eine große Hilfe.«

»Ich hatte eigentlich vor, etwas Zeit mit meinem Lieblingsneffen zu verbringen«, maulte Juli und machte ein zerknirschtes Gesicht. »Seit Lukas in die Schule geht, sehe ich ihn kaum noch.«

»Nun, dann schlage ich vor, du verzichtest häufiger auf deine Beschäftigung und besuchst ihn am Nachmittag, wenn die Schule vorüber ist«, schlug Luisa unbeeindruckt vor. Weil sie nicht erwartete, dass sich Juli erneut auf das leidige Thema einlassen würde, fuhr sie geschäftig fort. »Da wir gerade davon sprechen: Wirst du zur Geburtstagsfeier deines Vaters nächste Woche in Begleitung erscheinen?«

Großartig. Noch ein Thema, dass Juli liebend gern um diese Uhrzeit mit ihrer Mutter diskutieren wollte.

Luisa schnalzte bei Julis beharrlichem Schweigen abwertend mit der Zunge. »Ich plane diese Feier schon seit Wochen und das schließt eine feste Sitzordnung ein. Es kommen schließlich zahlreiche handverlesene Gäste.«

»Da fällt doch einer mehr oder weniger sowieso nicht auf«, gab Juli mürrisch zurück.

»Es ist ausgeschlossen, dass du als Einzige ohne Tischherrn zu Gast bist.«

»Genau genommen bin ich ja kein Gast.«

»In der Firma deines Vaters arbeitet ein sehr begabter Architekt«, überging Luisa die Bemerkung ihrer Tochter. »Ich habe ihn kürzlich kennengelernt. Ein überaus sympathischer junger Mann.«

Juli warf ihrer Mutter einen Blick zu, der keine weiteren Ausführungen erforderte.

Luisa hob beschwichtigend die Hände. »Ich bin nur besorgt um deine Zukunft, Kind.«

»Meiner Zukunft geht es bestens.«

»Tatsächlich?« Luisa hob eine ihrer perfekt gezupften Augenbrauen. »Johanna war in deinem Alter längst vielversprechend mit Maximilian liiert. Soweit ich weiß, hast du noch nicht einmal einen Mann in Aussicht.«

Juli biss genervt die Zähne zusammen. Nicht, dass sie ihre fünf Jahre ältere Schwester Hanna nicht von Herzen liebte. Es war nur so, dass Hanna stets den Anweisungen ihrer Mutter Folge geleistet hatte, selbst wenn sie nicht mit ihr einer Meinung gewesen war. Juli hatte nie verstanden, warum Hanna nicht mehr zu sich selbst und ihren Wünschen gestanden hatte – wenigstens, wenn es darauf ankam. Als sie jung gewesen waren, hatte Hanna immer davon geschwärmt, Australien zu bereisen. Stattdessen hatte sie dem Wunsch ihrer Eltern entsprechend Betriebswirtschaftslehre studiert. Nun arbeitete sie als Teilzeitkraft im Unternehmen ihres

Vaters, wenn sie nicht als Hausfrau und Mutter in einem spießigen Einfamilienhaus festsaß, und wurde ihrer Mutter von Tag zu Tag ähnlicher. Zumindest äußerlich.

Was Hannas Mann Maximilian und ihren Sohn Lukas betraf, musste Juli zugeben, dass sie beide umwerfend fand. Max schien ihrer Schwester ein guter Ehemann zu sein und dass er als erfolgreicher Geschäftsmann auch noch den Ansprüchen ihrer Eltern genügte, war schließlich nicht seine Schuld.

»Soll ich den jungen Mann einladen?«, hakte Luisa nach. »Er ist wirklich sehr charismatisch. Du kannst meinem Urteil voll und ganz vertrauen.«

Was das betraf, hegte Juli gewisse Zweifel. Doch weil sie spontan keine Idee hatte, wer sie stattdessen begleiten sollte, zuckte sie nur mit den Schultern. »Ich denke darüber nach«, sagte sie schließlich in der Hoffnung, etwas Zeit zu schinden.

Luisa, die allmählich die Geduld mit ihrer Tochter verlor, trommelte mit ihren rubinrot lackierten Fingernägeln auf ihrer Handtasche herum. »Und was heute Nachmittag betrifft ... Wirst du mir diesen kleinen Gefallen erweisen?«

Ergeben seufzte Juli ein weiteres Mal. »Also schön.«

Ohne ein Wort des Dankes kramte Luisa in ihrer Handtasche. »Gerade werden alle Exponate verladen und in ein Lager transportiert, das genug Raum für die Aufnahmen bietet.« Sie reichte Juli die Schlüssel sowie einen Zettel mit der Adresse. »Ich habe die Agentur bereits darüber unterrichtet, dass du vor Ort sein wirst. Herr Colbert erwartet dich um zwei Uhr.«

»Was für ein Glück, dass ich zugesagt habe«, murmelte Juli.

»Bitte?«

»Ich habe nichts gesagt.«

»Dann ist es ja gut.« Energisch zog Luisa den Reißverschluss ihrer Tasche zu. »Wenn du schon dort bist, dann sei so nett und stelle einige Informationen für die Agentur zusammen, mit denen sie arbeiten kann.«

Da Juli aus Erfahrung den Ausgang jedweder Diskussion mit ihrer Mutter kannte, verzichtete sie auf Widerworte.

Zufrieden erhob sich Luisa. »Ich muss mich jetzt verabschieden und mich um den Geschenktisch für deinen Vater kümmern.«

Ohne sich nach ihrer Tochter umzudrehen, stolzierte Luisa durch die Wohnung. An der Tür hielt sie Juli ihre Wange hin und nahm einen flüchtigen Abschiedskuss entgegen. »Wir sehen uns am Sonntag zum Kaffee pünktlich um drei Uhr.«

»Wie jede Woche.«

»Komm nicht zu spät.«

Juli lehnte sich in den Türrahmen und blickte ihrer Mutter missmutig hinterher. Wäre sie bloß im Bett geblieben.

Sie trottete zurück ins Wohnzimmer und ließ sich kraftlos auf das Sofa fallen. Kaum hatte sie durchgeatmet, klingelte ihr Telefon. Fluchend rappelte sie sich wieder auf. Das Display kündigte Hannas Anruf an.

»Morgen«, brummte Juli in den Hörer.

»Hallo Schwesterchen. Ich wollte dich nur schnell vorwarnen. Das Muttertier ist unterwegs zu dir.« Im Hintergrund ertönte Geklapper. Offenbar war Hanna damit beschäftigt, die Spülmaschine mit dem Frühstücksgeschirr zu füllen.

»Bisschen spät. Ich habe sie gerade verabschiedet.«

»Oh.« Hanna hielt inne. »Die kann vielleicht schnell sein, wenn sie sich was in den Kopf gesetzt hat. Ich habe nur eben Lukas zur Schule gebracht.«

»Vielen Dank, dass du sie über meine Freizeitpläne unterrichtet hast.«

»Entschuldige«, erwiderte Hanna niedergeschlagen. »Sie hat mich reingelegt.«

»Wie das?«

»Sie hat Lukas heute Morgen beim Frühstück gefragt, was er am Nachmittag unternehmen wird. Ich dachte anfangs ernsthaft, sie wollte etwas mehr Zeit mit ihm verbringen.« Sie seufzte schwer. »Erst als sie konkret nachhakte, wieso du Zeit hast, mit ihm in den Zoo zu gehen, bin ich stutzig geworden, aber da hatte sie ihren Entschluss, dich zu verdonnern, schon gefasst. Ich nehme nicht an, dass du auf die Schnelle eine andere Ausrede gefunden hast.«

»Leider nicht.«

»Dachte ich mir«, sagte Hanna betrübt.

»Wie hat es das Monster aufgenommen?«, erkundigte sich Juli und steuerte die Küche an, um sich eine heiße Schokolade zuzubereiten, während sie mit Hanna redete.

»Du kennst doch Mamas Taktik. Sie hat Lukas gefragt, ob er nicht lieber mit mir ins Büro kommen und Papas neustes Projekt anschauen möchte. Er sagte daraufhin, er freue sich schon sehr auf euren Besuch im Zoo. Er ist wirklich sehr standhaft geblieben. Du wärst stolz auf ihn gewesen. Dann hat sie die Lippen geschürzt, wie sie das immer tut, wenn sie ihren Willen nicht kriegt, und gemeint, sie verstehe das sehr gut.« Im Hintergrund verstummten die Geräusche. Hanna trank einen Schluck Kaffee und fuhr mit ihrer Erklärung fort. »Ich dachte, damit sei das Thema erledigt, aber plötzlich erzählte sie ihm von dem neuen Erlebnisbad am Waldrand, das Papa gerade baut, und von den verschiedenen Entwürfen und so weiter. Sie meinte, dass sich sein Opa sicher auch über seine Meinung freuen würde. Und ganz nebenbei erwähnte sie, dass sie heute Nachmittag deine Hilfe in einer wichtigen Angelegenheit bräuchte und dass er dafür sicher Verständnis haben würde. Da hat er mich mit seinen großen Kulleraugen angesehen und ich bin schwach geworden.«

Nachdem Hanna ihren ausführlichen Bericht beendet hatte, holte sie tief Luft.

»Ich fasse es nicht, dass sie ihren Enkel erst aushorcht und dann ohne mit der Wimper zu zucken die Pläne ihrer halben Familie durcheinanderschmeißt«, knurrte Juli. »Die Frau ist echt unglaublich.«

»Sie war wahrscheinlich verzweifelt.«

»Ich verstehe nicht, wie du dabei so ruhig bleiben kannst. Schließlich ist Lukas dein Sohn.«

»Natürlich ist es mir nicht egal, aber was sollte ich denn tun? Sie hat mich total überfahren«, verteidigte sich Hanna atemlos. »Ich kann mir auch Besseres vorstellen, als Lukas heute Nachmittag in der Firma herumzuführen und aufzupassen, dass er die Modelle ganz lässt.«

»Lass uns doch tauschen«, schlug Juli vor. »Ich babysitte deinen Sohn und du den Fotografen.«

»Das geht leider nicht. Ich muss die Jahresbilanz fertig machen«, stöhnte Hanna.

»Dann sehen wir uns eben erst Sonntag zur allwöchentlichen Pflichtveranstaltung.«

»Wir sind entschuldigt«, gestand Hanna kleinlaut.

»Du lässt mich jetzt nicht auch noch am Sonntag hängen! Wenn ihr nicht kommt, lässt sie mich keine Sekunde mit ihrer Kritik in Ruhe.«

»Tut mir leid, Schwesterchen. Wir sind zu einer Taufe eingeladen. Das kann ich nicht absagen.«

»Sie will mich schon wieder verkuppeln.«

Hanna wurde hellhörig. »Mit wem?«

»Mit irgendeinem Architekten aus der Firma. Sehr charismatisch, laut ihrer Aussage, will heißen jung, dynamisch, entwicklungsfähig. Weißt du, wer das sein soll?«

»Keine Ahnung, aber ich hör mich mal um.«

Mit der Tasse Kakao ließ sich Juli auf ihr Sofa sinken und trank einen Schluck. »Was macht ihr Sonnabend?«

Hanna schien zu überlegen. Wie Juli ihre Schwester kannte, rasten durch ihren Kopf gerade die Termine ihrer ganzen Familie. »Max will ein paar Verträge durchgehen und ich muss ein paar Sachen in der Stadt erledigen. Ich wollte Lukas mitnehmen, damit Max in Ruhe arbeiten kann, aber er ist sicher dankbar für eine Alternative.«

»Dann holen wir am Sonnabend den Zoobesuch nach«, entschied Juli.

»Das ist großartig.«

»Natürlich ist es das.« Juli kicherte. »Ich bin schließlich die coole Tante Luli.« So hatte Lukas sie immer genannt, bevor er ihren Namen richtig aussprechen konnte.

»Das bist du wirklich«, bestätigte Hanna liebevoll. »Willst du ihn am frühen Nachmittag holen? Gegen zwei?«

»Einverstanden.«

Kurz unterhielten sich die Schwestern noch über die Vernissage und die anstehenden Geburtstagsfeierlichkeiten. Dann verabschiedete sich Hanna eilig, um ins Büro zu fahren.

Eine Zeit lang verharrte Juli reglos auf ihrem Sofa. Mehrfach befahl sie sich, aufzustehen und duschen zu gehen, aber ihr Körper gehorchte nicht. Schließlich gab sie auf und schloss erschöpft die Augen.

Eine gefühlte Minute später hörte sie ihre Wohnungstür ins Schloss fallen. Erschrocken fuhr sie hoch und trat gegen Pünktchen, die an ihrem Fußende lag und empört maunzte.

»Entschuldige«, murmelte Juli und strich ihrer Katze beruhigend über das Fell. Kurz darauf stürmte Isabelle herein und plumpste neben Juli aufs Sofa.

»Guten Morgen, Püppchen«, flötete sie. Dann fuhr sie Pünktchen unsanft über den Kopf. »Na, Fellknäuel, alles klar?« Pünktchen warf ihr einen strafenden Blick zu.

»Wenn du dir nicht angewöhnst, wenigstens zu klingeln, bevor du hier reinschneist, nehme ich dir den Schlüssel wieder weg«, drohte Juli halbherzig.

Isabelle zog eine Schnute. »Das ist nicht fair. Hanna hat auch einen Schlüssel«, nörgelte sie. »Außerdem ist das ein Notfall.«

Juli musterte ihre Freundin, die noch immer das Kleid von der Vernissage trug. Jedoch hatte ihr Make-up stark gelitten. Ihre Wimperntusche war unter den Augen zu dunklen Ringen verschmiert und ihr greller Lippenstift war vollends verblasst. Anscheinend hatte sie die ganze Nacht durchgefeiert.

»Wie spät ist es?«

»Kurz vor zehn.« Isabelle ließ sich erschöpft in die Kissen sinken. »Oh Mann, was für eine Party.«

»Kommst du jetzt erst aus der Galerie?«

»Nicht ganz.« Ein zufriedenes Grinsen erschien auf ihren Lippen. Sie entdeckte die Tasse auf dem Couchtisch. Geschickt griff sie danach und nahm einen gierigen Schluck. »Igitt!« Sie verzog angewidert ihr Gesicht. »Wie kannst du dieses Zeug nur einem guten Kaffee vorziehen! Das ist echt ekelhaft.«

»Mir schmeckt's.«, sagte Juli. Dann erhob sie sich vom Sofa und schlurfte in ihr Schlafzimmer, um frische Anziehsachen zu holen.

»Was habe ich gestern noch verpasst?«

»Nicht viel«, erwiderte Isabelle, die ihr folgte und sich erschöpft auf Julis Bett fallen ließ. »Die erste Hälfte der Nacht habe ich die Investoren um den Finger gewickelt, die zweite mit dem Team die erfolgreichen Verkäufe gefeiert. Nur Elena hat sich leider früh verabschiedet.«

»Sie scheint wirklich nett zu sein.«

»Sie kann mich ertragen«, grinste Isabelle, als sei das Beweis genug für ihre Loyalität. »Ich habe noch nie einen Menschen getroffen, der so organisiert ist. Ich kriege schon mein eigenes Leben kaum auf die Reihe und sie regelt gleich mehrere.«

»Welches denn noch, abgesehen von deinem und ihrem?«, kicherte Juli, während sie in ihrem Kleiderschrank herumwühlte.

Isabelle zuckte mit den Schultern. »Soweit ich weiß, agiert sie mindestens noch für drei weitere Künstler, kümmert sich neben unseren persönlichen Belangen um die Verhandlungen und die ganze PR der Galerie und dann ist da ja auch noch ihr Bruder.«

Juli raffte ihr Bündel Kleidung und hielt auf dem Weg zum Bad inne. »Was ist denn mit ihm?«

»Irgendeine seltene Krankheit, aber ich weiß nichts Genaues. Felix heißt er, glaube ich«, sagte Isabelle. »Seine Lage ist wohl ziemlich aussichtslos, aber denk nicht, dass sich Elena davon unterkriegen lassen würde. Nur selten siegt ihre Traurigkeit über ihre Frohnatur und das Chaos über ihre Ordnungsliebe.« Isabelle gluckste. »Da kommt man sich fast ein bisschen blöd vor, wenn man sie anrufen muss, um zu erfragen, wann die eigene Ausstellungseröffnung stattfindet.«

»Das hast du vergessen?«, fragte Juli entgeistert.

»Nicht direkt vergessen«, wiegelte Isabelle ab. »Aber es gab Momente, da wurde Zeit zu einem relativen Begriff und letztlich ist meine Zerstreutheit auch Teil meines kreativen Schaffensprozesses«, erklärte sie selbstgefällig.

Juli verdrehte die Augen. »So wie du aussiehst, glaubt dir kein Mensch, dass du eine geniale Künstlerin bist.«

Isabelle erhob sich müßig. »Na los, zaubern wir uns wieder etwas Leben ins Gesicht.«

Die Frauen gingen ins Bad, wo sich Juli ihre Haare zurückband und gründlich das Gesicht wusch. Unterdessen nutzte Isabelle die Gelegenheit, ihr Make-up aufzufrischen und ihre Frisur zu richten.

»Und wo kommst du jetzt her?«

»Bin mit Lißa noch durch ein paar Clubs gezogen«, nuschelte Isabelle. »Sie ist gar nicht mal so übel, wenn man ihren Sinn für Humor erst einmal durchschaut hat. Und ihre Männerfangmasche ist echt zum Totlachen.«

»Hat sie noch eine andere Taktik als Bauch rein, Brust raus?«, fragte Juli belustigt, drehte das Wasser ab und trocknete ihr Gesicht ab.

»Glaub mir, die hat völlig ausgereicht.« Isabelle, die die Überarbeitung ihres Gesichtes zu ihrer Zufriedenheit beendet hatte, ließ sich auf den Toilettendeckel sinken und zog die Beine an. »Das Irre daran ist, dass es echt funktioniert. Die Kerle lagen ihr zu Füßen.«

»Die meisten jedenfalls«, berichtigte Juli sie unbedacht und erntete von ihrer Freundin einen wissenden Blick. »Nach dieser Nacht wundert es mich jedenfalls nicht mehr, dass sie ein Ego hat, das es mühelos mit dem Mount Everest aufnehmen kann.«

Juli schlüpfte in ihre frischen Sachen und lachte.

»Wann bist du eigentlich gegangen?«, wollte Isabelle wissen.

»Nicht so spät.« Sie wandte sich zum Spiegel in dem Bestreben, durch dezentes Make-up ihr Schlafdefizit zu kaschieren.

Isabelles Augen weiteten sich. »Sag nur, du bist doch mit der Schnitte in Leder abgehauen«, platzte sie heraus. »Zwar ein bisschen zu schlecht gelaunt für meinen Geschmack, aber ansonsten echt Zucker.«

Juli registrierte den kummervollen Gesichtsausdruck ihres Spiegelbildes und hielt beim Tuschen ihrer Wimpern inne. »Wir sind uns auf dem Heimweg zufällig noch einmal begegnet.«

»Es gibt keine Zufälle, Püppchen.« Isabelles zufriedenes Grinsen war für Juli kaum zu ertragen.

»Er hat mir kurz in einer Sache geholfen und das war's. Dann war er wieder weg.«

»Was für eine Sache?«

Schwungvoller als beabsichtigt warf Juli ihre Wimperntusche in ihre Kosmetiktasche. »Ach, nichts weiter. Auf dem Heimweg ist mir so ein betrunkener Typ von der Sorte ›Nein‹ heißt ›Ja‹ begegnet. Als er zudringlich wurde, stand Bastian plötzlich da und hat sich eingemischt.«

»Hat er sich mit ihm geprügelt?«, fragte Isabelle atemlos. Ihre Augen funkelten vor Begeisterung, wie immer, wenn ihre Fantasie mit ihr durchging.

»Natürlich nicht.«

Isabelle machte ein enttäuschtes Gesicht. »Schade.«

»Verletzt hat er sich trotzdem«, gestand Juli betrübt. »Er hätte sich wehren können, aber er hat es nicht getan. Stattdessen hat er mich nach Hause gebracht.«

»Und dann hast du dem Helden einen Abschiedskuss zur Belohnung gegeben?«

Juli schüttelte niedergeschlagen den Kopf. Sie spürte Isabelles Ungeduld, gefolgt von einem genervten Schnaufen. »Um Himmels willen«, stieß Isabelle hervor. »Ich kenne wirklich keinen Menschen, der sich das Leben so schwer macht wie du.«

Ehe Juli zu weiteren Erklärungen ansetzen konnte, sprang Isabelle auf und lief ins Wohnzimmer. Dann wühlte sie ihr Handy aus ihrer Handtasche hervor und tippte entschlossen darauf herum. Kurz horchte sie, dann lachte sie fröhlich. »Elena.«

Juli, die ihrer Freundin gefolgt war, zuckte zusammen. Sie ahnte, was Isabelle vorhatte, aber es war zu spät, um einzugreifen.

Isabelle ließ sich aufs Sofa fallen. »Ja, Wahnsinnspromo. Ich wollte mich noch einmal herzlich bedanken.«

Angespannt beobachtete Juli Isabelles Mienenspiel, da sie Elenas Antworten nicht verstehen konnte. Anscheinend besprachen sie verschiedene Termine, denn Isabelles Ton wurde ungewöhnlich geschäftig. Schließlich grinste sie Juli übermütig an. »Elena, eine Sache noch: Dieser Adonis mit den schwarzen Handschuhen, der ist nicht verheiratet, oder?«

Isabelle runzelte nachdenklich die Stirn. »Aha«, sagte sie knapp. »Und wo finde ich ihn?« Sie stieß ein schrilles Lachen aus. »Nein, natürlich nicht. Er ist nicht einmal mein Typ. Ich würde gern etwas mit ihm besprechen«, erklärte sie knapp. Dann runzelte sie unzufrieden die Stirn. »Was soll das heißen?«

Isabelles Gesicht nahm ihre Wutfarbe an: Puterrot. »Nun, dann schlage ich vor, du redest mit ihm und überzeugst ihn davon, dass er für deine Lieblingskünstlerin eine Ausnahme macht«, fauchte sie und legte fluchend auf. So viel zu Isabelles temperamentvoller Seite. Sie konnte einem wirklich den letzten Nerv rauben. »Das ist ja wohl nicht zu glauben«, schimpfte sie. »Elena gibt mir seine Nummer nicht, ohne das vorher mit ihm zu besprechen. Aber ich soll mich schon einmal darauf einstellen, dass er kein Interesse an meinem Anliegen hat.«

Juli seufzte, den Stich in ihrem Inneren ignorierend. »Musst du dich in alles einmischen? Du bist genauso schlimm wie meine Mutter.«

»Ich bin die Einzige, die es *wirklich* gut mit dir meint«, erwiderte Isabelle pikiert.

»Dann lass es gut sein«, beharrte Juli. »Ruf Elena an und sag ihr, es hat sich erledigt.«

Isabelle schmollte, aber Juli ließ sich davon nicht beeindrucken. Sie setzte sich zur ihr aufs Sofa und umarmte sie liebevoll. »Ich bitte dich«, sagte sie sanft. »Ich weiß, du hast nur die besten Absichten, aber er ist die Aufregung wirklich nicht wert«, erklärte sie entschieden.

»Also gut«, seufzte Isabelle. »Ich treffe mich morgen sowieso mit Elena zum Brunch. Dann kläre ich das.« Sie streckte sich und erhob sich dann. »Und jetzt lass uns gehen.«

»Wohin?«

»Ich brauche einen anständigen Kaffee und habe vor, mein neu erworbenes Vermögen in der Stadt zu verprassen.« Sie setzte ein unverschämt selbstzufriedenes Grinsen auf. »Und du wirst mich begleiten.«

Da Juli ohnehin noch Zeit hatte, bis sie zum Lagerhaus musste, begleitete sie Isabelle. Der Einkaufsbummel bescherte ihr sogar die erhoffte Ablenkung. Nachdem sie durch die Boutiquen der Innenstadt geschlendert waren, lud Isabelle sie zum Essen ein, wo sie die Frühlingssonne und einen hervorragenden Sommersalat genoss. Erst bei ihrem Nachtisch bemerkte sie, wie schnell die Zeit vorangeschritten war. Sie hatte über Isabelles Geplapper völlig den Termin mit dem Fotografen vergessen. Eilig verabschiedete sie sich von ihrer Freundin und nahm sich ein Taxi zum Lagerhaus.

Mit fünfzehn Minuten Verspätung erreichte sie die angegebene Adresse und schaute sich suchend um. Vor ihr erhob sich ein kahles zweistöckiges Gebäude, das von einem Maschendrahtzaun umgeben war. Da nirgends jemand zu sehen war, wühlte sie die Schlüssel aus ihrer Handtasche und schloss auf.

Hinter der Eingangstür erstreckte sich ein schmaler Gang, der durch eine grelle Deckenbeleuchtung erhellt wurde, beidseitig mit Türen gesäumt war und in ein Treppenhaus mündete. Neben jeder Tür entdeckte sie eine Beschilderung, die mit einer Lagerraumnummer versehen war. Suchend schritt sie die Türen ab, bis sie zum richtigen Eingang gelangte.

Nachdem sie auch die zweite Tür aufgeschlossen hatte, warf sie einen forschenden Blick in den Raum. Rechts vom Eingang war eine Freifläche von etwa dreißig Quadratmetern, die den notwendigen Raum für die Aufnahmen bieten würde. Ein kleiner Tisch und zwei Stühle, die vor einem Fenster aus Sicherheitsglas standen, luden nicht gerade zu einem gemütlichen Kaffeeplausch ein, doch sie würden ausreichen, um halbwegs bequem zu arbeiten. Zwar hatte sie es in der Eile nicht mehr geschafft, ihr Notebook zu holen, aber vielleicht konnte ihr Herr Colbert aushelfen.

Die linke Seite des Raumes säumten mehrere Regale, die mit Kartons vollgestopft waren. Bei genauerer Betrachtung schnappte Juli entsetzt nach Luft, denn es schienen über sechzig Stücke zu sein. Aber es war gut möglich, dass es noch mehr waren. Sie trat näher heran und stellte zähneknirschend fest, dass sie es versäumt hatte, ihre Mutter nach einer konkreten Anzahl zu fragen. Das würden sie nie an einem Nachmittag schaffen.

Erst recht nicht, wenn der Herr Fotograf nicht langsam mal auftauchte. Juli hoffte inständig, dass er nicht schon wieder gegangen war. Sie entschied, noch fünf Minuten zu warten, ehe sie etwas unternehmen würde.

Sie trat an das Fenster, stellte ihre Handtasche auf den Tisch und sah hinaus in den menschenleeren Hof. In Gedanken überschlug sie, wie lange sie wohl für ein Objekt benötigen würden. Das Fotografieren würde nicht das Problem sein, sondern eher das Auspacken, Benennen, Klassifizieren, Nummerieren und wieder Einpacken. Selbst wenn sie pro Stück nur zehn Minuten bräuchten, wären das bei sechzig Exponaten noch immer zehn Stunden Arbeit. Und bei dieser Grobkalkulation hatten sie noch keine Geräte aufgebaut oder eine Pause gemacht und sie hatte die Rechnung ohne mehrteilige Objekte gemacht. Sie betete, dass sich in den zahlreichen Kisten nicht irgendwo ein hundertteiliges Kaffeeservice befand.

Als sie hinter sich ein Räuspern vernahm, holte sie erleichtert Luft. Wenigstens war der Fotograf endlich da und sie konnten mit der Arbeit beginnen.

Sie drehte sich um und zuckte unwillkürlich zusammen, als sie in die kühlen Augen von Bastian blickte.

Kapitel 6

Der Satz, den ihr Herz bei seinem Anblick machte, bestätigte ihr, dass es sich nicht um einen üblen Streich ihrer Fantasie handelte.

Da stand er.

Groß, attraktiv und völlig ausdruckslos.

In seinem grauen Kaschmirpullover und den Jeans sah Bastian aus wie ein Student. Seine Augen wirkten in diesem künstlichen Licht mehr grau als grün und ein dunkler Schatten am Kinn verriet, dass er sich nicht rasiert hatte. Trotzdem sah er verführerisch aus, wie er lässig im Türrahmen lehnte, einen Pappbecher mit Kaffee in der Hand, und sie schweigend betrachtete.

»Herr Colbert?«, fragte Juli irritiert.

Er nickte und nippte an seinem Kaffee. Sofort fielen Juli seine schwarzen Handschuhe ins Auge. Wie ungewöhnlich, sie sogar bei der Arbeit zu tragen.

Doch das tat in diesem Moment überhaupt nichts zur Sache. Unter anderen Umständen hätte sie sich über ihr unverhofftes Wiedersehen gefreut. Stattdessen zog sich ihr Magen bei der Erinnerung an seine letzten Worte vom Vorabend zusammen.

»Wusstest du gestern Nacht, dass wir uns heute wiedersehen würden?«, fragte Juli betreten.

»Ganz sicher nicht«, schnaubte er. Angesichts seiner ablehnenden Haltung war Juli offenbar nicht die Einzige, die bei dieser Begegnung am liebsten davongelaufen wäre. Erstaunlich, dass sie mal einer Meinung waren. Sie reckte das Kinn vor. Sie würde diesen Tag schon überstehen. Sie würde Bastian nicht die Genugtuung geben, dass seine Anwesenheit ihr auch nur das Geringste ausmachte.

»Du bist zu spät«, sagte sie, den herablassenden Ton ihrer Mutter zu ihrer eigenen Überraschung perfekt imitierend.

Langsam stieß er sich von der Wand ab. »Genau genommen bist du zu spät.«

»So wie ich das verstehe, fungiere ich als *Auftraggeber* und du als *Auftragnehmer*, was mir zweifelsohne gewisse Freiheiten erlaubt«, erwiderte Juli mit einem falschen Lächeln. »Meine anderweitigen Verpflichtungen haben mich aufgehalten, jedoch durchaus im Rahmen des akademischen Viertels, falls dir das ein Begriff ist.«

Bastian hob eine Augenbraue. »Ich kann mich nicht entsinnen, ein ›c. t.‹ hinter der vereinbarten Uhrzeit gelesen zu haben.«

»Nun, dann schau doch das nächste Mal etwas genauer hin«, empfahl Juli schnippisch.

»Das werde ich.« Irgendetwas an seinem Tonfall jagte Juli einen Schauer durch den Körper, bedauerlicherweise von der angenehmen Sorte.

»Ich denke, wir haben genug Zeit vertrödelt«, erklärte sie um Fassung ringend. »Ich schlage vor, du baust schon mal deine Gerätschaften auf. Ich sortiere in der Zwischenzeit die Exponate, damit wir möglichst schnell vorankommen.«

»Wie die Dame wünscht«, sagte er beherrscht, wandte sich ab und verließ den Raum.

Zitternd verkroch sich Juli zwischen den Regalen. Wie sollte sie dieses Schauspiel einen ganzen Tag über aufrechterhalten? Sie schaffte es ja kaum, fünf Minuten mit ihm in einem Raum zu sein, ohne dass ihre Gefühle völlig verrücktspielten. Ihre Hände waren schweißig, ihr Körper war überzogen von einer Gänsehaut, ihr Herz hämmerte lauthals in ihrer Brust.

Sie fragte sich, was dieser Mann an sich hatte, dass sie derart intensiv auf ihn reagierte. Sie war nie oberflächlich gewesen, aber abgesehen von seinem attraktiven Äußeren kannte sie ihn nicht.

Und er wollte sie nicht kennenlernen.

Wieso hielt sich ihr Herz nicht an diese simple Tatsache? Was war bloß los mit ihr?

Als sie hörte, dass er zurückkehrte, schnappte sie sich den erstbesten Karton und trug ihn zum Tisch. Vorsichtig packte sie das Exponat aus. In der Zwischenzeit stellte Bastian ein Metallgerüst auf und brachte eine weiße Leinwand an. Danach trug er Scheinwerfer herbei, baute auch diese auf und verkabelte sie. Es folgten ein reinweißer aufklappbarer Tisch, eine Blitzlichtanlage, ein Stativ sowie ein Notebook und eine Tasche mit Kameras und Objektiven. Nachdem er alles angeschlossen und eingestellt hatte, drehte er sich abwartend zu Juli um.

Behutsam stellte sie eine antike Vase auf die vorgesehene Ablagefläche. Sie war handgearbeitet und mit Motiven aus der griechischen Mythologie versehen.

Bastian nahm die Vase ins Visier, überprüfte die Einstellungen seiner Kamera und begann sie abzulichten.

Juli räusperte sich unbehaglich. »Du hast nicht zufällig einen Notizblock dabei?«

Er sah fragend hinter seiner Kamera hervor. »Haben deine Verpflichtungen dich derart vereinnahmt, dass du deine Unterlagen vergessen hast?«, erkundigte er sich belustigt.

»Das kann man so sagen.«

Er ging zu seiner Tasche, holte einen Schreibblock hervor und reichte ihn ihr.

Schweigend nahm sie ihn entgegen und durchwühlte ihre Handtasche nach einem Stift. Nach erfolgloser Suche wandte sie sich um. Er hielt ihr bereits einen Kugelschreiber vor die Nase. »Danke«, erwiderte sie matt.

»Ich kann dir auch mein Notebook überlassen.«

»Ich komme schon zurecht.« Eher würde sie sich auf die Zunge beißen, als sein Angebot anzunehmen, auch wenn das bedeutete, dass sie den Abend damit verbringen würde, ihre Notizen abzutippen. Geschäftig kritzelte sie eine Tabelle auf das Blatt, versah die Zeilen mit laufenden Nummern, die sie ebenfalls auf die Verpackung schreiben würde. Dann ließ sie Platz für die Objektbezeichnung und Bemerkungen, die die Agentur später bei der Texterstellung verwenden sollte.

Sie begutachtete die Vase auf dem Tisch in dem Bemühen, brauchbare Informationen zusammenzustellen. Dabei schweifte ihr Blick zu Bastian, der damit beschäftigt war, die Vase zu drehen, um ihre Rückseite zu fotografieren. »Wie geht es deinem Arm?«, fragte sie und ärgerte sich sofort über ihren fürsorglichen Ton.

»Besser.«

Er ließ keinen Zweifel an seinem mangelnden Interesse an einem Gespräch aufkommen. Daher wandte sie sich schweigend dem nächsten Exponat zu, um es auszupacken.

Durch das gleißende Licht der Scheinwerfer war es in dem kleinen Raum bald so warm, dass Juli ihren Wollpullover auszog. Das dunkelgrüne Shirt, das sie darunter trug, war schlicht, körperbetont und passte perfekt zu ihren blauen Jeans. Eine Tatsache, die von Bastian nicht unbemerkt zu bleiben schien. Sie spürte seinen Blick auf sich, doch er sagte nichts.

Jeder ging seinen Aufgaben nach, stets darauf bedacht, diesen Job und ihr unerwartetes Wiedersehen so schnell wie möglich hinter sich zu bringen.

Piep. Piep. Klick.

Piep. Piep. Klick.

Kurze Pause, um das Objekt zu drehen.

Piep. Piep. Klick.

Piep. Piep. Klick.

Juli ertrug die Stille kaum, aber das war besser, als erneut mit Bastians zurückweisender Haltung konfrontiert zu werden. Er war dermaßen in sich gekehrt, dass sie teilweise das Gefühl hatte, er sei gar nicht da. Er bewegte sich nur, um die Position der Motive zu variieren. Ansonsten verharrte er hinter seinem Stativ und erweckte den Eindruck, dass er Juli nicht näher als unbedingt nötig kommen wollte. Sobald sie an den Tisch herantrat, schlenderte er betont langsam zurück hinter die Kamera. Sein Gesicht war dabei reglos wie eine Maske. Nur aus seinen Augen blitzten gelegentlich unbestimmbare Emotionen, wenn sich ihre Blicke zufällig trafen.

Juli platzierte eine Skulptur vor der Kamera. Dann kehrte sie zu dem Tisch zurück, um ihre Gedanken über ein Silbertablett zu notieren und es wieder zu verpacken, als ein leises Summen ertönte. Bastian griff in seine Hosentasche und zog sein Mobiltelefon hervor.

»Hallo?« Sein Gesicht verzog sich zu einem Lächeln. Er wirkte regelrecht charmant. »Hallo Elena«, grüßte er sie in vertrautem Ton.

Juli gefror das Blut in den Adern. Isabelle hatte ihr versprochen, mit Elena zu reden. Allerdings würden sie erst morgen essen gehen. Das wiederum bedeutete, dass Elena ihn gerade womöglich ihretwegen anrief. Bastian drehte ihr den Rücken zu und murmelte einige unverständliche Worte. Kurze Zeit später legte er auf.

Juli erwartete angespannt seine Reaktion, aber er tat nichts dergleichen. Unbekümmert und in vertrautem Schweigen setzte er seine Arbeit fort.

Sechzehn weitere Stücke später stellte Juli fest, dass es draußen bereits dämmerte und sie noch nicht einmal ansatzweise ihrer Berechnung zufolge vorangekommen waren. Es erschien ihr ziemlich paradox, dass sie das Gefühl hatte, die Zeit würde in der Stille nur so dahinschleichen, die Uhr jedoch ihre Zeiger immer schneller vorantrieb. Wie es aussah, konnte sie froh sein, wenn sie nicht auch noch am Wochenende hier stand.

Frustriert hob sie eine kostbare Mingvase aus ihrer Verpackung. Kopfschüttelnd registrierte sie dabei, dass die Kunstsammlung ihrer Mutter an Varianz kaum zu übertreffen war. In dem großen Haus, in dem sie aufgewachsen war, war ihr nie aufgefallen, dass die meisten Schmuckstücke zwar antik, jedoch in ihren Motiven und Epochen völlig ungleich waren. Andererseits war das typisch für ihre Mutter. Wenn sie etwas haben wollte, dann war es ihr gleich, ob es zum Rest passte. Hinzu kam, dass Luisa ihre Kaufentscheidungen nicht nach ihrem persönlichen Geschmack traf, sondern zahlreiche Exponate nach dem Urteil ihrer Freundinnen erwarb, und die hatten meist selbst überhaupt keine Ahnung. Juli war oft genug Zeugin dieser Prozedur geworden. Es war wirklich angsteinflößend, wozu Frauen fähig waren, die ihr Ansehen über alles stellten.

»Thailändisch oder italienisch?«, fragte Bastian unvermittelt.

Juli hielt perplex inne. »Willst du mich zum Essen einladen?«

»Ich habe Hunger«, erklärte er schulterzuckend.

»Aber wir haben gerade mal ein Viertel der Stücke geschafft«, wand sie ein. »Ich würde es vorziehen, wenn wir weiterarbeiten.«

»Betrachte es als Geschäftsessen«, erwiderte er unbeeindruckt und zog sein Mobiltelefon hervor. »Die Auslagen zahlt ohnehin die Agentur.«

»Ich möchte nichts.«

Bastian bestellte beim Thailänder eine Glasnudelsuppe, vegetarische Frühlingsrollen, Hühnerfleisch in Erdnusssoße, Rindfleisch in Kokosmilch, Eiernudeln mit Schweinefleisch und Gemüse und zum Nachtisch zwei gebackene Bananen. Außerdem fügte er Cola, Apfelschorle und zwei Kaffee seiner Liste hinzu.

Als er aufgelegt hatte, sah er Juli zufrieden an.

»Ich sagte doch, dass ich keinen Hunger habe.«

»Das hast du nicht gesagt.«

»Ich meinte es aber so«, entgegnete sie, empört über die Tatsache, dass seine Bestellung überaus appetitlich klang. Ihre letzte Mahlzeit war nicht sehr umfangreich gewesen und lag einige Stunden zurück. Dieser Nervenkrieg, dem sie in seiner Anwesenheit ausgeliefert war, forderte allmählich seinen Tribut.

Es dauerte nicht lang, bis ein junger Kurier die Bestellung in einer großen Wärmebox lieferte. Bastian verteilte alle Schachteln auf dem Tisch, arrangierte daneben die Getränke und mehrere Paar Essstäbchen, die das Restaurant in dem Irrglauben mitgeliefert hatte, dass es sich um ein Essen für mehrere Personen handelte.

»Das isst du doch niemals alles allein auf«, stieß Juli angesichts der zahlreichen Boxen hervor.

»Darauf würde ich nicht wetten.«

Er nahm auf einem Stuhl Platz, schnappte sich zwei Essstäbchen und begann damit, die Boxen zu durchforsten. Die Stäbchen in seinen verhüllten Händen wirkten trotz seines Geschickes grotesk. Zum wiederholten Male fragte sich Juli, warum er die Handschuhe nicht einfach ablegte.

Er eröffnete seine Völlerei mit den Frühlingsrollen und schaute kauend zu Juli auf, die unentschlossen vor dem Tisch verharrte. Provokativ hob er eine Augenbraue.

Der Duft des Essens stieg Juli in die Nase. Kurz ärgerte sie sich über ihre Schwäche. Dann ließ sie sich auf den anderen Stuhl fallen, griff ein Paar Essstäbchen und die Schale mit der Nudelsuppe. Ohne dass sie ihn darum bitten musste, reichte er ihr die Apfelschorle.

»Die Ausstellung ist gut gelaufen«, eröffnete er zu Julis Überraschung das Gespräch.

Ihre persönlichen Niederlagen außer Acht lassend, nickte sie. »Isabelle hat viele Bilder verkauft.«

»Kennt ihr euch schon lange?«

»Seit der Grundschule sind wir quasi unzertrennlich.«

Er tunkte nachdenklich eine Frühlingsrolle in Soße. »Sie will mit mir sprechen«, sagte Bastian.

Juli schluckte mühsam die Nudeln herunter, die ihr vor Schreck im Hals stecken geblieben waren. »Wirklich?«, antwortete sie bemüht überrascht.

»Du weißt nicht zufällig, was sie von mir will?«, hakte er nach.

Juli rutschte unruhig auf ihrem Stuhl herum. »Keine Ahnung. Vielleicht will sie deine Dienste in Anspruch nehmen.«

»Wie darf ich das verstehen?«

»Du bist Fotograf oder nicht?«, erklärte Juli, seine offensichtliche Belustigung ignorierend. »Vielleicht wünscht sie neue Portraits und Elena hat dich empfohlen.«

»Das glaube ich kaum.«

»Warum?«

»Weil ich normalerweise ausschließlich Stillleben fotografiere. Die Vernissage war eine Ausnahme, um Elena einen Gefallen zu tun. Sie empfiehlt mich grundsätzlich nicht.«

»Warum nicht? Arbeitest du nur für eine bestimmte Agentur?«

»Nein. Ich bin freier Fotograf für ein paar ausgewählte Häuser.« Er langte nach der Box mit dem Hühnerfleisch. »Unabhängig davon ist das Interesse deiner Freundin privater Natur.«

»Woher willst du das wissen?«

»Weil sie es explizit betont hat.«

»Weißt du, Isabelle ist recht launenhaft. Wahrscheinlich hat sie morgen schon wieder vergessen, was sie wollte, und sich anderen Dingen zugewandt.«

»Schätzt du sie so ein?«

Juli lächelte stoisch. »Allerdings.« Genau genommen betraf Isabelles Zerstreutheit alles und jeden, der in ihren Augen unwichtig war – was nicht auf Juli zutraf.

»Ich denke, ich werde sie trotzdem anrufen«, verkündete er. Seine Augen leuchteten wissbegierig ob ihrer Reaktion. Allem Anschein nach hatte er sie bereits im Verdacht. Blieb nur zu hoffen, dass Isabelle ihr Versprechen halten würde.

»Das ist eine gute Idee«, erwiderte Juli fröhlich. »Grüß sie von mir.«

Dann erhob sie sich eilig. »Danke für das Essen, aber ich würde vorschlagen, wir machen jetzt weiter.«

Bastian blieb, wo er war, und aß in aller Seelenruhe sämtliche Gerichte auf, die er bestellt hatte. Offenbar hatte er nicht übertrieben. Wo er das alles hinfutterte, war Juli vollkommen schleierhaft.

Juli lief schneller, packte schneller, notierte schneller. Doch als sie an diesem Abend das Lagerhaus zuschloss, hatten sie gerade einmal sechsundzwanzig Objekte fertig bearbeitet und der Großteil stand ihnen noch bevor. Sie verabredeten sich für den nächsten Morgen um zehn Uhr.

Ihre Verabschiedung fiel kühl aus. Ein kurzes Nicken seinerseits und schon war er in der Dunkelheit verschwunden.

Betrübt machte sich Juli auf den Heimweg. Ihre Gedanken richtete sie dabei auf die Objekte und die Informationen, die sie noch abtippen wollte, damit sie nicht wieder ins Grübeln verfiel.

Zu Hause schaltete sie ihr Notebook ein und übertrug ihre gesammelten Informationen in ihr Textverarbeitungsprogramm. Danach kroch sie direkt in ihr Bett. Das Letzte, was sie sah, bevor sie in einen erschöpften Schlaf fiel, war Bastians durchdringender Blick, der ihr Herz ohne nachvollziehbaren Grund in Aufruhr versetzte.

Kapitel 7

Bastian stapfte ruhelos durch sein modern eingerichtetes Loft in der obersten Etage eines exklusiven Mehrfamilienhauses, das all seine Sehnsüchte widerspiegelte. Reine, weiße Wände waren hochwertig verputzt, sodass keine Delle zu sehen war. Die Möbel waren ebenso schlicht wie funktional. Nirgends waren störende Elemente zu finden. Es gab keine Bilder an den Wänden oder gar Spiegel und sämtliche Oberflächen waren aus matten ebenen Materialien geschaffen.

Zwei Jahre hatte es gedauert, bis er zufrieden war. Es hatte ihn ein Vermögen gekostet, aber das war nicht weiter von Belang. Mancher Besucher mochte sein Heim kühl und distanziert finden, aber er liebte die Geradlinigkeit und die Schlichtheit. Hier fühlte er sich völlig frei.

Nur heute nicht.

Heute fühlte er sich wie ein eingesperrtes Tier.

Als er sich gegen Mittag auf den Weg zum Lagerhaus gemacht hatte, war er erleichtert über die Ablenkung gewesen, die ihm nach einer schlaflosen Nacht bevorstand. Stattdessen fand er ausgerechnet Juli dort vor. Von allen Menschen, die in dieser Stadt herumrannten, war ausgerechnet sie es, mit der er in einem kleinen Lagerraum zusammengepfercht war, um langweilige Stillleben einer drittklassigen Kunstsammlerin zu erstellen. Scheinbar hatte das Schicksal wirklich einen Narren an ihm gefressen.

Er ging zu seinem Schreibtisch und starrte auf das Foto, das er bei der Vernissage von Juli geschossen hatte. Es lag ganz oben auf einem Stapel schwarz-weißer DIN-A4-Abzüge, die er für Elena ausgedruckt hatte. Julis dunkle Augen waren warm und ausdrucksstark und gaben ihm trotz ihrer Offenheit zahlreiche Rätsel auf.

Er fragte sich, wer diese Frau war und was sie bewegte, ob sie glücklich war oder ob der flüchtige Moment, in dem sie gelacht hatte, sie einen unbestimmten Kummer nur zeitweilig vergessen ließ.

Noch nie hatte er mit einem seiner Motive persönlich gesprochen. Er kannte weder ihre Namen noch Details aus ihrem Leben, nicht einmal subtile Hinweise auf ihren Charakter oder gar den Klang ihrer Stimmen. Bisher hatte ihn das auch nie interessiert. Was gezählt hatte, war der pure Ausdruck in seinen Bildern. Dabei galt seine Konzentration ausschließlich der natürlichen Magie, die seine Motive umgab, unabhängig von Alter, Geschlecht und Nationalität.

Umgekehrt wussten diese Fremden nicht einmal, dass es ihn gab, geschweige denn, dass er sie fotografierte.

Er strich sanft über ihre Wange auf dem glatten Papier und fuhr die Konturen ihres sinnlichen Mundes nach. Frustriert stellte er fest, dass sein Bild ihrem Anblick nur in Ansätzen gerecht wurde. An diesem Tag hatte er noch viele weitere Züge an ihr entdeckt. Und das, obwohl er sich während ihrer gemeinsamen Zeit redlich darum bemüht hatte, sich von ihr fernzuhalten.

Nun stand ihm ein weiterer Tag mit ihr in der Enge des Lagerraumes bevor und er hatte nicht die geringste Ahnung, wie er sich ihr entziehen sollte.

Sein mühsam erlernter Impuls, alles und jeden auf Abstand zu halten, hatte bisher stets die Oberhand behalten. Selbst gestern Nacht in ihrer Wohnung, als die Versuchung nicht größer hätte sein können. Die Ablehnung wog inzwischen schon genauso schwer wie das Bedürfnis nach Julis Nähe.

Er fragte sich, ob weitere vierundzwanzig Stunden ausreichen würden, um das Gleichgewicht vollends zu zerstören und seinen Widerstand zu brechen.

Das würde alles verändern und das wollte er nicht.

Er würde nie wieder zulassen, dass ihm jemand so etwas antat wie dieses Miststück vor fünfzehn Jahren. Es war das einzige Mal gewesen, dass er es gewagt hatte, einem Mädchen sein Herz zu schenken. Sie hatte es in Stücke zerfetzt, bevor er wusste, wie ihm geschah. Noch immer schmerzte ihn die Erinnerung daran. Damals war er sechzehn gewesen. Schon lange hatte er heimlich für dieses Mädchen geschwärmt. Sie hatte ihn berauscht und verführt und er hatte es zugelassen und genossen. Er hatte wirklich geglaubt, dass sie anders war. Dass sie es wert war, sich ihr zu öffnen.

Am nächsten Tag wusste die ganze Schule bis ins kleinste Detail, wie er nackt aussah, und sie hatte als Gegenleistung für ihren mutigen Körpereinsatz Eintrittskarten für ein Rockkonzert von ihrer Clique erhalten. Es war eine bittere Erkenntnis. Seine erste große Liebe war eine einzige Enttäuschung gewesen – und die letzte ihrer Art.

Natürlich hatte er sich auch danach von Zeit zu Zeit eine Affäre erlaubt. Die meisten Frauen waren schön, aber nicht besonders klug. Das erleichterte eine oberflächliche Verbindung. Über sich sprach er nie mit ihnen, sie taten es immer im Dunkeln und er blieb nie über Nacht. Das hatte ihm nichts ausgemacht. Bis jetzt jedenfalls.

Die Einsamkeit war ein Preis, den er gern zahlte, denn er schien ihm weniger hoch als seine Verletzbarkeit.

Das Telefon riss ihn aus seinen Gedanken. Er fragte sich nicht, wer zu dieser späten Stunde noch anrief. Es gab nur eine Person, die infrage kam. Sein Magen zog sich schmerzhaft zusammen, während er das Gespräch entgegennahm.

»Bastian?« Elenas Stimme klang gebrochen. »Kannst du bitte kommen?«

»Wie schlimm ist es?«, fragte er knapp, während er in seine Schuhe schlüpfte und seine Schlüssel schnappte.

»Ziemlich schlimm«, erwiderte sie schniefend.

»Ich bin unterwegs.«

Kapitel 8

Der Morgen im Lagerhaus begann, wie der vorherige Abend geendet hatte. Mit dem Unterschied, dass Bastian noch distanzierter war. Er sah mitgenommen aus und ohne es zu wollen, fragte sich Juli, was der Grund dafür sein mochte.

Sie sprachen nur das Notwendigste. Eine angespannte Stille zog sich durch den Raum und vor lauter Verzweiflung spielte sie mit dem Gedanken, ein Lied zu singen, da sie es versäumt hatte, für anderweitige akustische Untermalung zu sorgen.

Mechanisch holte sie ein Paket nach dem anderen aus dem Regal, bereitete die Exponate für Bastian vor und tippte ihre Notizen in ihr Notebook.

Gegen Mittag unterbrach die fröhliche Titelmelodie der Sesamstraße die stille Monotonie, ein Scherz, den sie Isabelle zu verdanken hatte. Erleichtert über die Unterbrechung zog Juli ihr Mobiltelefon aus der Tasche. »Hallo?«

»Hallo Püppchen«, flötete Isabelle.

»Hey.«

»Störe ich?«

»Ich bin im Lagerhaus.«

»Immer noch?«

»Wie sich herausgestellt hat, hat meine Mutter beschlossen, das halbe Haus zu verscherbeln.« Juli klemmte sich das Handy zwischen Schulter und Ohr und bugsierte einen Karton zum Tisch.

»Die liebe Luisa ist doch immer wieder für eine Überraschung gut«, bemerkte Isabelle spöttisch.

»Wem sagst du das?«

»Weswegen ich anrufe«, kam Isabelle direkt zum Punkt. »Ich komme gerade vom Brunch mit Elena.«

Juli zuckte erschrocken zusammen. »Ich hatte doch gesagt, das Thema hat sich erledigt.«

»Sein Name ist Bastian Colbert. Wie Camembert, nur mit ›Col‹ statt ›Camem‹.« Sie kicherte ausgelassen. »Ein Franzose. Ist das nicht niedlich?«

»Zuckersüß«, erwiderte Juli sarkastisch. Sie lugte hinüber zu Bastian und betete, dass er Isabelles laute Stimme nicht hören konnte. »Und jetzt will ich nichts mehr davon hören.«

Isabelle schien zu überlegen. »Es ist nur so, dass Elena mir erzählt hat, dass er sehr von dir angetan war.«

Juli schnaubte ungläubig. Vermutlich hatte Isabelle wieder einmal die Personen verwechselt.

»Dass er sein Interesse nicht so gut zeigen konnte, liegt wohl daran, dass er diesbezüglich etwas schwierig ist«, erklärte Isabelle weiter.

»Wie ich schon sagte, ist nicht mehr wichtig.«

»Wie du meinst«, versetzte Isabelle schnippisch. »Sehen wir uns morgen?«

»Morgen bin ich mit Lukas verabredet.«

»Püppchen, du solltest dich mal mit einem richtigen Mann verabreden.«

Erneut warf Juli einen verstohlenen Blick auf Bastian, der konzentriert arbeitete. Ohne Frage war er ein richtiger Mann. Eingehüllt in ein dunkelblaues Langarmshirt, schwarze Handschuhe und eine locker sitzende schwarze Jeans, versprühte er eine Aura von Männlichkeit, die gleichermaßen kraftvoll wie anziehend wirkte. Und genau deshalb hatte sie nicht vor, ihr Liebesleben in seiner Hörweite mit Isabelle zu diskutieren. »Wie ist dein Brunch sonst so verlaufen?«, fragte sie.

Isabelle seufzte theatralisch, gab sich jedoch geschlagen. Sie berichtete Juli ausführlich von ihrem Gespräch mit Elena, ihren verkauften Bildern und den Aufträgen für die nächsten Wochen. Unterdessen packte Juli weiter Exponate aus. Zwanzig Minuten und zirka dreitausend Worte später verabschiedete sich Isabelle hektisch, weil sie noch einige Materialien für ihre nächste Arbeit besorgen wollte. Bevor sie auflegte, holte sie noch einmal tief Luft. »Ach, und noch was«, sagte sie fröhlich. »Er wohnt in der Königsallee 3. Küsschen.«

Juli schüttelte lächelnd über Isabelles Starrköpfigkeit den Kopf. Nicht, dass sie seine Adresse überhaupt noch benötigte. Er stand schließlich direkt vor ihrer Nase. Aber vielleicht war es ganz gut zu wissen ...

Sie musterte ihn verhalten.

Er war sehr von dir angetan, hatte Isabelle gesagt. Nun, er hatte eine merkwürdige Art, das zu zeigen.

Nachdem sie den Deckel eines weiteren Kartons aufgefaltet hatte, hielt sie etwas Undefinierbares in den Händen, das in eine luftgepolsterte Plastikfolie eingewickelt war. Vorsichtig entfernte sie die Ummantelung und keuchte auf.

In ihren Händen hielt Juli das Kostbarste aus ihrer Kindheit. Es war die Spieluhr ihrer Großmutter. Das bunte Karussell, auf dessen hölzernem Sockel handgemalte Pferde angebracht waren, war ihr liebstes Spielzeug gewesen. In Kindertagen hatte sie stundenlang auf dem Fußboden in ihrem Zimmer gelegen und seiner einzigartigen Melodie gelauscht. Nach dem Tod ihrer Großmutter war die Spieluhr offiziell in den Besitz ihrer Mutter übergegangen, aber Juli hatte das Karussell immer als ihres betrachtet. Was offensichtlich ein Irrtum war, denn nun hatte ihre Mutter beschlossen, es zu verkaufen. Einfach so.

Bastian, der inzwischen herangetreten war, fragte: »Was ist das?«

»Eine Spieluhr«, sagte sie leise.

Sie schluckte schwer, unfähig, ihre Bitterkeit in Worte zu fassen. Langsam drehte sie an dem Schlüssel, um die Spieluhr in Gang zu setzen. Ein letztes Mal wollte sie dem vertrauten Klang lauschen, den sie mit Wärme, Geborgenheit und glücklichen Kindertagen verband. Das waren zumindest ihre Gefühle gewesen, bevor ihre Eltern sie für alt genug befunden hatten, ihre Ansprüche geltend zu machen und sie mit ihrem Leistungsdruck fast zu ersticken. Julis Herz zog sich schmerzhaft zusammen, als die Melodie durch den Raum hallte.

Während sie auf die kreisenden Pferdchen schaute, erwachten ihre Kampfgeister einen Augenblick lang zum Leben und sie war versucht, ihre Mutter anzurufen und ihrer Frustration Luft zu machen. Aber das hätte ohnehin nichts gebracht. Luisa zählte nicht zu den wankelmütigen Menschen. Was sie entschieden hatte, setzte sie durch. Ob es dabei Opfer gab, war für sie nicht von Bedeutung.

Und Juli hatte Opfer gebracht. Ihre ganze Jugend hatte sie damit zugebracht, für die Schule zu lernen, Ballettunterricht zu nehmen oder für ihre Klavierstunden zu üben. Zeit für Jungs hatte sie nie gehabt. Derartige Ablenkungen hatten ihre Eltern nicht geduldet. Alles sollte nur zu ihrem Besten sein. Dass sie auch eigene Erfahrungen sammeln wollte, zählte nicht.

Sie hatte sich oft eingesperrt gefühlt. Dennoch war die Zeit in ihrem goldenen Käfig nicht einsam gewesen. Sie hatte Hanna, ihre Leidensgenossin, und Isabelle, ihre ausgeflippte Freundin, die überaus kreativ darin war, ihnen Freiräume zu schaffen. Wenn Juli ein Drachen war, so war Isabelle der Wind, der sie fliegen ließ, und Hanna die Schnur, die sie am Boden hielt. Schlussendlich waren die starken Bänder, die sie zu den beiden Frauen geknüpft hatte, diese Entbehrungen vielleicht sogar wert gewesen.

Unabhängig davon hatte sie die Schule mit einer hervorragenden Abiturnote abgeschlossen. Dadurch standen ihr alle Möglichkeiten offen. Das war, rückblickend betrachtet, das Einzige, wofür sie ihren Eltern wirklich dankbar war, auch wenn es ihr schwerfiel, sich das einzugestehen.

Die Melodie verstummte und die winzigen Karussellpferde kamen ruckelnd zum Stehen. Juli holte tief Luft, um den Knoten in ihrer Brust zu lösen. Dann trug sie die Spieluhr zum Schafott, damit Bastian seine Arbeit fortsetzen konnte.

»Sie scheint dir etwas zu bedeuten«, stellte Bastian fest, während er wieder hinter seine Kamera trat. Sein sanfter Ton überraschte sie. »Du solltest sie nicht verkaufen.«

»Das habe ich nicht zu entscheiden«, erwiderte sie kraftlos und wandte sich resigniert ab.

Nachdem Bastian seine Aufnahmen abgeschlossen hatte, tauschte Juli die Spieluhr auf dem Tresen gegen eine Silberschale aus. Ein letztes Mal warf sie einen wehmütigen Blick auf das Spielzeug. Dann packte sie es ein und stellte es zu den anderen fotografierten Exponaten zurück ins Regal.

Sie reckte sich, um an den nächsten Karton auf der obersten Ebene zu gelangen. Es war nicht immer ein Segen, klein zu sein.

»Brauchst du Hilfe?«, fragte Bastian, dem ihre Bemühungen nicht entgangen waren.

»Nein, ich hab's gleich«, schnaufte sie und angelte mit den Fingernägeln nach der unteren Kante. Langsam zog sie den Karton heran. Zu spät bemerkte sie, dass sein Inhalt schwer und lose sein musste, denn der Karton kippte plötzlich vornüber. Bedauerlicherweise waren ihre Reflexe nie die besten gewesen, sodass sie nur noch zusehen konnte, wie der Karton ihrer Stirn bedrohlich nahe kam. In Erwartung des Schmerzes schloss Juli die Augen, duckte sich und hörte Sekunden später ein Scheppern. Es war so laut, dass es selbst ihren spitzen Schrei übertönte.

Als sie sich benommen umsah, stellte sie fest, dass sie etwa einen halben Meter weiter links stand und sich kräftige Finger um ihren Oberarm geschlossen hatten.

Bastian stand direkt neben ihr und sah sie erschrocken an. Dann musterte er sie von Kopf bis Fuß. »Alles in Ordnung?«

Sie nickte, auch wenn ihr das Herz bis zum Hals schlug. Scheinbar erwachten ihre masochistischen Züge in seiner Gegenwart zu blühendem Leben.

Er entspannte sich und ließ sie los. Bei seinem besorgten Gesichtsausdruck musste Juli unwillkürlich lachen. »Du hast mich schon wieder gerettet«, stellte sie ungläubig fest.

Sein Mundwinkel zuckte. »Du machst es einem nicht gerade schwer.«

»Das ist wahr.« Sie schaute betreten zu Boden auf der Suche nach der Tatwaffe. Unter dem Regal wurde sie schließlich fündig.

Es handelte sich um einen schweren Messingglobus, der abgesetzte Konturen der Kontinente trug. Sie musterte die gewichtige Kugel in ihren Händen eingehend. »Nichts kaputt gegangen«, erklärte sie erleichtert, während Bastian den Karton vom Boden aufhob.

Sie trat zu ihm und legte den Globus hinein. Dann sah sie nach oben und versank in Bastians grünen Augen. Aus der Nähe entdeckte Juli die hellen und dunklen Sprenkel, die dafür verantwortlich waren, dass diese Augen manchmal auch grau wirkten, je nachdem, wie sich das Licht darin brach. Wenn Isabelle und Elena die Wahrheit sagten – und davon ging Juli aus –, vergeudete sie in diesem Moment die Chance, auf die sie gehofft hatte. Vielleicht sollte sie ihren Stolz herunterschlucken. Nur so weit, dass sie erkennen konnte, ob das Offensichtliche nur eine mühsam aufgebaute Fassade war.

Bastian räusperte sich unbeholfen und trat einen Schritt zurück. »Lass uns kurz Pause machen und etwas essen«, schlug er vor. Ein spöttischer Glanz legte sich in seine Augen. »Danach kannst du mit dem nächsten Karton kämpfen.«

Juli nickte benommen und beobachtete Bastian, wie er sein Telefon holte. »Ist italienisch in Ordnung?«, fragte er.

»Ja, danke.«

»Was möchtest du haben?«

»Eine Lasagne und einen großen Milchkaffee, bitte.«

Während sie auf das Essen warteten, beendeten sie ihre Arbeit an den aktuellen Exponaten. Danach zählte Juli durch, wie viele Stücke es noch waren.

»Bis heute Abend sollten wir fertig sein«, verkündete sie, als sie sich an dem Tisch niederließ, auf dem Bastian das gelieferte Essen ausbreitete.

»Gut.«

Juli öffnete die Verpackung und roch genüsslich an ihrer Lasagne. »Fast wie in Italien«, schwärmte sie begeistert, nahm eine Gabel und spießte mit der Oberfläche die Käseschicht auf.

»Warst du schon einmal dort?«, fragte Bastian.

Sie nickte kauend, bemüht, sich nicht zu sehr über seine Frage zu freuen. »Nach dem Abitur haben Isabelle und ich eine Tour dahin gemacht. Über die Schweiz, runter nach Mailand bis Florenz.« Sie lachte bei der Erinnerung daran. »Wir waren zwei Wochen in ihrem klapprigen Käfer unterwegs. Unser eigener kleiner Roadtrip.«

»Klingt aufregend.«

»Es war fantastisch.« Juli wartete, ob er das Gespräch fortsetzen würde. Doch er biss schweigsam in seine üppig belegte Pizza. »Wir sind fast nie über die Autobahn gefahren«, fuhr sie tapfer fort. »Wir waren beide der Meinung, dass wir dann das Beste verpassen würden. Am Tag tuckerten wir übers Land, hielten in Orten, die uns interessierten, und nachts schliefen wir im Auto.«

Während sie ihre Lasagne aß, berichtete sie Bastian in aller Ausführlichkeit von ihrem Abenteuer mit Isabelle und gelegentlich unterbrach er sie sogar mit Fragen. Es war das erste Mal, dass sie sich wirklich unterhielten. »Eigentlich wollten wir bis Rom fahren, aber leider hatten wir nicht mehr genug Zeit.«

»Warum?«

»Vor Beginn meines Studiums bot die Uni Vorbereitungskurse an, die ich nicht verpassen wollte.«

Bastian runzelte die Stirn. »Müsstest du nicht gerade im Hörsaal sitzen?«

»Jura war nichts für mich«, erklärte sie achselzuckend. »Zurzeit jobbe ich als Kellnerin im Siesmeyer, aber nur, bis ich entschieden habe, was ich machen möchte.«

Er hob skeptisch eine Augenbraue. »Und das wäre?«

»Ich habe keine Ahnung.«

»Kannst du singen?«

Sie blinzelte überrascht. Dann lachte sie. »Nein.«

»Tanzen?«

»Früher habe ich Ballettunterricht genommen, aber meine Kenntnisse sind inzwischen verjährt.«

»Dann dürfte eine Karriere als Popstar wohl ausgeschlossen sein«, stellte er kauend fest.

»Eine Laufbahn als C-Promi im Allgemeinen«, ergänzte sie unbekümmert. »Ich bin nämlich auch eine miserable Schauspielerin.«

»Eine Profisportkarriere?«

»Wie du sicher bemerkt hast, bin ich leider etwas unkoordiniert.«

»Eine wissenschaftliche Laufbahn?«

»Zu trocken.«

»Ein Beruf als Erzieherin oder Lehrerin?«

Ihre braunen Augen wurden groß. »Zu lebendig.«

Er lehnte sich grübelnd zurück. »Wir sind schon ein bisschen anspruchsvoll, was?«

»Immerhin weiß ich, was ich nicht will. Das ist doch auch schon etwas«, sagte sie mit einem kläglichen Lächeln. »Ich will mich dieses Mal wirklich für das Richtige entscheiden.«

»Das Richtige«, murmelte Bastian nachdenklich. Das intensive Leuchten seiner grünen Augen ließ sie nervös innehalten. »Ist ja auch egal. Ich werde schon noch herausfinden, welcher Job am besten zu mir passt«, plapperte sie weiter. »Und du bist hauptberuflich Fotograf?«

»Ich habe es nie gelernt, falls du das meinst.«

»Isabelle hat auch nie Kunst studiert. Trotzdem waren wir erst vorgestern bei ihrer Ausstellung.«

»Nun, wenn man es so betrachtet, hast du wohl recht.«

»Wieso fotografierst du normalerweise keine Personen?«, fragte sie beiläufig.

»Ich mag den Zwang nicht, der entsteht, wenn man jemanden bittet, in die Kamera zu sehen«, erklärte er. »Die meisten Menschen fangen an, sich um ihre Wirkung zu sorgen, sobald sie ein Objektiv sehen.«

Erstaunt über seine ausführliche Antwort, hielt sie inne. »Also fotografierst du nur Menschen, die nicht wissen, dass sie fotografiert werden?«, fragte sie verwirrt.

»Im Grunde ja.«

»Und erfahren diese Menschen hinterher, dass du sie fotografiert hast?«

»Nein.«

»Warum nicht?«

»Wenn ein völlig fremder Mann zu dir käme und sagen würde: ›Hey, ich bin Fotograf und habe ein tolles Foto von dir gemacht, während du dich unbeobachtet gefühlt hast‹, würdest du dich nicht fragen, ob du dich nicht besser in Sicherheit bringen solltest?«

Juli zog nachdenklich die Stirn in Falten. »Es wäre merkwürdig«, stimmte sie zu.

Bastian stieß hörbar Luft aus. »Genau deswegen behalte ich es besser für mich«, sagte er tonlos. Dann legte er sein Besteck beiseite und räumte die Essensreste zusammen. »Wir haben noch eine Menge zu tun. Lass uns weitermachen.«

»In Ordnung«, erwiderte sie zögernd. Sie räumten die Sachen zusammen und Bastian stopfte alles in eine Tüte. Juli stand auf und lief unentschlossen zum Tresen, auf dem eine Lampe darauf wartete, fotografiert zu werden. Da Bastian noch beschäftigt war, trat sie hinter seine Kamera. »Darf ich?«

»Nur zu.«

»Wie funktioniert das?«, fragte sie neugierig.

»Dreh das Rad auf ›P‹ für ›Programm‹. Darin sind alle Einstellungen gespeichert.«

Juli folgte seiner Anweisung und schaute durch die Linse. »Ich sehe nichts.«

»Hast du die Kamera angemacht?«

»Selbstverständlich«, antwortete sie in beleidigtem Ton und prüfte die Kamera sicherheitshalber noch einmal.

Bastian näherte sich Juli. Unmittelbar vor ihr blieb er stehen. Die Wärme, die von seinem Körper ausging, ließ ihre Haut prickeln. Verunsichert trat sie einen Schritt zurück, um den Raum zwischen ihnen zu vergrößern.

Bastian, der von ihrem innerlichen Gefühlschaos nichts mitbekommen hatte, nahm konzentriert seine Kamera in Augenschein. Dann entfernte er kommentarlos die Linsenabdeckung.

»Davon hast du nichts erwähnt«, verteidigte sich Juli kleinlaut.

Als Bastian zum Tisch zurückkehrte, hatte Juli für den Bruchteil einer Sekunde den Eindruck, dass sein Gang ein wenig zu lässig war, um überzeugend zu sein, aber das war vermutlich wieder einmal reines Wunschdenken.

Sie sah durch die Linse und nahm die Vase ins Visier. Die Kamera stellte automatisch scharf. Die zwei Pieptöne, die sie bisher als akustischer Countdown begleitet hatten, ertönten. Juli drückte den Auslöser. Das Bild, das sie geschossen hatte, wurde direkt auf das Notebook übertragen, das Bastian neben dem Kamerastativ auf dem Boden platziert hatte. Sie begutachtete es eingehend. Zufrieden stellte sie fest, dass sie soeben ein brauchbares Katalogbild erstellt hatte. »Das ist alles?«, fragte sie verblüfft.

Bastian nickte.

Juli schoss ein weiteres Foto. Dann grinste sie Bastian an. »Das macht Spaß.«

Seine Mundwinkel zuckten. »Ich weiß.«

Eifrig erstellte Juli weitere Bilder von der überaus hässlichen blau geblümten Lampe und trug sie anschließend vorsichtig vom Aufnahmetresen zum Tisch. Geistesabwesend schob sie sich eine lose Haarsträhne hinters Ohr, während sie das Stück musterte. »Was soll ich denn über dieses Ungetüm schreiben?«, murmelte sie ratlos. Sie war so sehr auf die Lampe konzentriert, dass sie sich Bastians Nähe erst bewusst wurde, als er sich bewegte. Sie schluckte ihre aufkeimende Nervosität hinunter.

»Wie wäre es mit: Exquisiter Lampenschirm mit handgearbeiteten Applikationen in barocker Blumenoptik auf einem hochwertigen Sockel aus edelstem reinweißen Porzellan?«, schlug er vor.

Juli kicherte. »Das ist wirklich eine nette Beschreibung dieser Scheußlichkeit.« Dann ging sie zu ihrem Notebook und tippte Bastians Vorschlag ein. »Hätte ich gewusst, dass du derart kreative Umschreibungen für diese gruseligen Objekte parat hast, hätte ich dich schon früher eingespannt.«

»So gruselig ist sie doch gar nicht«, bemerkte Bastian belustigt, während er seinen Platz hinter der Kamera wieder einnahm. »Zumindest nicht so sehr wie die Vase mit der verzerrten Katze.«

»Oder die Maya-Statue«, erinnerte Juli ihn erschaudernd. »Die war nach dem Schulnotensystem eine glatte Sechs.«

Bastian kratzte sich nachdenklich das Kinn. »Und was geben wir diesem Prachtexemplar für eine Note?«

Juli schürzte die Lippen. »Vier minus«, entschied sie und grinste.

Zum ersten Mal erwiderte Bastian ihr Lächeln.

Kapitel 9

»Das kann nicht dein Ernst sein!« Juli hielt mitten in ihrer Bewegung inne und musterte Bastian argwöhnisch. »›Fight Club‹ ist ein Meisterwerk!«

Bastian grinste hinter seiner Kamera hervor. »Ich schwöre es. Ich habe den Film noch nie im Leben gesehen.«

»Wie kannst du da behaupten, dich auszukennen?«

»Das habe ich doch gar nicht.«

»Oh doch, Mister«, widersprach Juli energisch. »Wer ohne mit der Wimper zu zucken aus sämtlichen Genres zitieren kann, kennt sich mit Filmen sehr wohl aus.«

Ihre Augen funkelten, während sie Bastian amüsiert beobachtete.

Alles hatte mit einer kleinen Schmuckschatulle begonnen, die aussah wie eine Miniaturausgabe der Bundeslade. Juli hatte den Karton geöffnet und Bastian mit großen Augen angeblickt. »Was auch passiert, sieh nicht hin«, hatte sie Bastian eindringlich gewarnt. Er hatte sie irritiert angesehen und war in Gelächter ausgebrochen, nachdem Juli die Schachtel herausgehoben hatte. Sofort hatte er verstanden, dass sie »Indiana Jones« aus der Schlussszene des ersten Teils zitiert hatte. »Fehlt nur noch der Marterpfahl«, hatte er spöttisch bemerkt, was Juli wiederum mit einem fröhlichen Kichern quittiert hatte.

Das war der Beginn eines ausschweifenden Wortgefechtes über die Klassiker der Filmgeschichte gewesen, das gespickt mit Zitaten war. Zu Julis Überraschung konnte Bastian in allen Genres mithalten – zumindest, bis sie das besagte Meisterwerk erwähnte.

»Das war alles, oder?«, fragte Bastian.

»Ja, wir sind fertig.«

Bastian begann damit, seine Kamera von den Anschlusskabeln zu befreien. »Worum geht es in ›Fight Club‹?«

»Hmmm, mal überlegen. Es geht um einen einsamen Mann, der überaus glaubhaft die Überflussgesellschaft vertritt, in der wir leben. Er hat alles und doch nichts. Das ist ihm allgegenwärtig bewusst und er geht im Prinzip genau daran zugrunde«, erklärte Juli, während sie den letzten Karton versiegelte. »Eines Tages lernt er Tyler kennen und gründet zusammen mit ihm den Fight Club. Er nutzt den Schmerz und die Kämpfe sozusagen als Ventil, als Art der Selbsthilfe.«

Bastian hatte mit dem Abbau der Leinwand begonnen und sah Juli nachdenklich an. »Selbsthilfe?«, hakte er tonlos nach.

»Es geht darum, sich lebendig zu fühlen, indem man sich seiner Verletzbarkeit und letztlich seiner Sterblichkeit bewusst wird.«

»Das klingt für mich nicht gerade einleuchtend.«

»Der Film hat schon immer für geteilte Meinungen gesorgt. Die einen finden ihn brutal und gewaltverherrlichend. Die anderen sehen darin ein zutiefst kritisches Werk, das allein den Kampf gegen Moral und Werte widerspiegelt.« Sie stellte die Kiste zurück ins Regal. »Die Schauspieler sind echt spitze«, ergänzte sie und lehnte sich entspannt gegen den Tisch. »Ich kann den Film wirklich nur empfehlen.«

»Ich werde es mir merken.« Bastian rollte die Leinwand zusammen und zog die Stäbe auseinander. Dann blinzelte er zu Juli hoch. »Ich kenne niemanden, der sich so gut mit Filmen auskennt«, stellte er anerkennend fest. »Woran liegt das?«

Juli zuckte grinsend mit den Schultern. »Keine Ahnung. Die einen lieben Bücher, die anderen Fußball. Ich sehe einfach gern gute Filme.« Sie trat einen Schritt vor. »Warte, ich helfe dir.«

»Nein, geht schon, ich bin sowieso gleich fertig«, lehnte Bastian höflich ab. Er legte den Ständer, der die Leinwand gehalten hatte, zusammen und zuckte unvermittelt heftig zusammen, bevor er verhalten fluchte.

»Alles in Ordnung?«, fragte Juli.

Sein Blick verdüsterte sich. »Entschuldige mich kurz«, sagte er steif und verließ den Lagerraum.

Verunsichert sah Juli ihm hinterher. Nachdem sie in den letzten Stunden so viel gemeinsam gelacht hatten, war Hoffnung in ihr aufgekeimt. Zumindest, was ein Wiedersehen betraf.

Doch als er zurückkehrte, war er wie ausgewechselt. Die alte Kälte war in seine Augen zurückgekehrt. Seine Körperhaltung war angespannt. Schweigend packte er die letzten Utensilien seiner Ausstattung zusammen und trug sie hinaus in seinen Wagen. Fast schon befürchtete sie, dass er ohne ein Wort des Abschieds gefahren war, doch nach einer gefühlten Ewigkeit hörte sie seine Schritte im Korridor.

Sie stand an dem kleinen Tisch und zog ihre Tasche zu. »Hast du alles?«, fragte sie zögerlich, nachdem er in der Tür erschienen war.

»Ich bin fertig.«

»Gut.« Juli spielte nervös mit dem Schlüssel in ihrer Hand. »Ich dachte, vielleicht könnten wir mal was zusammen trinken gehen oder einen Film ansehen.«

Er musterte sie schweigend. »Ich will dir keine falschen Hoffnungen machen«, erklärte er schließlich. »Du bist wirklich ein nettes Mädchen.«

Nett? Juli wurde übel.

Wie doof konnte man eigentlich sein? Als hätten sein Verhalten bei der Vernissage und seine Ansage in ihrer Wohnung nicht ausgereicht.

Bastian zuckte entschuldigend mit den Schultern. »Pass auf dich auf … Julietta.« Mit diesen Worten drehte er sich um und ging auf die Tür zu.

Juli starrte ihm nach. Die Sanftheit, mit der er ihren Namen ausgesprochen hatte, ließ sie an seinen Worten zweifeln. Und dann hatte ihn die Traurigkeit in seinen Augen verraten, als er sich abgewandt hatte.

Sie beobachtete seinen steifen Rückzug. Seine Hände waren zu Fäusten geballt. Die schwarzen Handschuhe spannten sich eng um seine Finger, wie Fesseln, die er zu sprengen versuchte.

Er verließ den Lagerraum und sie hörte seine Schritte verhallen.

Sie folgte ihm eilig. »Gib mir deinen Handschuh!«, rief sie und zuckte unwillkürlich zusammen. Selbst in ihren eigenen Ohren klang diese Aufforderung völlig übergeschnappt. Woher die plötzliche Ahnung kam, wusste sie nicht, aber alles in ihr schrie, dass diese Handschuhe etwas mit seinem zwiespältigen Verhalten tun hatten.

Bastian blieb vor der Lagertür stehen und drehte sich zu ihr um. Er kniff ungläubig die Augen zusammen. »Wie bitte?«

Juli schluckte. »Wenn ich nicht dein Typ bin, ist es dir ja sicher auch egal, was ich über dich denke.« Sie wartete kurz, um ihm die Möglichkeit zu geben, ihr zu widersprechen.

Zu ihrem Bedauern tat er es nicht.

»Also zeig mir deine Hände«, forderte sie ihn auf.

»Wozu?« Sein unschuldiger Ton war zu verkrampft, um glaubhaft zu sein.

Juli verschränkte entschlossen die Arme. »Ich möchte sie sehen.«

»Das ist doch lächerlich.«

»Ist es das?« Sie hob eine Augenbraue und lächelte provokativ.

Einen Augenblick herrschte angespanntes Schweigen zwischen ihnen. In dem grellen Licht des Lagerhauses wirkte er wie ein in die Enge getriebenes Tier. Sie sah Verletzlichkeit und Angst in seinen grünen Augen. Sein angespannter Gesichtsausdruck erweckte Zweifel in ihr, doch nun war es zu spät. Sie wollte wissen, was er versteckte.

»Wie du willst«, zischte Bastian. Dann löste er erst den einen Handschuh, dann den anderen und schob stolz sein Kinn vor. Es lag eine Verzweiflung in seinem Blick, die ihr schier das Herz zerriss.

Langsam sah Juli hinab zu seinen Händen. Ihre Augen weiteten sich. Sie waren von blutigen Stellen übersät. Er musste sich bei seinem Sturz viel schlimmer verletzt haben, als sie angenommen hatte.

Entlang seines Handrückens zeichneten sich dunkle Schatten ab, die aussahen wie großflächige Narben. An seinen Fingergelenken sah sie zwei blasenähnliche blutrote Wölbungen und andere schorfige Wunden. Sein rechter Daumen schimmerte nass von frischem Blut. Seine Fingerkuppen waren ungewöhnlich verformt. Hornhaut erstreckte sich auf zerstörten Nagelbetten, an deren Stelle sich normalerweise Fingernägel befanden.

Sie ging auf Bastian zu und ergriff vorsichtig eine Hand, um sie genauer zu betrachten.

Bei ihrer Berührung zuckte er zurück und stieß mit dem Rücken gegen die Tür. In die Ecke gedrängt, konnte er seine Aufregung kaum kontrollieren.

»Ist schon gut«, sagte sie sanft. Sie gab ihm Zeit, sich an ihre Berührung zu gewöhnen. Seine Hand war warm und kräftig.

Allmählich wurde er ruhiger.

Nachdenklich runzelte sie die Stirn, während sie ihn eingehend betrachtete. Waren das Verbrennungen oder ein Ausschlag? Nein. Dafür waren die Wunden zu ungleichmäßig. Sie kannte sich gut genug mit Verletzungen aus, um zu wissen, dass sich diese Wunden in verschiedenen Heilstadien befanden. Die Blasen waren ungewöhnlich und sie mussten zu unterschiedlichen Zeiten entstanden sein. Allem Anschein nach war er dauerhaften Verletzungen ausgesetzt.

Bei dieser Erkenntnis krampfte sich ihr Magen zusammen.

So vorsichtig wie möglich strich sie über die Narben und die zerstörten Fingerkuppen. »Tut es weh?«, flüsterte sie.

Bastian schluckte hart. »Man gewöhnt sich dran.«

Zum ersten Mal sah Juli wieder zu ihm auf. »Was ist passiert?«

»Pech in der Genlotterie.« Er hatte gleichgültig klingen wollen und schicksalserhaben, aber seine Stimme verriet seine Verbitterung.

»Eine Erbkrankheit?« Das erklärte, warum er so viele verschiedene Wunden trug.

Bastian nickte.

Vorsichtig führte Juli seine Hand näher zu ihrem Gesicht. Mit dem Daumen strich sie sanft über die Narben.

Verstört über diese liebevolle Geste schloss Bastian die Augen. Nur einen kurzen Moment schien er sich ihre Nähe zu erlauben, ihren warmen Atem dort zu spüren, wo er am empfindlichsten war. Entspannung durchflutete seinen Körper. Mit einem leisen Rascheln fielen die Handschuhe zu Boden.

Als Juli noch klein war, hatte Hanna ihr immer ein Küsschen auf ihr aufgeschürftes Knie gedrückt, um es wieder heil zu machen. Wenn man ein Kind war, reichte das vielleicht aus, um kleine Wunder zu bewirken. Sie wünschte sich, ein Kuss würde auch seine Schmerzen lindern und seine Wunden heilen.

Sie glaubte nicht an Märchen.

Aber sie glaubte an Trost.

Entschlossen legte sie ihre Lippen auf seinen Handrücken.

Schlagartig erwachte Bastian aus seiner Trance. »Spar dir dein Mitleid«, fuhr er sie an.

»Aber ich ...«

Er war plötzlich so aufgebracht, dass er seinen Schmerz fast hinausschrie. »Es gibt einige, die es noch viel härter getroffen hat als mich.«

Ohne ein weiteres Wort drehte er sich um und stürzte aus dem Lagerhaus.

Der dumpfe Schlag der Tür übertönte kaum das Klopfen ihres Herzens.

Juli war zu geschockt, um seine plötzliche Flucht zu begreifen. Sie hatte sich gewünscht, ihm nahe zu sein. Doch stattdessen starrte sie – zum zweiten Mal, seit sie ihn kannte – auf eine verschlossene Tür.

Kapitel 10

Aufgebracht startete Bastian seinen Wagen. Er wollte nur noch weg.

Scham und Wut durchströmten ihn und er konnte nicht genau sagen, welches Gefühl überwog.

Er raste durch das Industrieviertel, fort von dem Lagerhaus, fort von der Frau, die ihn völlig entblößt gesehen hatte.

Wie sehr er diese ganze Scheiße hasste.

In diesem Moment noch mehr als je zuvor.

An einem geschlossenen Bahnübergang blieb Bastian das erste Mal stehen. Da es bereits Abend war, war weit und breit keine Menschenseele zu sehen.

Sein Blick fiel auf seine vernarbten Hände, die das Lenkrad krampfhaft festhielten. Er stieß einen deftigen Fluch bei der Erkenntnis aus, dass seine Handschuhe noch im Lagerhaus sein mussten.

Er öffnete das Handschuhfach seines Wagens und wühlte ein Ersatzpaar Handschuhe und ein spanisches Zigarrenetui aus Armadaleder hervor. Es war klein, unauffällig und vollgestopft mit Pflastern verschiedener Größe, Zellstoffgazen und zwei sterilen Nadeln. Damit versorgte er notdürftig die frische Wunde am Daumen und die Blutblasen an seinen Fingern, bevor er die Handschuhe über seine Hände zerrte.

Dann ließ er seinen Kopf dumpf gegen die gepolsterte Kopfstütze fallen und starrte auf die leere Straße.

Das gleichmäßige Blinken der Signallampe beruhigte ihn nach und nach. Sein Herzschlag verlangsamte sich und auch seine Atmung ging nicht mehr stoßweise, wenngleich er noch immer das Gefühl hatte, jeden Moment zu ersticken.

Was war bloß in ihn gefahren?

Ursprünglich hatte er sich nur anständig von Juli verabschieden wollen und plötzlich war alles völlig außer Kontrolle geraten. Noch immer saß der Schock über sein Handeln tief. Er konnte einfach nicht begreifen, dass er ihrer Aufforderung, seine Hände zu enthüllen, nachgekommen war. Noch nie hatte er sich so nackt und verletzlich gefühlt. Die Berührung und die Nähe dieser Frau hatten ihm komplett den Verstand vernebelt.

Er hatte in seinem Leben so vieles über sich ergehen lassen, hatte dem Schmerz getrotzt in sämtlichen Facetten.

Aber dieses Bedauern in ihrem schönen Gesicht.

Er hätte alles ertragen, nur nicht ihr Mitleid.

Zumindest dachte er das, bis sie ihre weichen Lippen auf seine verunstaltete Haut gedrückt hatte.

Das war zu viel für ihn gewesen.

Vor ihm rauschte scheppernd ein Güterzug über die Gleise, dem Schrei in seinem Inneren gleich.

Als der Zug vorbeigefahren war, erloschen die roten Signalleuchten und die Schranke öffnete sich. Doch Bastian blieb, wo er war. Die Einsamkeit und die Stille, die ihn umgaben, hatten etwas Tröstliches. Das war das, was er kannte. Er konnte den Gedanken kaum ertragen, dass er wieder einmal eine Schlacht verloren hatte.

Er war nicht stolz auf seine unvermittelte Flucht. Nur Feiglinge liefen weg. Vor ihm nahm das verschwommene Bild seiner Mutter Gestalt an und versetzte ihm einen unangenehmen Stich. Er wollte nicht sein wie sie. Sie hatte sich ihren Ängsten nicht gestellt, sondern war schreiend davongelaufen, nachdem seine Wunden zahlreicher geworden waren, und er war zurückgeblieben mit all den Fragen, auf die er nie eine Antwort erhalten würde.

Der Wunsch, es anders zu machen, erwachte in seinem Bewusstsein. Vielleicht sollte er zurückfahren, sich für sein Temperament entschuldigen und Juli ganz sachlich erklären, was mit ihm nicht stimmte. Vielleicht wäre es ja dieses Mal anders. Ein Teil von ihm – Hoffnung wohl – wollte tatsächlich den Wagen starten und wenden. Doch er war nicht stark genug. Sein Schamgefühl siegte und lähmte ihn.

Er starrte ins Nichts, lauschte nur seinem Atem. Stück für Stück drängte er seine Gefühle zurück, bis sich der Druck in seiner Brust allmählich löste. Dann rieb er sich mit verzweifelter Grobheit über das Gesicht, um vollends wieder zu Verstand zu kommen.

Es war besser so, auch wenn sein Abschied nicht gerade rühmlich gewesen war. Er musste es dabei belassen.

Juli war ohne ihn besser dran.

Und er ohne sie.

Er hatte alles, was er brauchte.

Sogar gute Freunde. Elena und ihr Bruder Felix waren die Einzigen, deren Nähe er sich in all den Jahren gestattet hatte, und er hatte es nie bereut.

Genau wie Bastian litt Felix an der seltenen Erbkrankheit, auch wenn sie unterschiedliche Formen hatten und Felix' Wunden wesentlich ausgeprägter waren. Ihm reichte allein ein unbedachter Händedruck zu einer schweren Verletzung. Inzwischen war es für ihn kaum noch möglich, einen Fuß vor die Tür zu setzen, sodass er größtenteils ans Bett gefesselt war.

Nur die Selbstlosigkeit und Unterstützung seiner Schwester ermöglichten es ihm, ein weitgehend unabhängiges Leben zu führen.

Plötzlich ärgerte sich Bastian über das Selbstmitleid, das er in der letzten Stunde so exzessiv zelebriert hatte. Erst gestern Nacht war ihm in aller Deutlichkeit bewusst geworden, dass es immer noch schlimmer ging.

Als Elena ihn völlig aufgelöst angerufen hatte, war Felix unglücklich im Bad gestürzt und hatte sich schwer verletzt. Er hatte sich strikt geweigert, einen Notarzt kommen zu lassen, denn er meinte, die Sanitäter würden an anderer Stelle mehr gebraucht. Also hatte Elena Bastian um Hilfe gebeten.

Er hatte seinen Freund in einem erbärmlichen Zustand vorgefunden. Sein ohnehin schon gepeinigter Körper war übersät von frischen Wunden. Felix musste wahnsinnige Schmerzen gelitten haben. Dennoch hatte er Bastian selbstgefällig angegrinst, nachdem er eingetroffen war.

Bis spät in die Nacht waren Bastian und Elena mit der medizinischen Versorgung der Wunden beschäftigt gewesen. Anschließend war Bastian bei ihm geblieben und hatte ihn mit schmutzigen Witzen abgelenkt, bis die Wirkung der starken Schmerzmittel endlich eingesetzt hatte und er weggedämmert war. Bastian hoffte, dass es ihm heute besser ging, wobei er die Befürchtung hatte, dass das Schlimmste noch nicht überstanden war.

★★★

Ausgestattet mit einer sorgfältig getroffenen Auswahl an Fachzeitschriften, erreichte Bastian kurze Zeit später die gemütliche Dreizimmerwohnung, in der die Geschwister lebten. Er folgte Elena in die Küche, die dabei war, das Abendessen zuzubereiten, und warf die Zeitschriften lässig auf die Anrichte. Dann durchwühlte er den Wandschrank nach einer geeigneten Tasse und setzte die Kaffeemaschine in Gang.

»Wie geht es ihm?«, fragte er und verschränkte angespannt die Arme vor der Brust. Zuweilen verfielen sowohl Bastian als auch Elena in eine elterliche Fürsorge.

»Du kennst ihn«, antwortete sie niedergeschlagen und begann damit, Möhren zu schälen. »Er beklagt sich nicht, aber ich sehe, dass er leidet.«

»Gibt es Entzündungsherde?«, fragte er.

Es war nicht ungewöhnlich, dass sich solche Wunden mit Keimen infizierten. Felix hatte sich gestern Nacht mehrere großflächige Verletzungen am Rücken sowie an den Ellenbogen und Beinen zugezogen. Gerade die Stellen, die bedingt durch das Liegen Wärme und Schweiß ausgesetzt waren, hatten gute Chancen, sich zu entzünden. Da konnten Bastian und Elena die Stellen noch so gut reinigen und bandagieren.

»Seine Kniekehle und die Wunde unter dem linken Arm sind rot und geschwollen«, berichtete Elena. »Ich habe heute Morgen zwar die Stellen von neuer Wundflüssigkeit befreit, aber ich fürchte, er hat eine Resistenz gegen die antibiotische Wundsalbe entwickelt, die wir zurzeit nutzen. Sie hat kaum geholfen.«

»Hat er Fieber?«

»Zum Glück nicht.«

»Wenn es schlimmer wird, fahre ich ihn zum Arzt«, entschied Bastian.

»Das wäre gut.«

Der Kaffee war fertig und er goss sich eine Tasse ein. Dann sah er Elena abwartend an. »Kaffee?«

Sie schüttelte matt lächelnd den Kopf. »Ich hatte heute schon genug.«

Zum ersten Mal seit seiner Ankunft fiel Bastian auf, wie erschöpft sie aussah. Das Messer, mit dem sie die Karotten schälte, lag kraftlos in ihrer Hand und während sie über das Gemüse schabte, schweifte ihr Blick ins Leere. Nur in Bastians Nähe ließ sie ihre ehrlichen Gefühle zu. Sobald Felix in Sichtweite war, setzte sie ein fröhliches Lächeln auf. Es half schließlich niemandem, wenn sie sich ihrer Ohnmacht ergab und dauernd Trübsal blies. Sie hatte Glück gehabt und war gesund. Felix brauchte sie und damit sie ihm helfen konnte, musste sie stark sein, körperlich und mental.

Doch auch Elena hatte ihre Grenzen.

»Wie geht es dir?«, fragte Bastian sanft.

»Ich hasse es, ihm wehzutun«, flüsterte sie aufgewühlt. Ihre Augen wurden glasig.

»Elena, du tust ihm nicht mehr weh, als er ohnehin schon ertragen muss«, sagte Bastian verständnisvoll.

Sie nickte stumm und kniff die Lippen zusammen. Dennoch stahl sich eine Träne aus ihrem Auge, die langsam über ihre Wange kullerte.

»Jetzt komm schon.« Bastian legte ihr unbeholfen die Hand auf die Schulter. »Wenn du seine Wunden nicht versorgen würdest, würde er binnen kürzester Zeit noch viel mehr leiden.«

»Ich weiß«, erwiderte sie zittrig und schniefte. »Es ist nur so frustrierend.«

Bastian wusste nicht, was er ihr darauf antworten sollte. Sie hatte recht. Es war frustrierend und deprimierend und völlig entmutigend.

Es war ein immerwährender Kampf.

Das wusste er selbst nur zu gut.

Elena warf ihm einen verstohlenen Blick zu. »Entschuldige«, sagte sie beschämt. »Da stehe ich hier und jammere ausgerechnet dir die Ohren voll.«

»Du musst dich nicht entschuldigen.«

Elena schluckte hart. »Willst du mitessen?«, fragte sie um Fassung ringend und regulierte die Herdtemperatur.

»Was gibt es denn?«

»Gegrilltes Seeteufelfilet mit Kartoffelbrei und Möhrengemüse.«

»Klingt großartig.« Bastian hatte keinen Hunger, aber er wollte nicht unhöflich sein. Seine letzte Mahlzeit lag nun schon einige Stunden zurück. Er bemühte sich darum, die Erinnerung an Julis begeistertes Gesicht beim Mittagessen zu verdrängen. Entschieden griff er nach seiner Kaffeetasse und den Zeitungen. »Ich gehe schon mal rüber.«

»Ruf mich, falls ihr etwas braucht.« Elena schenkte Bastian ein zaghaftes Lächeln. Ihre Augen waren noch immer feucht von unterdrückten Tränen, die hinter der Oberfläche lauerten.

»Kommst du klar?«

»Geht schon wieder«, erklärte sie tapfer und begann geschäftig in den Regalen herumzuwühlen. Bastian verstand. Sie wollte allein sein, um sich zu sammeln.

Er wandte sich ab und ging zu Felix' Zimmer. Geräuschvolle Punkrockmusik erklang aus dem Raum. Bastian lehnte sich an den offenen Türrahmen und musterte seinen Freund.

Felix saß auf seinem Bett und starrte konzentriert auf die drei Monitore zu seiner Linken, die an der Wand angebracht und an einen Computer der neusten Generation angeschlossen waren. Dieses Monstrum nannte Felix liebevoll sein Fenster zur Außenwelt, was in gewisser Weise auch stimmte.

Bastian hatte Felix überreden wollen, bei seiner Krankenkasse ein Klinikbett zu ordern, aber er hatte sich vehement geweigert, sein Domizil mit Krankenhausatmosphäre zu verpesten. Auch wenn ein Klinikbett sicher eine bequemere Alternative zu dem hochgestellten Futonbett dargestellt hätte, konnte Bastian Felix' Aversion durchaus nachvollziehen.

Felix hatte sich zahlreiche Kissen in den Rücken gestopft, um möglichst bequem zu sitzen. Seine bandagierten Finger trommelten gedämpft auf der drahtlosen Tastatur herum, die er auf seinen Schoß gebettet hatte.

An einigen Stellen seines kahlen Kopfes und auf der rechten Wange waren blutverkrustete Wunden zu sehen, die er sich wahrscheinlich versehentlich selbst zugefügte hatte, indem er sich arglos am Kopf gekratzt hatte. Eine modische Hornbrille rahmte die intelligenten blauen Augen des jungen Mannes Anfang dreißig ein. Seinen schlaksigen Körper hatte er in ein schlichtes graues T-Shirt und eine schwarze Jogginghose gehüllt. Auch seine Füße waren vielschichtig bandagiert, um sie zu schützen. An seiner steifen Körperhaltung erkannte Bastian, dass Felix Schmerzen hatte. Trotzdem grinste Felix Bastian erfreut an, als er ihn entdeckte.

Bastian stieß sich von der Wand ab und trat in den Raum, um sich auf den freien Stuhl vor dem Bett zu setzen. Er stellte seine Tasse auf den kleinen Tisch daneben, auf dem Elena eine Schüssel mit Obststückchen bereitgestellt hatte, und legte den Stapel Zeitschriften dazu.

Felix stieß einen leisen Pfiff aus. »Du siehst beschissen aus«, stellte er fest.

Bastian grinste. »Danke, gleichfalls.«

Felix lehnte sich etwas bequemer in die Kissen. Seine Bewegungen waren konzentriert und abgehackt.

»Wie fühlst du dich?«, fragte Bastian.

Felix zog eine Grimasse. »Ging mir nie besser.« Sein Blick fiel auf Bastians Handschuhe und er seufzte theatralisch. »Wann lässt du diese Dinger endlich zu Hause?«

»Wann hörst du endlich auf, mich das zu fragen?«

»Also, so langsam glaube ich wirklich, du hast da gewisse Neigungen entwickelt«, bemerkte Felix in übermäßig besorgtem Ton.

Bastian verdrehte die Augen. Für diesen Tag hatte er genug Aufregung um seine Handschuhe gehabt. Das Letzte, was er jetzt brauchte, war eine weitere Diskussion. »Kommst du mit deiner Arbeit voran?«, fragte er.

Felix' Augen leuchteten begeistert auf. So schnell es ihm durch seine Bandagen möglich war, gab er Befehle in seinen Computer ein. Durch die vielen Verletzungen waren seine Finger derart stark angegriffen, dass die Gefahr groß war, dass sie zusammenwuchsen. Deswegen musste jeder einzelne Finger separat verbunden werden, was flüssige Bewegungsabläufe nahezu unmöglich machte. Mit der Zeit hatte Felix ein sehr eigenwilliges System entwickelt, die Tasten zu bedienen. Er nutzte überwiegend seine Zeigefinger für Texteingaben und seinen Handballen, um die Maus zu steuern.

Da Felix' Interesse seit jeher den Möglichkeiten der Informationstechnologie galt, hatte er ein Informatikstudium absolviert und sich anschließend auf den medizinischen Fachbereich spezialisiert. Derzeit arbeitete er an seiner Dissertation. Dafür schrieb er ein Programm, das ihre komplizierte Hautkrankheit weltweit katalogisieren sollte. Er strebte eine umfangreiche Datenerhebung an, die aussagekräftige Informationen von der globalen Verbreitung über demografische Merkmale bis hin zur Klassifikation konkreter Symptome sammeln und auswerten sollte.

Auf dem Monitor erschien eine lange Abfolge von Zeilen. Dann öffnete sich ein Fenster und es erschien eine Tabelle. Felix war vollkommen konzentriert. »Die Anbindung der Datenbanken funktioniert jetzt vollständig«, berichtete er zufrieden. »Ich habe verschiedene Testfälle aus unterschiedlichen Datenquellen in das

System eingespeist. Da es in Deutschland mehrere Fachzentren gibt, dürfte eine Zusammenkopplung fehlerfrei funktionieren.«

»Das ist großartig.«

Felix runzelte nachdenklich die Stirn. »Das Problem ist, dass sich die globalen Standards zu sehr unterscheiden. Ich muss noch einen Weg finden, die Daten in eine einheitliche Form zu konvertieren.«

»Klingt nach viel Arbeit.«

»Allerdings«, bestätigte er eifrig. »Und wenn die primäre Datenerhebung funktioniert, werde ich das Ganze um Therapiemaßnahmen erweitern. Stell dir mal vor, es gäbe einen Weg, erfolgreiche und gescheiterte Therapien bei äquivalenten Symptomen auf Knopfdruck abzurufen.«

»Das würde die Notwendigkeit von experimenteller Medizin drastisch einschränken«, stimmte Bastian zu. Felix' Idee hatte zweifellos Potenzial. Die Behandlung der schwereren Formen stellte Ärzte oft vor eine schwer lösbare Aufgabe. Es war nicht so, dass der Wille fehlte, Betroffenen zu helfen. Das Problem lag in den Erfahrungswerten. Selbst die wenigen Spezialisten, die es gab, waren gezwungen, zunächst verschiedene Behandlungsmöglichkeiten zu erproben, bis sie eine nachhaltige Linderung bei den Patienten erzielten.

»Auch die Verbreitung neuer Heilmethoden würde auf diese Weise wesentlich schneller vonstattengehen«, sagte Felix, während er nach einem Stück weicher Birne langte und es sich unbeholfen in den Mund schob. »Erinnerst du dich an Paul aus New York? Ich habe heute Vormittag mit ihm gechattet und ihm berichtet, dass mir langsam die antibiotischen Heilsalben ausgehen. Er hat mir von einer relativ neuen Mixtur erzählt, die auf dem deutschen Markt weniger verbreitet ist. Sie soll wahre Wunder bewirken.«

»Wenn du es ausprobieren willst, fahre ich noch mal zur Apotheke«, bot Bastian an.

Felix schüttelte den Kopf. »Danke, nicht nötig. Paul schickt mir eine Probe.« Er reckte sich, so gut es ihm mit seinen Verbänden möglich war. »Aber ich würde gern duschen«, verkündete er. »Gestern kam ich ja leider nicht mehr dazu.«

Bastian erhob sich. »Bist du sicher?«

Felix grinste schief. »Ja, aber wenn du so freundlich wärst.«

Vorsichtig rückte Felix an die Bettkante und keuchte schmerzerfüllt auf, als seine zittrigen Beine den Boden berührten. In unmittelbarer Nähe des Bettes lehnten zwei Krücken an der Wand, die mit Schaumstoff gepolstert waren.

Felix hatte erst nach langen Diskussionen eingesehen, dass er auf Gehhilfen angewiesen war, um seine Beine zu entlasten, aber er mied sie, wann immer er konnte.

Bastian legte Felix' Arm sachte um seine Schultern und zog ihn langsam auf die Füße. Erneut stöhnte Felix auf, eine Mischung aus Schmerz und Erleichterung. Er stützte sich mit seinem ganzen Gewicht auf Bastian. Behutsam geleitete Bastian ihn ins anliegende Bad und ließ ihn auf einen gepolsterten Stuhl sinken, der in der Duschkabine bereitstand.

Dann half er Felix, sich zu entkleiden.

»Hast du das Rennen gestern Abend noch gesehen?«, fragte Felix und begann, seine Bandagen zu lösen. »Ich war ja leider etwas indisponiert.«

»Viel hast du nicht verpasst.« Er half Felix an den Stellen, die er selbst nicht erreichte. Auch wenn er mit größter Sorgfalt vorging, zuckte Felix zweimal heftig zusammen.

»Verdammt«, murmelte Bastian, als er den Verband unter Felix Arm lösen wollte. »Er ist festgeklebt. Den solltest du erst aufweichen.«

Bastian stellte die Dusche auf eine angenehme Temperatur ein und reichte Felix den speziellen Duschkopf, der den Wasserdruck auf ein Minimum reduzierte, sodass sich Felix keinen Schaden zufügen konnte. Dann sammelte er zügig die Verbandsreste auf, die sich zu Felix' Füßen häuften, und zog sich zurück, um ihm etwas Privatsphäre zu bieten.

Über das Rauschen der Dusche hinweg berichtete Bastian von der letzten Liveübertragung des Formel-1-Rennens in Südkorea. Die beiden philosophierten fachkundig über die neusten technischen Errungenschaften der jeweiligen Teams und berechneten, wer unter welchen Voraussetzungen den Saisonsieg davontragen würde.

Als sich Felix fertig gewaschen hatte, half Bastian ihm in seinen Bademantel und brachte ihn zurück in sein Zimmer.

»Da seid ihr ja«, begrüßte Elena sie fröhlich. Von ihrem Kummer war nichts mehr zu sehen. »Das Essen ist auch bald fertig.«

Sie hatte bereits frische Sachen für Felix auf das Bett gelegt, doch bevor er sich ankleiden konnte, mussten seine Wunden versorgt werden. Zu diesem Zweck suchte Elena alle notwendigen Utensilien aus einem eigens dafür vorgesehenen Schrank zusammen, dessen Schubladen bis unter den Rand mit Verbandsmaterial und Medikamenten gefüllt waren.

Felix sank auf einen Sessel und Bastian assistierte ihnen bei der Wundversorgung, indem er ihnen die notwendigen Materialien reichte. Elena und Felix waren derart aufeinander eingespielt, dass es nicht vieler Worte bedurfte.

Zuerst lösten sie den letzten aufgeweichten Verband und desinfizierten großflächig die betroffenen Bereiche. Neue Blasen, die sich über den Tag gebildet hatten, stachen sie mit sterilen Nadeln auf, bis die Wundflüssigkeit vollständig abgeflossen war. Danach nutzten sie verschiedene Cremes zur akuten Behandlung und betteten saubere, nicht haftende Auflagen darüber. Da Felix Haut so fragil war, dass die Verwendung von Heftpflastern unweigerlich zur Bildung neuer Blasen geführt hätte, fixierten sie alles mit Mullbinden und Strumpfverbänden. Die Verletzungen auf dem Rücken und unter dem Arm sahen besser aus als am Abend zuvor, die Entzündung in der Kniekehle würden sie jedoch im Auge behalten müssen.

Nachdem sie fertig waren, half Bastian Felix in seine Sachen, während Elena das Essen holte und zwei Teller auf den Tisch stellte.

»Ich hole schnell einen Stuhl«, sagte Bastian. »Nimm du den anderen Sessel.«

»Nicht nötig«, winkte Elena ab.

»Isst du nicht mit?«, fragte Felix erstaunt.

»Jetzt, da du Gesellschaft hast, werde ich mir ein Bad einlassen und etwas gegen meine Falten tun«, witzelte sie und war aus der Tür verschwunden, bevor Felix zu einer frechen Bemerkung unter Geschwistern ansetzen konnte. »Als Nächstes erzählt sie mir noch, welche Gesichtsmaske sie bevorzugt«, murmelte er naserümpfend. »Sie braucht dringend eine Freundin.«

Bastian lachte und nahm in dem Sessel gegenüber von Felix Platz. Im Unterschied zu seiner Mahlzeit war Felix Essen vollständig püriert und mit zusätzlichen Mineralien angereichert. Das war notwendig, weil nicht selten auch die Schleimhäute der Patienten betroffen waren. Felix musste daher akribisch auf seine Ernährung achten, um sich vor inneren Verletzungen zu schützen.

Felix angelte nach seiner Gabel, häufte linkisch eine Portion Brei darauf und schob sie sich in den Mund. Sein Blick war abwägend.

»Willst du mir von ihr erzählen?«, fragte er schließlich. Unnötig zu erwähnen, wen Felix meinte.

Bastian stöhnte gequält auf. »Elena hat dir eine Menge erzählt.«

»So viel nun auch wieder nicht«, widersprach Felix. »Nur, dass es bei der Vernissage eine hübsche Brünette gab, die du den ganzen Abend nicht aus den Augen gelassen hast.«

»Julietta«, sagte Bastian rau.

»Ungewöhnlicher Name.«

»Nicht annähernd so ungewöhnlich wie sie.«

»Wirst du sie wiedersehen?«, grinste Felix.

»Das habe ich bereits.«

Felix hob fragend eine Braue.

»Die Grafikwerkstatt hat mich mit Bildern für einen Katalog beauftragt, irgendwelche zusammengewürfelten Sammlerstücke. Sie ist die Tochter der Auftraggeberin und war mit im Lagerhaus, sozusagen, um meine Arbeit zu überwachen«, erklärte Bastian.

»Verrückt«, kommentierte Felix kopfschüttelnd. Dann sah er Bastian neugierig an. »Und?«

»Nichts und«, erwiderte Bastian angespannt.

Felix seufzte. »Was hast du angestellt?«

Bastian war nicht im Mindesten erstaunt über Felix Frage. Für seinen Freund schien er stets ein offenes Buch zu sein. »Sie hat mich aufgefordert, meine Handschuhe abzulegen«, erklärte er zögernd. Noch immer jagte ihm die Erinnerung daran einen Schauer über den Rücken.

»Schlaues Mädchen«, meinte Felix anerkennend. »Hast du es getan?«

Bastian zog eine Grimasse, für Felix Bestätigung genug. »Und wie hat sie reagiert?«, fragte er.

»Nicht so schockiert, wie ich es erwartet hätte, aber ihr Mitleid konnte sie kaum verbergen.«

Felix musterte Bastian freudlos. »Du bist mal wieder ausgeflippt.«

»Du hättest mal ihren Blick sehen sollen«, verteidigte sich Bastian zerknirscht und raufte sich frustriert die Haare. »Ich bin Hals über Kopf aus dem Gebäude gestürzt«, gestand er schließlich.

»Sie hat dir ihr Mitgefühl gezeigt und du hast Panik gekriegt.«

»Ich will kein Mitleid«, knurrte Bastian bitter. »Erst recht nicht von ihr.«

»Wenn du willst, dass sie dich als starken Mann wahrnimmt, solltest du auch wie einer handeln, mein Freund«, versetzte Felix gelassen.

»Das ist mir klar«, sagte Bastian widerwillig. »Aber jetzt spielt es ohnehin keine Rolle mehr, denn ich werde sie nicht wiedersehen.«

»Warum rufst du sie nicht an?«

»Ich habe ihre Nummer nicht.«

»Und im Zeitalter der Kommunikation ist es ja auch schwierig, sie herauszufinden«, pflichtete Felix ihm sarkastisch bei.

»Sie wird ohnehin nicht an einer Erklärung interessiert sein, nachdem ich mich wie der letzte Vollidiot aufgeführt habe.«

»Du gibst also auf, bevor du es überhaupt versucht hast?«

Bastian schwieg.

Felix aß nachdenklich einige Happen seines Abendbrotes. Dann sah er Bastian forschend an. »Elena kann Isabelle sicher nach ihrer Telefonnummer fragen, was meinst du?«

»Ich meine, das ist keine gute Idee.«

»Nicht für dich«, schmunzelte Felix. »Für mich.«

Bastian sah ihn stirnrunzelnd an.

»Wenn du sie nicht willst«, erklärte Felix leichthin. »Ich nehme, was ich kriegen kann.« Er zeigte mit seiner Gabel in Bastians Richtung. »Wenn es tatsächlich eine hübsche Brünette gibt, die mehr Mitgefühl als Ekel bei dieser Geschichte empfindet, dann will ich sie auf jeden Fall kennenlernen.«

»Du hast echt so einen kranken Sinn für Humor«, erwiderte Bastian ungerührt.

»Das war kein Scherz«, widersprach Felix ernst. »Es gibt einen Grund dafür, dass wir nie über Frauen reden. Und der liegt nicht etwa darin, dass ich mir im Gegensatz zu dir keine Partnerin wünsche.«

Felix kratzte den letzten Rest Kartoffelpüree von seinem Teller und schob ihn sich in den Mund, während er Bastians zunehmend blasser werdendes Gesicht auf sich wirken ließ.

»Ich kann mich nicht einmal am Kopf kratzen, ohne mich zu verletzen«, sagte Felix tonlos. »Sollte es also wirklich eine Frau geben, die keinerlei Berührungsängste mit einem Schmetterlingskind hat, dann brauche ich dringend ihre Nummer.«

»Tu, was du nicht lassen kannst.« Bastian war redlich darum bemüht, seine Gleichgültigkeit zu demonstrieren, indem er sich zurücklehnte und die Arme verschränkte.

Felix lächelte verträumt. »Nichts kann so tröstlich sein wie die zärtliche Umarmung einer schönen Frau. Ich stehe zwar eher auf Blondinen, aber in der Not frisst der Teufel ja bekanntlich Fliegen.«

Bastians Kiefer mahlten bedrohlich aufeinander, während er seinen Freund finster ansah.

Felix lehnte sich ebenfalls entspannt zurück und rief: »Elena!«

»Bin gleich da«, antwortete seine Schwester prompt.

»Schon gut«, gab Bastian sich seufzend geschlagen. »Ich habe es kapiert.«

»Kommst du bitte mal kurz?«, rief Felix, den Blick ruhig auf seinen Freund gerichtet.

»Ich werde sie kontaktieren und es ihr erklären«, versprach Bastian hastig. »Aber ich mache das auf meine Weise.«

Elena erschien nur mit einem Bademantel bekleidet in der Tür und schaute fragend zu Felix. »Braucht ihr noch etwas, bevor ich baden gehe?«

Ein zufriedenes Lächeln breitete sich auf Felix' Gesicht aus. Dann schaute er grinsend zu seiner Schwester. »Gibt's noch Kartoffelbrei?«

Kapitel 11

Am Samstagmittag starrte Bastian nachdenklich aus dem Fenster seines Wohnzimmers und beobachtete ein paar Vögel, die sich in der sonnigen Frühlingsluft tummelten. Er hatte Felix versprochen, die Sache mit Juli zu klären, und ganz nebenbei wurde auch er von dem Wunsch getrieben, die Dinge nicht einfach so auf sich beruhen zu lassen. Aber er hatte keine Ahnung, wie er diesen Vorsatz in die Tat umsetzen sollte. Er konnte sie schlecht anrufen und ihr am Telefon erklären, wieso er tags zuvor so ausgeflippt war. Abgesehen davon brannte eine unbekannte Sehnsucht in ihm. Er wollte sie wiedersehen, auch wenn es unvernünftig war.

Fast schien es ihm wie ein Wink des Schicksals, als eine junge Frau in seine Straße einbog, die Juli verdächtig ähnelte. Er beugte sich weiter nach vorn, um sie genauer in Augenschein zu nehmen. Je näher sie kam, umso deutlicher reagierte sein Körper.

Als sie vor dem Gartentor zu seinem Wohnhaus stehen blieb und eingehend die Briefkästen betrachtete, war er sicher, dass sie es war. Aufregung durchfuhr ihn, während sie vorsichtig die Klappe seines Briefkastens anhob und hineinlugte. Weil ihr zahlreiche Werbeprospekte entgegendrangen, ließ Juli die Klappe wieder sinken und schaute nachdenklich zum Haus. Von seiner Dachgeschosswohnung aus konnte er ihre Mimik nicht genau erkennen, aber etwas oder jemand beim Hauseingang erregte ihre Aufmerksamkeit und sie lief eiligen Schrittes darauf zu. Er stieß mit seiner Nase fast gegen die Fensterscheibe, während sie aus seinem Sichtfeld verschwand.

Allem Anschein nach war sie hineingegangen.

Wie von der Tarantel gestochen eilte Bastian quer durch seine Wohnung und lauschte an der Wohnungstür. Kurze Zeit später hörte er Schritte, die sich näherten. Dann war alles still.

Er konnte nur noch seinen dröhnenden Herzschlag hören, während er darauf wartete, dass es klingelte.

Aber sie tat es nicht.

Und sie würde es auch nicht tun – was kein Wunder war, so wie er sie behandelt hatte.

Diese Erkenntnis versetzte ihn in Panik und er riss schwungvoll die Tür auf.

Juli kauerte vor seiner Tür und blinzelte erschrocken nach oben. Dann richtete sie sich hastig auf. »Entschuldige«, stammelte sie. »Ich …« Schamesröte schoss ihr vor Verlegenheit ins Gesicht. »Oh Gott. Du denkst wahrscheinlich, ich bin völlig durchgeknallt, aber ich wollte dich nicht …« Sie unterbrach sich und holte tief Luft. »Isabelle hat Elena für mich um deine Adresse gebeten. Ich hätte vielleicht doch klingeln sollen, aber dann dachte ich, du willst das nicht. Ich wollte dir nur die hier zurückbringen.« Sie hielt seine schwarzen Lederhandschuhe in die Höhe. »Du hast sie gestern liegen lassen und ich dachte, dass du sie sicher wiederhaben willst«, stammelte sie. »Eigentlich wollte ich sie dir nur schnell vor die Tür legen.«

Ihr Blick fiel auf seine Hände, die von einem anderen Paar Handschuhe bedeckt waren. »Du hast ein Ersatzpaar«, stellte sie fest und lachte beschämt. »Natürlich. Wie dumm von mir.«

Bastian nahm reflexartig seine Handschuhe entgegen.

Sag etwas zu ihr, du Blödmann, schalt er sich innerlich, aber irgendwie schien die Verbindung zu seinem Sprachorgan gekappt zu sein.

Juli zog sich unbehaglich ihre dunkelgrüne Strickjacke enger um ihren Körper, bevor sie die Arme verschränkte. Ihre braunen

Augen sahen betrübt zu ihm auf. »Ich gehe jetzt lieber«, sagte sie leise und trat einen Schritt zurück. »Tschüss.«

»Kaffee?«, platzte er heraus. Wow, er konnte sprechen. In Gedanken stöhnte er qualvoll auf, während Juli ihn irritiert musterte. »Ich würde dir jedenfalls welchen anbieten, wenn ich welchen da hätte«, fuhr er betont lässig fort. »Aber ich hätte heiße Schokolade. Oder Tee. Oder Cola. Oder wenn du Wasser lieber magst ...«

»Soll das ein Witz sein?«, fragte Juli nach kurzem Zögern.

Das fragte er sich auch gerade. Ging es eigentlich noch peinlicher? Er zwang sich zu einem Lächeln. »Ich kann auch witzig sein, aber in diesem Fall mache ich keine Scherze.«

Juli starrte ihn sprachlos an und Bastians Lächeln wich einer betroffenen Miene. »Was gestern passiert ist, tut mir leid. Ich hätte nicht einfach abhauen sollen. Das war alles ein bisschen viel für mich.«

»Nein.« Juli schüttelte den Kopf. »Mir tut es leid. Ich hätte dich nicht drängen sollen.«

Bastians Augen weiteten sich vor Verwunderung. Er verhielt sich wie ein Vollidiot und sie entschuldigte sich? Das konnte nicht sein, außer sie sah in ihm eine Art Opfer. Er schluckte hart. »Möchtest du reinkommen? Du hast sicher ein paar Fragen.«

»Ich kann nicht«, erwiderte sie bedauernd. »Ich bin mit Lukas verabredet.«

»Verstehe«, murmelte er. An sich sollte er nicht überrascht sein, dass sie sich mit jemand anderem traf, auch wenn ihm der Gedanke daran nicht gefiel.

»Ich habe dir von ihm erzählt.« Juli grinste, als gefiele ihr seine Reaktion. »Er ist derjenige, der die Astronautenpflaster verbraucht hat.«

Ihr Neffe.

»Wir gehen in den Zoo«, fuhr Juli fort, während in ihren Augen ein fröhliches Funkeln aufblitzte. »Du könntest mitkommen, wenn du willst.«

Einmal mehr stellte sie ihre Wirkung auf ihn unter Beweis, ohne sich dessen überhaupt bewusst zu sein. Er spürte das dümmliche

Grinsen schon, bevor es sich vollends auf seinem Gesicht ausgebreitet hatte, und er konnte absolut nichts dagegen tun. A | 15:00 – Tag

★★★

»Der Löwe ist nach dem Tiger die zweitgrößte Raubkatze. Hauptsächlich in Afrika angesiedelt, bevorzugt er ausgedehnte Wiesen- und Wüstenflächen. Bei der Jagd erreicht er Geschwindigkeiten bis zu sechzig Kilometern pro Stunde, was im Vergleich zu seinen Artgenossen verhältnismäßig langsam ist. Seine Hauptbeutetiere sind Antilopen und Gnus, aber auch Büffel, Zebras und, wenn notwendig, sogar Elefanten.« Juli sah von dem kleinen Messingschild auf, um nach einem Löwen Ausschau zu halten.

»Cool.« Wie alle Jungen in seinem Alter zog auch Lukas das »o« auffallend lang in seiner Betonung, wenn ihn etwas besonders begeisterte. Julis Neffe war für seine sechs Jahre erstaunlich aufgeweckt. Der Wind hatte seine kurzen braunen Haare zerzaust und seine braunen Augen, die denen Julis ungemein ähnelten, leuchteten vergnügt. Er reckte sich neben Juli auf die Zehenspitzen, um besser über das Geländer in das Außengehege der Raubkatzen sehen zu können.

Auch Bastian trat neben die beiden an das Geländer heran.

Auf einem Plateau vor ihnen, das von dichten Büschen umgeben war, lungerte ein ausgewachsenes Löwenpärchen träge in der Frühlingssonne. Beide wirkten geradezu königlich in ihrer Anmut. Offenbar handelte es sich um den Anführer des Rudels und seine Gefährtin.

»Seht mal!« Lukas zeigte auf einen Löwen, der sich aus dem Hintergrund an das Pärchen heranpirschte. Er musste jünger sein, denn seine Mähne war bei Weitem nicht so majestätisch wie die des anderen Löwen. Als die ältere Raubkatze ihn bemerkte, stellte sie sich ruckartig auf, um ihr Revier zu verteidigen. Beide Löwen nahmen sich gegenseitig ins Visier, fauchten einander an.

Das Weibchen hatte sich ebenfalls erhoben und suchte nun hinter ihrem Gefährten Schutz. Das ältere Tier gab erneut eine

Warnung vor sich. Der junge Löwe schien jedoch zu übermütig zu sein, um sich durch die imposanten Gebärden seines Rivalen verunsichern zu lassen. Mit einem Satz sprang er auf ihn zu.

Lukas schnappte aufgeregt nach Luft.

Der Schlagabtausch der Raubkatzen wurde von lautem Geknurre und Gefauche sowie von Lukas fantasievollen Zwischenrufen akustisch untermalt. Der Sieger des Kampfes war schnell ausgemacht. Trotz seines Übermutes schaffte es der junge Löwe nicht, sich gegen den Rudelführer zu behaupten. Zwei weitere gezielte Tatzenhiebe reichten aus, um den Herausforderer zum Rückzug zu zwingen.

Lukas Schultern sackten enttäuscht über das abrupte Ende und den Ausgang des Kampfes nach unten. »Schade, ich war für den anderen.«

»Er muss wohl noch ein bisschen futtern, bis er mit dem Großen mithalten kann.« Bastians Ton war kumpelhaft und vertraut. Beide hatten schnell Freundschaft geschlossen. Ein Blick hatte gereicht und sie waren sich einig gewesen, dass sie sich mochten.

»Wenigstens hat der Dicke auch was abgekriegt.« Lukas grinste Bastian zufrieden an und präsentierte eine bemerkenswerte Zahnlücke. Dann runzelte er die Stirn. »Worum haben sie sich überhaupt geprügelt?«

»Um Futter vielleicht«, riet Bastian.

Das Pärchen hatte sich inzwischen beruhigt und faulenzte wieder zusammen in der Sonne. Lukas schaute sich suchend auf dem Plateau um. »Nein, da liegt nichts.«

Juli legte sanft die Hand auf Lukas Schulter. »Sie haben sich um das Mädchen gezankt«, erklärte sie ruhig.

Lukas verzog entgeistert das Gesicht. »Der Dicke hat sich wegen eines Mädchens verprügeln lassen?«

Schlagartig wurde sich Bastian der Ähnlichkeit der Situation bewusst. Es war nicht lange her, seit er sich für Juli eingesetzt hatte, und das nicht ohne selbst Verletzungen davongetragen zu haben.

Auch Juli schien sich dessen bewusst zu sein. »Sicher nicht freiwillig«, bemerkte sie unsicher.

Seine Mundwinkel zuckten bei ihrem schuldbewussten Blick. »Das sicher nicht, aber es war notwendig.«

Lukas beobachtete das Löwenpaar nachdenklich. »Er muss sie gern haben.«

Bastians Augen ruhten auf Juli. Es wäre so einfach, Lukas Feststellung zu bestätigen, doch dieses Bekenntnis würde so viel weitreichender sein, als der kleine Junge ahnte.

Lukas, der in seiner Unschuld von der angespannten Stimmung zwischen seinen Begleitern nichts bemerkte, drängte zum Aufbruch. »Gehen wir weiter.«

»Was möchtest du jetzt sehen? Die Elefanten? Oder die Affenbande?«, wollte Juli wissen.

»Ich möchte ein Eis, bitte«, entschied er und schaute so flehentlich zu ihr hinauf, dass sie gar nicht anders konnte, als das nächste Café anzusteuern.

Kurze Zeit später saßen sie im Wintergarten des kleinen Zoobistros. Wegen des Wochenendes war es gut besucht. Dennoch hatten sie einen schönen Platz am Fenster ergattert und sahen in den sonnigen Garten, der mit einem einladenden Spielplatz ausgestattet war.

Während sie auf ihre Bestellung warteten, unterhielten sie sich über die Schule. Seine Einschulung lag erst wenige Wochen zurück. Deshalb war er noch voller Übereifer. Einzig das frühe Aufstehen war ihm ein Dorn im Auge.

Die Bedienung brachte zügig den bestellten Früchteeisbecher für Lukas, ein Stück Apfelkuchen für Juli und einen Teller Crêpes für Bastian. Außerdem brachte sie für alle eine Tasse heiße Schokolade.

Lukas Augen strahlten freudig. Ohne Zögern fiel er über seinen Eisbecher her. Unterdessen berichtete er Juli und Bastian detailliert von seinen neuen Freunden in der Schule. Stolz erklärte er, dass er bereits Mitglied der beliebtesten Schulhofclique war, was er im Wesentlichen darauf zurückführte, dass sich Julis Einschulungsgeschenk, ein ferngesteuerter Monstertruck, großer Beliebtheit erfreute. Sehr ausführlich unterrichtete er Bastian über die technischen Ausstattungsmerkmale seiner feuerroten Carrera-RC-Racing-Maschine, die mit ihren knapp siebenundvierzig Zentimetern Länge satte fünfunddreißig Stundenkilometer erreichte.

Lukas hatte etwa die Hälfte seines Eisbechers gegessen, als ihm Bastians Handschuhe auffielen. Stirnrunzelnd lugte er hinter dem hohen Glas hervor. »Was ist denn mit deinen Händen?«

Bastian schob sich ein Stück Crêpe in den Mund. »Mir ist kalt«, erklärte er knapp. Er spürte, dass seine lässige Haltung dieses Mal wenig glaubwürdig war. Der Schock über seine Enthüllung saß noch immer zu tief, um seine Unbeholfenheit perfekt zu überspielen.

Lukas war mit seiner Erklärung jedoch zufrieden. »Dann sei froh, dass du kein Eis isst«, erwiderte er fröstelnd. »Da wäre dir noch viel kälter.« Er legte seinen Löffel beiseite und schob das Glas zu Juli hinüber.

»Hast du schon genug?«, fragte sie erstaunt.

Lukas nickte. Er warf einen sehnsüchtigen Blick auf den Spielplatz. Drei Jungen, die in seinem Alter sein mussten, fanden sich gerade zusammen. Einer trug einen Fußball unter dem Arm. Die Versuchung war zu groß, als dass er ihr lange hätte widerstehen können. »Darf ich spielen gehen?«

»Klar, aber du kennst die Regeln.«

Lukas rollte mit den Augen. »Ich weiß, ich weiß. Immer in Sichtweite bleiben.«

Bevor Juli noch etwas erwidern konnte, war er schon davongeflitzt.

Juli entschuldigte sich kurz, um auf die Toilette zu gehen. Unterdessen beobachtete Bastian, wie sich Lukas fröhlich den anderen Kindern anschloss. Er kramte seine kleine Kamera aus seiner Jackentasche hervor, die er stets für Schnappschüsse bei sich trug, und machte ein Foto von ihm. Dann ließ er den Apparat wieder in seine Tasche gleiten.

Für Bastian war Lukas der Inbegriff eines glücklichen Kindes. Unweigerlich schämte er sich für den Anflug von Neid, der in ihm aufkeimte. Er war kein missgünstiger Mensch. Es war nur so, dass er früher alles darum gegeben hätte, unbefangen auf andere Kinder zuzugehen und mit ihnen herumzutoben. Doch weder das eine noch das andere war ihm möglich gewesen. Abgesehen von der steten Angst vor Zurückweisung war die Gefahr viel zu groß, dass er unglücklich fiel und sich verletzte. Zuweilen hatte er sich nicht mit seiner Krankheit abfinden wollen und versucht, sie zu ignorieren. Überaus schmerzhafte Erfahrungen waren die Folge gewesen. Mit seinem Heranwachsen war er vorsichtiger geworden und seine Körperbeherrschung ermöglichte ihm inzwischen ein Leben ohne große Verletzungen – wenn er nicht gerade für schöne Frauen durch die Gegend stürzte.

Er sah zu Juli hinüber, die zurückgekehrt war und lustlos in Lukas restlichem Eis herumstocherte. Dabei starrte sie gedankenverloren auf Bastians Hände. Er unterdrückte den Impuls, sie unter dem Tisch zu verstecken. Stattdessen spießte er ein Stück Crêpe auf und führte es langsam zum Mund. Gebannt folgten Julis Augen seiner Bewegung.

Eine leichte Röte überzog ihr Gesicht, als sich ihre Blicke begegneten. Dennoch reckte sie stolz ihr Kinn vor. »Ich werde mich nicht dafür entschuldigen.«

»Also schön«, gab er seufzend zurück. »Frag mich, was du wissen willst.« Dieses Angebot hatte er noch nie jemandem unterbreitet. Aber deswegen war er schließlich hier.

»Wie heißt diese ...«, Juli zögerte, »... Krankheit?«

»Epidermolysis bullosa. Wir Betroffenen werden aber auch Schmetterlingskinder genannt, weil unsere Haut so leicht verletzlich ist wie der Flügel eines Schmetterlings.«

Sie biss sich auf die Lippen. »Was genau passiert da mit dir?«

Nachdenklich schaute Bastian auf seinen Teller. Die komplexen medizinischen Zusammenhänge dieser Hautkrankheit zu erklären, war gar nicht so einfach, auch wenn er keinesfalls Julis Intelligenz infrage stellte.

In dem Bemühen um einen bildhaften Vergleich, trennte er mit der Gabel zwei Stücke seines Crêpes ab und schob sie auf seinem Teller in Position. »Mal angenommen, das sind Hautschichten«, erklärte er und wies auf die Stücke. Er klatschte einen Löffel Schokoladensoße auf ein Stück, stapelte das andere darüber und drückte sie zusammen, bis Soße herausquoll. »Das ist deine Haut.« Mit der Gabel tippte er auf die gestapelten Teile. »Jede Hautschicht ist durch Eiweiße mit der darüber liegenden Hautschicht verbunden, so wie die Soße diese Stücke hier verbindet.«

Konzentriert trennte er zwei weitere Stücke der gleichen Größe von seinem Crêpe ab, träufelte mit einem kleinen Tropfen deutlich weniger Soße darauf, verteilte sie ebenfalls und stapelte beide Teile aufeinander. Er schob das zweite Konstrukt neben das Erste. »Und das ist meine.«

Juli musterte beide Stücke nachdenklich, während Bastian erklärte: »Durch einen Gendefekt fehlt mir die Fähigkeit, bestimmte Eiweiße zu bilden, die meine Haut mechanisch zusammenhalten.« Er schob sich einen Teil seiner Konstruktion in den Mund. »Ich kann quasi kaum Schokoladensoße bilden. Deswegen entwickle ich schneller Wunden als du.«

»Wenn du dich verletzt?«

»Durch Druck verschieben sich die Hautschichten, können aber wegen des Mangels an Eiweißen nicht fest genug zusammengehalten werden, sodass sie aufreißen und Wundflüssigkeit oder Blut die Hohlräume füllt. Auf diese Weise entstehen diese Blasen.«

»Passiert das überall an deinem Körper?«

»Überall. Ich habe eine verhältnismäßig leichte Form. Meine Haut könnte man weitestgehend als stabil bezeichnen. Es betrifft überwiegend meine Hände, Füße und Gelenke, weil ich sie im täglichen Leben am meisten benutze.«

»Deswegen die Handschuhe«, stellte Juli fest.

»Auch wenn das hilft, nutze ich sie nicht in erster Linie, um meine Hände vor Verletzungen zu schützen.« Er lächelte trübsinnig bei der Erinnerung an die Zeit, in der er seine Hände noch nicht versteckte. Bis heute hatte er nicht entscheiden können, was er demütigender fand: verurteilende Blicke oder beleidigende Worte. Wahrscheinlich die Kombination aus beidem.

»Die Menschen«, sagte Bastian langsam, »sind grausam.«

»Nicht alle«, protestierte sie entschlossen.

»Aber die meisten.«

»Die Menschen fürchten, was sie nicht verstehen«, suchte sie nach einer Erklärung, für ihn, für sich, für alle.

Es war müßig, über die Beweggründe der Gesellschaft nachzudenken. Das hatte er sein halbes Leben lang getan. Dennoch hatte er wesentlich länger für diese Erkenntnis gebraucht als Juli. »Vermutlich hast du recht«, entgegnete er lächelnd. »Aber dafür gibt es keinen Grund. Deswegen erkläre ich es dir ja. Epidermolysis bullosa ist zwar eine Krankheit, aber sie ist nicht ansteckend.«

»Gibt verschiedene Formen?«

Er nickte. »Es gibt drei Hauptformen und jede hat wiederum mehrere Subtypen, je nachdem, welches Gen den Defekt aufweist. Die Mutationen sind dabei so vielfältig, dass sie sich nicht ohne Weiteres bestimmen lassen. Jede Form hat unterschiedliche Schweregrade. Es kann sein, dass ein Patient mit einer sehr schweren Ausprägung der leichtesten Form sogar schlimmer dran ist als jemand wie ich, der zwar von der schwersten Form betroffen ist, diese jedoch mild ausgeprägt ist.«

»Was für Symptome gibt es noch?«

»Abgesehen von dem Offensichtlichen sind in schweren Fällen großflächige Wunden, Erkrankungen der Schleimhäute und der Zähne, Haarausfall, Muskelzerstörungen, Verwachsungen oder Fehlbildungen möglich. Auch das Hautkrebsrisiko ist erhöht.«

Bastian musterte Juli unsicher. Das waren die harten Fakten. Jemanden auf diese Weise mit der Krankheit zu konfrontieren, war auch für ihn neu. Doch zu seinem Erstaunen reagierte Juli nicht abweisend, sondern in höchstem Maße konzentriert.

Sie wirkte wie eine ambitionierte Medizinstudentin, damit beschäftigt, das soeben Gehörte zu verarbeiten, während sie unentwegt auf ihrer vollen Unterlippe herumkaute.

Bei ihrem Anblick durchfuhr ihn völlig unvorbereitet die Erinnerung an eben diese sanften Lippen auf seinen empfindsamen Händen. Er sehnte sich danach, noch einmal ihren Kuss und ihre Wärme zu spüren. Sogleich schob er diesen unbeherrschten Gedanken wieder beiseite. Das Letzte, was er jetzt brauchte, waren Impulse, die in diese Richtung abzielten. Er räusperte sich unbehaglich.

»Willst du noch etwas wissen?«

»Gibt es Heilung?«, fragte sie.

»Diese Krankheit ist so selten, dass dafür verhältnismäßig wenig Interesse aufkommt. Es gibt einige wenige engagierte Forscher, die nach Möglichkeiten der Heilung suchen, etwa durch Gentherapie, aber das ist noch ein weiter Weg. Zurzeit kann man nur versuchen, die Symptome zu lindern, aber heilen kann man die Krankheit nicht.«

Bastian konnte Juli ansehen, dass sie trotz seiner ausführlichen Antworten noch immer Fragen hatte, aber sie hielt sich zurück, da Lukas ins Café gestürmt kam. Seine Wangen waren rosig und seine Atmung ging noch schnell von der Anstrengung des Spiels. Glückselig ließ er sich auf den Stuhl neben Juli fallen und trank einen großen Schluck Schokolade, die inzwischen abgekühlt war.

Mit dem fröhlichen Jungen in ihrer Mitte löste sich ihr Gespräch von ernsthaften Themen.

Nachdem Lukas etwas ausgeruht hatte, entschieden die drei, das Affengehege zu besuchen. Es war im Dschungelhaus untergebracht, einem riesigen, neu erbauten Gebäudekomplex, der die artgerechte Haltung der Tiere überzeugend sicherstellte. Das Gorillagehege beherbergte fünf Tiere, die auf künstlich angelegtem Geäst und dem moosbedeckten Boden verteilt waren. Das gesamte Areal war dem Regenwald täuschend echt nachempfunden. Die Wände waren ausgestattet mit Felsen, die vereinzelt Vorsprünge aufwiesen und den Tieren Rückzugsmöglichkeiten boten. Zahlreiche Pflanzen waren Schutz und Versteck beim Spiel zugleich. Einzig die hohe Fensterfront, vor der sich die Besucher scharten, erinnerte daran, dass es sich doch um einen Käfig handelte.

»Schau mal, Juli.« Lukas zeigte auf eines der männlichen Tiere. Es war von beeindruckender Größe und amüsierte sich mit einem übereifrigen Jungtier, das er galant auf seinen Rücken hob. »Der Affe sieht aus wie Papa. Der ist auch so stark.«

Er reckte sich, um mehr zu sehen, scheiterte jedoch an seiner geringen Körpergröße. »Ich kann überhaupt nicht richtig sehen«, schimpfte er und wandte sich entschieden zu Bastian. »Heb' mich hoch. Bitte.«

Einen Moment zögerte Bastian, doch er überwand seine Scheu vor der Nähe zu dem Kind und hob es vorsichtig auf den Arm. Erstaunt stellte er fest, wie kräftig der Kleine war. Er spürte jede Gewichtsverlagerung des Jungen, seine Wärme und Energie. Lukas schlang seinen Arm um Bastians Nacken. Diese vertraute Geste bewegte Bastian, hatte er doch noch nie ein Kind so nah bei sich gefühlt.

Sichtlich über die neue Perspektive erfreut, zeigte Lukas auf ein anderes Tier, das griesgrämig auf einem Zweig herumkaute. »Und der da, der sieht aus wie Opa. Der guckt auch immer so streng.«

Er kicherte ausgelassen und sah in Erwartung einer Bestätigung zu Bastian. »Stimmt's?«

»Ich weiß es nicht«, erwiderte Bastian schmunzelnd. »Ich kenne ihn nicht.«

»Na, du wirst schon sehen, was ich meine, wenn du zu seinem Geburtstag kommst.« Lukas runzelte die Stirn. »Du kommst doch, oder?«

»Lukas«, mahnte Juli.

Julis warnender Ton hielt den Jungen in seinem Eifer nicht zurück. Er sah seine Tante verständnislos an. »Aber ich mag ihn. Ich will, dass er auch kommt.«

Juli trat nervös von einem Bein auf das andere und lächelte Bastian entschuldigend an.

»Opa hat gesagt, ich darf auch einen Freund mitbringen, aber Jakob hat keine Zeit«, beharrte Lukas trotzig. Er sah seiner Tante dabei so unglaublich ähnlich, dass Bastian sein Grinsen kaum verbergen konnte. »Wir können zusammen Fußball spielen«, erklärte er an Bastian gerichtet, als könne er nun wohl kaum mehr ablehnen.

Bastian sah unentschlossen zu Juli. Die Situation war ihr sichtbar unangenehm, was ihn schlagartig auf den Boden der Tatsachen zurückholte. Schließlich handelte es sich um eine Familienfeier. Bastian hatte zwar keine konkrete Vorstellung davon, wie genau Julis Vater seinen Geburtstag feiern würde, da er selbst nie ein vergleichbares Fest besucht hatte, aber zumindest so viel wusste er: Familienfeiern waren etwas, das für Freunde und Angehörige der Familie bestimmt war.

Und das galt nicht für ihn.

Den Knoten in seinem Magen ignorierend, suchte Bastian fieberhaft nach einer passenden Ausrede, die Lukas zufriedenstellen würde. Schließlich wollte er das Kind auch nicht anlügen.

»Bastian muss wahrscheinlich arbeiten«, sagte Juli schließlich, um der Diskussion ein Ende zu bereiten. Ihr Ton war sanft, einfühlsam und bedauernd.

»Am Wochenende?«, hakte Lukas entsetzt nach. Dann warf er Bastian einen missbilligenden Blick zu, der für sein Alter erstaunlich abgeklärt war. »Du bist genauso schlimm wie Papa«, grummelte er, gab sich aber zu Bastians Erstaunen sofort geschlagen.

Eine Zeit lang blieben sie noch bei den Affen und beobachteten lachend, wie die Jungtiere ihren älteren Artgenossen das Leben schwer machten, bevor sie weiterschlenderten. Rückblickend betrachtet hatte Bastian nie einen vergleichbaren Tag erlebt. Nicht nur, weil Juli nun wusste, wie die Dinge um ihn standen. Die Ausgelassenheit, mit der sie und ihr Neffe die Tiere beobachteten, erleichterte es auch ihm, sich von seiner Befangenheit zu befreien und seine Ängste zu zerstreuen.

Zum ersten Mal in seinem Leben geriet seine Krankheit beinahe in den Hintergrund und er war einfach nur ein Mann, der mit zwei wundervollen Menschen spazieren ging.

Kapitel 12

Es dämmerte bereits, als Juli und Bastian Lukas zu Hause ablieferten. Sie blieben vor dem Tor des kleinen Gartens stehen. Beim Abschied klatschte Lukas kumpelhaft gegen Bastians Hand. Dann reckte er sich, um Juli einen Kuss auf die Wange zu geben. »Wir sehen uns nächste Woche«, rief er fröhlich, drehte sich um und flitzte über den gepflasterten Weg zur Haustür.

In der Ferne sah Juli ihre Schwester am Fenster stehen. Sie winkte Hanna fröhlich in dem Wissen zu, dass sie die drei bereits erwartet hatte, um Julis spontane Begleitung in Augenschein zu nehmen. Als sie Lukas am Nachmittag abgeholt hatten, war Hanna schon in der Stadt gewesen. Froh, dass ihr Schwager Max die Tür geöffnet hatte, der kein großes Interesse an Julis Männergeschichten aufbrachte, hatte sie Bastian kurz vorgestellt und sich Lukas geschnappt. Dann waren sie zusammen mit dem Bus in den Tierpark gefahren.

Hanna signalisierte Juli und Bastian hereinzukommen, doch Juli schüttelte entschuldigend den Kopf. Unzufrieden kniff Hanna ihre dunklen Augen zusammen. Dann hielt sie sich die linke Hand ans Ohr und formte einen Telefonhörer. Juli nickte belustigt. War klar, dass sich ihre neugierige Schwester nicht lange gedulden würde. Bald würde sie ihr Rede und Antwort stehen müssen. Aber darüber wollte sich Juli jetzt keine Gedanken machen. Schließlich wusste sie selbst nicht, wie die Dinge zwischen ihr und Bastian standen.

Tatsache war, sie fühlte sich stark zu ihm hingezogen. Das war so, seit sie ihm das erste Mal bei der Vernissage begegnet war. Nachdem sie ihn etwas besser kennengelernt hatte, wusste sie mit Gewissheit, dass er hinter seiner kühlen Fassade ein sensibler Mann war. Seine Stimmungswechsel waren für sie in erster Linie ein Zeichen seiner inneren Zerrissenheit. Sie hatte Verständnis dafür, auch wenn sie das Ausmaß dessen, was er im täglichen Leben ertragen musste, nicht einmal ansatzweise erfassen konnte. Für sie war es schwer vorstellbar, ständig mit Schmerz und Diskriminierung konfrontiert zu sein. Seit er ihr an diesem Nachmittag von seiner Krankheit erzählt hatte, hatte sich etwas in ihm gelöst. Er schien weniger kontrolliert, lachte mehr und wirkte beinahe entspannt.

Auf dem Heimweg hielten sie in einem kleinen Bistro und aßen belegte Bagels. Auch wenn es sich dabei genau genommen nicht um ein Date handelte, konnte sich Juli des Eindrucks nicht erwehren, dass sich die Stimmung zwischen ihnen zunehmend auflud und einem leidenschaftlichen Gefühl Platz machte. Solange Lukas in der Nähe gewesen war, hatte ihr Zusammensein einen platonisch-freundschaftlichen Charakter gehabt, doch das hatte sich nun geändert.

Ihr Körper reagierte instinktiv auf den attraktiven Mann, der ihr gegenübersaß und seine Blicke bewundernd über sie wandern ließ.

Nach dem Essen begleitete Bastian Juli nach Hause. Er folgte ihr durch den Hausflur, hielt jedoch vor ihrer Wohnungstür stirnrunzelnd inne. Die Selbstverständlichkeit, mit der er ihr nach oben gefolgt war, schien auch ihn zu verwirren.

»Möchtest du noch mit reinkommen?«, fragte Juli, nachdem sie die Tür aufgeschlossen hatte.

Er musterte sie unsicher. »Juli, das Einzige, was ich dir bieten kann, ist meine Freundschaft.«

Juli biss sich angespannt auf die Unterlippe. »Und wenn mir das nicht reicht?«

Bastian schaute sie flehentlich an.

»Weißt du was?«, sagte Juli unvermittelt. »Ich habe es mir anders überlegt.«

»Was meinst du?«

»Jetzt tust du mir leid«, erklärte Juli in kühlem Ton und straffte ihre Schultern. »Aber nicht wegen deiner Krankheit, sondern weil du dich von ihr beherrschen lässt.« Sie begann vor Frust zu zittern. »Und ich will dir noch etwas sagen«, platzte sie heraus, trat näher zu ihm heran und starrte ihn aufgebracht an. »Ich bin sehr wohl dein Typ!«

Er stieß ein gequältes Geräusch aus. Dann zog er sie plötzlich mit einer verzweifelten Heftigkeit zu sich heran, sodass Juli überrascht aufkeuchte. Er presste seine Lippen auf ihre und sein Atem drang in ihre Lungen. Sein Kuss war hart, gierig und fordernd. Ihrer ebenso.

Sie schlang ihre Arme um seinen Nacken und fuhr mit ihren Fingern durch seine dunklen Locken, während seine Hände über ihren Rücken wanderten. Ihre Körper schmiegten sich eng aneinander und sie ließen sich in der Hitze dieses Momentes treiben.

Für einen Moment löste sich Bastian von ihr, lehnte seine Stirn an ihre und blickte ihr tief in die dunklen Augen. »Ja«, flüsterte er kaum hörbar. »Das bist du.«

Juli lächelte. Dann verloren sie sich erneut in einem sinnlichen Kuss, der binnen kürzester Zeit zu einem verheißungsvollen Versprechen wurde. Im Hintergrund verkündete ein leises Klicken, dass das automatische Korridorlicht erloschen war, doch sie schenkten ihm keine Beachtung.

In der Dunkelheit, die sie umgab, schlang Juli ihre Arme noch fester um Bastian und zog ihn sanft, aber bestimmt in ihre Wohnung. Sie lehnte sich mit ihrem Rücken gegen die Wand, während Bastian ihr Gesicht mit unzähligen Küssen bedeckte. Er hüllte sie ein mit seiner Wärme, äußerlich und innerlich. In seinen Armen wirkte sie um so vieles zerbrechlicher, als er es war.

Wie lange sie dort standen und sich ihrem Rausch hingaben, wusste sie nicht. Sie wusste nur eins: Sie wollte mehr davon. Ihre

Hände glitten ungeduldig unter seine Jacke. Bei ihrer Berührung zuckte er kaum merklich zusammen, doch sie streifte ihm entschlossen die Jacke von den Schultern, die mit einem leisen Rascheln zu Boden fiel. Sie vergrub ihre Nase in seinem Hals, atmete seinen Duft ein und stieß einen zufriedenen Seufzer aus.

Als sie ihre Lippen erneut auf seine legte, setzte sie sich in Bewegung und schob Bastian mit sich durch den Flur in das angrenzende Schlafzimmer. Unterwegs schälte Bastian sie geschickt aus ihrem Wollmantel.

Sie stolperten lachend durch den dunklen Raum, bis Juli ihn schließlich mit sich auf ihr Bett zog. Nur allzu bereitwillig folgte er ihr. Darauf bedacht, Juli nicht mit seinem Gewicht zu erdrücken, ließ er sich neben sie sinken. Sie war völlig verloren in seiner Nähe, berauscht von seinem Duft und seiner Wärme. Seine Hände fuhren zielstrebig die Kontur ihres Körpers nach, doch seine Handschuhe waren im Weg. Sie konnte ihn nicht spüren, nicht Haut auf Haut. Doch genau das wollte sie.

Unter Aufbietung all ihrer Kräfte zog sie sich zurück. »Warte kurz«, sagte sie leise und beugte sich nach hinten, um eine kleine Nachttischlampe anzuschalten.

Bastian blinzelte benommen in dem schummrigen Licht. Ein Laut der Frustration entfuhr ihm, doch Juli schenkte ihm keine Beachtung.

»Ich möchte dich sehen«, erklärte sie und lächelte ihn dabei so arglos an, dass sein Unmut augenblicklich verrauchte. Gebannt hob er seine Hand zu ihrer Wange. Das Leder fühlte sich kühl auf ihrem erhitzten Gesicht an.

Langsam nahm Juli seine Hand und zupfte vorsichtig an seinem linken Zeigefinger, um den Handschuh zu lösen. Dabei achtete sie sorgsam auf Bastians Mienenspiel. Er verkrampfte sich, nickte jedoch zum Zeichen seines Einverständnisses, und sie löste erst den einen, dann den anderen Handschuh.

Auf den zweiten Blick sahen seine Hände noch immer mitgenommen aus, doch Juli empfand keinerlei Scheu. Sie prüfte beiläufig, ob er offene Wunden hatte, die schmerzhaft unter ihrer

Berührung sein könnten. Aber die einzige Stelle, auf die das zutraf, war mit einem Pflaster verbunden. Sachte hob sie seine Hand an ihr Gesicht. Sie war warm, kräftig und überzogen von harten, unebenen Schwielen. Als Bastians Daumen über ihre Wange strich, lächelte sie.

Seine grünen Augen weiteten sich vor Verwunderung. Er wirkte geradezu ehrfürchtig. Zum ersten Mal fühlte sie sich unwohl, seit sie ihn in ihr Schlafzimmer geführt hatte. Sie hatte sich in ihrem Zustand leidenschaftlicher Unzurechnungsfähigkeit einfach treiben lassen, doch nun fragte sie sich, zu welchem Preis. Sie musste dringend einen Gang zurückschalten.

»Nur, um das klarzustellen«, sagte sie verlegen. »Ich lade sonst wirklich keine Männer ein, die ich noch nicht lange kenne. Schon gar nicht in mein Bett.«

Bastians Mundwinkel zuckten. »Es freut mich, das zu hören.«

»Ich werde heute Nacht nicht mit dir schlafen«, sagte sie entschlossen, hielt jedoch plötzlich inne. Er hatte ihr gesagt, dass Reibung zu Verletzungen führen konnte. Das war etwas, worauf man dabei zwangsläufig nicht verzichten konnte. »Ich meine, falls das generell möglich ist«, ergänzte sie unsicher.

Bastian ließ seine Hand sinken. »Ich war in meinem Leben schon mit ein paar Frauen zusammen«, erklärte er nüchtern. »In meinem Fall gibt es glücklicherweise nichts, worauf man besonders achten müsste.« Er hob eine Augenbraue. »Es sei denn, du stehst auf SM oder dergleichen. Das könnte problematisch werden«, fügte er trocken hinzu.

Erleichterung durchströmte Juli. »Ich denke, diesbezüglich kannst du unbesorgt sein«, kicherte sie und küsste seinen Handrücken. Bei dieser Geste schluckte er hart, aber immerhin zuckte er nicht mehr zusammen. »Ich werde dich heute trotzdem nicht ranlassen«, ergänzte sie übermütig.

Bastian stöhnte gequält auf. »Das ist wirklich bedauerlich.«

Juli lachte vergnügt und krabbelte wieder zu ihm. Sie legte ihren Kopf mit dem Gesicht zu ihm gewandt sachte auf seinen Oberarm. »Bleib trotzdem hier«, flüsterte sie. »Nur noch eine Weile.«

Er nickte ergeben und besiegelte sein Versprechen mit einem innigen Kuss. Juli fühlte, wie seine gepeinigten Hände über den Stoff ihres weichen T-Shirts und ihre robuste Jeans auf Wanderschaft gingen. Sein Daumen glitt unter ihr Oberteil und strich sanft über ihre Haut. Sofort bekam sie eine Gänsehaut am ganzen Körper. Sie keuchte berauscht auf.

»Möchtest du ein Glas Wein?«, fragte sie hastig in dem Versuch, ihren guten Vorsätzen treu zu bleiben.

»Gern«, erwiderte er nicht minder eilig.

Juli rappelte sich vom Bett auf. An der Tür blieb sie noch einmal stehen und musterte Bastian amüsiert. »Mach es dir doch etwas bequemer. Du hast ja immer noch deine Schuhe an.«

Ein verlegenes Lächeln breitete sich in seinem Gesicht aus. Von dem kalten, arroganten Mann, den sie kennengelernt hatte, war inzwischen nichts mehr übrig, auch wenn er noch immer eine gewisse Distanz ausstrahlte. Sie lief in die Küche und kramte eine Flasche Rotwein und zwei Gläser aus den Schränken.

Im Hintergrund ertönte das Telefon, doch Juli wollte jetzt mit niemandem reden. Sie wollte zurück in Bastians Arme. Ihr Anrufbeantworter sprang an und Hannas Stimme hallte durch den Korridor. »Hey, Schwesterchen. Dass du nicht ans Telefon gehst, kann nur bedeuten, dass du immer noch mit wesentlich attraktiveren Dingen beschäftigt bist. Ich hoffe sehr, dass du diesem Traum von einem Mann den Vorzug gegenüber Mutters Empfehlung gibst, was die große Geburtstagsfeier betrifft. Ich habe übrigens herausgefunden, um wen es sich bei deinem Begleiter handelt. Dein Leben möchte ich haben«, seufzte sie schwärmerisch – was natürlich nicht der Wahrheit entsprach. »Es gibt also einige Neuigkeiten. Unabhängig davon platze ich fast vor Neugier. Ruf mich an, Küsschen.«

Juli stöhnte frustriert auf. Sie war sicher, dass Bastian jedes von Hannas Worten gehört hatte. Sie mochte sich kaum vorstellen, was jetzt wohl in seinem Kopf vorging. Das waren definitiv zu viele Informationen, um sie einfach zu ignorieren. Sie überlegte fieberhaft, wie sie die Rolle ihres Tischnachbarn möglichst neutral erklären konnte. Schließlich war der Architekt nicht ihre Wahl. Noch konnte sie ihrer Mutter mitteilen, dass sie einen Begleiter mitbringen würde. Mit Bastian an ihrer Seite würde das Fest sicher um einiges angenehmer werden. Ihr gefiel die Idee.

Sie würde ihn einfach fragen, ob er mitgehen wollte, aber falls ihm das zu schnell ginge, würde sie ihn auch nicht drängen. Sie hatte einmal erlebt, wie sehr ihm das zu schaffen machte. Ein weiteres Mal würde sie ihm so etwas nicht antun. Immerhin kannten sie sich erst kurze Zeit, hatten sich vor wenigen Minuten zum ersten Mal geküsst. Die Entscheidung, jemanden der Familie vorzustellen, traf in der Regel niemand leichtfertig, und Bastian würde zusätzlich vor der Herausforderung stehen, ihrer Mutter gegenüberzutreten, und die war ... nun ja ... wie sie eben war. Wenn er nicht wollte, würde sie das akzeptieren, aber sie würde ihn zumindest fragen.

Entschlossen kehrte sie zu ihrem Schlafzimmer zurück und spähte durch den Türspalt. Bastian hatte sich ein Kissen in den Rücken gestopft und saß entspannt auf ihrem Bett, Pünktchen schnurrend auf seinem Schoß. Behutsam strich er über das Fell der kleinen Katze, die vor Begeisterung die Augen verdrehte. Derart fasziniert erweckte er den Eindruck, dass er zum ersten Mal mit bloßen Händen das weiche Fell eines Tieres berührte. In dem gedämpften Licht der Nachttischlampe warfen seine vernarbten Hände harte Schatten auf Pünktchens weißes Haar. Beim Anblick dieses Kontrastes wurde ihr flau im Magen.

So viele Narben. So viel Schmerz.

Und doch konnte sie nicht umhin, ihn voller Bewunderung zu betrachten.

Als er ihre Anwesenheit bemerkte, sah er auf. Sein Gesichtsausdruck war nicht kalt, aber verschlossen. Er musste Hannas Worte gehört haben.

»Ich hoffe, du magst Rotwein«, sagte Juli nervös und kam langsam auf die beiden zu. »Wenn sie jemanden mag, kann sie sehr anhänglich werden«, warnte sie ihn lächelnd vor der kleinen Katze. Dann öffnete Juli den Wein, schenkte etwas davon in beide Gläser und stellte sie auf den Nachttisch. Anschließend setzte sie sich im Schneidersitz gegenüber von Bastian auf das Bett und wappnete sich für das Gespräch.

Er schwieg einen Moment. »Sie ist ungewöhnlich zutraulich«, bemerkte er schließlich, seine Aufmerksamkeit auf Pünktchen gerichtet.

»Sie hat schon ihre Ansprüche«, widersprach Juli lächelnd und kraulte Pünktchen kurz hinterm Ohr. »Aber sie ist sehr umgänglich für eine Katze, das stimmt.«

»Wie heißt sie?«

»Pünktchen.«

Bastians Mundwinkel zuckten belustigt.

»Ich weiß, nicht sehr elegant, aber immerhin passend.« Sie deutete auf den schwarzen Punkt, der sich zwischen den Ohren der weißen Katze abzeichnete, und grinste.

»Woher hast du sie?«, fragte er weiter.

Nachdenklich musterte sie Bastian. War es möglich, dass er Hanna doch nicht gehört hatte? Oder wollte er einfach nicht darüber reden?

»Aus dem Tierheim«, antwortete sie. »Eigentlich gehört sie Lukas. Er wollte unbedingt ein Haustier, aber wie sich herausstellte, hat Max eine Tierhaarallergie und da haben wir entschieden, dass sie hierbleiben kann.«

»Das ist sehr großzügig von dir.«

»Ich hatte sowieso überlegt, dass ein wenig Gesellschaft schön wäre. Ein Hund kam bei der kleinen Wohnung nicht infrage und Fische finde ich offen gestanden ziemlich langweilig.«

»Ein Hund wäre dir lieber gewesen?«

»Nein, ich denke, ich bin eher der Katzentyp. Und du?«

»Ist das nicht offensichtlich?« Das Lächeln, das seine Mundwinkel umspielte, war eindeutig.

Verlegen nippte Juli an ihrem Weinglas und leckte sich über die Lippen. Sein Blick blieb an ihrem Mund hängen und Verlangen in seiner reinsten Form schoss durch ihren Körper. Die Intensität ihres Begehrens irritierte sie noch immer. Es lag nicht daran, dass ihre letzte Beziehung schon Monate zurücklag und ihre Lust in seiner Anwesenheit zu blühendem Leben erwacht war – zumindest nicht ausschließlich. Es war einfach so, dass sie sich instinktiv danach sehnte, ihn noch näher zu spüren. Und ihm schien es nicht anders zu gehen, wenn man dem Begehren in seinen Augen Glauben schenken durfte.

»Warum ist Grün deine Lieblingsfarbe?«, fragte er unvermittelt.

»Wie kommst du denn darauf?«

»Hier ist überall Grün. An den Wänden, die meisten deiner Tücher sind es und die Strickjacke, die du getragen hast …«

Sie schluckte ihre Verblüffung hinunter. »Ich mag die Farbe wegen ihrer Lebendigkeit«, erklärte sie und musterte ihn neugierig. »Und welche Farbe magst du am liebsten?«

»Weiß.«

»Das ist keine Farbe«, widersprach sie lächelnd. »Rein physikalisch betrachtet jedenfalls. Abgesehen davon gilt Weiß als unbunte Farbe, hat mir Isabelle erklärt.«

Bastians Mundwinkel zuckte. »Auch eine unbunte Farbe ist eine Farbe.«

»Touché«, gab sich Juli geschlagen und nippte an ihrem Wein.

Bastian fuhr sich mit der Hand übers Kinn.

Juli hoffte, dass er jetzt das Gespräch auf ernstere Themen lenken würde. Aber das tat er nicht. Stattdessen erkundigte er sich nach dem Geräusch, das sie am liebsten hörte. Sie war nicht sicher, warum er all diese belanglosen Dinge über sie wissen wollte, aber nachdem er ihr an diesem Nachmittag bereitwillig ihre Fragen beantwortet hatte, schien es nur fair, dass sie es ihm gleichtat.

Als er seine Hand wieder sinken ließ, griff sie zielstrebig danach und begann mit seinen Fingern zu spielen. Unentwegt ertastete sie die feinen Unebenheiten seiner Haut, fühlte die empfindlichen Narben und harten Kanten seiner Fingerkuppen. Anfangs war es ihm unangenehm, aber sie ignorierte seine Reaktion geflissentlich. Es dauerte seine Zeit, doch irgendwann lag seine Hand entspannt in ihrer, während er sie pausenlos mit neuen Fragen löcherte: Das beste Buch, das sie je gelesen hatte. Das antike Weltwunder, das sie am liebsten gesehen hätte. Die Person, die sie gern getroffen hätte. Das Verrückteste, das sie je getan hatte. Die Lieder, die sie ununterbrochen hören konnte. Die Liste war endlos und doch kam der Moment, an dem sein Wissensdurst vorerst gesättigt schien.

Bastian nahm Pünktchen, die in der Zwischenzeit eingeschlafen war, vorsichtig von seinem Schoß und legte sie neben sich auf die Seite. »Komm her«, lockte er Juli in hypnotisierendem Ton.

Gebannt beugte sich Juli nach vorn. Kurz flackerte Enttäuschung in ihr auf. Sie hatte auch Fragen und über so viele Dinge noch nicht geredet. Aber der Blick, mit dem er sie bedachte, sagte ihr, dass sie genug geredet hatten, und der Kuss, mit dem er ihre Lippen verschloss, verriet ihr auch ohne Worte alles, was sie wissen musste.

Kapitel 13

Das Piepsen seines Mobiltelefons riss Bastian unsanft aus dem Schlaf. Verwirrt schaute er sich um. Sonnenstrahlen drangen durch die zugezogenen Vorhänge von Julis Zimmer und tauchten den Raum in ein helles, freundliches Licht.

Bastian lag auf der Seite, über ihm war eine Decke ausgebreitet. Juli schlief eng an seinen Körper geschmiegt in seinem Arm. Er hob den Kopf leicht und erkannte, dass das warme Gewicht auf seinen Füßen von Pünktchen kam, die dort zusammengerollt zwischen ihnen lag.

Auf Julis Gesicht lag ein Ausdruck kindlicher Unschuld, während sich ihr langes, dunkles Haar fließend über ihre Schultern und auf das Kopfkissen ergoss. Vorsichtig beugte er sich vor und sog ihren Duft ein. Dabei fuhren seine Lippen zärtlich über ihren Hals bis zu der empfindlichen Stelle hinter ihrem Ohr.

Er hatte nicht vorgehabt, über Nacht zu bleiben. Ihm mussten irgendwann die Augen zugefallen sein. Er runzelte die Stirn. Das war das erste Mal, dass er mit einer Frau das Bett geteilt hatte, ohne mit ihr zu schlafen. Zu seiner Schande musste er sich eingestehen, dass es dem Weichei in ihm gefiel, wenngleich sein Verlangen nach ihr in diesem Moment geradezu übermächtig war.

Sie regte sich seufzend und kuschelte sich enger an ihn. Ihr Hintern stieß dabei gegen seine Hüfte und er keuchte leise auf.

Wie gern hätte er sie jetzt an Ort und Stelle verführt, kompromisslos und ungestüm. Doch die Voraussetzungen hatten sich mit Anbruch des Tages geändert. Und er war nicht bereit, sich auf dieses unbekannte Terrain zu wagen. Nicht einmal ihr zuliebe.

Abgesehen davon musste er wissen, wer ihm eine Nachricht geschickt hatte.

Leise stieg Bastian aus dem Bett, nahm seine Schuhe und verließ mit einem letzten Blick auf die schlafende Schönheit und das vorwurfsvoll schauende Fellknäuel das Zimmer.

Im Wohnzimmer kramte er sein Handy aus der Jackentasche. Wie erwartet war es eine Nachricht von Elena, die um seinen Rückruf bat. Das konnte nichts Gutes bedeuten. Er trat zum Fenster und wählte ihre Nummer. Sie ging nach dem ersten Klingeln ans Telefon.

»Bastian, ich hoffe, ich habe dich nicht geweckt?«, fragte sie aufgeregt.

»Nein, ich bin schon eine Weile wach«, log er. Es war erst kurz nach acht, aber er sah keinen Grund, ihr auch noch ein schlechtes Gewissen zu bereiten. »Ist alles in Ordnung?«

»Felix hat hohes Fieber«, berichtete sie. »Ich fürchte, die Wunde in seiner Kniekehle ist schlimmer entzündet, als es zunächst den Anschein hatte.«

»Wie lange schon?«

»Etwa eine Stunde, nachdem du gegangen bist, war seine Temperatur leicht erhöht, aber er hat mir versichert, dass alles in Ordnung sei, als ich zu Bett ging.« Ihre Stimme zitterte leicht. Wie Bastian Elena kannte, machte sie sich gerade schreckliche Vorwürfe.

»Das war es sicher auch«, versuchte er sie zu beruhigen.

»Wenn dein Angebot noch steht, würden wir es gern annehmen. Es ist sicher besser, wenn wir heute noch ins Krankenhaus fahren.«

»Ich bin in einer Stunde da.«

»Danke, Bastian«, erwiderte Elena kehlig und legte auf.

Unglücklich fuhr sich Bastian durch die Haare. Juli zu verlassen, indem er sich wie ein Dieb davonstahl, kam ihm falsch vor.

Aber Felix brauchte ihn. Er wusste, dass Elena ihn nicht angerufen hätte, wenn die Situation nicht kritisch gewesen wäre. Nach all den Jahren hatte sie eine gewisse Abgeklärtheit entwickelt, um ihren Bruder bestmöglich versorgen zu können. Sie neigte weder zu Hysterie noch war sie leichtsinnig. Wo sie ihre Grenzen sah, scheute sie sich nicht, um Hilfe zu bitten, und Bastian war froh, dass er wenigstens das für sie tun konnte.

Unabhängig davon musste er dringend nach Hause, um seine eigenen Wunden zu versorgen. Der lange Spaziergang durch den Zoo hatte seinen Tribut gefordert, auch wenn sich der Schaden in Grenzen hielt. Öffentlichen Verkehrsmitteln, Spezialstrümpfen und einem aufgeweckten Jungen, der lieber beobachtete, als jeden Käfig abzulaufen, sei Dank. Der Wein, den sie am Abend zusammen getrunken hatten, hatte den Schmerz gedämpft, aber jetzt spürte er ihn umso deutlicher.

Im Wohnzimmer suchte er kurzerhand nach einem Zettel und einem Stift. Er wollte nicht in Julis Sachen stöbern. Daher kritzelte er eine Nachricht auf eine Tageszeitung, die auf ihrem Esstisch lag, und legte sie vor die Tür zum Schlafzimmer. Dann schlüpfte er mit zusammengebissenen Zähnen in seine Schuhe und schloss die Wohnungstür leise hinter sich.

Kalte Morgenluft strömte in seine Lungen, während er auf die Straße trat. Einen Moment lang hatte Bastian das Gefühl zu ersticken. Die Straßen waren leer bis auf zwei Spaziergänger, die ihre Hunde ausführten. Er zog seinen Jackenkragen hoch, stopfte die Hände in die Taschen und machte sich auf den Weg. Bastian bedauerte, dass der Frühling nahte und er sich bald wieder seiner Kleidung wegen würde rechtfertigen müssen. Welcher Vollidiot trug schon einen Pullover und schwarze Lederhandschuhe bei dreißig oder mehr Grad im Schatten? Unbequem, aber notwendig. So hatte er es vor Jahren entschieden und schließlich waren diese Kleidungsstücke zu einem Teil von ihm geworden. Er gedachte nicht, dies je wieder zu ändern.

Es war ein Marsch von einer guten Stunde bis zu ihm nach Hause, eine Strecke, die seine geschundenen Füße zweifellos nicht mitmachen würden. Glücklicherweise war die nächste Bushaltestelle nur einige Meter entfernt, sodass Bastian schon kurze Zeit später seine Wohnung betrat.

Froh, dass er nicht viel Zeit hatte, um sich in Gedanken an Juli zu verfangen, sprang er unter die Dusche.

Danach prüfte er seine Wunden, eine müßige Tätigkeit, vor der es kein Entrinnen gab. Neben zwei Verletzungen am Fuß hatte sich auch an seinem Schienbein eine neue Blase gebildet. Sie hatte einen Durchmesser von etwa fünf Zentimetern. Er erinnerte sich nicht daran, wie sie entstanden war. Vielleicht war er im Eifer des Gefechts unglücklich gegen die Kante von Julis Bett gestoßen. Er betastete vorsichtig die pralle Wunde. Der Druck war unangenehm. Das würde er auch noch behandeln müssen, bevor er sich auf den Weg machte. Missmutig öffnete er seinen Medizinschrank, holte eine sterile Nadel, Antiseptika und Verbandsmaterial heraus und begab sich ans Werk.

Danach kleidete er sich an, streifte seine Handschuhe über und fuhr sofort los.

Elena erwartete ihn bereits an der Wohnungstür. »Ich bin so froh, dass du gekommen bist«, begrüßte sie ihn angespannt.

»Seid ihr so weit?«, fragte er sanft.

Elena nickte. »Felix ist in der Küche.«

Bastian ging in die Küche und musterte seinen blassen Freund sorgenvoll. Felix saß in verkrampfter Haltung am Tisch. Ein Schweißfilm hatte sich auf seiner Stirn gebildet, obwohl er nur leichte Kleidung trug.

»Wenn du das nächste Mal so einen Stunt hinlegst, rufen wir gleich einen Arzt«, verkündete Bastian entschieden.

Felix grinste matt. »Du bist echt ein Spielverderber. Dabei hat es so viel Spaß gemacht, das Bad mit meinem blanken Hintern zu polieren.«

»Verdammt, Felix«, versetzte Elena schrill. »Das ist nicht witzig.«

Felix zuckte bei ihrem Gefühlsausbruch zusammen.

»Ich hole die Tasche«, murmelte Elena verlegen und verschwand eilig aus dem Zimmer. Sie brauchte offenbar einen Moment, um sich zu beruhigen.

Mit einem entschuldigenden Lächeln in Bastians Richtung erhob sich Felix, indem er sich auf dem Küchentisch abstützte. Bastian trat zu ihm und hielt ihm seinen Arm hin.

»Warte, ich helfe dir.«

Felix keuchte unter der Anstrengung des Positionswechsels. Er verlor das Gleichgewicht und hing kraftlos an Bastians Arm.

»Du bist total heiß«, knurrte Bastian.

»Wenn ich das Kompliment jetzt zurückgebe, mache ich dir hoffentlich keine falschen Hoffnungen.«

Bastian schnaubte unwirsch über die Unverbesserlichkeit seines Freundes.

Gemeinsam stiegen sie die Stufen hinab zu Bastians Wagen, während Elena ihnen folgte. »Ich habe im Klinikum angerufen. Dr. Wangenroth hat heute Dienst und erwartet uns in der Dermatologie«, teilte sie ihnen mit. »Ich habe ihn bereits über deinen Unfall informiert. Er war ebenfalls nicht sehr begeistert zu erfahren, dass du dich wieder einmal geweigert hast, sofort einen Arzt zu rufen.«

Felix stöhnte sowohl vor körperlichem Schmerz als auch über den Tadel seiner Schwester.

»So schlimm war es doch gar nicht«, verteidigte er sich kleinlaut.

»Aber schlimm genug«, erwiderte Elena spitz.

Bastian entriegelte seinen Wagen und half Felix auf den Beifahrersitz, während Elena auf dem Rücksitz Platz nahm. Den Weg zum Universitätsklinikum kannte Bastian schon im Schlaf. Sie würden gut zehn Minuten durch die Stadt brauchen, da sich der Verkehr am Wochenende in Grenzen hielt. Auf der Fahrt war es ungewöhnlich still zwischen ihnen. Bastian vermutete, dass Elena und Felix vorab heftig darüber diskutiert hatten, ob sie ihn anrufen und heute schon ins Krankenhaus fahren sollten. Wie er Felix kannte, hatte er sich bis zuletzt dagegen gewehrt, weswegen Elenas Anspannung durchaus gerechtfertigt war.

Aus eigener Erfahrung wusste er in Ansätzen, was Felix durchmachte, und konnte damit umgehen. Elena jedoch brachte er all seine Bewunderung entgegen. Allein die Wundversorgung beanspruchte jeden Tag mindestens eine Stunde Zeit, an sieben Tagen in der Woche, an jedem Tag im Jahr. Hinzu kamen der Pflegeaufwand, der sich durch die Behinderung ergab, und die seelische Belastung, die ihr viel mehr zu schaffen machte, als sie zugeben wollte.

Bastian kannte Elenas Alltag inzwischen in allen Einzelheiten. Ihre Tage waren derart lang und straff durchgeplant, dass sie kaum Zeit für sich fand. Ihr Wecker klingelte um sechs Uhr am Morgen, eine eher unchristliche Zeit, aber mit den Jahren hatte sie sich daran gewöhnt. Während sie sich im Bad fertig machte, lief ein starker Kaffee durch die Maschine. Den brauchte sie, um sich für den Tag zu wappnen. Sie genoss ihn stets in vollkommener Stille, bevor es laut und hektisch wurde.

Danach bereitete sie Felix ein kräftiges Frühstück zu, weckte ihn und half ihm, seine frischen Wunden zu versorgen und sich anzukleiden. Für gewöhnlich besprachen sie unterdessen ihre Pläne für den Tag oder anstehende Erledigungen. Zur Galerie brauchte sie nicht sehr lange, doch die knappe halbe Stunde Fahrt mit dem Bus nutzte sie, um sich auf ihre Arbeit vorzubereiten. Obwohl sie ihren Job liebte und ihn gewissenhaft ausübte, hatte sie am Tag kaum Gelegenheit durchzuatmen. Als Kunstagentin jonglierte sie mit Verkaufsterminen, allerlei Öffentlichkeitsarbeit und nicht zuletzt dem Tagesbefinden ihrer jungen Talente. Ganz dem Klischee von Exzentrizität entsprechend, hatten die meisten Begabten ein recht launenhaftes Gemüt, doch Elenas hohes Maß an Empathie half ihr, sie in die gewünschte Richtung zu lenken. Schon während ihrer Mittagspause erledigte sie Organisatorisches wie Apothekengänge oder Lebensmitteleinkäufe.

Wenngleich sie nicht nach der Stechuhr arbeitete, stellte sich bei Elena häufig eine nervöse Grundstimmung ein, wenn sich ihr Arbeitstag am späten Nachmittag dem Ende zuneigte. Bastian hatte schon oft miterlebt, wie stark ihre Ziele und Wünsche im Widerstreit standen.

Ihre Befürchtung, einmal mehr nicht alles geschafft zu haben, sah Elena bestätigt in ihrer nicht enden wollenden Liste an Aufgaben, die mit jedem Tag eher gewachsen zu sein schien, als sich zu verringern. Doch auch die übermäßige Sorge um Felix nahm mit den Stunden ihrer Trennung kontinuierlich zu, sodass sie regelrecht nach Hause hetzte, um sich davon zu überzeugen, dass alles in Ordnung war.

Es war nicht so, dass Felix nicht allein zurechtkam. Sein Leben führte er selbstbestimmt, soweit es ihm mit seinen körperlichen Einschränkungen möglich war. Aber Elena verabscheute den Gedanken an die Einsamkeit, die ihn täglich umgab.

All ihre Bemühungen, ihn mit kleinen Botengängen nach draußen zu locken, waren an der harten Realität gescheitert. Selbst kurze Strecken konnte er nicht gehen, ohne dass sich Blasen bildeten, die überaus langwierig und schmerzhaft verheilten. Ihr einziger Trost war die Tatsache, dass er mit seiner Dissertation eine Aufgabe hatte, die ihn geistig und kommunikativ forderte, sodass sie sich bei ihm nicht zusätzlich um Gemütsschwankungen sorgen musste. Zumindest wenn er sich nicht allzu sehr aufregte.

Bastian beobachtete Elenas angsterfüllte Miene im Rückspiegel seines Wagens. Wenn jemand einen Menschen so sehr liebte wie Elena ihren Bruder, dann litt unweigerlich auch er. Der Unterschied war nur, dass die körperlichen Wunden sichtbar waren.

Die seelischen nicht.

★★★

Ein junger Assistent von Dr. Wangenroth erwartete die drei bereits mit einem Rollstuhl am Eingang des Krankenhausgebäudes.

Felix schnaubte, als er ihn sah. »Als Stammgast hat man wohl gewisse Privilegien.«

»Immerhin musst du nicht laufen«, versuchte Bastian seinen Freund aufzumuntern. Er verließ den Wagen und half Felix vorsichtig in den Stuhl. Elena, die inzwischen ebenfalls ausgestiegen war, tauschte mit Bastian einen besorgten Blick. »Kommst du noch mit rauf?«, fragte sie.

»Ich suche nur schnell einen Parkplatz. Geht schon mal vor.«

Routiniert entriegelte der Krankenpfleger den Rollstuhl und fuhr Felix in Begleitung von Elena ins Gebäude.

»Bring Kaffee mit«, rief Felix über seine Schulter, bevor sie hinter der elektrischen Schiebetür verschwanden.

Als Bastian kurze Zeit später die Station mit drei Bechern Kaffee in der Hand erreichte, begegnete er dem amüsiert lächelnden Facharzt.

»Hallo Bastian«, begrüßte Dr. Wangenroth in freundlich. Soweit Bastian wusste, gab es neben Felix und ihm noch drei bekannte Fälle von Epidermolysis bullosa im Umkreis von zweihundert Kilometern. Deshalb merkten sich die Ärzte zwangsläufig die Namen medizinischer Raritäten, auch wenn sein letzter Besuch schon geraume Zeit zurücklag.

»Wie geht es Ihnen?«, erkundigte sich der Arzt.

»Danke, gut.«

»Das freut mich zu hören.« Seine hellen grauen Augen, die der Farbe seiner Haare verblüffend ähnlich waren, musterten Bastian gutmütig.

»Ich bin wegen Felix hier. Ist er noch im Warteraum?«

»Er liegt schon in Zimmer 302. Kommen Sie, ich begleite Sie ein Stück. Ich wollte mich ohnehin bei Ihnen melden«, setzte der Arzt an, während sie gemeinsam ihren Weg fortsetzten. »Ich schreibe derzeit an einem Fachbuch über genetisch bedingte Hauterkrankungen. Hierzu möchte ich verschiedenes Bildmaterial heranziehen, unter anderem auch Bilder von Ihnen. In Ihren Patientenunterlagen habe ich jedoch weder Bilder noch eine unterzeichnete Einverständniserklärung für deren Verwendung gefunden.«

»Das liegt daran, dass ich mein Einverständnis nicht gegeben habe.«

»Ich verstehe.« Dr. Wangenroth nickte nachdenklich. »Sehen Sie, mein Ziel ist es, die Menschen aufzuklären, Betroffenen zu helfen und Angehörigen Mut zu machen.«

»Ich bezweifle, dass diese Bilder viel dazu beitragen würden.«

Der Arzt lächelte nachsichtig. »Wenn das jeder Patient sagen würde, hätte ich am Ende gar kein Bild, und dann gäbe es auch kein Buch.« Vor der Tür des Ärztezimmers blieben sie stehen. »Ich möchte Sie gewiss nicht bedrängen. Noch ist etwas Zeit. Denken Sie einfach darüber nach.«

»Das werde ich«, antwortete Bastian mechanisch.

»Sollten Sie Ihre Meinung ändern, kommen Sie einfach auf mich zu. Zimmer 302 liegt gleich nebenan. Ich bin in wenigen Minuten bei Ihnen.« Dr. Wangenroth schloss die Tür zu seinem Arbeitszimmer auf und ging hinein, während Bastian Felix Zimmer anstrebte.

Felix saß auf dem Patientenbett des geräumigen Einzelzimmers und schaute missmutig aus dem Fenster, während Elena neben ihm auf einem Stuhl Platz genommen hatte. Ihre Finger krallten sich angespannt in die Handtasche auf ihrem Schoß. Die Stimmung zwischen den Geschwistern hatte sich noch immer nicht verbessert.

Bastian stellte die Kaffeebecher auf den Beistelltisch des Bettes und ließ sich lässig auf den zweiten Stuhl neben Elena fallen.

»Dr. Wangenroth ist gleich da«, verkündete er in die angespannte Stille.

Elena runzelte die Stirn. »Hast du ihn schon getroffen?«

»Er hat mich auf dem Gang abgefangen.«

»Was wollte er?«, fragte Felix und wandte sich seinem Freund zu. Seine Wangen waren vom Fieber gerötet. Dennoch zeichnete sich ein Anflug von Belustigung in seinem Gesicht ab, als er Bastians Laune bemerkte.

»Mein Einverständnis zur Verwendung von Bildern für sein Fachbuch.«

Felix sank tiefer in die Kissen. Sein glasiger Blick ruhte auf Bastian. »Hast du es ihm gegeben?«

»Ich sagte ihm, ich denke drüber nach.«

»Was du natürlich nicht tun wirst.«

»Sie haben Fotos von dir?«, fragte Elena erstaunt. Sie kannte das Prozedere durch Felix Krankengeschichte. Ärzte fertigten in regelmäßigen Abständen Aufnahmen von seinem Hautbild an, um sämtliche Veränderungen im Laufe der Zeit zu dokumentieren.

»Als ich zum ersten Mal hier war, haben sie zu Archivierungszwecken darum gebeten, aber ich habe abgelehnt«, erklärte Bastian betont sachlich. »Ich nehme an, Dr. Wangenroth benötigt für seine Darstellung Bilder von meinem Typus.«

»Das heißt, sie wollen die Bilder erst noch machen«, stellte Elena nachdenklich fest.

»Das heißt es wohl.« Bastian rieb beklommen die Hände aneinander. Bei dieser Geste sah Elena unweigerlich auf seine Handschuhe. Die Vorstellung, dass Bastian dieser Bitte nachkommen würde, bildete einen harten Gegensatz zu seinem üblichen Versteckspiel. »Es kostet sicher Überwindung«, sagte sie sanft. »Aber ist es das nicht wert, wenn man dazu beitragen kann, zu helfen?«

»Mal abgesehen davon, dass die Bilder anonym sind«, ergänzte Felix. »Ist ja nicht so, als würde man dein Passbild und deine Telefonnummer daneben zeigen.«

Bastian fuhr sich unwirsch durch die Haare. Natürlich hatten seine Freunde recht. Dennoch graute ihm davor, Bilder seiner Hände in einem Buch zu veröffentlichen. Auch wenn ihm dadurch immerhin die unmittelbare Reaktion seiner Betrachter erspart bleiben würde, gelang es ihm nicht, seinen inneren Widerstand ohne Weiteres zu brechen. Seine alten Dämonen waren zu fest in ihm verankert, um all den Abscheu und den Spott, den er mit den Jahren erlebt hatte, zu vergessen. Selbst Julis Augen hatten sich vor Entsetzen geweitet, als sie seine Wunden zum ersten Mal gesehen hatte. Noch immer überlief ihn ein Schauer bei der Erinnerung daran.

»Also, ich würde es machen«, verkündete Felix schließlich. »Aus eigener Erfahrung weiß ich schließlich, wie wichtig die Untermauerung diverser Theorien anhand von einschlägigen Bildmaterialien ist«, erklärte er nachdrücklich. »Wenn man als wissenschaftlicher Autor so viel Zeit und Mühe investiert, ist jede noch so kleine Hürde schlichtweg deprimierend.«

»Nicht schon wieder«, murmelte Elena. Angesichts dieser Reaktion schaute Bastian verwirrt zwischen den Geschwistern hin und her. Felix schalkhaftes Grinsen war einem störrischen Gesichtsausdruck gewichen. Er verschränkte steif die Arme vor der Brust und starrte seine Schwester trotzig an.

Elena seufzte matt. Der Blick, mit dem sie Felix bedachte, war geduldig, aber entschlossen. Bestimmt hatte sie ihn schon so angesehen, als sie noch Kinder waren. »Wenn Dr. Wangenroth es für erforderlich hält, dass du bleibst, dann wirst du das tun«, sagte sie bestimmt.

»Elena, ich habe keine Zeit für diesen Quatsch. Ich muss mit meiner Dissertation vorankommen.«

»Auf einen Tag mehr oder weniger kommt es aber auch nicht an.«

Felix schnaubte und wandte sich hilfesuchend an Bastian. »Kannst du meiner Schwester bitte erklären, dass ein Tag mehr oder weniger sehr wohl von Bedeutung ist.«

»Ich will dir nicht in den Rücken fallen, Kumpel, aber in Anbetracht der Situation lassen wir besser den Fachmann entscheiden«, erwiderte Bastian diplomatisch, was ihm einen strafenden Blick seines Freundes einbrachte.

Bevor Felix die Diskussion vertiefen konnte, betrat Dr. Wangenroth zusammen mit einem Assistenzarzt und dem Arzthelfer, der sie abgeholt hatte, das Zimmer.

Elena und Bastian erhoben sich. Dr. Wangenroth reichte erst Elena, dann Felix die Hand und stellte seine Begleiter kurz vor. »Herr Sommer haben Sie ja bereits kennengelernt und dies ist mein neuer Assistenzarzt Pierre Anderson. Er ist erst vor einem Monat zu meinem Team gestoßen und mit Epidermolysis bullosa noch nicht vertraut.« Er wandte sich an Felix. »Wenn Sie einverstanden sind, sieht er sich ebenfalls Ihre Verletzungen an.«

»Nur zu.« Felix grinste selbstgefällig, was in Anbetracht seiner offensichtlichen Schmerzen wenig überzeugend war.

Dr. Wangenroth lächelte Elena herzlich an, die seine stumme Aufforderung sofort verstand.

»Wir warten draußen«, sagte sie, woraufhin sie in Begleitung von Bastian das Krankenzimmer verließ. Die beiden nahmen im Flur auf einer unbequem aussehenden Metallbank Platz, die für

Besucher vorgesehen war und es ihnen offensichtlich nicht zu angenehm machen sollte.

Bastian reichte Elena einen Becher Kaffee. Sie nahm ihn dankend entgegen. »Er ist genauso stur wie unser Vater«, seufzte sie. »In diesen Momenten erinnert er mich mehr denn je an ihn.«

»Er ist eben ehrgeizig«, sagte Bastian beschwichtigend.

»Deswegen muss er nicht seine Arbeit über alles stellen.«

»Wäre es dir lieber, er würde den Kopf in den Sand stecken?«

»Natürlich nicht«, erwiderte Elena. »Ich bin ja froh, dass er so ambitioniert ist. Das Letzte, was er braucht, ist absolute Isolation. Es ist schon schlimm genug, dass er kaum rauskommt.«

»Der Sturz hat ihn ziemlich zurückgeworfen«, stellte auch Bastian betrübt fest.

»Ich weiß noch immer nicht, was überhaupt passiert ist.«

Einen Augenblick musterte Bastian Elena nachdenklich. Sie sah nicht minder erschöpft aus als Felix. Ihr Gesicht wirkte in dem fahlen Krankenhauslicht noch blasser als ohnehin schon. Dunkle Ringe zeichneten sich unter ihren sonst so lebhaften grünen Augen ab und ihr Mund war zu einer dünnen Linie zusammengekniffen.

»Denkst du nicht auch, dass es an der Zeit ist, Hilfe in Anspruch zu nehmen?«, fragte Bastian vorsichtig.

Elena runzelte die Stirn. »Du meinst eine Pflegekraft?«

»Oder wenigstens eine Haushaltshilfe.«

Kraftlos lehnte sie sich gegen das kühle Metall in ihrem Rücken. »Ich weiß nicht recht.«

»Elena, du kannst das unmöglich alles allein stemmen. Zumindest nicht auf Dauer.«

Trotz ihrer leisen Worte war ihre Stimme fest. »Dann muss ich mich eben noch mehr anstrengen.«

»Du bist Felix eine große Hilfe, aber willst du nur für ihn und deine Arbeit leben?«

»Was ist so verkehrt daran?«, entgegnete sie aufgewühlt. »Viele Menschen opfern ihr Leben ihren Liebsten. Ob sie dabei ihrem kranken Bruder helfen oder sich mit Leib und Seele ihren Kindern verschreiben, spielt doch keine Rolle. Sie alle tun es aus freien Stücken. Weil ihr Herz ihnen sagt, dass es richtig ist.«

»Aber selbst die brauchen mal eine Auszeit«, widersprach Bastian sanft. »Wann warst du zuletzt auf Reisen oder hast dir mal etwas gegönnt?«

Elena starrte betrübt in ihren Kaffeebecher. »Wahrscheinlich nicht seit dem Unfall unserer Eltern.«

»Das ist sieben Jahre her.«

»Ich weiß«, stöhnte Elena.

»Du weißt auch, dass sich Felix' Zustand niemals langfristig bessern wird. Er wird immer Hilfe brauchen, immer auf dich angewiesen sein.«

»Und ich werde für ihn da sein.«

»Das bezweifelt auch niemand, nur weil zwei- oder dreimal in der Woche ein Krankenpfleger oder eine Haushaltshilfe vorbeikommt und dir ein wenig Arbeit abnimmt.«

Sie schüttelte den Kopf. »Ich kann mir keinen Krankenpfleger leisten. Felix' Pflegegeld ist nicht üppig und mein Gehalt reicht gerade, um uns ein gutes Leben zu finanzieren und etwas für Notfälle auf die Seite zu legen.«

»Dr. Wangenroth kennt sicher jemanden in der sozialen Beratungsstelle, der dir weiterhelfen kann«, schlug Bastian vor. »In den letzten Jahren hat sich einiges geändert. Ich kann mir nicht vorstellen, dass es daran scheitern würde.«

Betrübt starrte sie auf Felix' Zimmertür. »Er wird denken, er fällt mir zur Last.«

»Lass mich mit ihm reden«, schlug Bastian vor. Zwar hatte er keine Ahnung, wie er Felix diese Option schonend beibringen sollte, aber wenn er eines mit Sicherheit wusste, dann dass Felix auf ihn hören würde. Vor allem, wenn es um seine Schwester ging. Bevor sich Bastian den Kopf darüber zerbrechen konnte, welche Argumente Felix am wahrscheinlichsten überzeugen würden, ging die Zimmertür schwungvoll auf. Dr. Wangenroth winkte Elena und Bastian lächelnd hinein, woraufhin der Assistenzarzt höflich nickend das Zimmer verließ. Bastian musterte ihn kritisch, doch in seinen Augen stand weder Mitgefühl noch Ablehnung. Er war völlig ausdruckslos; so wie nur Ärzte es beherrschten, die es gewohnt waren, schlechte Nachrichten zu überbringen und ihre eigenen Gefühle unter Verschluss zu halten.

Ein raues Keuchen zog Bastians Aufmerksamkeit zu Felix, der in angespannter Haltung auf seinem Bett saß, während der Pfleger damit beschäftigt war, eine Mullbinde an seinem Bein zu fixieren.

»Die Wunde in der Kniekehle ist infiziert«, berichtete Dr. Wangenroth, während er einige Notizen auf ein Klemmbrett am Fuße des Bettes schrieb. »Ich fürchte, mit desinfizierenden Wundsalben allein werden wir dieses Mal nicht sehr weit kommen, Felix. Wir verabreichen Ihnen intravenös ein Breitbandantibiotikum.« Er wandte sich an den Krankenpfleger und gab ihm die Medikation auf, woraufhin dieser geschäftig das Zimmer verließ, um den Venentropf zu holen.

»Ich würde Sie gern zwei Tage zur Beobachtung hierbehalten, damit wir das Problem möglichst schnell in den Griff kriegen«, fuhr der Arzt fort.

»In Ordnung«, sagte Felix ergeben und warf Bastian einen vielsagenden Blick zu. »Manchmal muss man eben über seinen Schatten springen.«

»Ihr Bruder ist heute ungewöhnlich einsichtig«, scherzte der Arzt an Elena gewandt, die nicht minder erstaunt über Felix' plötzlichen Sinneswandel war.

Der Arzt tätschelte vorsichtig Felix' Fuß. »Sobald das Antibiotikum anschlägt, wird es Ihnen bedeutend besser gehen. Ich schaue später noch einmal nach Ihnen.« Damit wandte er sich zum Gehen.

Felix Augenbraue hob sich leicht. Unnötig zu erwähnen, welche stumme Forderung in seinen Augen stand.

Bastian grunzte. »Dr. Wangenroth, was Ihr Buch betrifft ...«, wandte er sich in resigniertem Tonfall an den Arzt. »Vielleicht könnten Sie mir einige Informationen zukommen lassen, was Sie genau benötigen?«

»Natürlich«, erwiderte der Arzt erfreut.

»Ich bin ja noch eine Weile hier«, mischte Felix sich ein und tauschte ein verschwörerisches Grinsen mit dem Arzt. »Bringen Sie die Unterlagen einfach hier vorbei, wann es Ihnen passt. Ich sorge dafür, dass Bastian sie erhält.«

»Das ist eine hervorragende Idee«, bestätigte Dr. Wangenroth. »Dann bis nachher.«

Als der Arzt gegangen war, betrachtete Bastian seinen angeschlagenen Freund ärgerlich. »Das wäre wirklich nicht nötig gewesen.«

»Selbstverständlich nicht«, sagte Felix und grinste zufrieden. »Aber wir wollen doch nicht, dass du es dir wieder anders überlegst. Es wäre schließlich nicht das erste Mal.«

»Ich habe mich noch gar nicht entschieden«, gab Bastian zu bedenken.

Mit einem nachsichtigen Lächeln sank Felix in die Kissen. »Auch der längste Weg beginnt mit dem ersten Schritt, mein Freund.«

Kapitel 14

Juli hatte ihre Augen noch nicht geöffnet, da wusste sie schon, dass Bastian nicht mehr neben ihr lag. Bei dieser Erkenntnis zog sich ihr Herz betrübt zusammen. Schlaftrunken setzte sie sich auf, suchte den Boden nach seinen Schuhen ab und lauschte. In ihrer Wohnung herrschte vertraute Stille. Sie warf einen Blick auf ihren Wecker und stellte erstaunt fest, dass es bereits Mittag war. Dann schob sie ihre Decke zur Seite, was Pünktchen mit einem unzufriedenen Murren quittierte, und ging ins Wohnzimmer.

»Bastian?«, rief sie unsicher und kam sich blöd vor. Er würde sich gewiss nicht hinter dem Sofa verstecken, bis sie aus ihrem Dornröschenschlaf erwacht war.

Als sie in das Zimmer trat, fühlte sie Zeitungspapier unter ihren nackten Füßen. Sie schaute überrascht nach unten und fand seine Botschaft, die er in ungestümer Schrift auf die Seite gekritzelt hatte: »Ich wollte dich nicht wecken. Du bist atemberaubend – auch wenn du schläfst. Ruf mich an. Bastian« Darunter hatte er ihr seine Telefonnummer notiert. Erleichtert lächelte Juli.

Für einen kurzen Moment hatte sie befürchtet, dass ihr gemeinsamer Abend trotz ihrer eisernen Zurückhaltung eine einmalige Sache gewesen war, auch wenn im Grunde alles dagegengesprochen hatte.

Er war so einfühlsam gewesen in der vergangenen Nacht. Jede ihrer Berührungen schien für ihn eine neue Woge an Empfindungen auszulösen. Sie hatte keine Vorstellung davon, wie es sich für ihn anfühlen mochte, tagtäglich seine Hände in diese unbequemen Lederhandschuhe zu zwingen und sich selbst den damit verbundenen Tastsinn zu versagen. Wenngleich sie seine Ambitionen nachvollziehen konnte, war sie doch froh, dass er es bei ihr zugelassen hatte. Nicht, dass ihre Begegnung über innige Küsse hinausgegangen wäre. Natürlich hatte sie nicht nur seine sanfte Seite gesehen. Auch die Leidenschaft, die hinter seiner Zurückhaltung loderte, war zuweilen zum Vorschein gekommen. Ihr war es nicht anders ergangen. Nachdem der Wein ihre Hemmungen gesenkt hatte, war sie viel zu oft versucht gewesen, ihre selbst auferlegten Grenzen zu vergessen. Einfach alles an ihm hatte sie angezogen.

Doch jedes Mal, wenn das Knistern zwischen ihnen die Oberhand gewann, gelang ihnen in einer stillen Übereinkunft ein Stimmungswechsel, der ihre lüsternen Gedanken in den Hintergrund drängte. So hatte sich der Abend von einem lodernden Feuer in eine knisternde Flamme gewandelt, die stetig brannte und eine nie dagewesene Wärme in Juli erzeugte.

Dennoch quälten sie zahlreiche Gedanken, die mit seiner Krankheit in Verbindung standen. Sie wollte ihn gern noch besser verstehen, aber ihn unentwegt mit Fragen zu bombardieren, schien ihr nicht der richtige Weg zu sein, ihm näherzukommen.

Noch hatte sie etwas Zeit, bis ihre Eltern sie zum obligatorischen Sonntagskaffee erwarteten. Entschlossen lief sie zu ihrem Laptop und startete ihn. Während das Betriebssystem hochfuhr, bereitete sie sich in der Küche einen Kakao zu. Dann wickelte sie sich mit Butterplätzchen bewaffnet in eine Decke ein und nahm auf dem Sofa Platz, während sie vorsichtig ihren Laptop auf dem Schoß bettete.

Als Erstes rief sie eine Suchmaschine auf und tippte »Schmetterlingskinder« in das Formularfeld, da sie sich an die genaue Bezeichnung nicht mehr erinnern konnte. Dies lieferte Ergebnisse zu engagierten Vereinen, medizinische Fachbeiträge und auch Berichte von Betroffenen und deren Angehörigen.

Sie las sich genau die komplexe medizinische Erklärung der Erbkrankheit durch und auch, mit welchen Folgen die Betroffenen zu kämpfen hatten. Sie sah sich Bilder an, die nur unter der ausdrücklichen Warnung, dass es sich um psychisch belastendes Bildmaterial handelte, angezeigt wurden.

Es gab auch ein paar wenige Aufklärungsfilme. Ein Verein aus Österreich hatte sich die Mühe gemacht, in einer umfangreichen Werbekampagne auf die seltene Krankheit aufmerksam zu machen, indem sie anhand eindringlicher Bilder veranschaulichte, wie sich das Leben mit Epidermolysis bullosa für einen gesunden Menschen anfühlen würde. So waren auf Plakaten Hängematten aus Stacheldraht zu sehen oder Haarbürsten, die anstelle weicher Borsten mit Eisennägeln versehen waren. Die Rückenlehnen von Stühlen waren mit Reißzwecken bestückt und ein Stoffteddy bestand nicht aus weichem Fell, sondern aus Kaktusstacheln. Es waren subtile Bildkollagen, die die seltene Fähigkeit besaßen, einem außenstehenden Betrachter das Leben mit dieser Krankheit besser verständlich zu machen.

Juli versuchte sich in Erinnerung zu rufen, dass Bastian eine leichte Form hatte, doch das milderte das Ausmaß der Erkrankung nicht im Geringsten. Allmählich verstand sie, dass Schmetterlingskinder Zeit ihres Lebens verzichten mussten, und zwar auf alles, was für sie selbstverständlich war.

Und das war noch nicht einmal das Schlimmste daran. Für Juli war die Vorstellung, jeden Tag Schmerz in unterschiedlichsten Facetten zu erleben, schlichtweg nicht vorstellbar. Wenn sie sich einmal ernsthaft verletzte, was trotz ihrer Tollpatschigkeit recht selten vorkam, dann konnte sie sich stets sagen: Das geht vorbei. Aber für Schmetterlingskinder ging es niemals vorbei.

Und was blieb, wenn sie trotz allem einen Weg gefunden hatten, mit dem allgegenwärtigen Schmerz zurechtzukommen?

Ausgrenzung und die ständige Angst vor Zurückweisung.

Juli hatte diese Sorge deutlich in Bastians Augen gesehen. Unweigerlich fragte sie sich, wie sie reagiert hätte, wenn er seine

Hände anfangs nicht verhüllt und seine Wunden auf diese Weise versteckt hätte.

Dachte sie ernsthaft, dass es keinen Unterschied gemacht hätte? Sie hatte keine Berührungsängste, was Verletzungen betraf. Im Gegensatz zu den meisten ihrer Freundinnen wurde sie nicht kreidebleich, wenn jemand sie blutend nach einem Pflaster fragte. Aber trotz allem war sie stets vorsichtig. Bei der ersten Enthüllung seiner Hände hatte sie einen Ausschlag oder Verbrennungen vermutet, was sie erst nach einer genauen Betrachtung ausgeschlossen hatte. Er hatte ihr Zeit gewährt und ihre Musterung schweigend ertragen. Das war ihm sicher nicht leichtgefallen.

Aber wie hätte sie sich verhalten, wenn sie bei ihrer ersten Begegnung nur einen kurzen Blick auf seine Wunden hätte erhaschen können?

Beschämt gestand sie sich ein, dass sie genau das getan hätte, was wahrscheinlich alle taten: Sie hätte geschaut, aber keine Fragen gestellt. Sie hätte höflich gelächelt und geurteilt.

Und Bastian wusste das.

Selbst nachdem er ihr alles erklärt hatte, war er wachsam geblieben. Als würde er jeden Moment damit rechnen, dass sie aufsprang und ging. Wenn sie sich richtig Mühe gab, fiel ihr sogar ein Grund ein, warum sie diesen Abend hätte vorzeitig beenden sollen, anstatt neben ihm einzuschlafen. Aber er hatte nicht das Geringste mit seiner Krankheit zu tun. Es war vielmehr so, dass sie sich inzwischen fragte, ob ein sanfter Abschied nicht klarer gewesen wäre als ein einsames Erwachen.

Sie wusste weder, ob oder wann sie ihn wiedersehen würde, noch, wie die Dinge überhaupt zwischen ihnen standen. Das verunsicherte sie und führte zu einer gewissen Rastlosigkeit in ihrem Inneren. Wieder spürte sie einen Anflug von Sehnsucht, deren Intensität sie sich nicht erklären konnte.

Bevor sie lange darüber nachdenken konnte, schob sie alle Bedenken beiseite, sprang auf und wählte seine Nummer. Mit klopfendem Herzen lauschte sie dem Freizeichen. Sie hielt die Luft an, als es klingelte.

Und klingelte.

Und klingelte.

»Der von Ihnen gewünschte Teilnehmer ist zurzeit nicht …« Frustriert warf Juli ihr Telefon auf das Sofa. Pünktchen, die sich in der Ecke zusammengerollt hatte, blinzelte irritiert. Dann bedachte sie Juli mit einem vorwurfsvollen Blick.

»Guck nicht so«, maulte Juli. »Sei lieber froh, dass du eine Katze bist. Dir bleibt dieser Wahnsinn wenigstens erspart.«

Pünktchen gähnte ungerührt.

»Danke für deine Anteilnahme«, murmelte Juli und kraulte ihre Katze kurz hinter dem Ohr, bevor sie sich auf den Weg zu ihrem Kleiderschrank begab. Es war schnell Nachmittag geworden. Wenn sie sich nicht beeilte, kam sie tatsächlich zu spät zu ihren Eltern. Wie beneidete sie Hanna um ihre Ausreden. Kinder konnten wirklich ungemein praktisch sein.

Als Juli kurze Zeit später beim Haus ihrer Eltern eintraf, musste sie sich nicht erst die Mühe machen zu klingeln. Ihre Mutter stand bereits wartend in der Tür und musterte Julis schlichte Garderobe, die aus einer bequemen Jeans, einem braunen Baumwollpullover und ihrer grünen Strickjacke bestand.

Im Gegensatz zu ihr war Luisa wie immer perfekt zurechtgemacht, und zwar bis ins letzte Detail. Sie trug ein knielanges Kaschmirkleid im gleichen bordeauxroten Farbton ihrer Fingernägel und verzichtete selbst zu Hause nicht auf klassische Pumps. Es war Juli ein Rätsel, wie sie sich in dieser Aufmachung gemütlich auf das Sofa kuscheln wollte – wenn sie so etwas überhaupt tat.

Nach einem flüchtigen Gruß folgte Juli ihrer Mutter in die imposante Diele der Jugendstilvilla, in der ihre Eltern lebten. Die Einrichtung hatte sich seit Jahren nicht verändert – was man von diversen Kunstgegenständen, die die Möbel zierten, nicht behaupten konnte. Offensichtlich hatte ihre Mutter keine Zeit verschwendet und umgehend Ersatz für die zum Verkauf stehenden Exponate beschafft. Misstrauisch begutachtete Juli eine olivgrüne Vase, die auf einer antiken Kommode in der Diele stand und sich beißend von der türkisfarbenen Tapete abhob. Juli verstand nicht viel von

Kunst, aber es stand außer Frage, dass ihre Mutter überhaupt keinen Geschmack besaß.

Kopfschüttelnd betrat sie den Salon, der aussah, als hätte Ludwig XIV. seine Möbel dort zurückgelassen. Die Kombination der barocken Sessel und Sitzbänke zeugte zweifellos von Exklusivität und Qualitätsbewusstsein, doch auch dies täuschte nicht über die Tatsache hinweg, dass die Innengestaltung des Raumes willkürlich und künstlich wirkte. Durch die deckenhohen Fenster drang ein trübes Licht hinein, das durch die schweren dunkelblauen Gobelins nahezu verschluckt wurde. Die einzige Wärmequelle beherbergte der Kamin, in dem ein kleines Feuer knisterte. Davor waren zwei größere Sofas einander gegenüberplatziert und zwischen ihnen befand sich ein antiker Tisch, der bereits mit Teegeschirr für zwei Personen eingedeckt war.

Böses ahnend schaute sich Juli suchend um. »Wo ist Papa?«, fragte sie.

Luisa ließ sich anmutig auf eines der Sofas gleiten. »Wie sich herausgestellt hat, hat dein Vater es vorgezogen, den regenlosen Himmel für eine Partie Golf zu nutzen«, verkündete sie. Falls sie sich darüber ärgerte, dass auch er ihrem traditionellen Familientreffen fernblieb, so zeigte sie dies nicht. »Er wird sicher später noch zu uns stoßen.«

Juli presste die Lippen zusammen und sank ergeben auf das gegenüberliegende Sofa. Das würde ein langer Nachmittag werden.

★★★

Letzten Endes erwies sich der Besuch bei ihren Eltern als nicht so deprimierend, wie Juli es noch kurz nach ihrer Ankunft befürchtet hatte. Hauptsächlich deshalb, weil sich ihre Mutter ungewöhnlich umgänglich zeigte. Statt Juli mit kritischen Blicken zu durchlöchern, konzentrierte sich Luisa darauf, sie über den neusten Klatsch und Tratsch in ihren Kreisen zu unterrichten. Nicht, dass Juli besonderes Interesse für den Rosenkrieg der Wilhelms oder den Genesungszustand von Frau Schimanskis Bronchitis hegte, aber das war zumindest besser als unbehagliches Schweigen oder eine Flut an Vorwürfen.

Sie kannte ihre Mutter gut genug, um zu wissen, dass ihr höfliches Geplänkel in erster Linie der Aufwärmung diente, doch dieses Mal hatte sie Vorbereitungen getroffen. Sobald Luisa sie mit geschürzten Lippen ansah und zu überlegen schien, kramte Juli die ausgedruckte Liste mit ihren Notizen aus ihrer Handtasche, die sie während der Zeit in der Lagerhalle von den Kunstobjekten angefertigt hatte. Zu Julis Erleichterung zog Luisa ihre Brille hervor und begann, die Liste durchzugehen.

Bei jedem Exponat stahl sich Bastians Blick oder sein eisernes Schweigen in Julis Erinnerung, bis sie zuletzt lachend über ihre Beschreibungen philosophiert hatten. Als Luisa die mehrseitige Liste zufrieden zur Seite legte, war Juli in ihren Gedanken meilenweit entfernt. Sie fragte sich, wie es Bastian ging, wie er über die letzte Nacht dachte, was er gerade tat und ob er sie zurückrufen würde. Sie schielte auf ihr Mobiltelefon in der Hoffnung auf einen verpassten Anruf oder eine Mitteilung, doch zu ihrer Enttäuschung hatte er sich nicht gemeldet.

Allmählich begann sie, sich wie ein verknallter Teenager zu fühlen. Dieser Gedanke erschreckte sie, aber andererseits hatte Leugnen auch keinen Zweck.

Juli kam erst wieder zur Besinnung, als ihr Vater unerwartet früh von seiner Partie Golf zurückkehrte und Luisas Monolog über die Exklusivität einzelner Exponate unterbrach.

Josef Hoffmann, der in seinem marinefarbenen Polohemd, seiner soliden schwarzen Baumwollhose und den dazu passenden Golfschuhen den Eindruck eines ambitionierten Golfspielers erweckte, ließ sich in gewohnter Gleichmut neben Luisa auf das Sofa sinken, nachdem er seine Tochter mit einem warmen Lächeln bedacht hatte. Auf der schmalen Sitzfläche wirkte sein hochgewachsener Körper, der am Bauch deutliche Spuren seines Wohlstandes zur Schau stellte, unerwartet plump. Er langte nach einem mundgerechten Stück der Cremetörtchen, die den gesamten Nachmittag unangetastet auf einer Etagere gelegen hatten, und schob es sich direkt in den Mund. Dann richtete er seine Aufmerksamkeit auf Juli, das missbilligende Zischen Luisas hinsichtlich dieser überraschend unkonventionellen Geste ignorierend. Seine grauen Augen musterten Juli erwartungsvoll, aber nicht urteilend, und obwohl er sein Interesse an ihr recht selten auslebte, weil ihm andere Dinge im Kopf herumgingen, so war es doch so, dass sich Juli ihm stärker verbunden fühlte als ihrer Mutter.

Sie verfielen in ein unverfängliches Gespräch über die neuen Bauprojekte ihres Vaters und ehe Juli es sich versah, war die Zeit zum Aufbruch gekommen. Ihr Abschied fiel wie üblich distanziert aus, was Juli längst nicht mehr bedrückte. Wenn man wie ihre Eltern Wert auf die Etikette legte und sich in jahrelanger Übung eine gewisse Selbstbeherrschung angeeignet hatte, gerieten überschwängliche oder gar herzliche Gesten schlichtweg in Vergessenheit.

Auf dem Heimweg überprüfte Juli noch einmal ihr Telefon. Keine neue Nachricht. Sie wusste nicht, was sie davon halten sollte, da ihr Anruf nun schon mehrere Stunden zurücklag. Vielleicht hatten beide einfach unterschiedliche Vorstellungen von dem Begriff Zeit. Womöglich war das ein klassisches Mann-Frau-Problem, keineswegs etwas, worüber sie sich allzu sehr sorgen sollte. Diese Theorie machte das Warten nicht unbedingt einfacher, aber sie gefiel ihr weitaus besser als die Vorstellung, dass er es sich anders überlegt haben könnte.

Sie fuhr mit dem Bus zurück in die Innenstadt. Als sie ihre Haltestelle erreichte, war sie fest entschlossen, den Abend mit einem Glas Wein und einem guten Film zur Ablenkung zu verbringen. Da sie nichts mehr zu Essen im Haus hatte, machte sie einen kleinen Umweg, um sich etwas von ihrem Lieblingsthailänder zu holen.

Wenige Minuten später verließ sie das kleine Restaurant mit einer eingepackten Portion Glasnudeln. Ein ungemütlicher Wind war aufgekommen, der den nahenden Frühling in die Schranken wies. Juli klappte fröstelnd ihren Mantelkragen nach oben und beeilte sich, nach Hause zu kommen, als sie hinter sich einen vertrauten Pfiff, gefolgt von einem Ruf hörte. Überrascht drehte sie sich um und entdeckte Gabriel, einen ehemaligen Kommilitonen, der freudestrahlend auf sie zulief.

»Hola, Querida«, grüßte der Spanier sie und schloss sie in eine herzliche Umarmung.

»Hey, wie geht's dir?«, fragte Juli erfreut.

»Danke, gut. Und selbst?«

»Alles prima. Ich dachte, du wolltest eine Zeit lang in Madrid bleiben.«

Gabriels dunkle Augen leuchteten unbekümmert. »Hab's mir anders überlegt«, erwiderte er schulterzuckend, was Juli nicht weiter verwunderte, da er seit jeher überaus wankelmütig gewesen war. Seit dem ersten Semester war er ein fester Bestandteil ihres kleinen Studienfreundeskreises gewesen und hatte das eintönige Jurastudium für sie um einiges erträglicher gemacht.

»Warum bist du schon wieder da?«, fragte sie.

»Zwei Monate bei meiner verrückten Familie waren vollkommen ausreichend«, erklärte er grinsend. »Außerdem muss ich in drei Wochen zur Nachprüfung in Schuldrecht antreten.«

Juli schnitt eine Grimasse zum Zeichen ihres Mitgefühls. »Nicht gut.«

»Ach, halb so wild. Ich habe ja noch zwei Versuche.« Er grinste sorglos. »Magda hat mir erzählt, dass du nicht mehr weitermachst?«

»Es ging einfach nicht mehr«, bestätigte Juli mit einem entschuldigenden Lächeln.

»Echt schade. Wir werden dich vermissen.«

»Ich euch auch.«

»Nächste Woche findet eine kleine Feier in meinem Studentenwohnheim statt. Kommst du auch?«, fragte er hoffnungsvoll.

»Sicher, warum nicht.«

»Das wäre großartig.« Er schaute auf Julis Essen. »Bist du gerade auf dem Heimweg?«

Als Juli nickte, schlang er einen Arm um ihre Schulter und lenkte sie Richtung ihrer Wohnung. »Dann begleite ich dich noch ein Stück. Ist ja wirklich widerwärtig kalt hier draußen. Wird Zeit, dass es endlich Frühling wird.«

»Ihr Spanier seid solche Frostbeulen.«

»Wir mögen es nun mal heiß«, scherzte Gabriel. »Das liegt daran, dass wir Feuer im Herzen haben, Baby.«

Lachend setzten sie ihren Weg fort. Unterdessen sprachen sie über Neuigkeiten aus ihrem Freundeskreis, von dem Juli seit längerer Zeit nicht viel gehört hatte, und über die Fächer, die in diesem Semester anstanden.

Kurz bevor sie die Haustür erreichten, unterbrach Gabriel seine Parodie des Strafrechtdozenten und schaute stirnrunzelnd nach vorn. Juli folgte seinem Blick und ihr Herz überschlug sich fast vor Überraschung und Freude, als sie Bastian entdeckte.

Er lehnte lässig an der Hauswand und beobachtete die beiden. Plötzlich wurde Juli bewusst, dass Gabriel noch immer in gewohnter Vertrautheit den Arm um sie gelegt hatte und dicht an sie gedrängt lief, um sie vor der Kälte zu schützen.

»Oh, oh«, murmelte Gabriel. »Wenn ein Mann so guckt, hat er entweder einen gewaltigen Kater oder Stress mit seiner Frau.«

Juli schaute unsicher zu Gabriel, woraufhin dieser langsam seinen Arm von ihrer Schulter zog und sich die Hände in die Hosentaschen stopfte.

Je näher sie kamen, desto deutlicher wurde Juli bewusst, dass etwas nicht stimmte. Auf Bastian mochte die Atmosphäre zwischen Gabriel und ihr sehr innig wirken, aber das konnte sie leicht erklären. Gabriel war nur ein guter Freund. Sie wollte nicht ihn, sondern Bastian.

Das Problem war nur, dass der Mann, der dort auf sie wartete, ein ganz anderer war als am Abend zuvor. Die kalte Distanziertheit war zurückgekehrt und erinnerte sie an den arroganten Fotografen, den sie bei der Vernissage kennengelernt hatte. Er hatte absolut nichts mit der Person der letzten Nacht gemein.

Doch trotz ihres Unbehagens überwand Juli ihre Befangenheit und hauchte ihm einen Kuss auf die Wange, als sie ihn erreichten. »Hallo.«

»Hallo.«

»Bastian, das ist Gabriel«, stellte Juli ihren Begleiter vor. »Ein guter Freund.«

Gabriel schien sich von Bastians Zurückhaltung nicht beeindrucken zu lassen und streckte ihm grinsend seine Hand entgegen. Wenig begeistert reichte Bastian ihm die Hand.

»Solche sollte ich mir auch mal zulegen«, stellte Gabriel mit Blick auf die Handschuhe fest. Unter Bastians Auge zuckte ein kleiner Muskel, er ließ Gabriels Bemerkung jedoch unkommentiert.

»Möchtest du noch mit hochkommen und einen Kaffee mit uns trinken?«, fragte Juli Gabriel in unschuldigem Ton und betete, dass er ablehnen würde.

Gabriel bedachte sie mit einem verständnisvollen Lächeln. »Ich muss weiter«, antwortete er. »Aber wir sehen uns dann nächste Woche bei der Feier.«

»Versprochen«, sagte Juli erleichtert.

Gabriel ließ es sich nicht nehmen, Juli zum Abschied zu umarmen. »War schön, dich wiederzusehen, Querida.«

»Das fand ich auch«, erwiderte sie. »Grüß die anderen.«

»Mach ich.« Gabriel nickte zum Abschied in Bastians Richtung und ging.

Sobald Gabriel außer Hörweite war, sagte Bastian tonlos: »Ich wollte dir nicht den Abend verderben.«

»Das hast du nicht. Ich bin froh, dass du da bist.«

»War er das?«

»Er? Was meinst du?«, fragte Juli stirnrunzelnd.

»Dein Begleiter für euer Familienfest.«

Julis Augen weiteten sich vor Überraschung. »Nein, so ist das nicht. Gabriel und ich haben zusammen studiert. Wir sind uns nur zufällig über den Weg gelaufen.«

»Das heißt, du gehst mit einem anderen Mann zu diesem Fest«, stellte Bastian fest.

»Nicht unbedingt«, setzte Juli zögerlich an. »Ich wollte eigentlich dich fragen, aber meine Familie ist etwas schwierig und ich war nicht sicher ... Ich wollte nichts überstürzen.«

»Und deshalb hast du beschlossen, einem anderen Mann den Vorzug zu geben«, sagte Bastian kühl.

»Natürlich nicht.«

Bastian lachte frustriert auf und trat einen Schritt zurück. Offensichtlich glaubte er ihr nicht.

»Jetzt warte doch mal«, rief Juli eindringlich und griff nach seiner Hand. Das Leder seiner Handschuhe fühlte sich kalt in ihren erhitzten Fingern an und erinnerte sie an den Grund für sein Misstrauen.

Er drückte ihre Hand kurz. Dann ließ er sie los und atmete tief durch. »Ich bin nicht gut darin.«

»Worin?«

»Teilen«, erklärte er schlicht.

Sie trat näher zu ihm heran und hob ihre Hand an sein Gesicht in dem Bestreben, seinen Blick einzufangen. Erst als sie sicher war, dass sie seine volle Aufmerksamkeit hatte, sagte sie leise: »Das verlangt auch niemand von dir.«

Entschlossen legte sie ihre Lippen auf seine. Anfangs begegnete er ihrem Kuss nur zögerlich, doch dann spürte sie, wie er seinen Widerstand aufgab und zu ihr zurückkehrte.

Kapitel 15

»Also begleitest du mich zu dieser dusseligen Familienfeier?«, fragte Juli atemlos, nachdem sie sich von ihm gelöst hatte.

»Das habe ich damit nicht sagen wollen.«

»Ich würde mich aber freuen, wenn du mitkommst.« Sie schmiegte sich in seinen Arm. »Ich hätte dich schon gestern gefragt, aber ich hatte Angst, dich zu vergraulen.«

Er presste seine Lippen auf ihre Stirn und streichelte sanft ihren Rücken. Er konnte nicht glauben, was sie da sagte.

Sie lehnte sich in seinem Arm zurück und musterte ihn prüfend. »Also?«, hakte sie noch einmal nach.

»Ich begleite dich«, entschied er benommen.

Juli strahlte. »Jetzt, da wir das geklärt haben: Können wir bitte reingehen? Mir ist nämlich wirklich kalt.«

Sie machten es sich auf dem Sofa gemütlich, indem sie sich einander gegenübersetzten und Juli ihre Decke über sie schwang. Sie hatte die Kerzen, die auf ihrem Sofatisch standen, angezündet und zwei Gläser Wein dazugestellt. Im Hintergrund lief leise Jazzmusik. Juli reichte Bastian einen Teller mit einer überschaubaren Portion Glasnudeln, der von Pünktchen interessiert gemustert wurde.

»Hätte ich gewusst, dass du kommst, hätte ich mehr mitgebracht. Ich weiß ja, wie viel du futtern kannst.«

»Tut mir leid, dass ich nicht vorher angerufen habe.«

»Ich freue mich, dass du jetzt da bist«, wiederholte Juli beharrlich. Sie hielt Pünktchen ein Stückchen Hühnerfleisch hin, die es gierig schnappte und sich mit ihrer Beute unter das Sofa verkroch. »Wann bist du heute Morgen eigentlich gegangen?«, wollte sie wissen und wickelte einige Glasnudeln auf ihre Gabel.

»Etwa gegen acht Uhr.«

Ihre Augen weiteten sich vor Schreck. »Bist du immer so früh wach?«

»Nicht immer, aber deinem Entsetzen entnehme ich, dass du eine notorische Langschläferin bist«, scherzte er.

»Sobald sich die Gelegenheit ergibt«, gab sie zu. »Aber du hättest mich trotzdem wecken können.«

»Du sahst sehr zufrieden aus.«

»Ich war auch sehr zufrieden«, antwortete Juli. Ihre Augen funkelten vielsagend und er hielt gebannt inne. Lieber Himmel. Sie inmitten des Kerzenscheines mit von der Kälte rosigen Wangen zu sehen, raubte ihm beinahe den Verstand. Erst recht, seit sie davon sprachen, wie sie beieinandergelegen hatten. Unbeholfen stopfte sich Bastian ein paar Nudeln in den Mund.

»Was hast du heute gemacht?«, erkundigte er sich steif.

»Ich habe meine Eltern besucht. Das ist eine unangenehme Tradition: Jeden Sonntag werden meine Schwester, ihre Familie und ich dazu verdonnert, dort hinzukommen und uns bei einem Tässchen Tee die Lebensweisheiten unserer Mutter anzuhören.«

»Klingt spaßig«, kommentierte Bastian ironisch.

»Du hast ja keine Ahnung«, erwiderte Juli mit einem gequälten Grinsen. Während sie ihre Nudeln aßen, erzählte sie Bastian von dem Nachmittag in ihrem Elternhaus und beschrieb die neusten künstlerischen Errungenschaften ihrer Mutter. Nachdem sie fertig war, rückte sie näher an Bastian heran. Wie selbstverständlich schmiegte sie sich in seinen Arm. Gedankenverloren strich er ihr durch das offene Haar.

»Autsch«, quietschte Juli. Bastian erkannte betreten, dass sich einzelne Haare in den Nähten des Lederhandschuhs verfangen hatten.

»Entschuldige«, murmelte er.

Juli legte den Kopf schräg, um die Strähnen zu befreien. Dann sah sie nachdenklich auf seine Handschuhe. »Können wir uns darauf einigen, dass du sie wenigstens weglässt, wenn wir hier zusammen sind?«, fragte Juli sanft.

Bastian versteifte sich, doch da sein Wunsch, sie zu berühren, viel zu groß war, gab er ihrer Bitte nach, zog zögerlich die Handschuhe ab und warf sie auf den Tisch. Zufrieden kuschelte sich Juli wieder in seinen Arm. »Besser«, flüsterte sie.

Er bettete eine Hand außer Sichtweite neben seinem Schoß. Mit der anderen strich er ein weiteres Mal über ihren Hinterkopf. Man hätte annehmen sollen, dass sich solch dickes braunes Haar wie das ihre struppig oder trocken anfühlen würde, aber das tat es nicht. Es war genauso weich wie ihre Haut.

Juli stieß einen entspannten Seufzer unter seiner Berührung aus, der sich umgehend auf ihn übertrug. Eingelullt in sanften Kerzenschein und leise Musik, fühlte er sich merkwürdig gelöst. Langsam wanderte Julis Hand über seinen Bauch hinauf zu seiner Brust. Gott, das fühlte sich fantastisch an.

»Und wie war dein Tag?«, schnurrte Juli.

Bastian fühlte sich, als hätte ihm jemand einen Eimer Wasser über den Kopf gekippt. »Ganz ehrlich?«, erwiderte er frustriert lachend. »Schrecklich!«

»Willst du mir davon erzählen?«, fragte sie vorsichtig und ließ ihre Hand auf seiner Brust ruhen.

»Ich war im Krankenhaus. Elenas Bruder Felix. Er hat dieselbe Krankheit wie ich, nur schlimmer«, erklärte er, während er sich eine Strähne ihres Haares um den Finger wickelte. »Erinnerst du dich daran, was ich dir über die verschiedenen Formen erzählt habe?«

»Er ist derjenige mit der leichteren Form in einer schweren Ausprägung«, erkannte sie. »Isabelle hat mir von ihm erzählt.«

Bastian versteifte sich. »Was hat sie gesagt?«

»Sie weiß nichts Genaues. Nur dass seine Lage sehr verfahren ist und Elena ihn stark unterstützt. Sie kennt ihn nicht persönlich.« Juli schaute nachdenklich zu ihm auf. »Ist es wirklich so schlimm?«, fragte sie.

»Man kann das schwer beschreiben. Es ist nicht so wie bei mir. Auch wenn ich mir ab und an Wunden zuziehe, kann man mich ohne ernsthafte Konsequenzen anfassen. Bei Felix reicht eine unvorsichtige Berührung aus, um ihn zu verletzen. Ein unbedachter Schlag auf die Schulter, ein zu kräftiger Händedruck. Weiter als zweihundert Meter gehen kann er nicht. Sein Körper ist von Kopf bis Fuß nahezu vollständig bandagiert, auch um ihn zu schützen. Trotzdem passiert es immer wieder. Man kann einfach nichts dagegen tun, ist völlig machtlos. Vor zwei Tagen ist er auch noch gestürzt und hat sich schwer verletzt. Er wird ein paar Tage im Krankenhaus bleiben müssen, bis er sich erholt hat.«

»Das tut mir leid«, sagte sie mitfühlend.

Erneut fuhr sie mit ihrer Hand über seine Brust und tastete sich über sein Schlüsselbein zu seinem Hals vor. Er fühlte ihre zarten kleinen Hände, die tröstend über seinen Bartschatten strichen und einen leises kratzendes Geräusch machten. Er schmiegte sein Gesicht tiefer in ihre Hand und erspürte mit seinen Lippen ihre weichen Handflächen.

»Wie lange kennt ihr euch schon?«, wollte Juli wissen.

Bastian drückte Juli einen Kuss auf die Handfläche, ehe er sich abwandte, um ihr zu antworten. »Seit etwa fünf Jahren. Wir haben uns in der Dermatologie des Uniklinikums getroffen. Wir waren beide dort zu einer Routineuntersuchung.«

Juli griff suchend nach seiner anderen Hand und begann, mit seinen Fingern zu spielen. Da sie nichts sagte, fuhr er fort: »Es hatte an diesem Tag irgendeinen Notfall gegeben, weswegen wir ewig im Wartezimmer festsaßen. Felix war schon nach zehn Minuten so langweilig, dass er mich pausenlos vollgequatscht hat.« Bastian lachte bei der Erinnerung daran. »Anfangs war ich ziemlich genervt, aber das hat ihn nicht zurückgehalten. Als Felix zwei Stunden später endlich aufgerufen wurde, waren wir in eine hitzige Diskussion über die damalige Formel-1-Saison vertieft. Er war ein Fan von McLaren«, schnaubte Bastian. »Nun, niemand ist perfekt, aber als ich seine Begeisterung sah, wusste ich, dass ich ihn mochte.«

Es hatte lange gedauert, bis Bastian sich Felix ein Stück geöffnet hatte. Hin und wieder hatte er seine Gefühle nicht unter Kontrolle gehabt und dann war es wie ein Vulkan aus ihm herausgebrochen. Zu Beginn ihrer Bekanntschaft war es besonders schlimm gewesen, doch Felix hatte eisern an ihrer Freundschaft festgehalten und darauf vertraut, dass sich Bastian eines Tages fangen würde.

Für Bastian war es damals ein völlig neues Gefühl gewesen, einen Bruder gefunden zu haben, nicht nur aufgrund ihrer Hautkrankheit, sondern vor allem, weil sie über dieselben Witze lachten und die gleichen Ängste teilten.

»Welches Formel-1-Team bevorzugst du?«, fragte Juli neugierig.

»Gar keins. Ich bin da nicht festgelegt wie Felix. Mich fasziniert eher das ganze Drumherum. Die Geschwindigkeit der Strecke, die Taktik der Teams, das Talent der Fahrer.«

»Hast du schon mal ein Rennen live gesehen?«

»Felix, Elena und ich waren vor drei Jahren mal bei einem Grandprix.« Bastian erzählte Juli von ihrem Tag beim Rennen, den Boxen, den Boliden, den Fahrern, der Tribüne und ließ zu seiner eigenen Verblüffung keine Details aus. Es war einer dieser wenigen perfekten Tage in seinem Leben gewesen. Den Ausflug hatten Elena und er von langer Hand heimlich geplant. Sie hatten Felix bei Tagesanbruch auf die Rückbank von Bastians Wagen verfrachtet und waren drei Stunden mit ihm zur Rennstrecke gefahren. Den ganzen Weg hatten sie beharrlich über ihr Ziel geschwiegen, doch bei der Autobahnabfahrt hatte Felix es selbst erraten und war in kindliche Euphorie ausgebrochen. Seine Laune hatte sich zwar kurz getrübt, als Bastian nach ihrer Ankunft einen Rollstuhl aus dem Kofferraum gezogen hatte, aber weil stundenlanges Stehen viel zu anstrengend für ihn gewesen wäre, hatte er die Zähne zusammengebissen und nachgegeben. Selbst das Wetter hatte an jenem Tag mitgespielt und ihnen einen leicht bewölkten Himmel beschert, der die Sonne in Schach hielt. Noch immer konnte er die Freude spüren, die sie alle an diesem Tag begleitet hatte.

»Ist es wirklich so laut, wie immer behauptet wird?«, fragte Juli.

»Wir brauchten Ohropax«, gestand er mit schiefem Grinsen.

Juli kicherte. »Weichei.«

Bastian hob spöttisch eine Augenbraue. »Im Sinne von Waschlappen?«

»Oder Memme«, kam Juli ihm ungerührt zu Hilfe.

Mit einer blitzschnellen Bewegung hatte er sie geschnappt und unter sich auf das Sofa gedrückt. Und dann tat er etwas, das er in seinem Leben noch niemals zuvor getan hatte: Er kitzelte sie.

Juli wand sich lachend und quietschend unter seiner Folter, doch ihre Gegenwehr fiel bei Weitem nicht so energisch aus, dass es ihm zur Vorsicht gereicht hätte. Er spürte jede ihrer Bewegungen unter sich, registrierte jedes Stückchen Haut, das sie während ihrer Rauferei entblößte. Als er von ihr abließ, hob und senkte sich ihre Brust vor Aufregung, aber er wusste, dass dies nicht von der Anstrengung ihres Kampfes herrührte. Gefangen in ihrem verlangenden Blick verharrte er mit seinem Gesicht so nah über ihrem, dass sich ihre Nasenspitzen fast berührten.

Er wollte sie.

Er wollte sie so sehr, dass er eine ganz andere Art von Schmerz kennenlernte.

»Gibst du auf?«, japste sie atemlos.

»Allerdings«, wisperte er an ihren Lippen. Er konnte sich beim besten Willen nicht mehr länger zurückhalten.

Kapitel 16

Er hatte sie geküsst,
er hatte sie berührt,
er hatte sie geliebt.
Wie ein Verhungernder.

Julis Haut prickelte am ganzen Körper. In dieser Nacht hatte sie ohne jeden Zweifel den besten Sex ihres Lebens gehabt. Und was passierte, wenn eine Frau das einmal erkannt hatte?

Sie wollte mehr.

Mit geschlossenen Augen tastete sie nach Bastian und griff ins Leere. Entgeistert fuhr sie hoch. Unter ihrer abrupten Bewegung zuckte sie unweigerlich zusammen. Lieber Gott. Sie spürte Muskelkater an Stellen, von denen sie nicht einmal wusste, dass sie dort Muskeln besaß. Was ganz eindeutig hieß, dass sie mehr Übung brauchte.

Sie sah sich suchend um.

Wie jede Nacht lag Pünktchen zusammengerollt am Fußende und schlief.

Bastian saß bekleidet auf der Bettkante. Seine Augen waren wachsam. Allem Anschein nach hatte er Juli beim Schlafen beobachtet. Sie hoffte inständig, dass sie nicht auf ihr Kissen gesabbert hatte. »Guten Morgen«, sagte sie verlegen und zog sich die Decke bis unters Kinn. Völlig nackt neben ihm zu liegen, erfüllte sie mit einem Gefühl der Scham, das nach dieser Nacht reichlich überflüssig war.

»Guten Morgen.«

»Wie spät ist es?«, fragte Juli, während sie skeptisch das fahle Licht musterte, das durch die zugezogenen Vorhänge drang.

»Kurz vor acht.«

Sie stieß ein gequältes Stöhnen aus. »Hattest du nicht gesagt, dass du *kein* Frühaufsteher bist?«

Sein Mundwinkel hob sich zu einem schiefen Lächeln. Er lehnte sich vor, um ihr eine verirrte Haarsträhne hinters Ohr zu streichen, und küsste sie zart, ohne auf ihren Vorwurf einzugehen. »Eigentlich halte ich ja nicht viel von klischeehaften Aussagen«, murmelte er an ihren Lippen. »Aber ich muss zugeben, dass mir in diesem Moment nichts Passenderes einfällt, als dir zu sagen, dass du wunderschön aussiehst, wenn du schläfst.«

»Ich hätte das Gleiche gern von dir behauptet«, neckte sie ihn und warf einen gespielt empörten Blick auf seine Garderobe. »Aber wie ich leider feststellen muss, hattest du anderes im Sinn.«

Bastians Miene verdüsterte sich und er zog sich angespannt zurück. »Ich muss gehen«, sagte er tonlos. »Ich habe gleich einen Termin in der Galerie.«

»Oh.« Juli zog ihre Decke enger um sich. Sie konnte sich des Eindrucks nicht erwehren, dass er vor ihr floh. Beklommen wich sie seinen Augen aus. Eine angespannte Stille breitete sich zwischen ihnen aus, bis sich Bastian schließlich räusperte. »Wie lange arbeitest du heute?«

»Meine Schicht endet um acht.«

»Ich könnte dich abholen«, bot er zögernd an.

Erleichterung durchflutete sie. »Das wäre schön.«

»Also gut.« Noch einmal beugte er sich vor, um ihr einen Abschiedskuss zu geben. Hoffnungsvoll schlang sie die Arme um ihn, zog ihn mit sich zurück auf ihr Bett und verlor sich in der Hitze, die von ihm ausging. Unter seinem Gewicht erwachte ihr Verlangen erneut. Als ihr Kuss drängender wurde, spürte sie, wie er seine

Hände sachte in ihr Haar schob und sich leicht darin verkrallte. Sein Bart war über Nacht gewachsen, kratzte leicht über ihre empfindliche Haut. Sein Geschmack war so berauschend, dass sie sich nicht länger zurückhalten konnte. Ihre Hände glitten kühn unter seinen Pullover, doch Bastian zuckte unvermittelt unter ihrer Berührung zusammen. Schwer atmend lehnte er seine Stirn an ihre. »Ich muss wirklich los.« Etwas Undeutbares flackerte kurz in seinen grünen Augen auf, doch bevor Juli darauf eingehen konnte, hatte er seine Anspannung wieder unter Kontrolle. Mit einem kräftigen Stoß seiner Arme, der ihm keine große Mühe zu bereiten schien, erhob er sich.

»Bis heute Abend«, sagte er rau und wandte sich ab, um ihr Schlafzimmer zu verlassen.

»Bis dann.« Um Fassung ringend sah sie ihm hinterher.

Bastian hatte den Raum schon fast verlassen, als sie lauter als notwendig rief: »Ich freue mich.« Der sehnsüchtige Ton, der ihren Worten nachhallte, hatte eine Intensität, die sie erschreckte. Verlegen presste sie die Lippen aufeinander. Noch immer schmeckten sie nach seinem Kuss.

Sichtlich überrascht über ihre Worte drehte sich Bastian am Türrahmen um. »Ich mich auch«, erwiderte er grinsend und verließ mit einem letzten verheißungsvollen Blick über ihren Körper das Zimmer.

Juli lauschte, wie die Wohnungstür ins Schloss fiel, und ließ sich zurück in die Kissen sinken. Pünktchen krabbelte laut schnurrend auf ihren Bauch. Während sie ihre Katze am Hals kraulte, schloss Juli die Augen und gab sich der überaus angenehmen Erinnerung an die vergangene Nacht hin.

Im Nachhinein betrachtet war das Einzige, das sie bedauerte, die Tatsache, dass sie von vollkommener Dunkelheit umgeben gewesen waren. Auf diese Weise hatte sie ihn zwar spüren, aber nicht sehen können. Nach ihrer kleinen Rauferei auf dem Sofa war das Feuer zwischen ihnen unaufhaltsam entbrannt. Irgendwann hatte er sie hochgehoben, als wöge sie nicht mehr als ein Kind, und ins Schlafzimmer getragen. Dort hatte er sie nach und nach von ihren

Kleidern befreit. All jene Stellen, die er eroberte, hatte er mit zarten Küssen bedeckt, bis sie ihm irgendwann ungeduldig den Pullover vom Körper gezerrt hatte. Sie erinnerte sich dunkel daran, dass sein Unterarm noch immer bandagiert war. Zuerst war sie unsicher gewesen, weil sie fürchtete, ihm wehzutun, doch er hatte ihre Zweifel schnell zerstreut. Er war eindeutig ein Liebhaber von der gebenden Sorte. Während sie jede Sekunde genossen hatte, schien er seine Hände überall zu haben und ständig seine Position zu wechseln.

Nachdenklich öffnete Juli ihre Augen und starrte an die Decke. Er hatte sich einfach wundervoll angefühlt. Aber hatte sie ihn überhaupt berührt? Mit seinen Bewegungen hatte er ihre Reichweite beachtlich eingeschränkt und Juli fragte sich, ob hinter seinem Handeln nicht eine gewisse Berechnung gesteckt hatte. Er war zweifellos unersättlich gewesen, aber hatte er je die Kontrolle abgegeben? Sie war nicht sicher. Bei ihrer nächsten Begegnung würde sie auf jeden Fall besser darauf achten.

Sie reckte sich und stand auf, um duschen zu gehen. Das warme Wasser und ihr belebendes Duschbad linderten den Muskelkater und als sie kurze Zeit später fertig war, fühlte sie sich wie neu geboren. Da sie erst am späten Vormittag im Café erwartet wurde, schlüpfte sie in eine bequeme Jeans und ein schlichtes Shirt, ehe sie es sich mit einer Tasse Milchkaffee auf dem Sofa gemütlich machte. Dann schickte sie Hanna eine Nachricht, um sich mit ihr zu verabreden. Sie war ihrer Schwester schließlich noch ein paar Antworten schuldig.

Gerade als sie sich dazu aufgerafft hatte, ihrer Wohnung eine kleine Schönheitsbehandlung zukommen zu lassen, läutete es an ihrer Tür. Sie hastete zur Gegensprechanlage.

»Es soll niemand behaupten, dass ich nicht kritikfähig wäre«, ereiferte sich Isabelle aufgekratzt in das Haustelefon. Juli musste unwillkürlich lächeln, auch wenn sie gehofft hatte, dass ihr unangekündigter Besuch jemand anderes sein würde. Sie öffnete die Tür. Eine Minute später stand Isabelle schwer atmend vor ihr und ließ einen prüfenden Blick über sie wandern. »Du hattest Sex!«, stellte sie fest und wie so manches Mal in ihrem Leben verfluchte Juli ihre Freundin für ihr feines Gespür.

»Da komme ich hierher, um sicherzugehen, dass du nach drei Tagen Stillschweigen noch lebst, und finde dich mit einem befriedigten Lächeln auf den Lippen vor.« Sie schüttelte missbilligend den Kopf. Dann spähte sie über Julis Schulter in die Wohnung. »Lässt du mich jetzt rein oder wartet ein nackter Mann in deinen Laken?«

»Natürlich nicht«, erwiderte Juli und trat einen Schritt zur Seite. »Ich bin allein.«

Isabelle drückte ihr einen schmatzenden Kuss auf die Wange und rauschte an ihr vorbei in die Küche. Mit derselben Achtlosigkeit, mit der sie eine Tüte frischer Croissants vom Bäcker auf den Esstisch warf, ließ sie ihren Mantel auf die Stuhllehne fallen. Dann drehte sie sich abwartend zu Juli um.

»Hübsches Outfit«, kommentierte Juli Isabelles eigenwillige Garderobe. Sie hatte sich ihre feuerroten Haare zu wilden Locken in verschiedenen Größen frisiert. Dazu trug sie eine knallgelbe Bluse, eine grellgrüne Lederhose und war trotz des kühlen Märzwetters in pinkfarbenen Flipflops unterwegs. »Pumuckl?«, riet Juli.

Isabelle nickte wehmütig. »Mir war heute nach etwas Nostalgie«, erklärte sie leichthin.

»Indem du deinen Lieblingskobold imitierst?«

»Kermit war leider in der Wäsche.« Juli kicherte. Isabelles grasgrüner Overall zählte zu ihren absoluten Lieblingsstücken. Niemand außer Isabelle konnte so etwas abartig Hässliches anziehen und dabei so verboten gut aussehen. »Aber wenn ich dich so ansehe, hätte ich lieber was Rotes aus dem Schrank gezaubert«, fuhr Isabelle grinsend fort.

Die Farbe der Liebe.

Natürlich.

»Möchtest du erst einen Kaffee oder willst du gleich mit dem Verhör beginnen?«, fragte Juli freundlich.

»Erst Kaffee!«, entschied Isabelle und marschierte in die Küche, wo sie sich eine Tasse Kaffee einschenkte und Juli noch einen

Schluck in ihre halb volle Tasse goss. In der Zwischenzeit holte Juli Geschirr, Süßstoff und ein Glas Nutella aus ihrem Küchenschrank.

»Wann beginnt deine Schicht?«, fragte Isabelle.

»Ich muss um halb elf los.«

»Da haben wir ja noch Zeit«, stellte Isabelle zufrieden fest. Sie klemmte sich eine Tüte Milch unter den Arm und trug die Tassen hinüber zum Esstisch. Dort sank sie wortlos auf den Stuhl, ließ drei Süßstofftabletten in ihre Tasse fallen und trank einen tiefen Schluck. »Ich bin bereit«, verkündete sie dann und grinste erwartungsvoll.

Gemächlich zog Juli ein Croissant aus der Tüte, strich eine dicke Ladung Nutella darauf und erzählte Isabelle, was sich in den letzten Tagen zugetragen hatte. Von Bastians Krankheit sagte sie nichts. Das war seine Sache und für sie spielte es ohnehin nur eine untergeordnete Rolle. Natürlich tat es ihr leid, dass er mit diesem Schicksal geschlagen war. Nicht nur im Hinblick auf die Schmerzen, die er erdulden musste, sondern vor allem aufgrund der Erfahrungen, die ihn geprägt hatten. Sie hatte ihn als unterkühlten und skeptischen Mann kennengelernt, der jeden auf Abstand hielt, der seine Nähe suchte. Die körperliche Anziehung war von Anfang an da gewesen, aber nachdem er sich ihr geöffnet hatte, hatte er ihr auch seinen wirklichen Charakter gezeigt und sie damit vollends in seinen Bann gezogen, bis sie ihm zuletzt einfach nicht länger hatte widerstehen können.

»Es ist einfach passiert«, endete Juli ihre Berichterstattung und grinste dabei so stark, dass ihre Backen schmerzten.

»Habt ihr wenigstens verhütet?«, fragte Isabelle ungewohnt ernst.

»Ich habe ihm gesagt, dass ich die Pille nehme«, erklärte Juli und ignorierte Isabelles entsetztes Aufkeuchen. Die lebenslustige Künstlerin hatte in einer harten Lektion lernen müssen, dass sich ihre Sorglosigkeit nicht auf alle Bereiche ihres Lebens übertragen ließ. Juli hatte ihr in den qualvollen Wochen des Wartens nach einer verhängnisvollen Nacht beigestanden und wusste um die Sorge, die Isabelle umtrieb. Aber schließlich konnte ihre Freundin nicht ahnen, dass sich Bastian weit häufiger umfangreichen Gesundheitschecks unterziehen musste, als das bei ihr der Fall war, und sie in Bezug auf ansteckende Krankheiten nichts zu befürchten hatte. »Wir haben trotzdem auch Kondome benutzt.«

Das schien Isabelle fürs Erste zu beruhigen und Bastian einen weiteren Pluspunkt auf ihrer Sympathieskala einzubringen. »Und wieso liegt ihr jetzt nicht eng umschlungen in deinem Bett?«, fragte Isabelle grinsend. »Allzeit bereit für Runde zwei?«

»Vier.«

Genüsslich leckte Isabelle Nutella von ihrem Messer. »Glückwunsch.«

Juli schob sich grinsend den Rest ihres Croissants in den Mund. »Er hat gleich einen Termin in der Galerie«, antwortete sie dann auf Isabelles Frage.

Ihre Freundin rieb sich begeistert die Hände. »Dann kann ich ihm ja auflauern und ihm wilde Drohungen an den Kopf werfen, wenn er es wagen sollte, dir das Herz zu brechen.«

»Bloß nicht!«

»Ach komm schon, Püppchen. Das macht doch Spaß!«

»Dir vielleicht«, widersprach Juli entrüstet. »Außerdem stehen wir gerade erst am Anfang unserer ... Beziehung. Ich will es langsam angehen.«

»Langsam?«, fragte Isabelle spöttisch. »Also fassen wir mal zusammen: Du kennst ihn seit großzügig gerechnet fünf Tagen. Am ersten Tag hat er dich konsequent abblitzen lassen, die darauf folgenden zwei Tage habt ihr überwiegend schweigend in einem Lagerhaus verbracht.«

»Eineinhalb«, unterbrach Juli sie kleinlaut.

Isabelle warf ihr einen vielsagenden Blick zu und fuhr fort: »Dann seid ihr einen Tag mit Lukas im Zoo gewesen und er hat bei dir ...«, sie hob ihre Hände und gestikulierte Anführungszeichen in der Luft, »... übernachtet. Am nächsten Tag hast du ihn zu der Geburtstagsfeier deines Vaters eingeladen und bist anschließend mit ihm ins Bett gegangen. Habe ich das richtig verstanden?«

Bestürzt biss sich Juli auf die Unterlippe und nickte. Zusammengefasst klang das Ganze in der Tat alles andere als langsam. Wenn man pausenlos über einen Menschen nachdachte, schien Zeit einen völlig eigenen Maßstab zu entwickeln.

Isabelle brach in schallendes Gelächter aus. »Und was bitte passiert, wenn du es eilig hast?«, gackerte sie.

»Du bist echt eine doofe Nuss.« Juli knüllte die leere Papiertüte vom Bäcker zu einer Kugel zusammen und bewarf damit ihre Freundin, der inzwischen Tränen in den Augen standen.

»Nein, nein, du hast völlig recht. Alles andere wäre ohnehin pure Zeitverschwendung. Du weißt ja, was ich immer zu sagen pflege.« Sie hob mahnend ihren Zeigefinger. »Lebe jeden Tag, als wäre es dein letzter.«

Juli verschränkte schmollend die Arme.

»Jetzt komm schon, Püppchen«, sagte Isabelle. »Wenn es stimmt, was Elena und du über sein ach so sanftes Wesen behaupten, wünsche ich euch wirklich nur das Beste.« Sie fegte nachlässig ein paar Krümel von ihrem Ärmel. »Wobei er auf mich ja eher einen recht unterkühlten Eindruck gemacht hat«, fügte sie an.

»Du irrst dich«, sagte Juli bestimmt. »Er ist in Wirklichkeit ganz anders.«

Isabelle schüttelte mitleidig den Kopf. »Du bist ja völlig von der Rolle.«

»Sieht ganz danach aus«, erwiderte Juli lächelnd.

»Solange er dich glücklich macht, hat er von mir nichts zu befürchten.« Isabelle trank ihre Tasse Kaffee in einem Zug leer. »Ich will dich wirklich nicht von Wolke sieben runterholen, aber wir müssen langsam los.«

»Ich weiß«, seufzte Juli. Sie hatte heute wirklich keine Lust zu arbeiten. Sie räumte das Geschirr zusammen und brachte alles in die Küche, ehe sie in ihr Schlafzimmer eilte, um sich fertig zu machen. Danach begleitete Isabelle sie zum Café.

»Was hast du die Woche noch so vor?«, fragte Isabelle auf dem Weg und setzte ein freches Grinsen auf. »Außer dich in einer Tour vernaschen zu lassen.«

Juli kicherte. »Ich hoffe mal, dass das ein Hauptbestandteil meiner Freizeitbeschäftigung sein wird.«

»Du Glückliche.«

»Am Freitag bin ich übrigens auf eine Feier eingeladen.«

Isabelle blieb abrupt stehen. »Eine Feier? Ohne mich?«

»Du kannst mitkommen, wenn du willst«, bot Juli an und zog sie weiter. »Gabriel feiert seinen Geburtstag.«

»Der knackige Spanier aus deinem Studiengang?«, fragte Isabelle hoffnungsvoll. Sie kannte ihn von diversen Studentenpartys, die sie gemeinsam besucht hatten.

»Genau der«, bestätigte Juli grinsend.

»Bin dabei.« Doch plötzlich hielt sie alarmiert inne. »Oder kommt Bastian mit? Ich hänge mich auf keinen Fall an ein verknalltes Pärchen.«

Juli schüttelte den Kopf. »Nein, ich denke eher nicht. Offen gestanden schien er von Gabriel nicht sehr angetan gewesen zu sein.«

»Fährt das Kätzchen etwa schon die Krallen aus?«, gurrte Isabelle.

»Sagen wir mal, ich habe den Eindruck, dass er die falschen Signale aussenden könnte, wenn er mitkommt.«

»Was für Signale?«

»Etwa in die Richtung ›Halt dich von dieser Frau fern, sonst setzt es was‹-Signale.«

»Neigt er etwa zu Gewalt?«

»Überhaupt nicht.« Juli grinste. »Deswegen sagte ich ja *falsche* Signale.«

»Besitzansprüche sind so sexy«, schwärmte Isabelle.

»Solange sie sich in Grenzen halten.«

Sie bogen in die Straße zum Siesmeyer ein und blieben vor dem Eingang stehen. »Dann sehen wir uns am Freitag. Kommst du um halb neun zu mir?«

»Jawohl, Madame.«

»Schön, ich freue mich.«

»Ich mich auch, Püppchen.«

Die beiden umarmten sich zum Abschied, bevor sich Isabelle auf den Weg zur Galerie machte, um mit Elena die aktuellen Pressemitteilungen zu besprechen. Juli winkte ihr fröhlich nach und trat dann durch die Tür des kleinen Cafés.

Sie eilte durch den Eingangsbereich, vorbei an einer Reihe breiter Ledersessel, die paarweise um kleine runde Tische angeordnet waren. In den Ecken fanden besonders beliebte und teilweise abgewohnte Sofas für Besuchergruppen Platz. Der hintere Teil des schmalen Raumes beherbergte einen rustikalen Holztresen, der stets auf Hochglanz poliert war. Zweifelsohne war die Blumentapete inzwischen aus der Mode gekommen, doch ungeachtet dessen war das Café ein beliebter Treffpunkt. Juli war sich sicher, dass dies am Duft des Raumes lag, eine Mischung aus frisch geröstetem Kaffee und Schokoladenkuchen.

Sie sah sich prüfend unter den Gästen um. Eine ältere Dame saß am Fenster und schaute hinaus, während sie ihrem Schoßhund beruhigend über das struppige Fell strich, drei junge Männer waren lachend in ein Gespräch vertieft und ein Paar mittleren Alters genoss schweigend ein Stück Sachertorte. Alle schienen zufrieden zu sein.

Nachdem sie den Tresen erreicht hatte, warf sie ihre Tasche achtlos in eine Ecke und band sich ihre Schürze um. Dann blickte sie fröhlich zu John, ihrem Kollegen, der sie bereits erwartete. Genau genommen war John Schauspieler, aber wie bei allen kreativen Berufen ließ der Erfolg auf sich warten, sodass er gezwungen war, nebenbei noch anderweitig für seinen Lebensunterhalt zu sorgen, um seine Familie über Wasser zu halten. Juli arbeitete gern mit ihm zusammen. Vermutlich lag das an der Ruhe, die er ausstrahlte.

Während sie die Bestellliste studierte, erkundigte sie sich nach seiner kleinen Tochter, und ganz der stolze Vater berichtete er überschwänglich von ihren ersten Gehversuchen und den Silben, die sie inzwischen beherrschte.

Gegen Mittag füllte sich das Café und Juli hetzte zwischen den Gästen, der Kuchentheke und dem kleinen Biergarten im Hinterhof hin und her, während John die Bestellungen zubereitete. Die

Tage, an denen das Café gut besucht war, mochte Juli am liebsten, denn erstens verging die Zeit schneller und zweitens gab es mehr Trinkgeld.

Am früheren Nachmittag erhielten sie Verstärkung von Sascha, ihrem Chef. Wenn man den stämmigen, tätowierten Biker sah, erwartete man sicher nicht, dass er Inhaber dieses spießig anmutenden Cafés war, doch seine Leidenschaft für Sachertorte stand seinem sanften Wesen in nichts nach. Allein schon aus diesem Grund mochte Juli ihn.

Pünktlich zu Beginn ihrer Pause erschien Hanna am Eingang des Cafés. Wäre sie nicht fünf Jahre älter gewesen, hätten die beiden mühelos als Zwillinge durchgehen können. Ihre dunkelbraunen Haare trug sie deutlich kürzer und ihr Gesicht, das ebenfalls von großen braunen Augen dominiert wurde, unterschied sich nur unwesentlich durch kleine Lachfalten. Abgesehen davon hatte Hanna die gleiche zierliche Figur, die sie heute in einen olivgrünen Hosenanzug gehüllt hatte. Unter ihrem Arm trug sie einen Stapel Unterlagen, der ihr Auftreten als souveräne Geschäftsfrau unterstrich. Diese Ausstrahlung hatte sie eindeutig von ihrem Vater geerbt. Geschickt schlängelte sie sich um die besetzten Tische, bis sie die Bar erreichte, an der Juli ihnen zwei Tassen Milchkaffee zubereitete.

»Hallo Schwesterchen«, grüßte Hanna sie fröhlich.

»Hey«, lächelte Juli. »Möchtest du etwas essen?«

»Nein danke, Kaffee genügt.«

Juli stellte die Tassen auf den Tresen. »Ich bin gleich bei dir.« Sie gab Sascha Bescheid, holte sich ein belegtes Brötchen aus der Küche und nahm neben Hanna auf einem Barhocker Platz. »Wie war die Taufe?«, fragte sie und biss herzhaft in ihren Imbiss.

»Das Übliche halt«, erwiderte Hanna schulterzuckend.

»Aber die Feier danach war sehr schön. Wir waren im Wintergarten vom Zollhaus. Lilly hat alles in Weiß mit zartrosa Bändern dekorieren lassen, selbst der Taufkuchen hat dazu gepasst, auch wenn er wie Pappe geschmeckt hat«, kicherte Hanna. »Und wie war es bei unseren lieben Eltern?«

»Nicht so schlimm, wie ich befürchtet hatte. Papa war beim Golf. Also hat sie sich zusammengerissen. Wir sind die Liste mit ihren Kunstobjekten durchgegangen. Hast du gewusst, dass sie Großmutters Spieluhr verkauft?«

»Nein«, sagte Hanna schockiert. »Wieso das denn?«

»Sie war ihres Anblicks überdrüssig«, äffte Juli ihre Mutter näselnd nach.

»Warum sagst du ihr nicht, dass du sie gern behalten willst?«

Juli schnaubte herablassend. »Als gäbe es in ihrer Welt Platz für Sentimentalitäten.«

»Dann kauf sie ihr doch ab«, schlug Hanna grinsend vor.

»Das habe ich auch schon überlegt, aber die traurige Wahrheit ist, dass ich mir diese kleine Kostbarkeit leider nicht leisten kann.«

»Das war ein Scherz«, erwiderte Hanna finster.

»Wie dem auch sei.« Juli schob ihren leeren Teller beiseite. »Immerhin durchkreuze ich ihre Pläne, was Papas Geburtstagsfeier betrifft. Dieser Triumph muss mir fürs Erste genügen«, fügte sie mit einem schiefen Grinsen an.

Hanna setzte sich hellhörig auf. »Du kommst also mit Bastian?«, fragte sie erfreut. »Lukas war ganz begeistert von ihm.«

»Das kann ich mir vorstellen.«

»Oh, das wird Mama wirklich gar nicht gefallen«, stellte Hanna fest. »Ich habe mich im Büro umgehört. Sie hat niemand Geringeren als Vincent de Rossi für dich auserkoren.«

»Sollte mir das jetzt etwas sagen?«

»Er gehört zu einer italienischen Adelsfamilie, die seit zwei Generationen hier lebt. Er arbeitet seit etwa einem Jahr in Papas Firma und war maßgeblich an der Gestaltung des Freizeitbades beteiligt, Überstunden inklusive. Vermutlich hält sie deshalb so große Stücke auf ihn.«

»An seinem Aussehen wird es jedenfalls nicht liegen.«

»Offen gestanden ist er ganz niedlich«, bemerkte Hanna in vertraulichem Ton. »Die halbe weibliche Belegschaft ist hinter ihm her.«

»Jetzt tut er mir fast ein bisschen leid«, sagte Juli und schauderte bei dieser Vorstellung. »Da kann er ja von Glück reden, dass er nicht auch noch mit der Tochter des Chefs anbandeln muss.«

»Hast du Mama schon erzählt, dass Bastian dich begleiten wird?«, fragte Hanna neugierig.

»Ach, ich dachte, ich überrasche sie einfach.«

»Das ist nicht dein Ernst.«

»Wieso denn nicht?«, ereiferte sich Juli. »Stell dir nur mal ihr Gesicht vor, wenn sie plötzlich Stühle umrücken müsste. Ich wette, sie würde binnen drei Sekunden ihre Stressflecken kriegen. Gott, ich liebe diese Dinger.«

Hanna hielt sich eine Hand vor den Mund, um nicht laut loszulachen. »Du bist böse«, tadelte sie Juli sanft.

Juli grinste Hanna herausfordernd an. »Keine Fete ohne Flecken.«

»Keine Party ohne Pusteln«, erwiderte Hanna ohne zu zögern. Das war ihr Schlachtruf gewesen, als sie noch jünger gewesen waren und im adretten Kleidchen auf diversen Gartenpartys präsentiert wurden. Irgendwie hatten die beiden Mädchen immer einen Weg gefunden, ihrer Mutter diese markanten Stressmale zu entlocken. Sei es durch unbedachte Bewegungen, umgekippte Rotweingläser oder naive Zwischenfragen. Natürlich war es nie mit Vorsatz geschehen, aber irgendwann hatten die Schwestern einen Trost darin gesehen, wenn ihnen wieder einmal Hausarrest aufgrund ihres ungebührlichen Verhaltens aufgebrummt worden war. Juli lächelte bei der Erinnerung daran. Leider waren sie viel zu schnell erwachsen geworden.

»Sag ihr trotzdem vorher Bescheid«, sagte Hanna in eindringlichem Ton. »Du weißt, wie nachtragend sie in solchen Dingen sein kann. Sonst lässt sie ihren Frust am Ende noch an Bastian aus.«

Juli stöhnte gequält. »Spielverderberin.«

»Braves Mädchen.« Hanna tätschelte liebevoll Julis Oberschenkel, bevor sie ihr Kinn auf ihre Hände stützte und Juli gespannt musterte. »Und jetzt erzähl mir endlich von ihm.«

»Er ist der Fotograf aus dem Lagerhaus.«

»Also daher weht der Wind«, erkannte Hanna. »Dann hast du es ja im Grunde sogar Mama zu verdanken, dass ihr euch begegnet seid.«

Juli runzelte die Stirn. Was ihr unverhofftes Wiedersehen betraf, lag Hanna zweifelsohne richtig. »So habe ich das noch gar nicht betrachtet.«

»Seine Arbeit spricht also schon einmal für ihn. Die Agentur hätte ihn nicht beauftragt, wenn er keinen guten Job machen würde. Schließlich arbeitet die Grafikwerkstatt schon jahrelang für uns.« Damit meinte sie die Firma ihres Vaters und auch ihre Mutter, die ihnen gelegentlich Aufträge erteilte. »Und gut sieht er auch aus«, fügte Hanna vielsagend an.

»Es ist nicht nur das«, unterbrach Juli sie vehement. »Er ist unglaublich klug und charmant.« Sie dachte daran, wie sie und Bastian in ihrer ersten gemeinsamen Nacht einander gegenübergesessen und er sie mit Fragen gelöchert hatte. Er kannte jedes Buch, das sie gelesen hatte, alle ihr wichtigen Persönlichkeiten aus Kunst und Literatur und jedes einzelne Weltwunder. Zu ihrer Schande musste sie gestehen, dass sie in ihrer Vergangenheit mit Männern zusammen gewesen war, die nicht einmal wussten, dass es so etwas überhaupt gab. »Wir haben viel gemeinsam und können doch voneinander lernen. Er bringt mich zum Lachen. Er ist ...«, Juli unterbrach sich auf der Suche nach dem richtigen Wort, »... einfach unglaublich«, fügte sie stockend hinzu.

Hanna hatte ihren spontanen Gefühlsausbruch aufmerksam beobachtet. »Dich hat es ja schlimm erwischt«, stellte sie fest.

»Seit ich ihn kenne, kann ich an nichts anderes mehr denken.« Juli strich sich nachdenklich eine Strähne aus dem Gesicht. »Das macht mir richtig Angst.«

»Warum?«

»Es ist jetzt schon so, dass ich fürchte, meine kleine Seifenblase könnte zerplatzen«, gestand Juli.

»Das ist doch Unsinn«, sagte Hanna sanft.

Juli rührte nachdenklich in ihrem Kaffee herum. »Er hat auch seine Schattenseiten, weißt du.«

Hanna schaute Juli abwartend an, aber die kniff angespannt die Lippen zusammen. Sie hatte schon zu viel gesagt.

»Ist er vorbestraft?«, fragte Hanna unvermittelt.

»Nein«, rief Juli entsetzt.

»Psychisch labil?«

»Natürlich nicht.«

»Hat er fragwürdige ethische Ansichten?«

»Jetzt hör doch mal auf.«

»Ich frage nur, weil ich sicher bin, dass man alles andere regeln kann«, erklärte sie lächelnd. »Durch Zeit, Geduld und Vertrauen.«

Kapitel 17

Ein Lächeln umspielte Bastians Lippen, als er Juli durch die Fensterscheiben des Cafés beobachtete. Sie stand hinter dem Tresen und scherzte mit einem gefährlich aussehenden Biker, während sie Gläser polierte. Der Mann war zweifelsohne ebenso von ihr angetan, wie er es war, doch Bastian sah in ihm keine Konkurrenz.

Als Juli ihn durch die Fensterscheibe entdeckte, winkte sie fröhlich. Der Drang, zu ihr zu gehen, war groß, aber er entschied, draußen zu warten, bis sie ihre Arbeit beendet hatte. Er signalisierte ihr, dass er vor der Tür bleiben würde.

Dann zog er sein Telefon hervor und prüfte seine E-Mails. Am Nachmittag hatte er der Agentur die Bilder aus dem Lagerhaus geschickt und eine Rückmeldung erhalten. Nicht, dass er Kritik befürchtet hatte. Die Grafikwerkstatt war bislang immer zufrieden mit seiner Arbeit gewesen. So auch dieses Mal. Die Agentur schickte Anfragen für zwei weitere Aufträge, die Bastian umgehend bestätigte. Je mehr er in nächster Zeit zu tun haben würde, umso weniger würde er seinen düsteren Gedanken nachhängen müssen. Mit den Zweifeln, die ihn tagtäglich begleiteten, war er bisher immer fertig geworden, aber seit er Juli begegnet war, trieben sie ihn fast in den Wahnsinn. Er hatte noch keinen Weg gefunden, sie zum Schweigen zu bringen.

Als sich die Tür öffnete, sah er auf und schob sein Telefon in seine Jackentasche.

»Warum wartest du denn hier draußen in der Kälte?«, fragte Juli lächelnd und näherte sich, um ihn zu küssen. Die Selbstverständlichkeit mit der sie ihn berührte, erstaunte ihn. Er hauchte ihr einen keuschen Kuss auf die Lippen. »Ich wollte nicht stören.«

»Das hättest du nicht«, sagte Juli sanft. Dann sah sie sich suchend um. »Bist du nicht mit deinem Wagen da?«

»Ich habe ihn Elena überlassen«, erklärte er schulterzuckend. »Sie braucht ihn gerade dringender als ich.«

Da sie keine Lust auf einen Restaurantbesuch hatte, schlug Juli vor, in ihrer Wohnung etwas zu kochen. Sie gingen in den nächsten Supermarkt, um Zutaten für ein Pastagericht zu holen. Mit Juli einzukaufen war schockierend intim. Es hatte etwas ungewohnt Vertrautes an sich, wie es sonst wohl nur echte Paare erlebten.

Er verfolgte Julis Konzentration mit wachsendem Interesse. Wie sich herausstellte, war sie überaus anspruchsvoll. Sie zelebrierte die Auswahl ihrer Zutaten vom frischen Gemüse bis hin zur Eiscreme, die als Nachspeise dienen sollte. Während er den Wagen schob, verweilte sie immer wieder an Regalen, um Waren zu vergleichen. Sobald sie etwas in den Korb gelegt hatte, streifte sie seine Jeans oder berührte seinen Rücken. Unterdessen erzählte sie ihm von ihrem Tag im Café, diskutierte mit ihm über Bioprodukte und darüber, wer an der Kasse zahlen würde. Erst als Bastian ihr androhte, keine einzige Nudel zu essen, gab sie sich schließlich geschlagen und überließ es ihm, die Rechnung zu begleichen.

»Hast du eigentlich Isabelle in der Galerie getroffen?«, fragte Juli auf dem Heimweg.

»Nein, warum?«

»Ich dachte, du hattest heute Morgen einen Termin dort.«

Ihr argwöhnischer Blick mahnte ihn zur Vorsicht.

»Wir haben den Termin spontan auf den Nachmittag verschoben«, erklärte er in sachlichem Ton. »Damit ich Elena danach gleich mit ins Krankenhaus nehmen konnte.«

»Ach so.«

Ein ungutes Gefühl durchfuhr ihn. Er hatte nicht gelogen. Doch Tatsache war auch, dass er seine geschäftlichen Verpflichtungen gleich hätte verschieben und den Morgen mit Juli gemeinsam verbringen können – wenn er nicht ein solcher Feigling gewesen wäre.

»Und wie geht es deinem Freund?«

»Schon besser, aber er langweilt sich.«

Juli nickte verständnisvoll. »Kein Wunder. Den ganzen Tag im Krankenhaus herumzusitzen, würde mich auch langweilen. Kommt ihn denn niemand besuchen?«

»Soweit ich weiß, war heute Vormittag ein Kommilitone da. Felix hat Informatik studiert und ist gerade Tag und Nacht mit seiner Dissertation beschäftigt«, erklärte er. »Da er zurzeit nicht selbst arbeiten kann, hat er kurzerhand eine Besprechung an sein Krankenbett verlegt.« Bastian schüttelte verständnislos den Kopf, als er an Felix' kompromisslosen Ehrgeiz dachte.

»Geht das denn so einfach?«

»Die Universität hat eine Sonderregelung für ihn getroffen. Er kann überwiegend von zu Hause aus arbeiten. Gelegentlich fahre ich ihn aber auch hin oder sein Doktorvater kommt zu ihm nach Hause.«

»Das ist wirklich großzügig.«

»Felix hat ein sehr einnehmendes Wesen. Es ist schwer, ihm etwas abzuschlagen.« Bastian grinste ergeben.

Sie erreichten die Haustür und Juli kramte den Schlüssel aus ihrer Handtasche.

»Ich würde ihn gern kennenlernen«, bemerkte sie beiläufig und schloss ihre Wohnungstür auf.

Bastian zuckte zusammen. »Warum?«

»Weil er dein Freund ist.« Sie warf einen Blick über ihre Schulter und musterte ihn durchdringend. »Es muss aber auch nicht sein, wenn du nicht willst«, sagte sie zögerlich. In ihren dunklen Augen zeichnete sich ein Hauch von Enttäuschung ab.

»Ich frage ihn, wann es ihm passt«, erwiderte Bastian eilig.

Juli nickte zaghaft.

Bastian folgte ihr irritiert nach oben. Er war nicht sicher, warum die Vorstellung ihrer Begegnung für ihn derart angsteinflößend war. An sich sollte es doch völlig unkompliziert sein, die beiden miteinander bekannt zu machen. Aber das war es nicht.

Nicht für ihn.

Felix war eine Welt. Juli eine andere.

Wenn er die Grenzen aufhob, dann war das unwiderruflich. Er war nicht sicher, ob ihm dieser Umstand gefiel. Fürs Erste würde er versuchen, etwas Zeit zu schinden.

»Stell die Tüten am besten gleich in die Küche«, rief Juli ihm über die Schulter zu, während sie sich aus ihrer Strickjacke schälte.

»Wollen wir gleich kochen?«

»Aber ja, sonst sterbe ich noch vor Hunger.« Sie machte sich eifrig daran, die Zutaten bereitzulegen. Danach wusch sie sich die Hände, ehe sie einen großen Topf hervorkramte und das Wasser für die Nudeln aufsetzte.

Bastian stand unschlüssig vor der Anrichte. Juli seufzte, legte die Hände auf seine Hüften und sah zu ihm empor. »Hatten wir nicht eine Abmachung?«, fragte sie sanft.

Natürlich wusste Bastian sofort, worauf sie anspielte. Zu seiner Freude und zu seinem Bedauern hatte sie es nicht vergessen. Er fuhr sich beklommen über das Gesicht. Dann löste er seine Handschuhe und legte sie zur Seite.

Zufrieden drückte sie ihm einen unschuldigen Kuss auf die Lippen, ehe sie zu dem Berg an Zutaten zurückkehrte. »Jetzt komm schon, das macht Spaß.«

»Du hast ja eine merkwürdige Vorstellung von Spaß«, bemerkte er trocken.

»Essen bedeutet genießen und alles, was mit Genuss zusammenhängt, macht Spaß«, meinte Juli grinsend.

Kurze Zeit später stellte Bastian fest, dass Juli recht hatte – wenn auch nicht im eigentlichen Sinne. Während er ihrer begeisterten Katze unentwegt Schinkenwürfel zuwarf, vollbrachte Juli wahre Kunststücke am Herd. Es war tatsächlich eine Freude, ihr zuzusehen.

Sie aßen an ihrem Esstisch und nachdem Juli eine Mahlzeit für fünf Personen gekocht hatte, war die Aussicht auf eine Pasta-Pause auf ihrem Sofa genau das Richtige. Gemeinsam schauten sie einen Film, an dessen Handlung er sich später nicht erinnern konnte, weil er viel zu sehr damit beschäftigt war, Julis Haare, die Kontur ihres Halses und ihre Lippen mit seinen sensiblen Händen zu erforschen.

Eng an ihn geschmiegt, schien Juli jede seiner Berührungen zu genießen, und so war es nicht weiter verwunderlich, dass die Stimmung zwischen ihnen kippte, bevor der Film den Abspann erreichte. Wie am Abend zuvor, reagierte er auf sie wie ein Teenager, der gerade zum ersten Mal Bekanntschaft mit seinen Hormonen gemacht hatte. Als er es nicht mehr aushielt, trug er sie ungeduldig in ihr Schlafzimmer, das in sicherer Dunkelheit lag. Bevor der Lichtschein aus dem Wohnzimmer hereindrängen konnte, schloss er die Tür mit einem nachlässigen Tritt, der ihn beinahe teuer zu stehen kam. Unter dem Schmerz zuckte er unkontrolliert zusammen.

Juli löste sich von ihm und schnappte nach Luft. »Hast du dir wehgetan?«

»Alles bestens«, murmelte er.

»Lass uns das Licht anmachen und sichergehen.« Sie trat einen Schritt zurück, doch er war schnell genug, um sie einzufangen. Er schloss seine Arme wie Eisenklammern um ihren zierlichen Körper.

»Kein Licht.« Entschieden versenkte er seinen Mund in ihrer Halsbeuge, woraufhin sie von einem wohligen Schauer überrollt wurde. Er spürte ihre Gänsehaut und lächelte zufrieden.

»Aber ich möchte dich sehen.«

Er arbeitete sich zögernd von ihrem Hals zu ihrer Schulter vor, während er seine Hände unter ihr dünnes T-Shirt schob. Er überlegte fieberhaft, was er ihrem Wunsch entgegensetzen konnte. Langsam holte er Luft, um die Enge in seiner Brust zu lösen. Dann lehnte er seine Stirn an ihre. »Nicht«, bat er sie leise.

Die Finsternis, die sie umgab, schluckte jede ihrer Regungen. Deswegen nahm er ihr zögerndes Nicken kaum wahr.

Bei ihrem Zugeständnis durchströmte ihn unbändige Erleichterung. Er zog ihr behutsam ihr Shirt über den Kopf. Dann legte er seine Lippen auf ihre, während er damit fortfuhr, sie zu verführen. Er setzte alles daran, sich erkenntlich zu zeigen, und doch wusste er, dass es nicht genug war.

Später lagen sie in der Stille zusammen und ihre Hand glitt bedächtig über seine bloße Brust. Er fühlte ihre zarten Fingerspitzen, wie sie seinen Körper zögernd erkundeten. Solange er konnte, verharrte er reglos unter ihrem Forscherdrang. Als es ihm zu viel wurde, nahm er ihre Hand, küsste sie und legte sie auf seine Brust, wo sie unter seiner Hand zur Ruhe kam. Seinen stummen Wunsch verstand sie auch, ohne dass er sich erklären musste. Er spielte gedankenverloren mit einer Strähne ihres Haares.

In diesem Moment war er glücklich.

Wirklich und wahrhaftig glücklich.

Er könnte einfach liegen bleiben. Vielleicht wäre es wie mit den Vögeln, die man einen Abgrund hinunterstieß, damit sie fliegen lernten.

Die Frage war nur, was passierte, wenn der Boden nicht weit genug entfernt war. Ein Schauer durchfuhr ihn bei der Erinnerung an den Morgen. Nach ihrer letzten gemeinsamen Nacht hatte ihn die Erschöpfung übermannt und er hatte nur kurz die Augen schließen wollen. Sofort war er in einen tiefen Schlaf gefallen und erst erwacht, als der Morgen graute. Juli neben sich zu sehen, hatte ihn mit der gleichen Glückseligkeit erfüllt wie am Tag zuvor – mit dem Unterschied, dass er dieses Mal splitterfasernackt neben ihr gelegen hatte. Das Ausmaß seines Entsetzens war gewaltig gewesen, nachdem er seinen Fehler erkannt hatte. Panik hatte ihn erfasst, sein Puls hatte in seinen Ohren gedröhnt und für den Bruchteil einer Sekunde hatte er die ernsthafte Sorge gehabt, dass sein Herz gleich seine Brust sprengen würde. Trotz der Gänsehaut, die er am ganzen Körper gehabt hatte, war ihm sengend heiß gewesen, und er sah sich mit der unbarmherzigen Angst konfrontiert, dass Juli jeden Moment die Augen aufschlagen und ihn in all seiner Unvollkommenheit betrachten würde. So schnell er konnte, hatte er sich aus ihrer innigen Umarmung befreit und war ins Badezimmer geflüchtet, um sich zu beruhigen. Dankenswerterweise hatte Juli so tief geschlafen, dass sie ihn weder gesehen noch etwas von seinem Schock bemerkt hatte.

Aber was, wenn sie ihn doch gesehen hätte?

Seine Hände zu entblößen, war eine Sache, aber seinen ganzen Körper, eine ganz andere. Würde sie ihn so akzeptieren, wie er war, oder könnte sie seinen bloßen Anblick eben doch nicht ertragen? Was, wenn sie angewidert vor ihm zurückschrecken oder ihr Zusammensein gar bereuen würde?

Lieber Himmel, er wollte gar nicht darüber nachdenken. Das würde alles zerstören, was sie hatten. Und das war mehr, als er je zu hoffen gewagt hatte.

Er wollte sie nicht verlieren.

An ihrem gleichmäßigen Atem erkannte er, dass sie eingeschlafen war. Eine Zeit lang lag er still neben ihr und wachte über ihren Schlaf, unfähig, sein Glück zu stören.

Als sie sich umdrehte, zog er sich vorsichtig zurück und sammelte in der Dunkelheit seine Sachen zusammen. Dann kleidete er sich leise an, ehe er sich auf der Bettkante niederließ und ihr über den Rücken strich, um sie zu wecken. Sie seufzte entspannt auf. Er beugte sich vor und küsste sie sanft auf die empfindliche Stelle hinter ihrem Ohr.

»Was ist los?«, murmelte sie schlaftrunken.

»Ich muss gehen«, flüsterte er und atmete noch einmal tief den Duft ihres Haares ein.

Augenblicklich wirkte sie hellwach. »Ist etwas passiert?«, fragte sie alarmiert.

»Alles in Ordnung«, erwiderte er gedämpft. »Schlaf weiter, meine Schöne.«

Als er sich zurückzog, hielt sie ihn nicht auf. Er fühlte ihren Blick auf sich, obwohl es stockdunkel war. Den merkwürdigen Eisklumpen in seinem Inneren ignorierend, stand er auf. »Ich rufe dich morgen an.«

Da sie nicht antwortete, blieb er unsicher vor der Schlafzimmertür stehen. »Darf ich dich morgen anrufen?«, fragte er angespannt.

Ihr »Ja« war kaum mehr als ein Flüstern.

Obwohl sie sich nicht sehen konnten, nickte er. Dann straffte er seine Schultern und wandte sich ab. Durch die geöffnete Tür drang gleißendes Licht aus dem Flur. Er wagte nicht, sich noch einmal umzudrehen. Er wollte ihre Enttäuschung nicht sehen, so sehr er sie auch verstehen konnte.

Auf der Suche nach seinen Handschuhen eilte er ins Wohnzimmer. Dort schaltete er den Fernseher aus und löschte alle Lichter, bevor er die Wohnungstür hinter sich ins Schloss zog.

Da es fast zwei Uhr morgens war, fuhr kein Bus mehr in sein Stadtviertel. Anfangs ging er die Strecke zögernd, doch mit jedem Schritt wuchs der Schmerz in seiner Brust, bis ihm nichts anderes mehr übrig blieb, als seinen Gang zu beschleunigen. Er fiel in einen gleichmäßigen Trab und biss die Zähne zusammen, weil er das vertraute Ziehen an seinen Füßen spürte, das neue Wunden ankündigte.

Es war richtig zu gehen. So bestand wenigstens die Chance, dass sie noch etwas mehr Zeit miteinander verbringen würden. Er genoss Julis Nähe viel zu sehr, als dass er sie leichtfertig aufs Spiel setzen würde, auch wenn ihre Reaktion ihn umso mehr treffen würde. Bis auf das eine Mal vor vielen Jahren war er stets darauf gefasst gewesen, wie Frauen ihn sahen, wenn er nachlässig mit seinem Versteckspiel geworden war.

Manche hatten bei seinem Anblick entsetzt aufgekeucht, andere hatten ihn wie versteinert angestarrt oder ihn so mitleidig gemustert wie ein misshandeltes Kätzchen. Bei seiner Geburt war seine Haut noch völlig unversehrt gewesen, aber im Laufe der Jahre war kaum ein Quadratzentimeter seines Körpers verschont geblieben. Genauso gnadenlos, wie sich die Narben in seine Haut gefressen hatten, hatten die Menschen reagiert, die ihm zu nahe gekommen waren – mit Ausnahme von Felix, Elena und den Fachärzten, die mit der Materie einigermaßen vertraut waren.

Zahlreiche Erinnerungen strömten auf ihn ein, ohne dass er sich dagegen zur Wehr setzen konnte: das hämische Lachen der Jungen, das fiese Getuschel der Mädchen.

»Was bist du denn für ein Zombie?«

»Hast du Lepra oder was?«

»Selten so was Gruseliges gesehen.«

»Bleibt weg von dem. Der ist ansteckend.«

»Gibt es kein Make-up dafür?«

Immer lauter wurden die Stimmen.

Bastian rannte, als wäre der Leibhaftige hinter ihm her, den Aufschrei seines Körpers ignorierend.

Als er nass geschwitzt und völlig außer Atem seine Wohnung erreichte, zitterte er vor Erschöpfung am ganzen Körper. Er riss achtlos seine Kleidung herunter und stellte sich direkt unter die Dusche. Das heiße Wasser wärmte ihn, doch die Kälte in seinem Inneren konnte es nicht vertreiben.

Dreimal hatte er in seinem Leben die Schule gewechselt, zweimal war sein Vater ihm zuliebe in eine andere Stadt gezogen. Bastian hatte sich nach Kräften darum bemüht, Freunde zu finden, die seine Situation verstanden, aber am Ende war es immer das Gleiche gewesen. Erst indem er sich dazu entschlossen hatte, niemandem mehr zu vertrauen, wurde es besser. Er kaufte sich schwarze Lederhandschuhe und ließ erneut sein altes Leben zurück. Auch seinen Vater.

Mit achtzehn lebte er in seiner eigenen Wohnung, hatte seinen Schulabschluss in der Tasche und verdiente seinen Lebensunterhalt mit Fotografien, die er über internationale Bilddatenbanken verkaufte. Er besuchte die größte Universität der Gegend, was ihm eine gewisse Anonymität sicherte, und machte ein paar Jahre später seinen Abschluss in Wirtschaftswissenschaften. Die betriebswirtschaftlichen Kenntnisse, die er sich währenddessen angeeignet hatte, waren ausreichend, um als selbstständiger Fotograf zu arbeiten und seine Einnahmen gewinnbringend anzulegen. Auf diese Weise musste er sich nicht den starren Strukturen eines fremden Unternehmens unterwerfen. Er war sein eigener Boss und er bestimmte, wo es langging.

Beruflich und privat.

Diese absolute Kontrolle über sein Leben nahm ihm seine Angst und gab ihm endlich das Gefühl von Zufriedenheit.

Alles war ganz fantastisch gelaufen, bis er Juli begegnet war. Zum ersten Mal regte sich Widerstand in seinem Inneren. Hoffnung drang an die Oberfläche und mit ihr kehrte die Panik zurück.

Kraftlos trat Bastian aus der Duschzelle, ohne nach einem Handtuch zu greifen. Stattdessen zog er sich die eingeweichten Verbände vom Körper: den Mullverband von seinem linken Unterarm, das Spezialpflaster von seinem rechten Ellenbogen, die Bandage von seinem Schienbein, die von den Kniescheiben, mehrere kleine Pflaster von seinen Füßen und schließlich das von seinem Daumen.

Missmutig begutachtete er die Verletzung an seiner Wade, die entstanden war, weil er blindlings gegen Julis Schlafzimmertür getreten hatte: eine sieben Zentimeter lange Schürfwunde, die beim Duschen wieder aufgerissen war und nun blutig schimmerte. Bastian hoffte inständig, dass er nicht Julis Bettwäsche versaut hatte.

Er wischte den Beschlag vom Spiegel fort und drehte sich, um seinen Rücken zu begutachten. Juli war in ihrer leidenschaftlichen Selbstvergessenheit versehentlich zu tief mit ihren Fingernägeln über seinen Rücken gefahren, weswegen sich eine Hautschicht gelöst hatte und sich nun drei tiefe Striemen über sein Schulterblatt zogen. Sie würde ausrasten, wenn sie davon wüsste. Schon allein deshalb war es richtig, dass er gegangen war. Er wollte nicht, dass sie seinetwegen auch noch ein schlechtes Gewissen hatte.

Wie immer verschwendete er keine weitere Zeit an sein Spiegelbild. Nur so viel, wie nötig war, um die Verletzungen auf seinem Rücken zu versorgen. Danach widmete er sich den anderen Wunden.

Als er fertig war, tappte er erschöpft in sein Schlafzimmer, schlüpfte in seine Shorts und kroch in sein Bett. Er war sich noch nie so verloren darin vorgekommen.

Kapitel 18

Mit Julis Laune stand es nicht zum Besten. Natürlich hatte sie kein Auge mehr zubekommen, nachdem Bastian gegangen war. Aber was hatte sie auch anderes erwartet? Dass ihre körperliche Befriedigung all ihre emotionalen Bedürfnisse überwiegen würde? Sie wünschte, es wäre so einfach.

Vermutlich war es unklug, ihre Mutter in diesem Gemütszustand anzurufen. Andererseits hatte sie es Hanna versprochen und wollte es hinter sich bringen. Um des lieben Friedens willen. Sie wählte missmutig die Nummer. Als der Anrufbeantworter ansprang, atmete sie erleichtert auf. Zumindest in dieser Sache war ihr das Glück hold. Sie hinterließ Luisa eine Nachricht, in der sie ihrer Bitte nachkam und einen Begleiter vorwies. Was ihre Mutter davon halten würde, war ihr einerlei.

Danach putzte sie ihre Wohnung, kümmerte sich um Pünktchen und ging duschen, bevor sie sich auf den Weg zur Arbeit machte. Es war ein trüber regnerischer Tag, passend zu ihrer Stimmung. Im Café war nicht allzu viel zu tun. John war schlau genug, sie nicht nach dem Grund für ihren betrübten Gesichtsausdruck zu fragen, sondern sie mit Geschichten über seine Tochter zu unterhalten. Am Mittag rief ihr Chef an und sagte Bescheid, dass er mit einer Grippe im Bett lag. Da Juli an diesem Tag ohnehin keine Pläne hatte und zusätzliches Trinkgeld gut gebrauchen konnte, bot sie an, seine Schicht zu übernehmen, was hieß, dass sie bis um zwölf im Siesmeyer festhing.

Bastian meldete sich nicht.

Sie wusste nicht, was sie von seinem plötzlichen Verschwinden mitten in der Nacht halten sollte. Entweder hatte er gelogen, als er ihr versichert hatte, dass alles in Ordnung sei, und etwas stimmte ganz und gar nicht. Oder er hatte die Wahrheit gesagt und wollte schlichtweg nicht die ganze Nacht mit ihr verbringen, nachdem er mit ihr geschlafen hatte. Keine der beiden Möglichkeiten gefiel ihr.

Am frühen Nachmittag klingelte endlich ihr Telefon, während sie gerade die Bestellung für ein junges Paar aufnahm. In der Hoffnung auf Bastians Anruf entschuldigte sie sich eilig, stürzte quer durch das Café und langte nach ihrem Mobiltelefon, das sie für alle Fälle auf dem Tresen hatte liegen lassen. Auf dem Display leuchtete drohend das Bild ihrer Mutter auf. Juli verzog das Gesicht, legte ihr Telefon zurück und kümmerte sich um die Bestellung des Paares.

Später hörte sie ihre Mailbox ab, auf der sich ihre Mutter wortreich über ihren Lebenswandel echauffierte. Wie erwartet passte es Luisa ganz und gar nicht, dass Juli in Begleitung eines anderen Mannes zu dem Fest kommen würde, auch wenn sie das natürlich nicht offen zugab.

Juli war froh, dass sie nicht drangegangen war.

Je weiter der Tag voranschritt, desto unruhiger wurde sie. Diese Warterei ging ihr auf die Nerven. Einerseits wollte sie endlich seine Stimme hören, andererseits wollte sie nicht diejenige sein, die ihn anrief. So verzweifelt war sie nun auch wieder nicht. Noch nicht jedenfalls.

Vielleicht hatte sie es ihm zu leicht gemacht. Nachdem sie ihn drei Nächte in Folge in ihr Bett gelassen hatte, sollte sie sich nicht wundern, dass er meinte, derart mit ihr umspringen zu können. Aber da irrte er sich. Sein Verhalten verletzte sie. Sie musste einen Weg finden, ihm das deutlich zu machen. Selbst wenn das bedeutete, dass sie eine weitere Nacht in naher Zukunft dafür opfern musste.

Als sich ihre Laune gegen Abend dem absoluten Tiefpunkt näherte, begnügte sie sich damit, hinter dem Tresen Gläser zu polieren und den Umgang mit den Gästen ihrer Kollegin zu überlassen. Das Klingeln der Eingangsglocke kündigte einen neuen Besucher an. Juli schaute flüchtig auf und zuckte unvermittelt zusammen.

Bastian kam mit großen Schritten auf sie zu. Sofort reagierte ihr Körper auf seine Gegenwart mit einem aufgeregten Herzflattern. Sie hielt mitten in ihrer Bewegung inne und musterte ihn unschlüssig. Unter seinem schwarzen Herrenmantel trug er einen dunklen, eng anliegenden Rollkragenpullover, der seinen kräftigen Oberkörper betonte. Seine Hände waren wie üblich in schwarze Handschuhe gehüllt. Noch feucht vom Regen ringelten sich seine Locken wild über seinen Ohren. Er war unfassbar attraktiv, wie er sich so zielgerichtet durch die Tische bewegte. Nicht nur Juli fiel das auf. Im Augenwinkel bemerkte sie zwei junge Frauen, die sich interessiert nach ihm umdrehten und dann die Köpfe zusammensteckten. Bastian selbst schien seine Wirkung auf Frauen überhaupt nicht wahrzunehmen oder er ignorierte sie geflissentlich. Zwar strahlte er genau die Unnahbarkeit aus, die ihn stets begleitete, dennoch wurde sein Blick weicher, als er den Tresen erreichte.

»Wolltest du nicht anrufen?«, begrüßte Juli ihn mürrisch und schalt sich innerlich für ihre Unfreundlichkeit. Immerhin war er hergekommen.

Bastians Mundwinkel zuckte. »Hast du einen Moment Zeit für mich?«, fragte er sanft und ließ sich auf einem freien Barhocker nieder.

Juli wandte sich an ihre Kollegin, die die beiden neugierig beobachtet hatte. »Ich mache kurz Pause«, verkündete sie. Dann zog sie ihre Schürze ab und warf sie auf den Tresen, bevor sie herumging und sich abwartend vor Bastian stellte. Sie verschränkte angespannt die Arme, um sich selbst daran zu hindern, ihn zu berühren.

Einen Moment lang starrten sie einander schweigend an. Dann hob Bastian die Hände, legte sie um ihre Taille und zog sie bestimmend zwischen seine Beine. Juli reckte trotzig ihr Kinn vor. Sie wollte ihm keine Vorhaltungen machen, auch wenn ihr zahlreiche Fragen auf der Seele brannten. Das hieß aber nicht, dass sie ihren Unmut nicht zum Ausdruck bringen würde.

Bastian sagte noch immer nichts. Stattdessen strich er mit seiner Nase sanft über ihre Nasenspitze, atmete ihren Duft ein und wartete. In seinen grünen Augen fand Juli Reue, Sehnsucht und etwas Dunkles, das sie nicht so recht deuten konnte. Dennoch war sie sich sicher, dass er ihre Botschaft verstanden hatte, und dies war seine Art, sich zu entschuldigen. Juli wusste das, obwohl er schwieg.

Und weil sie genauso unbeständig war, wie ihre Mutter es ihr immer vorhielt, ließ sie sich erweichen, lehnte sich langsam nach vorn und hauchte ihm einen sanften Kuss auf die Lippen. Bastian erwiderte ihn, ohne seine Augen von ihr zu lösen.

Seine Berührung war federleicht. Dennoch reagierte Julis Körper heftig darauf. Ein Kribbeln durchfuhr sie, ausgesandt von seinen Lippen, bis hinunter in ihre kleinen Zehen.

Zittrig zog sich Juli ein Stück zurück.

»Ich hoffe, dir ist klar, dass du damit nicht noch einmal durchkommst«, sagte sie warnend. Diese Feststellung bewahrte ihr wenigstens etwas mehr Würde, als wenn sie sich wortlos geschlagen gegeben hätte.

»Ich weiß«, erwiderte er leise, während ein schmerzverzerrtes Lächeln auf seinen Lippen erschien. »Ich habe meine Entscheidung schon in dem Moment bedauert, als ich sie getroffen habe.«

Sie schluckte den Kloß in ihrem Hals herunter. »Und trotzdem bist du gegangen.«

»Es war besser so.«

Besser für ihn vielleicht.

Für sie nämlich ganz bestimmt nicht.

Juli haderte mit sich. Seinem gequälten Gesichtsausdruck nach zu urteilen, hatte sie ein weiteres Motiv für sein Handeln übersehen. Aber hier war wohl kaum der richtige Ort, um seine Beweggründe zu diskutieren

»Du hättest auch anrufen können«, sagte sie versöhnlich.

Erleichterung flackerte in Bastians Blick auf. »Ich wollte dich lieber sehen«, erklärte er und legte seine Lippen auf ihre Halsbeuge. »Um das hier zu tun«, wisperte er in ihr Ohr und atmete tief ein.

»Du spielst unfair«, hauchte sie.

»Ich habe nie behauptet, dass ich das nicht tun würde«, neckte er sie und biss sanft in ihren Hals. Ein wohliger Schauer durchfuhr sie.

»Sehen wir uns später noch?«, fragte er.

Juli wich ein Stück zurück. »Ich habe kurzfristig die Spätschicht übernommen. Bis ich zu Hause bin, ist es sicher weit nach Mitternacht.«

»Das macht mir nichts aus.«

Entschlossen schüttelte Juli den Kopf. So viel war sie sich selbst schuldig nach der vergangenen Nacht. Angesichts seines enttäuschten Gesichtsausdrucks musste sie lächeln. »Aber morgen Abend habe ich Zeit. Ich bin um acht hier fertig.«

»Also gut«, gab Bastian nach. Er zog sie näher zu sich heran. Juli legte ihre Arme um seinen Nacken, bevor sie ihn noch einmal küsste. Mit ihren Fingern fuhr sie durch sein weiches Haar. Seine Hände wanderten an der Rückseite ihrer Schenkel nach oben. Selbstvergessen genoss sie seine Nähe, bis sie das Kichern ihrer Kollegin in die Wirklichkeit zurückriss.

Abrupt löste sie sich von ihm. »Ich muss weiterarbeiten.«

Bastians Griff wurde fester. »Und du bist dir ganz sicher, was heute Nacht betrifft?«, fragte er rau.

War sie nicht. Trotzdem nickte sie und fuhr sich mit der Zunge genüsslich über die Lippen. Gebannt folgte Bastian ihrer Mimik.

»Unfair«, murmelte er.

Juli hob spöttisch eine Braue. »Ich habe auch nie gesagt, dass *ich* immer fair spiele«, entgegnete sie grinsend. Dann trat sie einen Schritt zurück und schlenderte hinter den Tresen auf sicheres Terrain. Sie nahm die Liste der Bestellungen und begann damit, Biere für ihre Kollegin zu zapfen, während Bastian sie beobachtete. Als sie aufsah, grinste er wölfisch.

»Ich nehme ein alkoholfreies Weizen.«

»Du wirst mich nicht umstimmen«, warnte sie ihn lächelnd.

»Das will ich auch nicht«, erwiderte er unschuldig. »Ich möchte nur noch etwas trinken, bevor ich gehe.« Er klang überzeugend. Dennoch mahnte sie sein intensiver Blick zur Vorsicht. Sie lud das letzte Bier auf einem Tablett ab und goss das Weizen für Bastian in ein Glas. Dann stellte sie es zusammen mit einer Schale Erdnüsse vor ihm ab. Ihre Mitarbeiterin erwies sich als überaus kollegial, indem sie grinsend das Tablett an sich nahm und die Tische im Café bediente, während Juli die übrigen Getränke zubereitete.

»Wie war dein Tag?«, fragte sie unterdessen.

Bastian grinste. »Läuft das normalerweise so? Du stellst einem armen einsamen Mann ein Bier vor die Nase und schon erzählt er dir seine Lebensgeschichte?«

»Manchmal trinken sie auch einen Kaffee.«

Bastian schnappte sich ein paar Erdnüsse und warf sie sich in den Mund. »Heute Morgen war ich bei Felix im Krankenhaus.«

»Geht es ihm besser?«

Bastian nickte. »Die Therapie hat glücklicherweise gut angeschlagen. Wenn keine weiteren Komplikationen mehr auftreten, wird er morgen Nachmittag entlassen.«

»Das freut mich«, sagte Juli und drehte sich kurz um, um einige Spirituosen zu holen, die sie zur Zubereitung eines Cocktails benötigte. Als sie sich Bastian wieder zugewandt hatte, sah sie ihn erwartungsvoll an.

»Gegen Mittag hat Elena mir mein Auto zum Krankenhaus gebracht und wir haben Felix noch etwas Gesellschaft geleistet. Danach hatte ich eine Besprechung in der Werbeagentur, die auch für deine Mutter arbeitet«, knüpfte er nahtlos an seinen Tagesbericht an. Er hielt überrascht inne. »Wahnsinn. Das funktioniert ja tatsächlich«, stellte er verblüfft fest und Juli grinste.

»Meistens schon«, pflichtete sie ihm bei. Sie schnitt eine Apfelsine zu Dekorationszwecken auf.

»Und was gab es in der Agentur zu besprechen?«, fragte sie.

»Ein paar neue Aufträge. Nichts Weltbewegendes. Eine Fotoserie über die hiesige Naturlandschaft, die in einem Magazin der Stadt veröffentlicht werden soll, und eine Bildserie von Kabeln.«

»Kabel?«

»Ja, ein Kabelanbieter will einen Katalog seines Sortimentes erstellen und wünscht Detailaufnahmen seiner Produktpalette. Das sind etwa fünfhundert Einzelteile, also reichlich Arbeit.«

»Stellen dir die Kunden jedes Mal einen Platz zum Arbeiten zur Verfügung?«, wollte Juli wissen.

»Es gibt Kunden, die sehr viel Wert darauf legen, dass ihre Produkte an Ort und Stelle bleiben und strengstens bewacht werden«, erklärte Bastian, offensichtlich belustigt über die Großspurigkeit ihrer Mutter. »Aber meistens steht es mir frei, wo ich die Aufnahmen machen will. In meiner Wohnung habe ich ein kleines Atelier, das ich überwiegend für solche Aufträge nutze.«

»Das ist ja praktisch.«

Bastian trank einen Schluck Bier. »Ich kann es dir gern zeigen, wenn du willst«, bot er großzügig an und ließ einen vielsagenden Blick über sie gleiten. Seine Augen verdunkelten sich vor Verlangen. Er lehnte sich ein Stück nach vorn. »Heute Nacht habe ich noch keine Pläne«, teilte er ihr in vertrauensseligem Ton mit.

Juli kicherte. »Du bist unmöglich.«

»Ambitioniert«, korrigierte er sie.

»In Bezug worauf?«, fragte sie in unschuldigem Ton.

»Vor allem will ich mein Bedauern über den Ausgang der letzten Nacht zum Ausdruck zu bringen.« Die Aufrichtigkeit in seinen Augen verschlug Juli einen Moment lang die Sprache.

»So verlockend dein Angebot auch ist …«, begann sie zögernd.

Bastian nickte einsichtig. »Morgen.«

Er trank sein Glas in zwei großen Zügen leer. Dann kramte er einen Geldschein aus seiner Jackentasche, legte ihn auf den Tresen und erhob sich. Er streckte seine Hand nach ihr aus. Mit seinem langen Arm reichte er mühelos über den Tresen. Vorsichtig zog er seinen Lederhandschuh aus und strich ihr mit dem Daumen über die Wange und ihre Lippen. Seine Berührung war zaghaft.

In diesem Augenblick begann Juli, seine Handschuhe wirklich zu verabscheuen. Sie wollte nicht dieses fremde, anonyme Material spüren, sondern seine warmen Hände, die ihr mit all den feinen Unebenheiten schon beinahe vertraut waren. Am liebsten hätte sie ihm die Dinger abgerissen. Stattdessen schmiegte sie ihr Gesicht sehnsüchtig an das kalte Leder und lächelte. »Morgen.«

Kapitel 19

Noch einmal würde Bastian sich und Juli so eine Nacht wie die letzte nicht antun. So viel wusste er inzwischen.

Das bedeutete, dass er dringend eine neue Strategie brauchte. Es stand außer Frage, dass er sie wieder nackt im Bett haben wollte. Er konnte weder auf ihre Nähe verzichten noch ihre Reaktion auf seinen Anblick ertragen. Und wenn das bedeutete, dass er in ihrer nächsten gemeinsamen Nacht kein Auge zutun würde. Letzten Endes würde er bei ihrer nächsten Begegnung improvisieren müssen, um sie beide vor der Enttäuschung zu bewahren. Ihm war noch nicht ganz klar, wie er das bewerkstelligen sollte, aber nachdem er sie im Café besucht hatte, war er zumindest etwas optimistischer, was seine Möglichkeiten betraf.

Bastian parkte den Wagen vor seinem Wohnhaus und hievte einen Karton voller Kabel aus dem Kofferraum, den ihm die Agentur mitgegeben hatte. Noch immer regnete es in Strömen. Eilig schloss er sein Auto ab und stapfte durch den dunklen Abend zum Haus. Die Stufen zu seiner Wohnungstür stieg er zügig hinauf, um eine Begegnung mit seinen Nachbarn zu vermeiden. Oben angekommen, ging er direkt in sein Atelier, das sich unmittelbar neben seinem Schlafzimmer befand und genauso großzügig gehalten war. Im Zentrum des Raumes hatte er eine frei stehende multifunktionale Arbeitsplatte montiert, die ihm das Arbeiten von allen Seiten ermöglichte – je nachdem, ob er das Tageslicht nutzen wollte, das durch die breite Fensterfront drang, oder ob er einen der zahlreichen Scheinwerfer benötigte, die haufenweise in den Ecken auf ihren Einsatz warteten. Auf der gegenüberliegenden Seite des Fensters hatte er deckenhohe Regale aufgebaut, die ausreichend Platz für weitere Arbeitsmaterialien boten und mit einer weißen Front versehen waren. Sämtliche losen Objekte waren fein säuberlich in beschrifteten Schachteln verstaut. Die Ordner, die er zum Zweck der Buchhaltung nutzte, trugen alle gleich große Aufkleber und standen alphabetisch geordnet in einer Reihe. Wenn er seinen Arbeitsraum so betrachtete, konnte er nicht umhin, seinen Ordnungsdrang zu belächeln, der verglichen mit Julis Wohnung geradezu zwanghaft wirkte.

Bastian stellte den Karton auf der Arbeitsplatte ab. Dann zog er seinen Mantel und die Handschuhe aus und legte sie auf einem der drei Rollhocker ab, die um die Arbeitsplatte verteilt waren. Gedankenverloren betrachtete er seine entstellten Hände. Was hätte er darum gegeben, Julis Haut unter seinen Fingerkuppen zu spüren, als er sich im Café von ihr verabschiedet hatte. Das Verlangen danach war überwältigend gewesen. Aber mitten in aller Öffentlichkeit seine Hände zu entblößen, dazu hatte sein Mut nicht gereicht.

Er schüttelte unwirsch den Kopf. Seit Jahren hatte er den Nutzen seiner Handschuhe nicht infrage gestellt. Dass allein Julis Anwesenheit dazu ausreichte, gefiel ihm nicht. Seine Selbstvergessenheit würde ihn noch teuer zu stehen kommen, wenn er sich nicht bald zusammenriss.

Entschlossen machte er sich daran, die Kabel auszupacken und seine Ausrüstung einzustellen. Bis spät in die Nacht fertigte er Makroaufnahmen verschiedener Leiter an. Für ihn war es ein schwieriges Unterfangen, die filigranen Drähte in der gewünschten Richtung zu positionieren. Bastian verfügte nicht über Fingernägel, die ihm eine präzise feinmotorische Arbeit ganz einfach ermöglichten. Während er zum wiederholten Male versuchte, ein komplexes Datenkabel so zu teilen, dass alle Endstücke gut auf der Aufnahme sichtbar waren, spürte er seine Anspannung deutlich an seinen zitternden Fingern. Je mehr er sich darum bemühte, Ruhe zu bewahren und den Leiter unter Kontrolle zu bekommen, desto deutlicher sah er sein Scheitern. Fluchend ließ er von dem Kabel ab. Er fuhr sich frustriert durch die Haare, während er die verstreuten Kabel auf dem Tisch missmutig taxierte. Im Hinblick auf seine derzeitige Lebenssituation kam dieser Auftrag reichlich ungelegen. Als würde er in seinem Alltag nicht schon oft genug mit seinen Grenzen konfrontiert. Jetzt grinsten ihm auch noch diese dämlichen Drähte mitten ins Gesicht und verspotteten seine Unfähigkeit.

Er holte tief Luft. Dann kramte er zwei Pinzetten aus einer Schublade hervor und begann von vorn. Nach all den Jahren hatte er Übung im Umgang mit diesen Werkzeugen und endlich gelang es ihm, den Kabelsalat zu bändigen.

Aber seine Unruhe blieb.

Nur weil seine Augen irgendwann gegen das gleißende Licht der Scheinwerfer rebellierten und er begann, weiße Punkte zu sehen, schaltete er die Geräte schließlich doch aus. Da er zu angespannt war, um an Schlaf überhaupt zu denken, ging er zum Kühlschrank und zog eine Packung Sushi hervor, die er am Mittag beim Lieferservice geordert hatte. Dann ließ er sich auf sein Wohnzimmersofa fallen und schaltete seinen überdimensionalen Flachbildfernseher ein. Wahllos zappte er durch die Programme, während er sich die handlichen Sushirollen in den Mund steckte.

Wieder einmal musste er feststellen, dass das Programm um drei Uhr morgens nicht gerade anspruchsvoll war. Ein Marathon an Werbesendungen, in denen begeisterte Verkäufer darum wetteiferten, den letzten Blödsinn an den Mann zu bringen, und Quizspiele, die den Leuten das Geld aus der Tasche zogen, indem sie idiotensichere Rätsel konzipierten und den Gewinn in die Höhe trieben, nur um den Zuschauer dazu zu animieren, zu exorbitanten Preisen anzurufen.

Irgendwann blieb er bei einem Sportsender hängen, auf dem ein NBA-Spiel übertragen wurde. Er mochte Basketball. Als er jünger gewesen war, hatte er häufig auf einem nahe gelegenen Sportplatz Körbe geworfen. Natürlich nur so lange, bis die Kinder aus der

Nachbarschaft hinzugekommen waren. Manchmal stellte er sich vor, wie es gewesen wäre, wenn sie ihm zugewunken und ihn gefragt hätten, ob er mitspielen wollte. Aber das hatten sie nie getan.

In dem Bestreben, die Vergangenheit zu vergessen, schloss er die Augen und konzentrierte sich auf die Gegenwart: auf braune Augen, die ihn verständnisvoll ansahen; auf sinnliche Lippen, die seinen Kuss erwarteten; auf zarte Haut, die er einfach berühren musste ...

★★★

Als Bastian die Augen aufschlug, war sein Wohnzimmer lichtdurchflutet. Er reckte seine steifen Glieder, schaltete den Fernseher aus und kramte sein Mobiltelefon aus der Hosentasche, um nach der Uhrzeit zu sehen. Es war fast Mittag. Wieder einmal war er glücklich mit seiner Entscheidung, beruflich selbstständig zu arbeiten. Sonst hätte er jetzt gewaltigen Ärger am Hals gehabt.

Ein Briefumschlag zeigte den Eingang einer Textnachricht auf dem Display an. Felix hatte ihm vor einer halben Stunde geschrieben: »Ich flehe dich an! Hol mich hier raus.«

Bastian grinste und wählte seine Nummer.

»Ich hoffe, du stehst vor der Tür«, begrüßte Felix ihn atemlos.

»Wurdest du offiziell von den Ärzten entlassen?«, antwortete Bastian mit einer Gegenfrage.

»Jaha«, erwiderte Felix genervt. »Gefahr erkannt, Gefahr gebannt. Mir geht es wieder gut. Wirklich. Und jetzt komm mich abholen oder ich schwöre, ich nehme mir ein Taxi.«

Bei seinem drängenden Tonfall horchte Bastian auf. »Was ist denn los?«

»Erinnerst du dich an die Oberschwester?«, fragte Felix leise. »Die mit dem Schnurrbart?«

»Ich glaube schon.« Wenn sich Bastian richtig entsann, handelte es sich um eine recht korpulente, streng dreinschauende Schwester, die tatsächlich einen dezenten Bartschatten auf der Oberlippe aufwies. »Warum?«

»Sie will mich waschen!«

Bastian brach in schallendes Gelächter aus.

»Das ist nicht witzig, Mann«, klagte Felix. »Ich hab echt Panik.«

»Ist ja gut. Ich eile zu deiner Rettung.«

Felix atmete auf. »Danke, Kumpel. Hast was gut bei mir.«

»Ich komme drauf zurück«, sagte Bastian belustigt und erhob sich. Er ging in sein Schlafzimmer und suchte frische Kleidung aus seinem Schrank. »Brauchst du sonst noch irgendwas?«

»Nur meine Freiheit.«

»Ich bin in einer Stunde da«, versprach er und beendete das Gespräch, um sich fertig zu machen. Weil er wusste, wie ungeduldig Felix sein konnte, beeilte er sich unter der Dusche. Danach versorgte er flüchtig seine Wunden und kleidete sich an. Er passierte den innerstädtischen Verkehr zügig, aber nicht waghalsig und gelangte rechtzeitig zu Felix. Als Bastian das Krankenzimmer betrat, saß sein Freund aufrecht auf seinem Bett, blätterte mit seinen verbundenen Fingern linkisch durch das Krankenhausmagazin und ließ seine schlanken Beine vom Bett herunterbaumeln. Zu seinen Füßen stand, bereits fertig gepackt, seine kleine Reisetasche. Er sah schon deutlich besser aus. Das Fieber war verschwunden und weil das Breitbandantibiotikum gut anschlug, schien er nicht länger unerträgliche Schmerzen an der infizierten Verletzung zu leiden.

Nur die üblichen Qualen eben.

Felix sah von seiner Zeitschrift auf und grinste erleichtert. »Bin ich froh, dass du da bist.«

»Ich konnte dich ja schlecht dieser Gefahr aussetzen.«

»Lass uns abzischen, bevor die gute Frau Oberschwester mit ihrem Waschzeug zurückkommt.« Felix legte die Zeitung beiseite und ließ sich vorsichtig über die Bettkante auf die Füße gleiten. Widerwillig schielte er in die Ecke des Zimmers, wo der Rollstuhl stand. Er schien abzuwägen, ob er den Weg zum Parkplatz auch ohne ihn bewältigen konnte.

»Damit wären wir jedenfalls schneller draußen«, bemerkte Bastian beiläufig.

Felix machte ein langes Gesicht, nickte jedoch. Er wartete, bis Bastian den Stuhl vor ihn geschoben hatte, sodass er sich gut hineingleiten lassen konnte. Mit einem schmerzerfüllten Stöhnen verlagerte er sein Gewicht, nachdem er Platz genommen hatte. »Ich hasse diese Dinger«, murmelte Felix.

»Ich weiß«, erwiderte Bastian sanft und legte ihm ermutigend die Hand auf die Schulter. »Kann es losgehen?«

Felix griff nach der Reisetasche und bettete sie auf seinen Schoß. »Alles klar.«

Vorsichtig schob Bastian ihn aus dem Zimmer heraus über den Korridor des Klinikums. Unterwegs fuhren sie an dem Assistenzarzt vorbei, der Felix nach seiner Ankunft mit untersucht hatte. »Alles Gute«, wünschte er höflich nickend, ehe er seinen Weg fortsetzte.

Bastian hatte seinen Wagen direkt neben dem Eingang des Krankenhauses geparkt. Er half Felix hinein, ehe er den Rollstuhl zurück ins Gebäude brachte, wo er ihn neben weiteren Geräten stehen ließ.

Als er seinen Wagen startete, atmete Felix erleichtert auf. Dann sah er Bastian unschlüssig an. »Sollen wir unterwegs noch irgendwo einen Happen essen?«, fragte er.

Das überraschte Bastian, aber weil Felix kaum rauskam und sich die letzten Tage gründlich gelangweilt hatte, konnte er seinen Wunsch durchaus nachvollziehen. »Gern. Irgendwelche besonderen Wünsche?«

»Mir ist alles recht«, entschied Felix. »Hauptsache kein Krankenhausfutter mehr.«

»Sollte zu machen sein.«

Sie steuerten ein nahe gelegenes Schnellrestaurant an, das zu dieser Zeit den größten Besucherstrom schon hinter sich hatte. Eingerichtet war es wie ein amerikanisches Diner, mit knallroten, breit gepolsterten Bänken, die einander gegenüberstanden.

Bastian stützte Felix, während sie langsam an zwei besetzten Tischen vorbeischlurften. Er konnte die schaulustigen Blicke der anderen Gäste spüren und biss angewidert die Zähne zusammen angesichts ihrer unverhohlenen Gafferei.

Felix ignorierte sie geflissentlich. Er schob sich auf die eine Bank, während Bastian ihm gegenüber Platz nahm. Über Felix' Schulter hinweg begegnete sein Blick dem zweier junger Frauen, die sich neugierig zu ihnen umgedreht hatten. Er kniff erbost die Augen zusammen, woraufhin sie sich eilig wieder abwandten und die Köpfe tuschelnd zusammenstecken.

»Ich denke, ich nehme den Kartoffelauflauf«, verkündete Felix, der bereits über der Speisekarte brütete, und warf Bastian über den Rand einen warnenden Blick zu.

Sie hatten diese Diskussion schon unzählige Male geführt. Bastian konnte einfach nicht begreifen, wie Felix derart gelassen bleiben konnte, wenn man ihn ansah, als sei er eine zur Schau gestellte Abnormität. Bastian machte dieses Verhalten regelrecht aggressiv, was seine angespannte Körperhaltung auch deutlich zum Ausdruck brachte. Felix mochte diese Seite an Bastian nicht. Nicht weil er dann Angst vor ihm bekam, sondern weil er seinen Freund nur ungern so leiden sah, wie er selbst behauptete.

»Hi, wisst ihr schon, was ihr essen wollt?«, begrüßte sie eine junge Kellnerin, die an den Tisch herangetreten war. Sie sah von ihrem Notizblock auf und ihre Augen weiteten sich, als Felix seine Speisekarte zur Seite legte. Sie musterte seine schmächtige Gestalt, die bandagierten Finger und die getrockneten Wunden in seinem blassen Gesicht und schluckte.

»Ich hätte gern den Kartoffelauflauf mit Spinat und dazu einen Orangensaft«, sagte Felix höflich und schenkte ihr ein unaufdringliches Lächeln. Es wirkte weder aufgesetzt noch übertrieben. Er schien sich wirklich nicht das Geringste aus ihrem geschockten Gesichtsausdruck zu machen.

Sie nickte benommen und wandte sich fragend Bastian zu. Bei seinem Anblick entspannten sich ihre Züge und wandelten sich in ein interessiertes Lächeln.

»Für mich ebenfalls, aber Cola statt Saft«, bellte er, weswegen sie erschrocken zusammenzuckte, nickte und sich eilig zurückzog.

Felix sank entspannt gegen die Rückenlehne. »Ist immer wieder eine Freude, mit dir schick essen zu gehen«, bemerkte er sarkastisch.

»Tut mir leid«, murmelte Bastian und holte tief Luft, in dem Bestreben, sich wieder zu beruhigen.

»Wie läuft es mit Juli?«

»Ganz gut.« Er war verrückt nach ihr und konnte ihren bevorstehenden gemeinsamen Abend kaum erwarten. Zudem schien sie einen Instinkt dafür zu haben, wie empfindlich er reagierte, wenn man ihn unter Druck setzte. Also lief es wohl tatsächlich … ganz gut.

Mal abgesehen davon, dass er mit seinem lausigen Selbstwertgefühl die Geschichte wahrscheinlich trotzdem ungebremst gegen die Wand fuhr.

Felix stieß einen leisen Pfiff aus. »Bist du deshalb so von der Rolle?«

»Bin ich nicht«, widersprach Bastian halbherzig, woraufhin Felix nur ungläubig schnaubte. Er war taktvoll genug, nicht nach Details zu fragen, und nachdem er Bastian gerade eindrucksvoll daran erinnert hatte, dass er seine Angst vor ihrer Zurückweisung nicht im Mindesten nachvollziehen konnte, wusste Bastian ohnehin nicht, wie er seinen Zwiespalt überhaupt erklären sollte.

»Sie will dich kennenlernen«, verkündete Bastian und schob die Speisekarte, die geschlossen auf dem Tisch lag, in einen rechten Winkel zur Tischkante.

Felix blinzelte überrascht. »Tatsächlich?«

»Ich habe ihr ein bisschen von dir erzählt und unserer … Freundschaft.« Das Wort kam ihm noch immer schwer über die Lippen, so sonderbar fand er es nach all den Jahren der Einsamkeit.

»Großartig«, ereiferte sich Felix. »Vielleicht kann ich sie ja doch noch davon überzeugen, dass ich die bessere Partie bin.«

»Du kannst es gern versuchen«, erwiderte Bastian grinsend. Wie sich herausgestellt hatte, war er, was Juli betraf, sehr einnehmend veranlagt. Aber er vertraute seinem Freund. Er wusste, dass Felix ihr niemals ernsthaft nachstellen würde.

»Wie wäre es gleich mit morgen?«, schlug Felix vor. »Ihr könntet zum Essen vorbeikommen.«

»Fühlst du dich schon wieder fit genug für Besuche?«

»Für Frauenbesuche bin ich immer fit.« Felix wackelte übermütig mit seinen Augenbrauen.

»Ich werde sie fragen«, versprach Bastian grinsend.

»Ruf sie an.«

»Jetzt?«

»Wieso nicht? Sonst machst du nachher noch einen Rückzieher vor lauter Panik, dass sie mir verfallen könnte.«

Bastian verdrehte die Augen. Auch wenn er es nur ungern zugab, so hatte sein Freund doch nicht ganz unrecht. Deshalb zog er sein Mobiltelefon hervor und schickte ihr eine Nachricht.

In der Zwischenzeit brachte die Kellnerin die Getränke und wenig später zwei Teller. »Winkt einfach, falls ihr noch etwas braucht«, sagte sie höflich, bevor sie sich mit einem verstohlenen Blick auf Felix zurückzog.

Das Mahl war nicht besonders schmackhaft, aber Bastian hatte auch schon Schlechteres gegessen.

Felix matschte seine Kartoffeln zu einem Brei, um sie leichter essen zu können. Dann nahm er einen Happen und verzog zu Bastians Belustigung genüsslich das Gesicht. »Ganz ehrlich. Das kommt mir gegen die Krankenhauskost wie der reinste Gourmethimmel vor.« Er trank einen Schluck Saft. »Ist natürlich nichts im Vergleich zu Elenas Küche.«

Bastian schob bedächtig sein Essen auf dem Teller hin und her. Nun, da es Felix wieder besser ging und sie beide die Gelegenheit hatten, allein zu reden, sollte er die Chance nicht ungenutzt lassen. »Es gibt da etwas, das ich mit dir besprechen will«, setzte er an.

»Worum geht es?«

»Um Elena«, sagte Bastian unumwunden.

Stirnrunzelnd hielt Felix inne. »Was ist mit ihr?«

»Die Sache mit deinem Sturz hat sie ziemlich mitgenommen«, begann Bastian zögernd. Er lehnte sich zurück und musterte Felix abwartend, doch dieser verdrehte nur kopfschüttelnd die Augen. »Sie macht sich zu viele Sorgen. Ich habe nicht aufgepasst und bin blöd gefallen. So etwas passiert. Ende der Geschichte.«

»Sie macht sich auch Vorwürfe, dass sie nicht da war, als es passiert ist.«

»Glaubst du, das weiß ich nicht?«, entgegnete Felix. Er fuhr damit fort, seine Kartoffeln zu zerdrücken. Kraftvoller diesmal. »Sie kann mir aber nicht immer mein Händchen halten.«

Bastian nickte zustimmend. »Das habe ich ihr auch gesagt.«

»Hat sie dir wenigstens geglaubt?«

»Ich denke schon.« Bastian sammelte sich. »Vor allem aber hat sie eingesehen, dass ihr etwas Hilfe gebrauchen könntet.«

»Hilfe?«, fragte Felix tonlos. Er ließ seine Gabel sinken, die mit einem leisen Klirren auf seinem Teller zum Liegen kam. Langsam schien er zu ahnen, worauf dieses Gespräch hinauslief.

Bastian hielt seinem Blick unbeirrbar Stand. »Hilfe«, bestätigte er Felix' Nachfrage. Sein Ton war fest und entschlossen.

Mit seinen verbundenen Händen fuhr Felix sich nachdenklich über den kahlen Kopf. Es war ihm deutlich anzusehen, dass ihm der Gedanke nicht sonderlich behagte. Fairerweise musste Bastian ihm jedoch zugestehen, dass er seinen Vorschlag nicht schon von vornherein kategorisch ablehnte.

»Ich habe ein bisschen recherchiert«, legte Bastian deshalb nach. »Wie es aussieht, stehen die Chancen gut, dass ihr zwei- bis dreimal die Woche ein paar Stunden Unterstützung beanspruchen könntet. Es gibt Angebote, die Haushalts- und Pflegehilfen kombinieren.«

Bei diesen Worten zog Felix scharf die Luft ein.

»Elena ist am Ende ihrer Kräfte.« Es war überflüssig aufzuzählen, wofür sie ihre Reserven brauchte.

Das Gefühl des Verratenwordenseins stand in Felix' Augen, als er den Kopf wieder hob. »Warum hat sie mir das nicht schon viel eher gesagt?«, fragte er vorwurfsvoll.

»Weil sie dich liebt«, antwortete Bastian ruhig. »Sie wollte nicht, dass du denkst, du wärst ihr eine Last.«

»Aber genau das bin ich.« Zum ersten Mal, seit er Felix kannte, sprach reine Bitterkeit aus ihm und traf Bastian mit der Wucht eines Vorschlaghammers. Entschlossen erstickte er diese Gefühle im Keim. Er würde nicht zulassen, dass Felix' Seele auch noch von Verzweiflung vergiftet wurde. »Schwachsinn«, widersprach er ungehalten. »Sie würde alles für dich tun, genau wie du, wenn es andersherum wäre.«

Felix holte zitternd Luft und nickte schließlich. »Ich weiß.«

Einen Moment herrschte ein angespanntes Schweigen zwischen ihnen. Bastian wollte Felix Zeit geben, sich an den Gedanken zu gewöhnen, doch dieser schaute sich nur verstohlen in dem Restaurant um. »Na klasse. Und um mir das zu sagen, schleppst du mich in ein Restaurant.«

Bastian schnaubte. »Das war deine Idee. Ich hätte dich so oder so bald darauf angesprochen.« Er lehnte sich nach vorn und sah Felix eindringlich an. »Es wäre auch eine Erleichterung für dich, wenn du nicht immer Elena um alles bitten müsstest«, gab er zu bedenken.

Eine steile Falte bildete sich auf Felix' Stirn, während er in einer stillen Erörterung das Für und Wider abwägte. Bastian kannte Felix' Sicht der Dinge gut genug, um zu wissen, welche Argumente er gegen sich selbst vorbringen würde. Zweifellos widerstrebte ihm der Gedanke, eine Pflegekraft einzustellen. Solange Felix nur auf seine Schwester angewiesen war, konnte er sich selbst ganz gut vormachen, dass er auch allein bestens zurechtkam. Er war nicht dumm. Er wusste um seine Einschränkungen, aber er hatte Träume und Ziele in seinem Leben, allen voran seine Unabhängigkeit.

Eine Pflegekraft machte seine Hilfsbedürftigkeit jedoch amtlich.

Und das war etwas, das ihm wirklich zu schaffen machte.

Andererseits war Felix überaus pragmatisch veranlagt. Der rationale Teil in ihm erkannte unbestreitbar den Nutzen einer Pflegekraft. Nicht nur im Hinblick auf ihn selbst, sondern auch in Bezug auf seine Schwester.

Nun, da Bastian ihm Elenas Grenzen klar vor Augen geführt hatte, konnte er den Gedanken schwer verdrängen, wie viel er ihr abverlangte. Natürlich hatte er gewusst, dass ihre Unterstützung viele Entbehrungen mit sich brachte, aber er konnte kaum glauben, dass sie seine Gefühle über ihre eigenen stellte. Ihre Selbstlosigkeit rührte ihn bis ins Mark. Wie konnte er ernsthaft Hilfe ausschlagen, wenn sie beide sie doch so dringend nötig hatten?

Dass Felix' Gedanken bei Elena angekommen waren, erkannte Bastian an dem sanften Lächeln, das seine Lippen umspielte. Reine Geschwisterliebe spülte über ihn hinweg und etwas zog in seiner Brust. Hätte er Geschwister gehabt, er hätte ebenso alles für sie getan. Genau wie Elena und Felix.

»Du hast recht«, entschied Felix. »Etwas Hilfestellung kann sicher nicht schaden.« Er war zufrieden mit seiner Entscheidung, denn das schalkhafte Funkeln kehrte in seine Augen zurück. »Aber wenn die Pflegekraft einen Bart hat, steige ich sofort wieder aus.«

»Ich weise ihr persönlich wieder den Weg nach draußen«, versprach Bastian mit einem aufmunternden Nicken.

»Und heute Abend rede ich ein ernsthaftes Wort mit meiner Schwester«, verkündete Felix entschlossen.

»Geh nicht so hart mit ihr ins Gericht«, mahnte Bastian in mildem Ton. »Sie wollte deine Gefühle nicht verletzen.«

»Es verletzt meine Gefühle viel mehr, wenn sie nicht ehrlich zu mir ist«, widersprach Felix schmollend. Dann schnappte er sich seine Gabel und fuhr damit fort, seinen inzwischen erkalteten Kartoffelauflauf zu essen. »Und können wir jetzt bitte das Thema wechseln? So viel Gefühlsduselei hält ja kein Mann aus.«

Bastian lachte leise. »Nichts lieber als das.«

Erleichtert kämpfte er sich durch den Rest seines Essens, während sie sich auf weniger aufwühlende Themen konzentrierten. In der Zwischenzeit meldete sich Juli und bestätigte seine Einladung, was Felix mit einem zufriedenen Schmatzen kommentierte.

Danach brachte Bastian Felix nach Hause und leistete ihm Gesellschaft, bis Elena aus der Galerie kam. Sie setzten sich ins Wohnzimmer, wo Felix sich auf ihrer Couch ausruhte. Selbst ihr kleiner Umweg in das Restaurant hatte ihn Kraft gekostet und inzwischen war eine leichte Blässe in sein Gesicht zurückgekehrt. Seiner Laune tat das jedoch keinen Abbruch. Er quasselte Bastian pausenlos mit

Kommentaren über den Film voll, der nebenbei im Fernsehen lief, und da Bastian froh war, dass es ihm besser zu gehen schien, ließ er die Folter widerstandslos über sich ergehen.

Er hatte im Sessel neben Felix Platz genommen, als sie hörten, dass Elena nach Hause kam. Noch bevor sie das Zimmer betrat, rief Felix lauthals durch die ganze Wohnung: »Rate, wer morgen zum Essen kommt!«

Elena erschien in der Tür. Nachdem Felix zwei Tage unter ärztlicher Versorgung im Krankenhaus gewesen war, hatte sie offensichtlich etwas Schlaf nachgeholt. Die dunklen Schatten unter ihren Augen waren etwas zurückgegangen und sie war weniger blass. Dennoch stand Sorge in ihren Augen, als sie prüfend zu Felix schaute, um sich einen Eindruck über seinen Zustand zu machen. Weil sie nichts Verdächtiges erkennen konnte, entspannte sie sich sichtbar und lächelte. »Wer kommt denn?«

»Die Herzdame unseres guten Freundes hier«, feixte Felix und bewarf ihn übermütig mit einem Gummibärchen, das in einer Tüte, auf seinem Schoss gebettet, gelegen hatte.

Über Elenas Gesicht huschte eine Mischung aus Überraschung und Freude. »Julietta kommt zum Essen?«

Bastian zwang sich zu einem Lächeln. »Nur wenn es dir nichts ausmacht.«

»Natürlich nicht«, erwiderte sie beschwingt. Sie zog ihren Mantel aus und legte ihn über die Stuhllehne neben dem Esstisch. Er bot Platz für vier Personen, aber da er so gut wie nie in Gebrauch war, stapelten sich bloß verschiedene Unterlagen darauf.

»Mag sie Fisch?«, fragte Elena unschlüssig. »Oder vielleicht Wildragout? Oder ist sie Vegetarierin?«

»Mach dir keine Umstände«, lenkte Bastian ein, der Elenas angestrengtem Gesichtsausdruck entnahm, dass sie innerlich bereits ein Dreigängemenü zusammenstellte. Er erhob sich eilig von seinem Sessel. »Wir bringen einfach etwas vom Griechen mit.«

»So weit kommt es noch«, widersprach Elena entgeistert. »Unsere Gäste bringen ihr Essen ganz bestimmt nicht selbst mit.«

»Sehe ich ganz genauso«, bemerkte Felix vom Sofa aus. »Schließlich habe ich euch eingeladen. Ich könnte ein paar Sachen vorbereiten, bevor Elena von der Arbeit …«

Bastian warf Felix einen Blick zu, der ihn sofort verstummen ließ. Dann wandte er sich wieder an Elena. »Das ist alles gar nicht nötig. Können wir das Ganze nicht etwas unverfänglich gestalten? Einfach nur ein Treffen unter Freunden, bei dem einer etwas zu essen besorgt?«

Elena blinzelte unsicher.

»Juli ist der unkomplizierteste Mensch, den ich kenne«, sagte Bastian. »Sie freut sich einfach darauf, euch kennenzulernen.«

»Aber ich …«, setzte Elena an.

»Bitte«, unterbrach Bastian sie sanft. Bei dieser Gelegenheit fiel ihm auf, dass er in letzter Zeit ungewöhnlich viel um etwas bat. Eine Tatsache, die er nur widerwillig zur Kenntnis nahm.

»Also schön.« Elena zuckte mit den Schultern. »Dann griechisch.«

Bastian nickte dankbar. »Juli arbeitet bis acht. Ich denke, wir sind gegen halb neun da.«

»In Ordnung.«

»Ich mache mich jetzt auf den Weg.« Bastian griff nach seinem Mantel, der auf dem Sessel lag. »Ihr habt ja ohnehin noch einiges zu besprechen.«

Felix verdrehte die Augen. »Wir sehen uns morgen.«

»Falls ihr noch etwas braucht, sagt einfach Bescheid.« Er überprüfte kurz sein Mobiltelefon, um sicherzugehen, dass Juli ihm nicht abgesagt hatte. Zu seiner Erleichterung hatte sie ihm lediglich eine weitere Nachricht geschickt, in der sie ihm mitteilte, dass sie den Abend kaum erwarten könne.

Ihm ging es genauso.

Heute würde er ihr seine Wohnung zeigen und er wollte noch einige Vorkehrungen treffen. Nicht dass seine Wohnung aussah wie ein Saustall. Wenn man bevorzugt in einer Umgebung lebte, in der klare reine Elemente dominierten, eignete man sich zwangsläufig einen gewissen Ordnungssinn an. Abgesehen davon beschäftigte er seit einigen Monaten eine diskrete und äußerst gründliche Putzfrau, aber sie würde erst am Freitag wiederkommen. Also musste er die Zeugnisse seiner Krankheit selbst verschwinden lassen. Wenn er genauer darüber nachdachte, fielen ihm auch sofort unzählige Indizien ein. Er war sicher, dass er das Desinfektionsspray auf dem Waschbeckenrand hatte stehen lassen. Der Eimer mit den Verbandsresten im Bad war zwar noch nicht voll, aber sein Inhalt hätte es trotzdem mühelos mit einem gesprengten Erste-Hilfe-Kasten aufnehmen können. Es war gut möglich, dass sein Parkett Blutspuren aufwies, weil er es wieder einmal nicht gemerkt hatte, wenn er den Boden versaute. Seine Bettwäsche war auf jeden Fall beschmutzt, da sein unruhiger Schlaf selten ohne Folgen blieb.

Zugegebenermaßen hatte es schon etwas Geistesgestörtes an sich, wie Bastian sich mit Küchenkrepp und Allzweckreiniger durch seine Wohnung schrubbte – wie Meister Proper auf LSD, dachte er zynisch, als er seinem Anblick im Spiegel begegnete. Ein gehetzter Ausdruck hatte sich in seine Miene geschlichen. Sein Brustkorb bebte unter seiner schnellen Atmung.

Wie lange würde er diese Farce aufrechterhalten können?

Er ließ mutlos die Schultern sinken.

Nicht lange genug.

So viel stand fest.

Kapitel 20

Dieser Mann machte sie willenlos.

Eigentlich sollte es Juli zutiefst erschrecken, dass sie in seiner Nähe jeden vernünftigen Gedanken über Bord warf. Sie hatte kaum an seine Tür geklopft, da lag sie schon in seinen Armen und erwiderte seine hungrigen Küsse. Er war so stürmisch gewesen, dass ihr nicht einmal Zeit geblieben war, sich in seiner Wohnung umzusehen.

Nun lag sie entblößt auf seinem Sofa, mitten im Wohnzimmer, und kam allmählich wieder zur Besinnung, während sie ihm sanft durch die Haare strich. Er lag noch immer auf ihr und hatte seinen Kopf an ihre Halsbeuge gebettet.

»Was für eine nette Begrüßung«, murmelte sie.

Sie spürte, wie sich seine Lippen zu einem Lächeln verzogen. »Das finde ich auch.«

Ihre Finger strichen sanft an seinem Nacken hinab und stießen gegen den Bund seines Pullovers. Sie erinnerte sich verschwommen daran, dass sie versucht hatte, ihn davon zu befreien. Aber er war aus ihrer Reichweite entschwunden und hatte ihre Absichten … zerstreut.

Erst jetzt fiel ihr auf, dass er – im Gegensatz zu ihr – noch nahezu vollständig bekleidet war. Nur seine Hände waren frei von ihren

Fesseln und seine Hose hing lose an seinem Bein. Unter anderen Umständen hätte sie dies überaus merkwürdig gefunden. Aber sie hatten es beide eilig gehabt.

Da konnte so etwas schon mal vorkommen, oder nicht?

Allmählich gewöhnten sich ihre Augen an das schummrige Licht, das von einer indirekten Lichtquelle hinter dem Sofa ausging. Neugierig schaute sie sich um. Der Raum schien recht spartanisch eingerichtet zu sein. Viel gab es jedenfalls nicht zu entdecken.

Bastian brummte genüsslich unter ihren Streicheleinheiten. Sie schob ihre Hand langsam über seinen Rücken, um unter seinen Pullover zu gelangen. Sofort verkrampfte er sich in ihrer Umarmung, sodass Juli stirnrunzelnd innehielt.

Er hob den Kopf und hauchte ihr einen Kuss auf die Lippen. »Hast du Hunger?«, fragte er unvermittelt.

»Allerdings.« Sie fuhr damit fort, sich ihren Weg zu seiner bloßen Haut zu bahnen.

Bastians Mundwinkel zuckten. »Ich hatte eher an etwas zu Essen gedacht.«

Zu ihrer bodenlosen Schande knurrte bei der Erwähnung von Nahrung ihr Magen.

Er grinste siegesgewiss. »Ich werte das als Ja«, sagte er. Dann küsste er ihre Nasenspitze und zog sich zurück. Da er nicht viel ausgezogen hatte, stand er eine Sekunde später fertig vor ihr. Er hielt ihr die Hand hin, um ihr aufzuhelfen. Ein stummes Signal, dass ihr Intermezzo hier offensichtlich beendet war. Sie biss sich enttäuscht auf die Lippen, sagte jedoch nichts.

Stattdessen trat sie unverhüllt vor ihn. Gebannt strich seine Hand über ihre Hüften, weiter zu ihrem Rücken und ermutigte sie, sich auf die Zehenspitzen zu stellen und ihn erneut zu küssen. Als sie ihre Hände hob, um seine Brust zu berühren, löste er sich abrupt von ihr. »Es ist wohl besser, wenn wir irgendwo etwas essen gehen«, entschied er in rauem Ton.

»Wieso?«, fragte sie unschuldig.

»Sonst wird dein Magen leer ausgehen.«

Sie wippte zurück auf ihre Fußsohlen. »Wir könnten etwas bestellen«, schlug sie vor. Angesichts seines skeptischen Blickes musste sie lachen. »Ich werde auch ganz brav sein.«

»Wir werden sehen«, bemerkte er amüsiert. »Das Bad ist dort drüben, falls du dich frisch machen willst.«

Sie nickte dankbar und klaubte ihre Sachen vom Parkett auf. Anschließend verschwand sie im Bad und blinzelte, damit sich ihre Augen an das Licht gewöhnten. Das Zimmer bot erstaunlich viel Platz. Der Boden bestand aus dunkelgrauen Fliesen, in die der Wärme nach zu urteilen eine Fußbodenheizung integriert war. Toilette, Waschbecken und Badewanne hatten eine rechteckige Form und wirkten so modern, als wären sie einem Designerkatalog entsprungen. Sie waren schneeweiß, genau wie die hochglänzenden Schränke. Juli wunderte sich, wie viele Möbel ein Mensch in seinem Badezimmer brauchen konnte. In ihrer Wohnung hatte sie kaum genug Platz für ein kleines Regal, in dem sich all ihre Shampoos und Pflegeprodukte stapelten. Über dem Waschbecken hing ein riesiger beleuchteter Spiegel, der dem Raum noch mehr Größe verlieh. Hinter der Badewanne entdeckte sie eine Duschkabine, an deren Decke ein riesiger Duschkopf installiert war. Sie schüttelte ungläubig den Kopf. Dieses Zimmer war ein wahr gewordener Mädchentraum. Fehlten nur noch die Badeperlen.

Vorsichtig schob sie die Glastür der Duschzelle zur Seite und stellte das Wasser an. Wie alle Männer, die Juli kannte, schien Bastian eine Leidenschaft für technische Spielereien zu hegen. Sie musste mehrere Knöpfe bedienen, bis das Wasser die richtige Temperatur hatte. Seufzend stellte sie sich darunter.

Ein leises Klopfen ertönte. »Darf ich reinkommen?«, fragte Bastian an der Tür.

»Natürlich.« Sie wischte über die beschlagene Glastür und grinste Bastian ausgelassen an. »Ich konnte nicht widerstehen.«

»Fühl dich wie zu Hause«, erwiderte Bastian belustigt und ließ sich auf den geschlossenen Toilettendeckel sinken.

»Willst du mit reinkommen?«, rief sie fröhlich über das Rauschen hinweg.

Bastian schüttelte angespannt den Kopf. »Das Essen kommt gleich.«

»Schade.« Es wäre schön gewesen, ihn endlich einmal hüllenlos zu sehen und zu spüren. Aber der Abend hatte ja gerade erst begonnen.

»Kann ich dein Duschbad benutzen?«

»Klar.«

Genau genommen hatte sich Juli nie in der Rolle der Verführerin gesehen. Aber unter Bastians hungrigem Blick erwachte ihr Spieltrieb zum Leben. Genüsslich seifte sie sich von Kopf bis Fuß ein. Dann grinste sie herausfordernd. Seine Augen hatten sich vor Verlangen verdunkelt. Er schluckte hart.

»Ich warte doch lieber draußen«, entschied er verkrampft. Er legte ihr zwei Handtücher hin und verließ fast schon fluchtartig das Zimmer.

Zufrieden angesichts seiner Reaktion spülte sie sich die Seife vom Körper. Dann trocknete sie sich geschwind ab und schlüpfte in ihre Kleidung. Bevor sie das Bad verließ, musterte sie sich prüfend im Spiegel. Ihre Wangen waren leicht gerötet und in ihren Augen lag ein glückseliger Glanz. Sie lächelte. Heute fühlte sie sich wirklich schön.

Als Juli ins Wohnzimmer trat, registrierte sie zuerst die Beleuchtung. Bastian hatte die Deckenstrahler eingeschaltet, die das geräumige Zimmer taghell erstrahlen ließen. Bei Licht betrachtet wirkte das Wohnzimmer mit seiner schlichten ausladenden Eckcouch, den weißen matten Wänden und dem Flachbildfernseher noch leerer. Die einzige Wärme ging von dem hellbraunen Parkettfußboden aus.

»Hältst du nicht viel von Wanddekoration?«, fragte sie neugierig, als sie zu Bastian an den Küchentresen trat. Er war damit beschäftigt, das Essen auszupacken, das in der Zwischenzeit geliefert worden war. Hinter ihm erstreckte sich eine monströse Einbauküche, ebenfalls mit weißen Fronten. Er hatte offenbar nicht untertrieben, als er diese Unfarbe zu seinem Favoriten erklärt hatte.

»Nein«, murmelte er und mühte sich damit ab, den Knoten von der Tüte zu lösen. Juli sah auf seine Hände. Noch immer versetzte ihr der Anblick seiner vielen Narben einen Stich. Bis auf ein wenig Schorf war seine Wunde am Daumen nahezu vollständig verheilt. Dennoch fragte sie sich, ob sie sich je an den Gedanken gewöhnen würde, dass er sich ständig verletzte.

Bastian biss angespannt die Zähne zusammen, während er versuchte, die Tüte zu öffnen. Seine Fingerkuppen rutschten immer wieder unter der glatten Oberfläche der Plastikfolie ab. Juli hatte nie darüber nachgedacht, dass Fingernägel auch überaus nützlich sein konnten, bis sie Bastians Anstrengungen erlebte.

Als er bemerkte, dass sie ihn beobachtete, zog er seine Hände fort und kramte in einer Schublade nach einem Messer. Mit einem brutalen Hieb köpfte er kurzerhand die Tüte. Dann förderte er zwei dampfende Styroporbehälter zu Tage. »Ich hoffe, du magst Curryhuhn.«

»Ja, sehr.« Juli nickte lächelnd und nahm auf einem der drei Barhocker Platz, die vor der Theke standen. Er verteilte das Essen auf die Teller und stellte sie vor ihr ab. Dann kam er zu ihr und setzte sich.

Juli nahm einen Bissen. Das Huhn schmeckte köstlich. »Kochst du nie selbst?«

»Offen gestanden mag ich Kochen nicht sonderlich.«

»Warum?«

»Um ein richtig gutes Essen zuzubereiten, braucht es einfach seine Zeit.« Bastian zuckte mit den Schultern. »Stundenlang in der Küche zu stehen, nur um dann alles in zehn Minuten hinunterzuschlingen, scheint mir in keinem günstigen Aufwand-Nutzen-Verhältnis zu stehen.«

»Was ist mit Aufwand-Kosten?«, entgegnete Juli. »Jeden Tag auswärts zu essen oder einen Lieferservice zu beauftragen, ist auch ein bisschen unverhältnismäßig, findest du nicht?«

Bastian trank einen Schluck Wein. »Mag sein, aber wenn man es sich leisten kann und andere Dinge lieber tut, neigt man wohl zu einer gewissen Dekadenz.«

Nachdenklich schaute sich Juli um. Seine Wohnung war für eine Person wirklich groß, die Einrichtung stammte sicher nicht aus der nächsten Möbelhauskette und mit an Sicherheit grenzender Wahrscheinlichkeit hatte er eine Putzfrau. Er fuhr einen eher unauffälligen Mittelklassewagen, aber das hatte vielleicht nostalgische Gründe. »Was genau meinst du mit: Ich kann es mir leisten?«

»Ich bin kein Millionär, falls das deine Frage ist.« Bastian grinste. »Aber es geht mir finanziell gut genug, dass ich mir keine Sorgen über die Herkunft meines Essens machen muss.«

»Verdient man als Fotograf so gut?« Irgendwie hatte sie immer angenommen, dass man in der Künstlerszene häufig am Existenzminimum lebte. Das schien jedoch nicht auf ihn zuzutreffen.

»Ich hatte ein paar gute Jahre. Viele Aufträge. Viel Gewinn. Ich habe mein Atelier direkt hier und keine Büroräume, spare also zusätzliche Kosten. Meine Arbeit funktioniert in erster Linie digital. Ich benötige also nur meine Ausrüstung, mein Notebook und mein Fachwissen«, erklärte er stolz, aber nicht überheblich.

»Bei dir klingt das alles so einfach.«

»Es war auch viel Glück dabei. Ich habe die Agenturen zur richtigen Zeit angesprochen und es hat sich eine solide Zusammenarbeit entwickelt, von der beide Seiten profitieren. Abgesehen davon biete ich seit Jahren einige meiner Arbeiten in verschiedenen Bilddatenbanken zum Verkauf an.«

»Zeigst du mir deine Bilder?«

Bastian lachte. »Das sind Hunderte.«

Juli schürzte die Lippen. »Hast du ein Lieblingsbild?«

»Seit Kurzem. Ja.« Sein geheimnisvolles Lächeln weckte ihre Neugierde. Sie schob ihren leeren Teller von sich. Bastian war längst fertig. »Dann zeig es mir.«

Bastian zögerte, doch Juli war fest entschlossen. Sie nahm ihn bei der Hand und zog ihn von seinem Stuhl hoch. Danach ließ sie ihm den Vortritt, weil sie nicht sicher war, welche der beiden Türen, die an sein Wohnzimmer angrenzten, die richtige war.

Die Einrichtung von Bastians Atelier erweckte den Eindruck absoluter Professionalität. Alles wirkte akribisch sortiert, bis auf die

Kabel, die wild verstreut auf der Arbeitsplatte in der Raummitte lagen. Bastian ging wortlos daran vorbei zu einem flachen Sideboard am Ende des Raumes und zog ein Hängeregister hervor.

Juli stellte sich ungeduldig auf die Zehenspitzen und lugte über seine Schulter. Dort schien er seine Schätze aufzubewahren. Er blätterte, bis er das richtige Bild gefunden hatte. Dann zog er eine Pappe von der Größe einer Tageszeitung heraus und reichte ihr den Ausdruck.

In seinen grünen Augen lagen so viele Emotionen, dass es ihr einen Moment lang den Atem verschlug.

Unsicher sah sie auf das Bild und schnappte nach Luft. Sie wusste nicht, was sie erwartet hatte. Vielleicht ein visuelles Experiment oder auch eine der anonymen Personen, die er so gern fotografierte. Nicht im Entferntesten hatte sie damit gerechnet, dass sie in Augen schauen würde, die ihren unfassbar ähnelten.

Auf dem großen Schwarz-Weiß-Foto war ihr Neffe abgebildet. Es war jener Moment, als Lukas im Zoo mit den anderen Kindern gespielt hatte. Seine Haare waren verstrubbelt, seine Augen leuchteten kraftvoll und sein ausgelassenes Lachen offenbarte seine Zahnlücke. Er sah so frei und glücklich aus, dass ihr Tränen in die Augen traten. Dieses Portrait war das Sinnbild einer unbelasteten Kindheit.

»Warum dieses?«, fragte sie leise.

Er verschränkte beklommen die Arme. »Weil es mich an einen besonderen Tag erinnert«, erklärte er.

Es schmerzte Juli, dass er seine wahren Gefühle nicht vor ihr preisgab, aber allein, dass er es ihr gezeigt hatte, genügte ihr. Fürs Erste. »Es ist wunderschön.«

»Hältst du mich jetzt für einen geisteskranken Spinner?«, fragte er unsicher.

Juli schniefte lautstark. Dann lachte sie. »Selbstverständlich nicht.« Sie legte das Bild zur Seite und zog ihn in eine innige Umarmung. »Aber ich hätte wahnsinnig gern eine Kopie davon.«

»In Ordnung.«

Juli sah bittend zu ihm auf. »Zeigst du mir noch ein paar Bilder?«

Bastian fuhr sich nervös durch die Haare. »Ein anderes Mal.«

Enttäuscht ließ Juli die Schultern sinken. Sie hätte gern noch mehr gesehen. Aber sie begriff auch, dass es ihm nicht leichtfiel. Sie nickte verständnisvoll und blickte sich neugierig in dem Raum um. »Hier arbeitest du also.«

»Überwiegend.«

»Was sind das alles für Geräte?«

Bastian ging zu einer Reihe flacher Planen von unterschiedlichem Durchmesser, die in verschiedenen Farben an der Wand lehnten. »Das sind Reflektoren«, erklärte er. »Damit kann man die Lichtverhältnisse beeinflussen. Sieh hin.« Er hob einen dieser Reflektoren an, fing das Licht der Decke auf und je nachdem, wie er ihn drehte, wurde Juli geblendet.

Bastian zeigte ihr weitere Werkzeuge, mit denen er arbeitete, und beschrieb ihr eifrig die Möglichkeiten. Dabei fand er immer wieder Wege, sie zu berühren, indem er sich hinter sie stellte und ihr seine Perspektive erläuterte. Julis Körper reagierte jedes Mal mit einem Prickeln. Obwohl ihr Wunsch groß war, ihn noch näher zu spüren, hielt sie sich zurück, weil sie es viel zu sehr genoss, seine Begeisterung zu erleben.

Trotz allem hatte sie einen langen Tag hinter sich und irgendwann konnte sie sich nicht länger gegen die Müdigkeit zur Wehr setzen. Bastian bemerkte, wie sie angestrengt ein Gähnen unterdrückte, und hielt stirnrunzelnd inne. »Ich habe mich wohl etwas hinreißen lassen«, bemerkte er verlegen.

»Entschuldige.« Juli schmiegte sich in seinen Arm. »Ich könnte dir ewig zuhören.«

»Weil meine Stimme so einschläfernd ist?«, neckte er sie sanft und strich ihr über den Rücken.

»Nein. Ich hätte nur nie gedacht, dass technisch so viel möglich ist. Wenn ich mal ein Foto schieße, dann in erster Linie, um eine schöne Erinnerung festzuhalten. Meistens bin ich froh, wenn überhaupt etwas darauf zu erkennen ist. Allmählich verstehe ich, warum Fotografie als Kunstrichtung gilt.«

Bastian lachte leise. »Dann erkläre ich hiermit deine erste Unterrichtsstunde für beendet.«

»Ich freue mich schon auf die nächste Lektion«, schnurrte sie und drückte ihre Nase an seine Brust. Sie atmete seinen vertrauten Duft ein. Berauscht hob sie ihren Kopf, stellte sich auf die Zehenspitzen und verteilte lauter kleine Küsse auf seinen Hals.

Allem Anschein nach war sie doch noch nicht so müde, wie sie gedacht hatte.

»Vielleicht auf einem anderen Fachgebiet?«, raunte sie ihm ins Ohr. Gut, das klang ziemlich abgedroschen. Aber Bastian schien das nichts auszumachen. Seine Hand glitt nach unten und umfasste ihre Pobacke, bevor er sein Gesicht senkte, um ihren Kuss aufzufangen. Sie seufzte, als sich ihre Lippen berührten.

Bedächtig ließ sie ihre Hand sinken, um sie unter seinen Pullover zu schieben. Mit den Fingerspitzen streifte sie leicht über seine warme Haut. Bastian verkrampfte sich, ließ ihre Berührung jedoch zu.

Juli wartete, bis seine Anspannung nachließ. Dann schob sie ihre Hand höher und ihre Fingerspitzen tanzten vorsichtig über seinen Rücken. Seine Haut war ganz zart. Sie fühlte flache Unebenheiten und Konturen. Schmerzhaft wurde ihr bewusst, dass dies auch Narben sein mussten. Das hatte sie in ihren letzten gemeinsamen Nächten überhaupt nicht bemerkt.

Behutsam tastete sie sich weiter hinauf zu seinem Schulterblatt und hielt inne. Da war etwas Fremdartiges, Künstliches. Es fühlte sich wie ein Stück Folie an, die da flach auf seinem Rücken klebte, und es war groß, mindestens so groß wie eine Postkarte.

Unsicher löste sie sich von Bastian. »Was ist das?«, fragte sie und verstärkte den Druck ihrer Finger, damit er wusste, was sie meinte.

Bastian runzelte die Stirn. Urplötzlich verschwand aus seinen Augen jedes Verlangen. »Nichts weiter.«

Juli legte den Kopf schief. »Eine Verletzung, stimmt's?«

Sein finsterer Gesichtsausdruck war Bestätigung genug.

»Wie ist das passiert?«

»Weiß ich nicht genau.«

Juli glaubte ihm nicht. Offensichtlich war er nicht ehrlich zu ihr und allein der Gedanke daran reichte aus, um auch ihre Lust im Keim zu ersticken. »Du weißt es nicht genau, weil …?«, hakte sie nach.

Etwas Unergründliches flackerte in seinen grünen Augen auf. »Ich weiß nicht genau, wann das passiert ist, weil ich abgelenkt war.« Er stieß einen gequälten Seufzer aus. »Solche Dinge passieren mir ständig. Das ist überhaupt nicht dramatisch und ich komme gut damit zurecht.« Sein Blick wurde weicher. »Die Zeit heilt alle Wunden«, zitierte er die bekannte Volksweisheit mit einem schiefen Lächeln.

»Nicht alle.«

»Aber die meisten. Ich bin der lebende Beweis dafür«, sagte er und küsste sie zart auf die Nasenspitze. »Es ist nicht wichtig, okay?«

Juli nickte benommen. »Okay.«

Sie würde lernen müssen, nicht jedes Mal auszuflippen, wenn er sich verletzte.

»Komm. Ich bringe dich nach Hause.«

Tatsache war, sie wollte nicht gehen. Sie wollte bei ihm bleiben. In seinem Arm einschlafen. Aber sie würde am nächsten Morgen zeitig aufstehen müssen, um die Frühschicht ihres krank gewordenen Chefs zu übernehmen, und außerdem hatte sie ja noch eine hungrige kleine Katze, die ihre Rückkehr sehnsüchtig erwartete. Sie musste nach Hause.

Bastian nahm sie bei der Hand. Im Flur streifte er seine Handschuhe über und schlüpfte in seine Schuhe, bevor er seinen Wohnungsschlüssel von einer kleinen Kommode nahm, Juli in die Jacke half und ihr die Tür aufhielt.

Sie eilten durch strömenden Regen zu seinem Wagen und ließen sich prustend hineinfallen. Bastian schüttelte seine Haare wie ein nasser Hund.

Juli lachte. »Ich kann es kaum erwarten, bis der Frühling endlich da ist.«

»Gleich wird es warm«, sagte er und stellte die Heizung auf die höchste Stufe. Binnen weniger Minuten hatte sich eine wohlige Wärme im Auto ausgebreitet. Die kurze Fahrt zu Julis Wohnung verlief in einvernehmlichem Schweigen, während Bastian routiniert den Wagen durch die leeren Straßen steuerte. Es war inzwischen kurz vor Mitternacht und abgesehen von ein paar Verrückten, die es sich nicht nehmen ließen, durch den Regen zu stapfen, war niemand zu sehen. Julis Augen folgten den Tropfen, die über die Windschutzscheibe rannen.

Als er den Wagen vor ihrer Haustür hielt, sah Juli ihn schläfrig an. Sie war völlig erledigt. »Es war ein schöner Abend.«

Bastian lächelte. »Das fand ich auch.«

Seine Stimme klang aufrichtig und entschädigte sie dafür, dass sie gleich allein in ihr Bett kriechen würde. Sie schaute missmutig in den Regen hinaus. »Du hast nicht zufällig einen Schirm dabei?«, fragte sie hoffnungsvoll.

»Ich hab was Besseres.« Bastian stieg eilig aus dem Wagen aus und lief um das Auto herum. Dann hielt er ihr die Tür auf.

Juli blinzelte irritiert in den Regen. Bastian hatte den Mantel ausgezogen und über seinem Kopf ausgebreitet. Er streckte Juli einladend die Hand hin.

»Mein eigener lebendiger Regenschirm«, stellte sie verzückt fest. Kichernd schlüpfte sie hinaus in seine trockene Umarmung und schmiegte sich eng an seinen warmen Körper. »Das ist wirklich besser.«

»Dachte ich mir.«

Vor der Tür blieb er stehen und geleitete sie in den Eingang. Dann nahm er ihr Kinn zwischen seine Hände und hauchte ihr zum Abschied einen Kuss auf die Lippen. Es war wie jedes Mal, wenn er sie auf diese Weise berührte. Sie stand sofort in Flammen.

Doch bevor sich Juli hinreißen lassen konnte, war er mit einem letzten sehnsüchtigen Blick auf sie im Regen verschwunden.

Kapitel 21

Juli hatte Bastian eine Nachricht geschickt, dass sie früher im Café Schluss gemacht hatte und er sie von zu Hause abholen sollte. Er war nervös, als er an ihre Tür klopfte.

Sie würde Felix mögen. Dessen war er gewiss. Sie würde seine Intelligenz erkennen und auch seinen schrägen Sinn für Humor.

Aber sie würde auch sehen, wie das Leben als Schmetterlingskind sein konnte. Die harte Wahrheit ungefiltert erleben.

Und sie würde auch Rückschlüsse auf ihn ziehen.

Daraus konnte er ihr keinen Vorwurf machen. Jeder würde das tun. Inzwischen ärgerte er sich lediglich über sich selbst, dass er darüber nicht vorher nachgedacht hatte. Seine einzige Sorge hatte bisher der Frage gegolten, ob es ratsam war, sie seinen Freunden überhaupt vorzustellen, wenn ihre gemeinsame Zeit doch nur begrenzt war.

Aber jetzt gab es kein Zurück mehr.

Juli öffnete schwungvoll die Tür. Bastian zog scharf Luft ein, weil sie mit nichts als einem Handtuch bekleidet vor ihm stand. Von ihrem nassen Haar fielen einzelne Wassertropfen auf ihre zarte Schulter. Sie reckte sich auf die Zehenspitzen und küsste ihn. Dann grinste sie fröhlich. »Du bist zu früh.«

Bastian legte den Kopf schief und ließ seinen Blick genüsslich über sie schweifen. »Ich würde eher sagen, ich komme gerade rechtzeitig.«

Sie bekam eine Gänsehaut. Bastian war sich nicht sicher, ob das ausschließlich am Luftzug lag, der hinter ihm in ihre Wohnung wehte. Er schloss die Tür und ging entschlossenen Schrittes auf sie zu, während er langsam seine Handschuhe von den Fingern löste.

Er musste sie einfach berühren.

Ihre Augen weiteten sich unter seinem brennenden Blick.

»Wir kommen zu spät«, warnte sie ihn halbherzig.

»Ganz bestimmt.« Er schlang seine Arme um ihren Bauch und zog sie rücklings an sich. Mit seinen Lippen widmete er sich zuerst sehr ausführlich den kleinen Wassertropfen auf ihrem Nacken, was Juli ein sinnliches Seufzen entlockte. Sie ließ ihren Kopf gegen seine Schulter sinken.

Seine empfindsamen Hände fanden den Weg unter das Handtuch und strichen über ihre zarte Haut. Zielstrebig schob er sie weiter in ihre Wohnung. Das Wohnzimmer war hell beleuchtet. Ausgeschlossen, sie dort zu verführen. Er hoffte, seine Küsse genügten zu ihrer Ablenkung, während er die Richtung wechselte und sie ins Schlafzimmer führte, das zu seiner immensen Erleichterung im Dunkeln lag.

In seiner Umarmung drehte sich Juli um und schob vorsichtig die Hände unter den Bund seines Pullovers. Er war auf ihre Berührung vorbereitet. Dennoch zuckte er zusammen, als er ihre Fingerspitzen auf seiner sensiblen Haut spürte. Einen Augenblick verharrte sie reglos, fast als fühlte sie seine Anspannung. Dann krallte sie ihre Hände in seinen Pullover und zog ihn langsam mitsamt dem darunter liegenden Shirt über seinen Kopf, sodass er mit blankem Oberkörper vor ihr stand. Er widerstand dem Impuls, die Arme vor seiner Brust zu verschränken. Es war so dunkel in dem Zimmer, dass er sie kaum sehen konnte. Nur ihre Kontur und das Funkeln ihrer Augen, das sich im seichten Licht brach, erkannte er. Beinahe fühlte er sich sicher.

Nachdem sie sich recken musste, um ihn seiner Oberteile zu entledigen, löste sich das Handtuch und fiel zu Boden.

Perfekt.

Juli trat einen Schritt auf ihn zu und schmiegte ihren nackten Körper an seine bloße Brust. Sie stieß einen zufriedenen Seufzer aus, schlang ihre Arme fest um ihn und streichelte ihm sanft über den Rücken.

Die Wärme, die von ihr ausging, strömte in Bastians Inneres.

Hätte er nicht vorher schon derart unter Strom gestanden, wäre es spätestens in diesem Moment so weit gewesen. Trotz all seiner Bemühungen, wachsam zu bleiben, knallte ihm wieder einmal eine Sicherung durch. Wie von Sinnen begann er sie zu küssen.

Und für einen kurzen Moment vergaß er die Welt um sich herum.

★★★

Nach seiner berauschenden Reise kehrte er nur widerwillig in die Wirklichkeit zurück. Juli lag erschöpft neben ihm und rang nach Atem. »Wir kommen definitiv zu spät«, japste sie lachend und reckte sich, um ihr Nachtlicht einzuschalten.

»Verdammt.« Alarmiert sprang Bastian auf die Beine, entledigte sich diskret seines Präservativs und zog sich an, bevor sie die Lampe erreicht hatte.

»Warte, ich mache das Licht an«, sagte er in einem möglichst unauffälligen Ton und ging zur Tür, um die Deckenbeleuchtung einzuschalten.

Beide blinzelten in dem hellen Lichtschein.

Bei Julis Anblick stockte ihm erneut der Atem.

Ihre braunen Haare waren noch immer etwas feucht, standen jedoch zerzaust in alle Richtungen. Ihr sinnlicher Mund war rot von seinen hungrigen Küssen. In ihren dunklen Augen lag ein zufriedener Glanz. Ihre weiche Haut schien von innen heraus zu glühen. Sie war unbeschreiblich schön, wie sie ihn so arglos anlächelte.

Er konnte den Gedanken kaum ertragen, dass sich dieser Ausdruck in ihren Augen irgendwann vielleicht in etwas anderes verwandeln würde, dass sie ihn mit Abscheu betrachten würde, mit Ekel.

Eine kleine Falte trat auf Julis Stirn. Hatte sie seine Angst gesehen?

Er blinzelte noch einmal. »Wir müssen los«, sagte er, um ein lässiges Lächeln bemüht.

Sie richtete sich auf, trat auf ihn zu und musterte ihn prüfend. Was immer sie in seinen Augen sah, veranlasste sie dazu, ihm einen tröstenden Kuss auf die Lippen zu drücken und ihn aufmunternd anzulächeln.

»Ich beeile mich«, versprach sie und verschwand im Badezimmer. Er folgte ihr benommen und spritzte sich kaltes Wasser ins Gesicht, während sie in eine enge Jeans und einen dunkelgrünen Pullover schlüpfte. Danach schubste sie ihn mit der Hüfte vom Waschbecken fort und grinste frech.

Diese Geste reichte, um seine Laune zu heben. Er gab ihr einen spielerischen Klaps auf den Hintern. »Ich warte draußen.«

»Bin gleich fertig.«

»Gleich« war unter Frauen bekanntermaßen ein relativer Begriff. Daher setzte er sich aufs Sofa und erhielt Gesellschaft von Pünktchen, die laut schnurrend seine Aufmerksamkeit forderte.

Da es inzwischen schon nach acht war, schrieb er Felix eine Nachricht, dass sie sich um ein paar Minuten verspäten würden. Glücklicherweise hatte er bereits für das Essen gesorgt, bevor er herkam. Er hatte bei einem griechischen Restaurant Platten mit Vorspeisen und Hauptgängen bestellt und sie schon abgeholt. In seiner Aufregung hatte er vielleicht ein bisschen über die Stränge geschlagen, aber wenn er schon darauf bestand, das Essen mitzubringen, sollte es ihnen auch an nichts fehlen. Blieb nur zu hoffen, dass die Speisen noch warm waren, wenn sie bei Elena und Felix eintrafen.

Zu seiner Überraschung benötigte Juli tatsächlich nur wenige Minuten. Bastian half ihr in den Mantel. Seine eigene Jacke hatte er im Auto gelassen. »Hast du alles?«

Sie warf einen Blick in ihre Handtasche. »Schlüssel, Telefon, Geldbörse, Taschentücher.« Sie grinste. »Den Rest zähle ich lieber nicht auf.«

Bastian hob belustigt eine Augenbraue. »Das Mysterium der Frauenhandtasche?«

»Genau.«

Er folgte ihr in Richtung Tür und blieb wie angewurzelt stehen. »Wo sind meine Handschuhe?«

»Keine Ahnung.« Juli runzelte die Stirn. »Wo hast du sie ausgezogen?«

Bastian sah sich suchend im Flur um. »Hier irgendwo.«

»Wir fahren doch nur zu deinen Freunden«, bemerkte sie vorsichtig. »Brauchst du sie denn unbedingt?«

Ja, er brauchte sie. Unbedingt.

Vielleicht würden sie unterwegs anhalten müssen.

Vielleicht sollte er für Felix noch etwas erledigen.

Vielleicht begegneten sie irgendwem auf der Straße.

Mit wachsender Panik suchte er den Boden ab. Wo hatte er die blöden Dinger liegen lassen? Er wusste sonst immer, wo sie waren.

»Hier sind sie.« Juli bückte sich, hob sie auf und reichte sie ihm.

Er nahm sie erleichtert entgegen. »Danke.«

»Alles gut?« Sie musterte ihn besorgt.

»Ja.« Bastian streifte sich die Handschuhe über und konnte sich nur mühsam ein gequältes Stöhnen angesichts seiner Anspannung verkneifen. »Alles gut.«

»Dann lass uns gehen.«

Als sie auf die von Laternen beleuchtete Straße traten, blies ihnen ein frischer Wind entgegen.

»Leider kein Regen heute«, bemerkte er mit einem Nicken in Richtung des wolkenlosen Nachthimmels.

»Sonst hätte ich auf meinen persönlichen Regenschirm bestanden.«

Er entriegelte seinen Wagen, bevor er ihr die Tür aufhielt und danach selbst einstieg. Sein Mobiltelefon klingelte, woraufhin er kurz die eingegangene Nachricht überprüfte. »Felix ist mal wieder ungeduldig«, erklärte er und tippte schnell eine Antwort, die ihr Kommen ankündigte. »Zum Glück sind es mit dem Auto nur ein paar Minuten von hier.«

»Gibt es irgendetwas, das ich vorher wissen muss?«

Bastian steckte sein Telefon weg. »Ich habe dir ja schon gesagt, dass er schlimmer erkrankt ist als ich.«

Julis Lachen erfror. »Ich hatte eigentlich eher Gesprächsthemen gemeint, die ich besser nicht anschneiden sollte: religiöse Fanatiker, verflossene Liebschaften, terrorisierende Schwestern. So etwas eher.«

Er war ein Vollidiot.

Noch deutlicher konnte er ihr wohl gar nicht mitteilen, dass er ihre Reaktion auf Felix' Anblick fürchtete. Er schluckte den Kloß in seinem Hals herunter, bevor er den Kopf schüttelte. »Du musst dich nicht zurückhalten. Felix und Elena sind beide sehr offenherzige Menschen.«

Dann startete er den Wagen und fuhr los. Im Augenwinkel beobachtete er Juli. Sie nestelte nervös am Riemen ihrer Handtasche, die sie auf ihrem Schoß gebettet hatte.

»Mir fällt doch etwas ein«, verkündete er schließlich.

Juli sah ihn unsicher an.

»Er wird versuchen, dich mir abspenstig zu machen«, erklärte Bastian um ein Lächeln bemüht. »Du tätest ihm einen Riesengefallen, wenn du ihn freundlich abweist. Sonst muss ich ihm wehtun.«

»Und hinterher wirfst du mich über deine Schulter und schleppst mich in deine Höhle?«

Er legte ihr eine Hand aufs Knie, strich gemächlich über ihren Schenkel und warf ihr einen verlangenden Blick zu. »Das mache ich sowieso.«

Bei dieser Ankündigung überzog eine leichte Röte ihre Wangen. »Neandertaler«, murmelte sie, aber das Funkeln ihrer Augen verriet, dass sie von dieser Idee ebenso angetan war wie er.

Er konnte es kaum erwarten, wieder mit ihr zu schlafen.

Und das, obwohl das letzte Mal kaum eine halbe Stunde zurücklag. Sie machte wirklich einen Neandertaler aus ihm.

»Was hast du heute gemacht?«, fragte er in dem Versuch, sich abzulenken.

»Ich war seit acht im Siesmeyer.«

»Wieso warst du so früh dort?«

»Sascha ist immer noch krank und donnerstags werden die Getränke geliefert.« Sie lehnte sich im Sitz zurück. »Jetzt bin ich wirklich fix und fertig«, lachte sie.

»War viel los heute?«

»Donnerstag ist der Laden meistens gut besucht. Dabei haben wir noch nicht mal eine Happy Hour. Am Vormittag trifft sich bei uns – jetzt lach nicht – der Seniorenclub und am Nachmittag starten die faulen Studenten in ihr Wochenende, indem sie mit dem Frühschoppen beginnen.«

»Hat dich jemand angemacht?« Die Frage platzte so schnell aus ihm heraus, dass er sie nicht zurückhalten konnte.

»Nein«, sagte Juli langsam und musterte ihn belustigt. »Und wenn es so wäre?«

Er atmete tief durch, um sich von der Vorstellung zu befreien, wie sie von lauter unternehmungslustigen Studenten umgarnt wurde. »Dann würde mir das nicht sonderlich gefallen«, gestand er in ruhigerem Ton.

»Sag ich ja. Neandertaler.« Ein zufriedenes Lächeln breitete sich in ihrem Gesicht aus. »Und wie war dein Tag?«

»Sehr verkabelt.«

»Bist du gut vorangekommen?«

»Ja, aber es ist noch eine Menge zu tun. Morgen Vormittag werde ich den Rest in der Agentur abholen.«

»Arbeitest du oft am Wochenende?«

Bastian zuckte mit den Schultern. »Kommt darauf an, wonach mir der Sinn steht. Manchmal arbeite ich, manchmal fotografiere ich in eigener Sache und manchmal bin ich einfach nur widerwärtig faul und sehe mir Filme an, während ich ohne Ende Fastfood in mich reinstopfe.«

»Klingt himmlisch.«

Er bog in eine Seitenstraße ein. »Wir sind da.«

Bastian hatte Glück und ergatterte auf Anhieb einen Parkplatz direkt vor dem Haus, in dem Felix und Elena wohnten. Auf dem Weg nach oben trug er die eingepackten Speisen, während Juli eine

Tüte mit frischem Fladenbrot an sich nahm. Je näher sie kamen, umso größer wurde seine Anspannung.

Elena stand bereits in der Tür und erwartete sie. »Da seid ihr ja endlich.«

Weil sich die beiden Frauen bereits bei der Vernissage kennengelernt hatten und sich sympathisch fanden, fiel ihre Begrüßung entsprechend herzlich aus. »Juli, ich freue mich, dich wiederzusehen«, begrüßte Elena sie und zog sie in eine kurze Umarmung.

»Ich freue mich auch.«

Bastian nickte ihr zur Begrüßung zu. »Entschuldige die Verspätung.«

»Kommt rein.«

Lächelnd schob sich Bastian an den beiden Frauen vorbei und brachte die Platten in die Küche, während Juli ihre Jacke auf den Garderobenständer hängte und ein wenig Small Talk mit Elena führte, bevor sie ins Wohnzimmer gingen. Bastian folgte ihnen.

Felix saß in einem Sessel und ließ einen anerkennenden Blick über Juli gleiten. Aus gegebenem Anlass hatte er seine Jogginghose gegen eine schwarze Stoffhose getauscht. Darüber trug er ein blau kariertes Freizeithemd, das bis über seine Handgelenke hochgekrempelt war und seine Verbände an Fingern und Armen offenbarte.

»Juli, das ist Felix«, stellte Bastian seinen Freund vor und ging zu ihr. »Felix. Juli.«

Juli trat einen Schritt auf Felix zu und lächelte freundlich. »Schön, dich kennenzulernen.« Ihre rechte Hand zuckte. Allem Anschein nach hatte sie vorgehabt, ihm zur Begrüßung die Hand zu reichen. Doch sie tat es nicht.

Weil sie ihn nicht berühren wollte?

Bastian schluckte.

»Ganz meinerseits«, erwiderte Felix lächelnd und streckte ihr die verbundene Hand entgegen. Juli nahm sie ohne zu zögern. Mit einer federleichten Berührung schüttelte sie seine Hand, ehe sie wieder losließ. In ihren Augen lag weder überzogenes Mitleid noch offenkundige Abneigung. Bastian strich ihr sanft über den Rücken und spürte deutlich seine Erleichterung angesichts ihrer unvoreingenommenen Freundlichkeit seinem Freund gegenüber.

»Ich trage dann mal das Essen auf«, verkündete Elena eifrig.

»Kann ich dir helfen?«, fragte Juli.

»Gern.«

Sie schenkte Bastian ein liebevolles Lächeln, ehe sie kehrtmachte und Elena in die Küche folgte.

Sowohl Bastian als auch Felix starrten ihr unverhohlen hinterher.

Schließlich hob Felix seine Hand an sein Herz. »Ich bin verliebt«, seufzte er.

Bastians Mundwinkel zuckte. »Glaub ich dir aufs Wort.«

»Du ist so ein Glückspilz, Mann.«

Der Esstisch war bereits festlich eingedeckt. Eine hohe Kerze brannte in seiner Mitte. Daneben stand eine Karaffe mit Rotwein, der bereits atmete, um sein Aroma zu entwickeln. Wie Bastian Elena kannte, war sie heute doch einkaufen gewesen und hatte passend zum Essen einen griechischen Wein besorgt.

Bastian wandte sich Felix zu und half ihm an den Tisch, bevor er ihm gegenüber Platz nahm. »Hast du alles mit Elena geklärt?«, fragte er.

»Alles bestens zwischen uns«, erwiderte Felix. »Und ich habe heute mit meiner Versicherung telefoniert. Sie schicken uns einige Unterlagen. Dann sehen wir weiter.«

Bastian nickte zufrieden.

Die beiden Frauen kehrten lachend und beladen mit zwei großen Servierplatten und einem Brotkorb zurück. »Lass dich nur nicht von Isabelle einschüchtern. Sie ist ganz verrückt nach dir«, erklärte Juli Elena und stellte die Platte mit den einladend duftenden Vorspeisen auf dem Tisch ab.

Elena stellte die andere Platte daneben.

Felix warf einen skeptischen Blick darauf. »Erwartest du noch eine Fußballmannschaft?«, fragte er Bastian in Anbetracht der Unmenge an Delikatessen, die vor ihm stand.

»Das ist erst die Vorspeise«, erklärte Juli ihm kichernd. »Anscheinend hatte er Angst, dass wir verhungern.«

»Auf jeden Fall sieht es köstlich aus«, fügte Elena hinzu und nahm neben Felix Platz. Sie sah ihn fragend an. »Was möchtest du denn?«

»Was zur Hölle ist das alles?«, fragte Felix.

»Gegrillter Fetakäse mit Paprika, gebratene Auberginen, Blätterteig mit Spinat, gefüllte Champignons, Oliven und Knoblauchbrot«, rasselte Bastian herunter.

Felix sah ihn entgeistert an. »Mehr Vorspeisen gab es nicht?«

»Mach dir keine Sorgen. Das wird schon alle.« Bastian war diesbezüglich sehr zuversichtlich.

»Weil du futterst wie eine siebenköpfige Raupe«, lachte Elena.

»Das ist wahr«, bestätigte Juli und erntete von Bastian einen strafenden Blick für ihren Verrat. Das beeindruckte sie jedoch wenig. »Ich habe es selbst gesehen«, meinte sie. Sie grinste belustigt, als sie ihn an ihr erstes gemeinsames Essen im Lagerhaus erinnerte.

»Ich probiere einfach von allem etwas«, entschied Felix und griff sich den Löffel des Servierbestecks. Während er mit zittrigen Fingern eine Aubergine auf seinen Teller lud, boten ihm weder Elena noch Bastian Hilfe an, denn hätte er es anders gewollt, hätte er es gesagt. Er reichte das Besteck an Elena weiter, die sich ebenfalls bediente. Auch Juli und Bastian legten sich verschiedene Sorten Gemüse auf den Teller, wobei Bastians Portion doch deutlich am Größten war.

»Was hat Isabelle eigentlich schon wieder angestellt?«, wollte Felix wissen und knüpfte an das vorangegangene Gespräch der beiden Frauen an.

Elena und Juli tauschten ein wissendes Lächeln. »Nichts Besonderes«, antwortete Elena. »Sie hat sich nur mal wieder von ihrer temperamentvollen Seite gezeigt.«

Felix musterte Juli neugierig. »Ist sie wirklich so launisch?«, fragte er mit einem spöttischen Funkeln in den Augen.

Elena zuckte zusammen. »Das habe ich nie behauptet.«

»Sie kann schon recht impulsiv sein«, pflichtete Juli Felix belustigt bei. »Aber sie ist ein guter Mensch. Ich glaube, du würdest sie mögen.«

Felix hatte diesbezüglich sichtlich seine Zweifel.

»Bastian hat mir erzählt, dass du gerade an deiner Dissertation arbeitest«, wechselte Juli das Thema. »Wovon handelt sie?«

Felix warf Bastian einen erstaunten Blick zu und wandte sich dann an Juli. »Ich nehme an, Bastian hat dir schon das eine oder andere über unsere Krankheit erzählt«, antwortete er auf der Suche nach einem günstigen Einstiegspunkt für seine Erklärung.

Juli nickte. »Ich habe auch ein wenig darüber gelesen«, gestand sie und sah Bastian unsicher an. Er war sich nicht sicher, ob ihm dieses Geständnis sonderlich gefiel.

»Dann weißt du bestimmt, dass wir ziemliche Kuriositäten sind«, scherzte Felix halbherzig. »Es gibt ein paar Fachzentren, die jedoch weltweit verteilt sind. Alle Ärzte und Wissenschaftler arbeiten dort ehrgeizig daran, das Leben der Patienten nachhaltig zu verbessern, die Erforschung der Krankheit voranzutreiben und Heilungsmöglichkeiten zu finden. Ziel meiner Arbeit ist es im Grunde, eine digitale Schnittstelle für einen Datenaustausch zwischen ihnen zu schaffen.«

Bastian hätte erwartet, dass Felix Erklärung Juli genügen würde, da er die Sache ziemlich auf den Punkt gebracht hatte. Zu seinem Erstaunen richtete sie erneut das Wort an Felix, fragte nach medizinischen Zusammenhängen und informationstechnischen Problemen wie beispielsweise dem Datenschutz. Sie tat das nicht aus Freundlichkeit. Sie schien aufrichtig interessiert an seiner Arbeit zu sein.

Wäre Felix nicht schon vorher von Juli begeistert gewesen, hätte allein die Tatsache, dass sie mit ihm auf Augenhöhe diskutierte, ausgereicht, um ihn zu überzeugen. Die beiden waren derart vertieft, dass sie noch nicht einmal bemerkten, wie sich Bastian und Elena lächelnd in die Küche zurückzogen, um den Hauptgang vorzubereiten.

»Ich habe wesentlich länger gebraucht, um die Kernproblematik bei Felix' Arbeit zu begreifen«, bemerkte Elena und Bastian verspürte einen gewissen Stolz bei ihren Worten.

Er mopste noch eine Olive vom Vorspeisenteller, ehe Elena die wenigen Reste auf einen kleineren Teller umlagerte und damit begann, die großen Platten abzuwaschen. Anschließend reichte sie ihm die saubere Platte, damit Bastian den Hauptgang anrichten konnte. »Ich wollte mich noch bei dir bedanken«, sagte Elena, während sie die zweite Platte abtrocknete. »Dafür, dass du mit Felix gesprochen hast.«

»Ich hoffe, er war gestern Abend freundlich zu dir.«

»Er ist ein wenig ungehalten gewesen, dass ich nicht schon früher etwas gesagt habe«, gestand Elena lächelnd. »Aber letzten Endes hat er *mir* versichert, dass es so das Beste sei.«

»Das sieht ihm ähnlich.«

»Ja, ich bin gespannt, was die Versicherung sagt«, bemerkte sie nachdenklich und half Bastian, eine umfangreiche Auswahl an Fleisch- und Gemüsesorten auf den Tellern anzurichten.

»Sollte es Probleme geben, sag mir Bescheid.« Er würde nicht zögern, jedem die Hölle heiß zu machen, der versuchen sollte, seinen Freunden das Leben noch schwerer zu machen. Wenn er eines in seinem Leben gelernt hatte, dann, dass man mit Freundlichkeit allein nicht immer weiterkam. Es war eine harte Erfahrung gewesen.

»Es wird schon alles klappen«, murmelte Elena zuversichtlich. Sie nahm einen der Teller. »Lass uns mal schauen, ob die beiden immer noch über Felix' Arbeit fachsimpeln.«

Bastian nickte und nahm den anderen Teller. Als sie mit dem Essen zurückkehrten, hatten Felix und Juli zu Bastians Erleichterung bereits das Thema gewechselt und sprachen nicht länger über die Krankheit. Stattdessen diskutierten sie ausgelassen über Filme. Wie es schien, hatten die beiden auch ohne ihn allerhand Gesprächsstoff. Elena und er setzten sich zu ihnen und beteiligten sich an ihrer regen Debatte über das Für und Wider von Filmfortsetzungen, während sie sich durch den zweiten Gang schlemmten.

Nach dem Essen half Juli Elena mit dem Geschirr, während Felix wieder in dem Sessel Platz nahm, damit er es etwas bequemer hatte.

Als die Frauen zurückkehrten, setzte sich Juli unmittelbar neben Bastian auf das Sofa und lehnte sich vertrauensvoll an ihn.

Bastian merkte nicht einmal, wie er ihr die Hand auf den Oberschenkel legte und sie ihre um seine schloss. Sie wirkte entspannt und gelöst. Den ganzen Abend herrschte nicht eine Minute lang ein unbehagliches Schweigen. Seine Freunde hatten sich viel zu erzählen und Bastian gab sein Bestes, den Gesprächen zu folgen. Doch immer wieder war er abgelenkt durch ein Gefühl, das er sich lange Zeit versagt hatte und das sich nun immer weiter in ihm breitmachte: Hoffnung.

Und das Wissen, dass diese Hoffnung irgendwann in naher Zukunft allein durch ihn zerstört werden könnte, schnürte ihm die Kehle zu.

Falls Juli etwas von seinem Unbehagen mitbekam, so sagte sie nichts. Stattdessen zeichnete sie stoisch die Nähte seiner Handschuhe nach und zeitweise gelang es ihr tatsächlich, ihn so weit zu beruhigen, dass er diesen Glücksmoment einfach zulassen konnte.

Als Felix seine Erschöpfung nicht länger verbergen konnte, entschied Bastian, dass es an der Zeit war zu gehen. Wie erwartet widersprach Felix vehement, aber die Tatsache, dass er nicht aufstand, als Juli und er sich erhoben, war für Bastian Beweis genug, dass Felix für diesen Tag am Ende seiner Kräfte war. Trotzdem stand ihm noch die Wundversorgung bevor, die mindestens eine Stunde Zeit in Anspruch nehmen würde.

»Bevor ich es vergesse«, begann Felix. »Dr. Wangenroth hat mir die Unterlagen für dich mitgegeben. Sie liegen in meinem Zimmer.«

Bastian nickte steif. Einen ungünstigeren Zeitpunkt hätte Felix gar nicht abpassen können, obwohl er meinte, eine gewisse Berechnung in seinen Augen zu erkennen. »Ich nehme sie morgen mit, wenn ich das Auto hole.«

»Hast du schon darüber nachgedacht?«, fragte Felix an Bastian gewandt.

Juli musterte ihn neugierig »Worüber denn?«

Bastian biss verärgert die Zähne zusammen, weil Felix ihr bereitwillig antwortete. »Dr. Wangenroth schreibt eine wissenschaftliche Arbeit über unsere Krankheit. Um darüber aufzuklären und

Betroffenen zu helfen. Er hat Bastian zu Dokumentationszwecken um Fotos gebeten, aber unser lieber Freund sträubt sich noch ein wenig«, erklärte er grinsend.

Julis Augen weiteten sich vor Überraschung.

»Ich sehe mir die Sachen morgen an. Dann treffe ich eine Entscheidung«, beschied Bastian ihm in entschlossenem Ton.

»Ganz wie du willst«, sagte Felix unbekümmert. Dann wandte er sich Juli zu. »Es war schön, dich kennenzulernen.«

»Das finde ich auch«, erwiderte sie lächelnd, hauchte Felix einen vorsichtigen Kuss auf die Wange und versprach, ihn bald wieder zu besuchen.

Felix wartete, bis Juli Elena in den Flur gefolgt war. Dann warf er Bastian einen vielsagenden Blick zu. »So wie ich das sehe, ist die Frau verrückt nach dir«, stellte er grinsend fest. »Versau das bloß nicht.«

Bastians Miene verfinsterte sich. »Ich arbeite dran.«

Kapitel 22

»Du hast wirklich nette Freunde«, murmelte Juli und lehnte sich an Bastians Schulter, während er den Wagen fuhr.

Bastian nickte und drückte ihr beiläufig einen Kuss auf die Stirn, erwiderte jedoch nichts. Ihm stand wohl nicht der Sinn danach, den Abend in aller Ausführlichkeit auszuwerten.

»Bleibst du heute über Nacht?«, fragte sie.

»Wenn du möchtest.«

Sie hob den Kopf und musterte Bastian nachdenklich. Den ganzen Abend war er immer wieder in Grübeleien abgedriftet. Wenn sie nur wüsste, was in ihm vorging. »Natürlich möchte ich das.«

»Dann bleibe ich.«

Die Leidenschaft, die sie in den vergangenen Tagen getrieben hatte, war auch in dieser Nacht vorhanden. Dennoch spürte Juli eine Veränderung. Sie konnte nicht genau ausmachen, was es war. Die Dunkelheit war geblieben, doch zuvor hatte es etwas Verzweifeltes an sich gehabt, wenn er sie berührt hatte. Dieses Mal begegnete er ihr fast ehrfürchtig, während er ihren Körper mit Küssen bedeckte, und zuckte nicht länger zusammen, wenn sie ihn berührte. Bevor sie einschlief, zog er sie in eine feste Umarmung, ein stummes Versprechen, dass er dieses Mal bleiben würde, wo er war.

Und so war es auch.

★ ★ ★

Der Duft frischen Kaffees und Bastians sanfte Hände weckten sie am nächsten Morgen. Seine Wärme fehlte in ihrem Rücken. Sie blinzelte verschlafen und schielte auf den Wecker. Es war schon neun Uhr. Viel Zeit würde ihnen also nicht bleiben, bis sie zur Arbeit musste.

»Guten Morgen, Schlafmütze«, wisperte Bastian in ihr Ohr und biss sie spielerisch in den Nacken.

Sie reckte sich und drehte sich um, sodass sie halb unter seinem Arm begraben war. Niedergeschlagen nahm sie zur Kenntnis, dass er bereits angezogen auf ihrer Bettkante saß.

Wann würde dieses Versteckspiel endlich ein Ende haben?

Sie musterte ihn schlaftrunken. »Guten Morgen.«

»Kaffee?«

»Gern. Danke.« Sie setzte sich auf und legte die Decke so um sich, dass ihre nackte Brust bedeckt war.

»Gut geschlafen?«, fragte er sanft.

»Wie ein Baby.« Sie nippte an dem Kaffee, den er ihr gereicht hatte. »Musst du schon los?«

Bastian nickte. »Die Agentur erwartet mich in einer Stunde.«

»Schade«, sagte sie gedehnt. Ein weiteres Mal versuchte sie sich in der Kunst der Verführung, indem sie ihm kokett zulächelte. Bastians Mundwinkel zuckten amüsiert, täuschten jedoch nicht über Julis Wirkung auf ihn hinweg. Er räusperte sich. »Sehen wir uns heute Abend?«, fragte er rau.

»Heute Abend kann ich nicht. Isabelle und ich gehen zu Gabriels Feier.«

Seine Augen verdunkelten sich, dieses Mal nicht vor Verlangen. »Ich könnte dich später von dort abholen?«

Obwohl ihr die Vorstellung gefiel, schüttelte sie den Kopf. »Bei Isabelle weiß man nie, wann der Abend endet. Ich käme mir blöd vor, dich warten zu lassen. Mir wäre es lieber, du kommst morgen zum Frühstück vorbei.« Sie lehnte sich vor und küsste ihn. »Dann könnten wir da weitermachen, wo wir gleich aufhören werden«, flüsterte sie an seinen Lippen und vertiefte ihren Kuss.

Wie erwartet zog sich Bastian zurück, ehe sie die Gelegenheit bekam, ihn zu berühren. Nur mühevoll verkniff sie sich ein frustriertes Stöhnen.

Geduld, sagte sie sich. Sie musste Geduld mit ihm haben.

Bastian trank seinen Kaffee in einem Zug leer.

»Ich bringe dich noch zur Tür«, verkündete sie und rappelte sich vom Bett auf. In ihre Decke gewickelt stapfte sie hinter ihm her durch die Wohnung. Im Flur drehte er sich um und strich ihr sanft durch die Haare. »Lass dich heute Abend nicht anmachen«, mahnte er in scherzhaftem Ton, doch sein besorgter Blick verriet, dass seine Bitte durchaus ernst gemeint war.

»Ich werde ganz brav sein«, versprach sie grinsend und sah ihm nach, während er sich auf dem Weg nach unten seine Handschuhe überzog. Als er verschwunden war, holte Juli tief Luft und machte sich daran, sich für den Tag zu wappnen. Sie sprang unter die Dusche, versorgte Pünktchen und ging zur Arbeit.

Glücklicherweise war das Café so gut besucht, dass sie wenig Zeit hatte, über alles nachzudenken. Draußen schien endlich wieder die Sonne und schickte warmes Licht in die Räume. Das hob ihre Laune und die ihrer Gäste, die sich im Laufe des Tages überaus großzügig mit ihrem Trinkgeld zeigten. Rechtzeitig zum Feierabend löste ihre Kollegin sie ab. Juli beeilte sich mit der Übergabe und lief nach Hause, wo Isabelle sie schon erwartete.

Die Freundinnen umarmten sich zur Begrüßung. »Wartest du schon lange?«, fragte Juli überrascht. Isabelle kam so selten pünktlich, dass Juli im Grunde nie damit rechnete.

»Nein, bin auch gerade erst gekommen.«

Ein wenig ängstlich betrachtete sie die überdimensionale Einkaufstüte, die zu Isabelles Füßen stand. »Was ist das?«

Isabelle grinste übermütig. »Das Partyoutfit natürlich.«

»Ich hoffe, da sind keine Hütchen drin.«

»Etwas viel Besseres«, entgegnete Isabelle begeistert und folgte Juli in ihre Wohnung. Dort zog sie ein golden schimmerndes

Charlestonkleid nebst schwarzer Federboa aus der Tüte. »Das ist für dich.«

»Nur über meine Leiche.«

»Wieso denn?«, quengelte Isabelle. »Du wirst absolut heiß darin aussehen.«

»Wir gehen aber nicht auf eine Kostüm-, sondern auf eine simple Geburtstagsparty.«

»Du bist so ein Spielverderber«, maulte Isabelle. Sie warf dem Kleid einen verliebten Blick zu. »Dachte ich mir aber schon. Deshalb habe ich es gleich in meiner Größe gekauft«, verkündete sie beglückt.

Juli verdrehte die Augen, ging in ihr Schlafzimmer und suchte sich ein paar frische Sachen heraus. Sie entschied sich für einen kurzen Jeansrock, den sie mit ihren schwarzen Lederstiefeln kombinieren würde. Im Wohnzimmer drehte Isabelle die Stereoanlage auf und kam mit einer geöffneten Flasche Champagner und zwei Gläsern zu ihr. Pünktchen folgte ihr auf dem Fuße.

»Und? Was hast du die Woche so getrieben, du Luder?«, fragte sie, während sie die Getränke eingoss und es sich im Schneidersitz auf dem Bett gemütlich machte.

Juli nahm ihr grinsend ein Glas ab und trank einen Schluck. Der Champagner prickelte herrlich in ihrer Kehle. »Tagsüber war ich im Café und abends war ich meistens mit Bastian unterwegs«, fasste sie knapp zusammen, bevor sie auf der Suche nach einem passenden Oberteil fast in den Tiefen ihres Kleiderschrankes verschwand. Es war nicht notwendig, ins Detail zu gehen. Das würde ihre Gedanken ohnehin nur in eine sorgenvolle Richtung lenken. Sie kannte sich gut genug, um zu wissen, dass sie all die Fragen nicht mehr würde aufhalten können, wenn sie sich einmal an die Oberfläche gestohlen hatten.

»Gearbeitet und gevögelt also.«

»Nicht ausschließlich«, widersprach Juli. »Gestern Abend waren wir zum Beispiel bei Elena und ihrem Bruder zu Besuch.«

Isabelle verschluckte sich an ihrem Champagner, als sie das hörte. »Bei Elena? *Meiner* Elena?«

»Bastian wollte mir seine Freunde vorstellen«, erklärte Juli stolz. Es sollte eigentlich etwas Normales sein, wenn ein Mann einer Frau, die er mochte, seine engsten Freunde vorstellte. Doch sie wusste, dass es für ihn etwas Besonderes war.

»Und wie ist Elena so privat?« Isabelles Ton war gleichermaßen neugierig wie bissig. Anscheinend mochte sie den Gedanken nicht, dass Juli ihrer Galeristin näherstand als sie selbst.

»Sie ist genauso freundlich und offenherzig, wie du sie immer beschrieben hast.«

Diese Aussage besänftigte Isabelle etwas. »Und ihr Bruder? Wie ist der so?«

»Felix ist wirklich nett«, fuhr Juli fort und hielt nachdenklich einen dunkelroten Rollkragenpullover in die Höhe. »Das fröhliche Gemüt liegt jedenfalls in der Familie.«

»Was hat er denn nun für eine ominöse unheilbare Krankheit?«

Juli ließ langsam ihren Pullover sinken. »Er ist ein Schmetterlingskind.«

Isabelle prustete los. »Was soll das denn sein? Hat er Flügel oder was?«

Juli setzte sich zu ihr aufs Bett und erklärte ihr in knappen Worten die Zusammenhänge der seltenen Hautkrankheit. Nachdem Isabelle alles gehört hatte, machte sie ein langes Gesicht. »Das klingt grauenvoll.«

»Ist es«, bestätigte Juli ihr. »Felix trägt am ganzen Körper Verbände. Jeder einzelne Finger ist bandagiert, um ihn zu schützen. Ich habe mich kaum getraut, ihm die Hand zu schütteln – aus Angst, ihm wehzutun.«

»Mehr Mumie als Mann«, murmelte Isabelle benommen. »Ich weiß nicht, ob ich mit so einem Schicksal klarkäme.«

»Du könntest, wenn du müsstest«, widersprach Juli bestimmt. »Felix ist ein unfassbar fröhlicher Mensch, aufgeschlossen und wissbegierig. Man mag kaum glauben, dass er in jedem Augenblick seines Lebens Schmerzen hat, wenn man ihn lachen hört. Er ist wahnsinnig ehrgeizig und versucht das Beste aus dieser ganzen Geschichte zu machen. Das zu erleben, ist beeindruckend. Nicht nur, wie er damit umgeht. Auch wie Elena das schafft.« Sie dachte an ihren eigenen Schmetterling, der für das Kribbeln in ihrem Bauch verantwortlich war. »Es ist so hart zuzusehen, wie jemand leidet, und man kann nichts tun, um seine Qualen zu lindern«, sagte sie leise. Zum ersten Mal hatte sie ihre Gefühle frei ausgesprochen, auch wenn Isabelle die Tragweite ihrer Worte natürlich nicht begreifen konnte.

»Allmählich verstehe ich, warum Elena manchmal in dieser Verfassung ist«, bemerkte Isabelle ernüchtert. »Die Vorstellung ist wirklich kaum zu ertragen.«

»Ja.« Einen Moment lang herrschte ein betroffenes Schweigen zwischen den jungen Frauen.

Isabelle schüttelte ihre Bestürzung zuerst ab. »Ich werde Elena nie wieder hemmungslos anzicken können, ohne ein schlechtes Gewissen zu bekommen«, stellte sie bedauernd fest.

»Weil du kein kaltherziges Miststück bist.«

»Na ja, ein bisschen vielleicht.« Isabelles Miene hellte sich auf. »Sie soll schließlich auch nicht glauben, dass ich sie bemitleide oder so was.« Sie hob ihr Glas. »Also dann, auf die Tapferkeit.«

»Auf die Tapferkeit«, erwiderte Juli feierlich und trank ihr Glas in einem Zug leer.

Isabelle tat es ihr gleich. Dann sprang sie vom Bett auf. »Sehen wir zu, dass wir unsere Laune wieder auf ein partytaugliches Niveau bringen. Sonst können wir gleich zu Hause bleiben.«

Juli nickte und erhob sich ebenfalls. Isabelle hatte recht. Immerhin verzichtete sie auf einen Abend mit Bastian, um sich mit ihren Freunden zu treffen. Sie freute sich darauf, ihre alte Clique wiederzusehen. In den letzten Wochen hatte sie pausenlos im Café gearbeitet, um ihren Lebensunterhalt zu finanzieren und sich ein kleines Reservepolster anzulegen. Es war noch nicht einmal ansatzweise so groß, dass sie etwas damit hätte anfangen können, aber immerhin würde sie nicht vor der Obdachlosigkeit stehen, falls sie kurzfristig ihren Job verlor.

»Diese Woche ist mir übrigens etwas ganz Unglaubliches passiert«, sagte Isabelle, als sie sich auf den Weg in Julis kleines Badezimmer machten. Sie hatte sich die halb volle Flasche Champagner unter den Arm geklemmt und tänzelte an ihr vorbei zum Spiegel.

»Was denn?«, fragte Juli, während sie ihr Haar zusammenband und sich frisch machte.

»Unter den Besuchern der Vernissage war auch ein Kunstprofessor, mit dem ich aber nur ganz kurz gesprochen habe. Professor Doktor Sokolow. Er hat mich heute zu sich an die Uni bestellt und auf Elenas Drängen bin ich hingegangen.«

»Und was wollte er?«, rief Juli über das Zischen ihres Deosprays hinweg.

»Er hat angefragt, ob ich an der Uni einen Gastvortrag über meine Arbeit halten würde.« Sie kicherte hysterisch und verzog das Gesicht, weil sie dabei mit ihrer Wimperntusche abrutschte.

»Das ist fantastisch.«

Isabelle starrte Juli entgeistert im Spiegel an, vor dem die beiden nun zusammengedrängt standen. »Ist das dein Ernst?« Sie schüttelte entschieden den Kopf über diese absonderliche Vorstellung. »Ich? Eine Dozentin?«

»Du hast doch nicht etwa abgesagt?«

»Ich habe mir etwas Bedenkzeit erbeten«, gab sie zu. »Es kam mir unhöflich vor, sein Angebot sofort abzuschmettern.«

»Wieso willst du das denn nicht machen?«

»Ich bin nicht so wie du, Püppchen. Im Gegensatz zu dir hasse ich alles, was mit Paukerei zu tun hat, und mir ist der ganze Kram nie leichtgefallen. Allein bei der Vorstellung, einen Vortrag über Kunst zu halten, stehen mir alle Haare zu Berge.«

»Du sollst keinen Vortrag über Kunst halten, sondern über deine Arbeit reden. Wer bist du? Was hast du gedacht und gefühlt, als du deine Meisterwerke erschaffen hast? So was eben.«

»Ja, klar. Ein Seelenstriptease vor einer Horde übereifriger Studenten, die kaum zwei Jahre jünger sind als wir. Nichts leichter als das.«

Juli musterte Isabelle belustigt. »Hast du etwa Angst?«

»Und ob ich die habe.«

Als sie Isabelles weit aufgerissene Augen sah, musste Juli lachen. »Jetzt mach dir nicht ins Hemd. Das ist eine großartige Chance. Du solltest sie nutzen.« Da Isabelle zögerte, fuhr Juli eifrig mit ihrer Beschwörung fort. »Die Uni macht dir sicher keine Vorschriften, wie du die Veranstaltung gestalten sollst. Du könntest alle nach draußen in die Sonne zitieren und mit ihnen über die Wirkung von Farben diskutieren. Oder du schleppst sie in ein Atelier und lässt sie selbst experimentieren. Das könnte doch lustig werden.«

Isabelle schürzte die Lippen. Allem Anschein nach gefielen ihr Julis Vorschläge. »Also gut, dann mache ich es.« Sie trank einen großen Schluck Champagner. »Vermutlich kriege ich vorher einen Herzinfarkt, aber wenn du das für eine gute Idee hältst, dann versuche ich es.«

»Braves Mädchen«, grinste Juli.

»Ich habe dir übrigens was von der Uni mitgebracht«, eröffnete Isabelle ihr, während sie zum Abschluss einen pinkfarbenen Lippenstift auftrug, der sich für Julis Farbempfinden geradezu brutal mit ihrem roten Haarschopf biss. »Schau mal in der Tüte nach. Sie liegt noch im Schlafzimmer.«

Juli musterte sich kurz im Spiegel. Sie hatte nur wenig Makeup aufgetragen und ihre dunkelbraunen Augen mit grünem Lidschatten und Wimperntusche betont. Im Gegensatz zu Isabelle war sie längst fertig. Zufrieden mit dem Ergebnis verließ sie das Badezimmer und schnappte sich die Tüte. Zwischen dem weichen Flaum der Federboa ertastete sie einen Stapel kleiner Magazine, den sie herauszog. »Was ist das?«, fragte sie Isabelle, die im Türrahmen erschien und sie gespannt beobachtete.

»Wonach sieht es denn aus?«

Juli blätterte die Titelseiten durch: Naturwissenschaftliche Fakultät, Geisteswissenschaftliche Fakultät und Medizinische Fakultät.

»Es wird Zeit, dass du dich um deine Zukunft kümmerst, Püppchen«, erklärte Isabelle entschlossen. »Nächsten Monat findet an der Uni ein Workshop statt, der sich mit den Themen Berufswahl, Studienangebote und Zulassungsvoraussetzungen befasst. Du solltest da wirklich hingehen. Bis zur Immatrikulation ist zwar noch etwas Zeit, aber ich denke, es schadet nicht.«

Benommen starrte Juli zuerst auf die Zeitschriften, dann in Isabelles Gesicht.

Sie grinste. »Ich habe die Broschüren der Juristischen Fakultät und die der Freien Künste weggelassen. Wir wissen ja bereits, dass das nichts für dich ist. Aber die Uni bietet viele Möglichkeiten. Dein Schulabschluss ist spitze. Wenn du dich rechtzeitig einschreibst, kannst du alles machen, was du möchtest.«

»Danke«, war das Einzige, was Juli in Anbetracht der Möglichkeiten hervorbrachte.

»Keine Ursache.« Isabelle drückte Juli einen Kuss auf die Wange, bevor sie sich ihrem Kleid widmete. »Ich war ja sowieso gerade an der Uni.«

»Ich sehe mir morgen alles in Ruhe an«, versprach Juli. Sie hatte das ganze Thema schon viel zu lange vor sich hergeschoben und konnte sich nur schwer zurückhalten, nicht gleich in den Angeboten zu stöbern. Vielleicht würde sie mit Bastian beim Frühstück darüber reden. Sie war neugierig, was er darüber dachte.

Die beiden leerten die Flasche Champagner, ehe sie sich gut gelaunt auf den Weg machten. Bis zu dem Studentenwohnheim, in dem Gabriel wohnte, war es ein Fußmarsch von zwanzig Minuten, aber mit Isabelle im Schlepptau merkte Juli das kaum. Die Frau konnte wirklich reden wie ein Wasserfall.

Gabriel strahlte über das ganze Gesicht, als Juli und Isabelle ankamen. Er hatte kurzerhand die ganze Etage seines Wohnheimes in ein Partydomizil verwandelt. Überall befanden sich Studenten, die in verschiedenen Zimmern saßen oder die Küche übervölkerten, da diese einen angrenzenden Balkon hatte, auf dem geraucht werden durfte.

Juli überreichte Gabriel einen Geschenkkorb mit Wein und Schokolade, ehe sie ihn zur Begrüßung umarmte. »Herzlichen Glückwunsch zum Geburtstag.«

»Danke, Querida. Ich freue mich so, dass ihr gekommen seid.«

»Ich bin dran«, flötete Isabelle und schob Juli zur Seite. »Alles Gute, du süße Sahneschnitte.« Sie drückte ihm einen Kuss auf die Wange, der einen Abdruck ihres Lippenstiftes hinterließ.

»Schön, dich wiederzusehen, Bella«, sagte Gabriel vergnügt.

»Für jede Frau einen eigenen Spitznamen«, seufzte Isabelle. »Du weißt wirklich, was Frauen zu schätzen wissen.«

Die drei lachten und folgten Gabriel ins Getümmel. Sie gesellten sich zu ihren alten Studienfreunden, die allesamt begeistert waren, sie wiederzusehen. Einer von ihnen, ein blonder Mann mit Dreitagebart und freundlichen blauen Augen namens Pascal, drückte ihnen bunte Cocktails in die Hand.

»Was ist das?«, fragte Juli über das Donnern der Musikbässe hinweg.

»Tequila Sunrise«, rief Pascal und hob sein Glas, um mit ihr anzustoßen. »Schön, dich wiederzusehen.«

Juli trank einen Schluck und zog eine Grimasse. »Mehr Tequila als Sunrise«, stellte sie fest.

Pascal lachte. »Und? Wie geht's dir so?«

Eine Zeit lang unterhielt sich Juli mit ihm. Er gab sich sichtlich Mühe, ihr zu imponieren, indem er sich mit seinen Prüfungsergebnissen profilierte. Gelegentlich stießen weitere Bekannte zu ihnen und beteiligten sich an ihrem Gespräch. Gabriel und Isabelle verschwanden irgendwann auf den Balkon. Die Männer scherzten übermütig und flirteten unter Einsatz all ihrer Kräfte. Juli amüsierte sich, verstand es jedoch, sie auf Abstand zu halten.

Nach einer Weile tauchte Isabelle wieder auf. In ihren Augen zeichnete sich ein verräterischer Glanz ab. »Wenn ich euch mal kurz diese junge Dame entführen dürfte«, unterbrach sie die Männer kichernd, ließ sich von ihrem Protest jedoch nicht weiter einschüchtern. »Spart euch die Mühe. Dieses hübsche Herz ist ohnehin vergeben.«

Sie zog Juli mit sich in die Küche, wo sich die beiden auf ein Sofa fallen ließen, das gerade frei geworden war. »Meine Füße bringen mich um«, stöhnte sie lachend und sog an ihrem Trinkhalm. Dann warf sie Juli einen spöttischen Blick zu. »Mir scheint, heute Abend kann sich jemand vor Verehrern kaum retten.«

»Ich wollte bloß freundlich sein. Mein Interesse gilt jemand anderem.«

»Ich weiß«, seufzte Isabelle. Sie wackelte mit den Augenbrauen. »Hätte ich so einen Sexgott zu Hause sitzen, würden die mich auch nicht interessieren.«

Juli grinste. Wo sie recht hatte ...

»Ist sein Hintern in pur eigentlich auch so heiß wie in seiner Jeans?«

»Er fühlt sich jedenfalls sehr gut an.«

»Ich wusste es«, quietschte sie begeistert. »Und er hat sicher auch eines von diesen scharfen braun gebrannten Sixpacks auf dem Bauch, stimmt's?«, neckte Isabelle sie und schloss genüsslich die Augen bei der Vorstellung.

Seine Bauchmuskeln waren auf jeden Fall gut trainiert. Aber hatte er ein klassisches Sixpack? Juli zog konzentriert die Stirn in Falten. Sie hatte ihn gefühlt, seine weiche Haut gespürt und seine starken Muskeln. Der Mann war *in* ihr gewesen. Aber diese simple Frage konnte sie nicht beantworten.

Vermutlich lag es am Alkohol. Anders konnte sich Juli nicht erklären, wie die Worte den Weg über ihre Lippen fanden. »Ich habe keine Ahnung«, gestand sie.

»Was soll das denn heißen?«, fragte Isabelle irritiert.

»Das soll heißen, dass ich keine Ahnung habe, wie der Mann nackt aussieht«, wiederholte Juli.

Isabelle erstarrte. »Du nimmst mich auf den Arm.« Sie suchte in Julis Gesicht nach Anzeichen eines schlechten Scherzes, konnte jedoch keines entdecken. Fassungslosigkeit zeichnete sich in ihren frechen grünen Augen ab. »Wie um alles in der Welt habt ihr das angestellt?«

»Bisher hat es sich eben nur nachts ergeben«, brachte Juli mühsam hervor und nahm einen Schluck. Vielleicht half ihr das kalte Getränk dabei, den Kloß in ihrem Hals hinunterzuwürgen.

»Und bei dir gibt es kein Licht oder was?«, schnaubte Isabelle. Sie beäugte Juli wie eine Löwin, die ihr Junges beschützen wollte. »Schieß ihn ab. Sofort.«

»Du verstehst das nicht«, nuschelte Juli. Allmählich wurde ihr die Zunge schwer.

»Da stimmt was nicht. Ich spüre das in meinem kleinen Zeh. Kein Mann verzichtet freiwillig darauf, seine Bettgenossin dabei zu beobachten, es sei denn, er hat nicht alle Tassen im Schrank.«

Juli kaute auf ihrer Unterlippe herum.

»Mein Gott«, stieß Isabelle hervor. »Der Mann benutzt dich. Wahrscheinlich stellt er sich die ganze Zeit vor, du wärst eine andere.«

Einen Augenblick lang wurde Juli speiübel bei der Vorstellung, auch wenn sie wusste, dass das Blödsinn war. Zwar war sie sich seiner Gefühle nicht sicher, ihrer Wirkung auf ihn jedoch durchaus. Sie schüttelte energisch den Kopf.

»Du bist so verknallt in den Mann, dass du den Wald vor lauter Bäumen nicht mehr siehst«, stellte Isabelle bestürzt fest. Sie atmete tief durch, sammelte ihre innere Ruhe. Dann legte sie Juli die freie Hand aufs Knie. »Julietta«, sagte sie eindringlich. So sprach sie Juli nur in äußerst ernsten Situationen an. »So ein Verhalten ist nicht normal.«

Juli rieb sich frustriert über das Gesicht. »Er schämt sich«, erklärte sie schließlich. Sie hatte es die ganze Zeit direkt vor Augen gehabt, es aber selbst erst vor Kurzem begriffen.

»Wieso um alles in der Welt sollte sich dieser Mann schämen? Das ergibt doch überhaupt keinen Sinn.«

Juli schaute von ihrem Glas auf. Sie konnte ihren hoffnungslosen Gesichtsausdruck in Isabelles geweiteten Pupillen erkennen. »Erinnerst du dich, was ich dir über Felix' Krankheit erzählt habe?«, fragte sie leise. »Das galt nicht nur für ihn.«

Isabelle wurde aschfahl. »Die Handschuhe«, murmelte sie, als sie verstand.

Juli nickte und widmete sich erneut ihrem Cocktail, um den Schock über ihren Verrat hinunterzuspülen. Sie fühlte sich schäbig, weil sie Bastians Geheimnis offenbart hatte. Das hatte sie nicht gewollt. Sie vertraute Isabelle, dass sie sich ihm gegenüber angemessen verhalten würde, aber dennoch nagte das schlechte Gewissen an ihr.

»Ich habe versucht, geduldig zu sein und verständnisvoll«, erklärte Juli niedergeschlagen. »Aber ich komme einfach nicht an ihn heran. Er stößt mich immer wieder weg.«

Isabelle schnaubte abfällig. »Geduld war noch nie deine Stärke. Vielleicht solltest du es mal mit einer anderen Taktik versuchen.«

»Irgendwelche Empfehlungen, Doktor Freud?«

»Sag es ihm.«

»Was?«

»Dass du dich bis unter die Schädeldecke in ihn verknallt hast und er lernen muss, dir zu vertrauen.«

»Toller Vorschlag«, bemerkte Juli sarkastisch. Wenn das so einfach wäre. Da konnte sie ihm ja gleich die Pistole auf die Brust setzen. Und sich gleich mit.

Isabelle musterte Juli nachdenklich. Dann seufzte sie. »Ich geh mal aufs Klo.«

Juli fühlte sich zu ausgelaugt, um etwas zu erwidern. Sie hatte ohnehin schon zu viel gesagt. Kraftlos ließ sie ihren Kopf gegen die Sofalehne sinken und schloss die Augen. Vielleicht sollte sie nach Hause gehen. Ihre gute Laune war ohnehin verflogen, der Raum begann sich allmählich zu drehen und sie war plötzlich unglaublich müde. Sie sehnte sich nach Bastian. Trotz aller Ungereimtheiten hatte seine Wärme stets etwas Tröstliches an sich gehabt. Gerade könnte sie das gut gebrauchen.

»Ach, hier bist du«, sagte eine Stimme, die ihr bekannt vorkam. Sie spürte, wie sich jemand auf Isabelles Platz setzte, und öffnete die Augen.

»Hey, Pascal«, grüßte sie ihn höflich.

»Ich dachte, du wolltest zurückkommen.« Seine blauen Augen musterten sie besorgt. »Alles in Ordnung?«

»Ja, alles bestens«, nuschelte sie.

Pascal lachte. »Ich hatte mal eine Freundin. Wenn die behauptet hat, es sei alles bestens, war absolut gar nichts in Ordnung.«

Seine Worte entlockten Juli ein schiefes Grinsen. »Na ja, es wird schon alles.«

Pascal legte seinen Arm über die Rückenlehne. »Hör mal, wenn du reden willst, ich bin ein guter Zuhörer.«

Juli war nicht sicher, ob sein Angebot ausschließlich freundschaftlicher Natur war. »Es gibt da jemanden«, sagte sie deshalb und hoffte, dass das ausreichte, um ihn in die Schranken zu verweisen.

»Verstehe.«

Isabelle tauchte auf und hielt Juli ein Glas Wasser entgegen. Sie nahm es dankend an und stürzte den Inhalt gierig hinunter.

Danach drückte Isabelle Juli ihre Handtasche auf den Schoß. »Ich will nur das Beste für dich.«

»Das weiß ich«, erwiderte Juli lächelnd.

Isabelle nickte Juli aufmunternd zu, bevor sie sich umdrehte und wieder in der Menge verschwand.

Irritiert sah Juli ihr nach. Dann zuckte sie die Achseln und schaute Pascal an. »Was ist mit deiner Freundin passiert?«

»Wie ich schon sagte: Immer wenn ich sie gefragt habe, ob alles klar ist, hat sie genickt und gesagt, es sei alles *bestens*«, erzählte er. »Naiv wie ich war, habe ich ihr geglaubt. Dabei war gar nichts gut. Sie dachte, sie tut mir einen Gefallen, wenn sie Verständnis hat und mir meine Freiheiten lässt. Ich dachte, es interessiert sie überhaupt nicht, was ich tue.«

»Das hast du geglaubt?«, fragte Juli erstaunt.

»Wenn jemand dein Handeln nie infrage stellt, nimmst du irgendwann an, dass es schon seine Richtigkeit hat, oder?«

»Aber wenn sie wusste, dass du ein freiheitsliebender Mensch bist, und sie dich nicht drängen wollte, ist das doch grundsätzlich nicht verkehrt«, widersprach sie.

»Hätte sie mir wenigstens einmal gesagt, dass es ihr mit meinem Verhalten nicht gut geht, hätte ich vielleicht nicht das Gefühl gehabt, dass es ihr egal ist. Letzten Endes hat ihre Nachsicht uns kein Stück weitergebracht. Eher im Gegenteil«, erklärte Pascal. »Es ist ein schmaler Grat zwischen Rücksichtnahme und Selbstaufgabe.«

Juli starrte ihn wie vom Donner gerührt an. War das bei ihr auch der Fall? Nahm sie vielleicht zu viel Rücksicht auf Bastians Gefühle?

»Wie auch immer. Es hat nicht funktioniert zwischen uns. Das ist zwar schade, aber nicht das Ende der Welt.« Er musterte Juli neugierig. »Und was hast du für ein Problem?«

»Ich habe nie behauptet, dass ich eins habe.«

Pascal lehnte sich zu ihr und tippte ihr sanft auf die Nasenspitze. »Das sieht man aber hier ganz deutlich.«

Unvermittelt verschwand Pascal aus ihrem Sichtfeld. Juli blinzelte überrascht. Ihre Synapsen arbeiteten inzwischen eindeutig langsamer und es dauerte einen Moment, ehe sie begriff, dass jemand ihn unsanft vom Sofa hochgezerrt hatte. »Hey, ganz ruhig, Mann«, hörte sie Pascal rufen. »Juli, kennst du den Typen?«

Juli fühlte sich, als hätte sie ihren Kopf in einen gigantischen Wattebausch gesteckt. Sie blickte begriffsstutzig nach oben. »Bastian?«

Ihr Herz machte einen Satz, während sie ihn perplex ansah. Eine arktische Aura hüllte ihn ein. Seine Augen waren starr auf Pascal gerichtet. Seine Kiefer mahlten gefährlich aufeinander und seine Hände waren zu Fäusten geballt. Angesichts dieser Drohgebärde trat Pascal einen Schritt zurück.

»Juli?«, fragte Pascal in alarmiertem Ton.

»Ja, ich kenne ihn. Alles gut«, erklärte sie schnell. Am liebsten hätte sie gelacht und gerufen, dass Bastian nur Spaß machte. Wie die Besitzer von Rottweilern das immer taten, wenn sie meinten, der tut doch nichts, der will nur spielen. Aber sie war sich ziemlich sicher, dass Bastian das nicht gutgeheißen hätte. Daher schwieg sie.

Sie rappelte sich ungeschickt vom Sofa hoch und schwankte leicht, schaffte es jedoch, sich an seinem Arm abzufangen.

»Was machst du denn hier?«

»Isabelle hat mich angerufen«, knurrte er. Er stützte sie, während sie ihren Blick suchend über die Schaulustigen schweifen ließ, die ihre Gespräche unterbrochen hatten und neugierig die Szene verfolgten. Isabelle stand neben Gabriel und winkte fröhlich. Sie wirkte überaus zufrieden mit sich. Juli stöhnte genervt.

»Ich denke, ich bringe dich jetzt besser nach Hause«, verkündete Bastian zähneknirschend und legte ihr die Hand auf den Rücken, um sie in Richtung Ausgang zu schieben. Obwohl er angespannt war, war seine Berührung überaus sanft. Ein Schauer jagte durch ihren Körper.

Im Hinblick auf seinen aufgebrachten Gesichtsausdruck verkniff Juli es sich, ihm zu widersprechen. Sie war sowieso todmüde. Im Vorbeigehen sah sie entschuldigend in Pascals Richtung und lächelte ihre Bekannten betreten an.

Dann steuerten sie den Ausgang an.

Der Weg nach unten gestaltete sich problematisch, da jemand es versäumt hatte, die Treppenstufen richtig festzunageln. Juli war beeindruckt von der architektonischen Raffinesse des Studentenwohnheims. Das war ihr auf dem Hinweg gar nicht aufgefallen. Sie hätte nicht erwartet, dass eine derart wacklige Konstruktion den Auflagen der Baubehörde standhalten würde.

Bastian fluchte. »Wie viel hast du denn getrunken?«

»Ach so«, kicherte sie ungehalten, da es ihr dämmerte. Sie blieb taumelnd stehen. »Ich war schon besorgt, dass das Gebäude gleich einstürzt.« Dann schmiegte sie sich in seinen Arm. »Ich habe mir so gewünscht, dich heute noch zu sehen«, nuschelte sie in seinen Ärmel.

Sie spürte, dass sich Bastian etwas entspannte, auch wenn er noch immer wütend zu sein schien. »Komm jetzt, ich bringe dich nach Hause.«

Er geleitete sie zu seinem Wagen und half ihr auf den Beifahrersitz, bevor er sie anschnallte und selbst einstieg.

Bastian schaltete das Radio ein, in dem der Nachrichtensprecher verkündete, dass es kurz nach zwei Uhr in der Nacht war.

Juli beobachtete ihn nachdenklich, während er sich aufs Fahren konzentrierte. Sein Blick war starr auf die Straße gerichtet, seine verhüllten Hände waren um das Lenkrad gekrallt. Oh ja, er war definitiv noch wütend.

»Hast du schon geschlafen?«, fragte sie kleinlaut.

»Ich habe noch gearbeitet.«

»Ich wusste gar nicht, dass Isabelle deine Nummer hat«, bemerkte sie gedankenverloren.

»Hat sie nicht. Sie hat mich von deinem Telefon aus angerufen.«

»Diese kleine Ratte«, murmelte Juli mit einem liebevollen Lächeln. Deshalb war sie so eilig auf die Toilette verschwunden. »Was hat sie zu dir gesagt?«

Bastian zögerte einen Moment. »Dass ich dich besser abholen sollte«, erwiderte er knapp. Wie sie Isabelle kannte, war das noch längst nicht alles gewesen, aber wenn er nicht mit der Sprache rausrücken wollte, bitte sehr.

Trotzig verschränkte sie die Arme vor der Brust und starrte zum Fenster hinaus. Sie hasste es, wenn er seine kalte Fassade nach außen kehrte, wenn an ihn kein Herankommen mehr war. Ihr Ärger über seine Sturheit war so groß, dass sie Schluckauf bekam.

Er schwieg beharrlich den restlichen Weg, der glücklicherweise nach ein paar Minuten und siebenunddreißig Mal Hicksen – sie hatte sie nebenbei gezählt – vorbei war. Sie erreichten Julis Straße, wo Bastian zügig parkte und um das Auto lief, um ihr die Tür zu öffnen. Sie stieg aus, ohne seine Hand zu Hilfe zu nehmen, und reckte das Kinn vor. »Es geht schon.«

Dann marschierte sie schnurstracks auf die Haustür zu. Sie brauchte etwas länger, um den Schlüssel aus ihrer Handtasche zu fischen. Dass Bastian sie dabei mit Argusaugen beobachtete, machte die Sache auch nicht gerade leichter. Sie stellte sich der nächsten Herausforderung, indem sie versuchte, diesen winzig kleinen Schlüssel in das noch viel winzigere Schlüsselloch zu stecken. Je mehr sie versuchte, ihre Hände ruhig zu halten, desto größer wurde der Radius, in dem sie sich bewegten. Ihre Hände begannen unter der Anstrengung zu zittern.

»Lass mich das machen«, knurrte Bastian, als er ihr Elend scheinbar nicht mehr länger mitansehen konnte. Er nahm ihr den Schlüssel aus der Hand, schloss mit einer kurzen Bewegung auf und hielt die Tür fest. Sie stapfte an ihm vorbei die Treppe hinauf, bis sie vor ihrer Wohnungstür stehen bleiben und auf ihn warten musste.

Nachdem er auch hier aufgeschlossen hatte, ging sie in ihre Wohnung und warf achtlos ihren Mantel über den Kleiderständer. Im Wohnzimmer drehte sie sich abwartend zu Bastian um.

Seine grünen Augen funkelten zornig. »Hast du Aspirin?«

»Spiegelschrank. Badezimmer.«

Er ging hinaus, wühlte kurz herum und kehrte mit einer Tablette zurück. Dann lief er in die Küche, holte ein Glas aus dem Schrank und füllte es mit Leitungswasser, bevor er die Brausetabelle hineinwarf. Das Zischen war das einzige Geräusch im Raum. Mit dem Glas in der Hand kam er zu ihr. »Trink das.«

Gehorsam kippte sie das Wasser herunter, bis ihr Magen ihr gurgelnd zu verstehen gab, dass jetzt wirklich nichts mehr hineinpasste. Sie stellte das Glas auf den Esstisch und sah ungeduldig zu ihm auf. Er sagte immer noch nichts, stand einfach da und kochte vor Wut, während er sie mit zusammengekniffenen Augen taxierte. So starrten sie sich eine Weile an, darauf lauernd, dass einer den ersten Schritt machte.

»Okay, das reicht«, entschied Juli und warf ergeben die Hände in die Luft. »Wieso bist du so wütend?«

Bastian schnaufte. »Wenn man mitten in der Nacht angerufen und gebeten wird, seine sturzbetrunkene Freundin von einer Party abzuholen, und sie dann eng angeschmiegt mit einem Typen auf einem Sofa findet, der ihr gerade im Gesicht herumfummelt, kann man schon mal wütend sein«, schnauzte er ungehalten.

Gutes Argument. Da musste Juli ihm beipflichten.

Trotzdem verschränkte sie bockig die Arme vor der Brust.

»Wir sind Freunde. Er hat nur versucht, mich aufzumuntern.«

»Das ist nicht sein Job, sondern meiner«, bellte er.

»Nicht, wenn du der Grund dafür bist«, fauchte sie. Nur knapp widerstand sie dem Impuls, sich die Haare zu raufen. »Glaubst du, ich merke nicht, dass du mich ständig auf Abstand hältst? Dass du mir misstraust und dich vor mir versteckst?«

»Glaubst du, ich habe keine triftigen Gründe dafür?«, entgegnete er aufgebracht, woraufhin beide gleichermaßen zusammenzuckten. Nur die Verzweiflung in seinen Augen dämpfte ihren Frust.

Juli zwang sich ruhig zu atmen, um klar denken zu können. Was taten sie hier eigentlich? Diese ganze Diskussion war so unfassbar dämlich. So kamen sie doch nicht weiter.

Sie trat näher an ihn heran. »Wieso lässt du es nicht auf einen Versuch ankommen?«, fragte sie sanft. »Was soll schon passieren, wenn ich dich so sehe, wie du bist?« Sie hob spöttisch eine Braue, um die angespannte Situation mit einem Scherz zu entschärfen. »Oder denkst du, ich laufe bei deinem Anblick schreiend davon wie die Blondinen im Horrorfilm?«

Sie lachte leise, weil ihr die Vorstellung dermaßen grotesk vorkam. Er war doch kein Monster, nur weil er Narben und offene Wunden hatte. Als würde sie so etwas abgrundtief Dummes und Kaltherziges tun. Es dauerte einen Moment, ehe sie bemerkte, dass Bastian nicht in ihr Lachen eingestimmt hatte. Seine Miene war ernst und verschlossen. Julis Lachen erstarb. In seinen Augen suchte sie nach einem Zeichen, dass er ihren Scherz nicht richtig verstanden hatte, doch das hatte er.

»Oh Gott«, flüsterte sie rau und trat von ihm zurück. »*So* denkst du von mir?«

»Nicht wie in einem Horrorfilm«, widersprach er leise.

Juli versuchte ihm zugute zu halten, dass er ehrlich geblieben war, aber sein Geständnis riss ihr fast den Boden unter den Füßen weg. Sie wandte sich geschockt ab, unfähig, ihm länger in die Augen zu sehen. Sie schaute aus dem Fenster, starrte auf eine Kastanie, die allmählich Knospen trieb. Halt suchend musterte sie einen zarten Zweig, der von der Straßenlaterne angestrahlt wurde und nun direkt vor ihr verschwamm, während ein Pieken in ihrer Nase Tränen ankündigte, die sie nur mit Mühe zurückhalten konnte.

Fassungslos realisierte sie, dass sie falsch gelegen hatte. Bastians Problem war offensichtlich nicht, dass er sich schämte. Das stimmte vielleicht zu einem gewissen Teil. Ihr Horrorfilmspruch war freilich etwas überspitzt gewesen, aber im Grunde hatte Bastian bestätigt, was sie tief in ihrem Inneren längst befürchtet hatte: dass er jeden Moment damit rechnete, dass sie sich allein aufgrund seines Aussehens entsetzt von ihm abwenden würde. Deswegen hatte er seine Wachsamkeit nie aufgegeben, sich nie wirklich fallen lassen.

Dass er sie für einen solchen Menschen hielt, schmerzte mehr, als sie in Worte fassen konnte.

»Habe ich dir je den Eindruck vermittelt, dass ich so grausam sein könnte?«, fragte sie mit zittriger Stimme.

»Das hat nichts mit Grausamkeit zu tun«, erwiderte er engstirnig. »Du fühlst, was du fühlst. Ob du willst oder nicht.«

Ihre Finger krallten sich in ihre Oberarme. »Und du denkst, ich würde Abscheu empfinden, wenn ich dich ansehe.«

»Du wärst nicht die Erste.«

Juli keuchte lautlos auf. »*Das* war grausam.«

Bastian schwieg lange, bevor er reagierte. Dann trat er näher an sie heran. Sie konnte seine Wärme in ihrem Rücken spüren, auch wenn er sie nicht berührte.

»Willst du wissen, was Isabelle gesagt hat, bevor sie mich gebeten hat, dich zu holen?«, fragte er leise.

Juli nickte. Eine einzelne Träne stahl sich aus ihrem Auge und kullerte über ihre Wange.

»Sie wollte wissen, ob ich es ernst mit dir meine.«

Das war typisch für Isabelle. Sie schwor auf die Pistole-auf-die-Brust-Taktik. Juli schlug das Herz bis zum Hals. Sie wollte ihn fragen, was er ihr geantwortet hatte, aber sie brachte es nicht über sich zu sprechen. Eine lähmende Kälte hatte von ihr Besitz ergriffen.

»Ich habe ihr gesagt, dass ich das tue«, fuhr er fort.

Die Erleichterung, die Juli bei seinen Worten durchflutete, sollte sie schwerelos machen, aber sie fühlte sich wie festgenagelt.

»Ich meine es so ernst mit dir, dass es mir Angst macht«, wisperte er in ihr Ohr. »Du bist gutmütig, mitfühlend und freundlich. Und so unglaublich schön. Ich bin verrückt vor Angst, dass du mich eines Tages nicht mehr auf diese Weise ansehen könntest wie heute Morgen in deinem Bett. Dass du bei meinem Anblick erkennst, was ich längst weiß: dass du etwas Besseres verdienst als mich. Jemanden, der nicht all diese Kämpfe auszufechten hat.«

Nun ja, das war wohl die kitschigste und schönste Liebeserklärung, die sie je gehört hatte.

Und die Dümmste.

»Du bist ein Vollidiot«, sagte Juli leise. Sie schniefte geräuschvoll. Dann drehte sie sich zu ihm um. Dieses Mal sah sie ihm fest in die Augen. »Ich will keinen anderen.«

Erleichterung flackerte in Bastians Augen auf, doch sein Blick blieb bekümmert. »Ich werde immer kaputt sein. Äußerlich und innerlich.«

»Ich will nur dich«, entgegnete sie entschlossen. »So wie du bist. Aber ohne Vertrauen funktioniert es nicht, Bastian.«

Im Augenwinkel nahm sie wahr, dass er seine Handschuhe löste und zu Boden fallen ließ. Behutsam hob er seine Hände, legte sie auf ihre Wangen, um mit den Daumen ihre Tränen fortzuwischen. »Ich will lernen, dir zu vertrauen«, sagte er mit fester Stimme. »Aber ich kann dir nichts versprechen.«

Nicht die Antwort, auf die Juli gehofft hatte, aber immerhin ein Anfang. Vielleicht würde die Zeit den Rest ergeben. Sie nickte zwischen seinen Händen.

Er kam ihr langsam näher, achtete auf jede Regung in ihrem Gesicht, die ihm Einhalt gebieten würde, doch Juli wollte ihn nicht bremsen. Sie brauchte ihn genauso sehr wie er sie. Sein Kuss war zaghaft, leicht wie eine Feder. Mit einem erleichterten Seufzen ließ sie sich gegen seine Lippen sinken und schlang die Arme um ihn. Sie nahmen sich Zeit, genossen das Gefühl ihrer neu definierten Nähe.

Und endlich kehrte auch die Wärme in ihr Innerstes zurück.

Bastian rieb seine Nasenspitze sanft an ihrer. »Geht es dir gut?«, fragte er leise.

»Hmm.« Ihre Augenlider wurden schwer.

Sein Mundwinkel zuckte. »Na, komm jetzt, du kleine Schnapsdrossel. Bringen wir dich ins Bett.«

Er führte sie in ihr Schlafzimmer, wo sie sich kraftlos auf ihr Bett fallen ließ und zur Seite rollte. Sie spürte, dass er ihr sanft die Stiefel auszog.

»Bleibst du hier?«, murmelte sie schläfrig. Statt einer Antwort fühlte sie, wie er das Licht löschte und zu ihr ins Bett kroch. Nachdem er die Decke über ihnen ausgebreitet hatte, legte er seine Hand auf ihre Hüfte und zog sie zu sich heran. Er vergrub seine Nase in ihrem Haar, während er seinen Arm über sie legte und nach ihrer Hand griff.

»Gute Nacht.«

»Gute Nacht«, flüsterte sie lächelnd, bevor sie endgültig vom Schlaf übermannt wurde.

Kapitel 23

Als Juli erwachte, hatte sie das Gefühl, sie hätte im Traum die halbe Sahara durchquert, so ausgedörrt war ihre Kehle. Wasser! Sie brauchte unbedingt etwas zu trinken.

Sie blinzelte benommen. Bastian lag neben ihr auf dem Rücken und schlief, eine Hand unter den Hinterkopf gestützt, die andere entspannt auf dem Bauch liegend. Pünktchen hatte sich auf der anderen Seite seines Kopfes zusammengerollt und schnurrte leise. Natürlich war er vollständig bekleidet. Lediglich seine Schuhe hatte er abgestreift. Die Hitze, die von ihm ausging, war mühelos mit einem Backofen vergleichbar – überaus vorteilhaft, wenn man zu kalten Füßen neigte.

Neugierig hob sie den Kopf, kniff jedoch sofort die Augen zusammen, als ein leichter Schwindel sie überkam. Ein Abschiedsgruß vom Tequila, nahm sie an. Aber immerhin war ihr nicht übel und dank Bastians Voraussicht hatte sie auch keine Kopfschmerzen.

Vorsichtig öffnete sie ein weiteres Mal ihre Augen. Dieses Mal ging es besser. Sie betrachtete Bastian fasziniert. Er hatte nun schon ein paar Nächte bei ihr verbracht, aber sie hatte ihn nie schlafen sehen. Dass sie ihn nun ausgiebig beobachten konnte, lag wohl zum einen an der unchristlichen Uhrzeit. Es war erst kurz nach sieben. Sie hatte also maximal vier Stunden geschlafen. Zum anderen schien ihr Streit gestern Nacht sie tatsächlich einander näher gebracht zu haben. Nicht, dass er sein Misstrauen nun von jetzt auf gleich einstellen würde, das nicht. Aber wenigstens schien er seinen Kontrollzwang so weit abgeschüttelt zu haben, dass er neben ihr schlafen konnte.

Abgesehen davon hatte er sie gestern im Eifer des Gefechts *seine* Freundin genannt. Ihm war das überhaupt nicht aufgefallen. Ihr schon. Und das gab ihr wenigstens etwas Zuversicht.

Ein breites Lächeln stahl sich auf ihr Gesicht, während sie seine Züge musterte. Er wirkte jünger, wenn er schlief. Fast friedlich. Seine Stirn war geglättet, nicht wie sonst von ernsten Sorgenfalten durchzogen. Ein leichter Bartschatten verdunkelte sein Kinn und betonte seine leicht geschwungenen Lippen. Nur das Zucken seiner Augenlider deutete darauf hin, dass er lebhaft träumte.

Sie hätte ihn ewig betrachten können.

Aber Mutter Natur forderte ihr Recht.

Sie stieg leise aus dem Bett, kramte frische Unterwäsche und ein bequemes Shirt von einem Wäschestapel und schlich aus dem Zimmer. Im Bad trank sie direkt aus dem fließenden Wasserhahn, bis sie das Gefühl hatte, gleich zu platzen.

Nicht sehr ladylike, aber effektiv.

Dann richtete sie sich auf und zuckte erschrocken zusammen. Ihr Spiegelbild sah reichlich zerstört aus. Ein bisschen blass um die Nase, gerötete Augen, unter denen sich verschmierte Wimperntusche abzeichnete, und überaus fragwürdige Flecken auf ihrer Kleidung. Aber glücklicherweise nichts, was eine Dusche und eine Ladung gute alte Feuchtigkeitscreme nicht in den Griff bekommen hätten. Sie beeilte sich damit, sich wieder einigermaßen vorzeigbar herzurichten, und putzte sich gründlich die Zähne, ehe sie zurück ins Schlafzimmer und in ihr Bett schlüpfte.

Bastian lag noch immer auf dem Rücken. Seine Brust hob und senkte sich in tiefen, gleichmäßigen Atemzügen. Vorsichtig kuschelte sie sich an seine Seite, schob ihre Hand unter seine und schloss zufrieden die Augen. Sie wollte schlafen. Erschöpft genug war sie jedenfalls. Aber es ging nicht.

Durch die offenen Vorhänge drang inzwischen heller Sonnenschein in den Raum, in dessen Licht sich winzige schwebende

Staubpartikel brachen. Es war der hellste Tag des bisherigen Jahres. Zumindest kam es Juli so vor.

Eine Zeit lang döste sie vor sich hin, genoss seine Nähe. Sie betrachtete sein Gesicht in allen Einzelheiten, prägte sich seine Züge so exakt ein wie möglich. Je genauer sie hinsah, desto häufiger entdeckte sie kleine Narben auf seiner Stirn, auf den Wangen und unter seinem Bartschatten. Ihre Entstehung musste lange Zeit zurückliegen, denn sie waren eine Nuance heller als seine Gesichtsfarbe und weniger grob, sodass man sie kaum mit bloßem Auge erkennen konnte. Sie glichen eher kurzen, feinen Linien. Hinter seinem Ohr war ein münzgroßes Mal zu erkennen. Auch auf seinem Hals zeichneten sich leichte Schatten ab. Einige waren heller, andere dunkler, je nachdem, wie alt sie waren.

Sie fragte sich, wie er auf die absurde Idee kam, dass sie ihn jemals zurückweisen könnte, weil er ihren Ansprüchen nicht gerecht werden könnte. Was hatte er für eine kranke Vorstellung von Perfektion, wenn er meinte, seine Narben würden ausreichen, um ihre Ideale zu zerstören? Hatte er in seinem Leben so viele schlechte Erfahrungen gemacht? Was war ihm alles zugestoßen, dass er es für unmöglich hielt, dass jemand ihn so vollkommen fand, wie er war?

»Ich kann dich denken hören«, murmelte er mit geschlossenen Augen. Sein Gesicht war noch immer entspannt, aber an seiner Stimme erkannte sie, dass er hellwach war. Er neigte den Kopf in ihre Richtung und öffnete die Augen. Durch das Sonnenlicht wirkten sie heller als sonst, grün mit grauen Punkten darin. Ein wissendes Lächeln erschien auf seinen Lippen.

Juli stützte ihren Kopf auf ihre freie Hand und zog ihre andere von seinem Bauch fort. Mit ihr fuhr sie langsam seine Gesichtszüge nach. »Ich wollte die Chance nicht ungenutzt lassen, wenn ich dich schon einmal wehrlos in meinem Bett habe.«

Unbehagen flackerte in seinen Augen auf, aber sie ignorierte diese Regung und drückte ihm einen sanften Kuss auf die Lippen. »Guten Morgen.«

»Guten Morgen«, erwiderte er unsicher. Er wirkte, als erwartete er eine bestimmte Reaktion von ihr. Sie wusste allerdings beim besten Willen nicht, wie diese aussehen sollte.

»Gut geschlafen?«, fragte sie deshalb und schmiegte sich eng an ihn, fühlte die Hitze, die durch seinen dunklen Pullover drang.

»Mhm«, murmelte er, was Juli als Bestätigung interpretierte. »Ich dachte, du wärst eine notorische Langschläferin.«

»Normalerweise schon.« Ihr Blick fiel auf seine Lippen. Nach ihrer Auseinandersetzung in der letzten Nacht wünschte sie sich sehnlich, ihn noch näher zu spüren. Aber sie beließ es dabei, ihre Hand in seine Haare zu graben, um sich selbst daran zu hindern, ihn zu berühren.

»Es gibt da noch etwas, das ich dir sagen muss«, begann Juli zögernd.

Bastian sah sie wachsam an. »Was denn?«

»Isabelle weiß jetzt Bescheid über dich und Felix«, gestand sie betreten. »Ich hab's ihr erzählt.«

»Dachte ich mir schon.« Bastian nickte steif. Es gefiel ihm offensichtlich nicht, aber er machte ihr auch keinen Vorwurf.

»Tut mir leid.«

»Das muss es nicht. Irgendwann hätte sie es sowieso erfahren. Zumindest, was Felix betrifft.«

Er hatte recht. Elena und Felix schienen ohnehin kein Geheimnis daraus zu machen. Im Gegensatz zu manch anderen, dachte sie betrübt. Ihr kam der Gedanke, dass sie sich in Bezug auf Felix vielleicht auch geirrt haben könnte. »Bist du sicher, dass Felix kein Problem damit hat, wenn Isabelle davon weiß?«, fragte sie bang.

»Absolut«, versuchte Bastian ihre Besorgnis zu lindern. Er fuhr ihr sanft über den Arm. »So neugierig wie Felix ist, werden sie sich früher oder später ohnehin begegnen.«

»Ich finde, Felix hat einen guten Weg gefunden, damit umzugehen«, sagte Juli vorsichtig.

Bastian schnaubte. »Einfach darüber hinwegzusehen, wenn die Leute einen mit Abscheu, Selbstgefälligkeit oder Mitleid betrachten, kann kein guter Weg sein, mit einer Krankheit umzugehen.«

»Sich zu verstecken aber auch nicht«, schoss Juli in sanftem Ton zurück und erntete dafür einen finsteren Blick. »Abgesehen davon mag Isabelle impulsiv sein, aber sie wäre niemals derart taktlos.«

Bastian zuckte nur mit den Achseln. »Was sie sein will oder nicht, spielt keine Rolle. Ihre Reaktion ist entscheidend und die kann sie nun mal nicht beeinflussen. Gerade emotionale Menschen wie sie können ihre Gefühle schwer verbergen.«

Juli seufzte und ließ den Kopf gegen seine Schulter sinken. »Du bist wirklich ein harter Brocken.«

Statt zu antworten, lachte Bastian leise.

Juli sah überrascht auf. Fasziniert betrachtete sie das belustigte Funkeln in seinen Augen. »Was ist so witzig?«, fragte sie irritiert.

»Du«, sagte er nur und zog sie zu sich heran, um sie zu küssen. Sein vertrauter Duft drang in ihre Lungen und berauschte ihre Sinne. Als sie sich atemlos von ihm löste, spiegelte sich in seinen Augen keine Belustigung mehr, sondern eine Mischung aus Verlangen, Befangenheit und Furcht.

Er zögerte. Dann holte er tief Luft, richtete sich auf und zog sich mit einer schnellen fließenden Bewegung seinen Pullover mitsamt dem darunter liegenden Shirt vom Körper. Sachte ließ er sich zurück in die Kissen sinken, bereit, sich ihrer Musterung zu unterziehen.

Juli blinzelte überrascht. Sie hatte nicht erwartet, dass er es tatsächlich tun würde. Aber sie war glücklich, dass es so war.

Neugierig richtete sie sich auf, um ihn zu betrachten. Noch immer war sein rechter Unterarm vom Handgelenk bis über den Ellenbogen bandagiert. Das wusste sie bereits, weil sie es beim letzten Mal gefühlt hatte. Seine Oberarme waren kräftig. Auch seine Brustmuskeln und sein flacher Bauch waren definiert. Kein Sixpack, stellte sie lächelnd fest.

Ihre Fingerspitzen fuhren vorsichtig über seine nackten Arme und seinen entblößten Oberkörper. Sie spielte mit den dunklen Haaren an seinem Unterarm, zeichnete fast jeden Schatten der Narben und Wundmale nach, die sich wie ein Muster aus Rosa- und Beigetönen über seine Haut erstreckten. Sie waren so zahlreich, dass es ihr erneut den Atem verschlug, und von unterschiedlicher Größe, klein wie Konfetti bis hin zur Breite einer Postkarte. An manchen Stellen war seine Haut dünn, fast pergamentartig, und erweckte den Eindruck, sie könnte jeden Moment reißen. Aber dort, wo er sich noch nie verletzt zu haben schien, war sie weich, geschmeidig und makellos.

Juli spürte seinen angespannten Blick, der jede ihrer Regungen aufmerksam verfolgte, doch sie schaute nicht auf. Sie konzentrierte sich einzig auf seinen Körper. Hätte sie ihm in die Augen gesehen, wäre der Bann gebrochen worden. Dessen war sie sich gewiss. Es gab ohnehin nichts, was sie hätte sagen können, um ihm seine Furcht zu nehmen. Er musste da jetzt durch.

Seine Tapferkeit machte sie mutig. Sie setzte sich auf und streifte seine Jeans und seine Socken ab, sodass er nur noch in seinen Boxershorts vor ihr lag. Vereinzelt trug er Pflaster verschiedener Größe, vor allem an seinen Gelenken und zahlreicher an den Füßen. Mit stummem Entsetzen fragte sich Juli, wie sie diese bisher nicht hatte bemerken können. War sie so abgelenkt gewesen?

Ein großflächiger Schatten, der sich um seine rechte Taille zog und bis in den Bund seiner Unterhose reichte, erregte ihre Aufmerksamkeit. »Was ist da passiert?«, fragte sie.

Er zuckte mit den Schultern. »Soweit ich weiß, war ich sechs oder sieben damals. Ich wollte über einen Zaun klettern, verlor jedoch das Gleichgewicht und rutschte unglücklich über den Balken. Genau kann ich mich aber nicht erinnern.«

»Und hier?«, fragte sie, auf einen dunklen, kinderhandgroßen Schatten unter seiner Brust deutend.

»Das weiß ich nicht mehr. Vermutlich bin ich irgendwo dagegengerannt.«

Bedächtig streichelte Juli über seinen Bauch. So viele Narben. Es mussten Hunderte sein. Kein Wunder, dass er nicht alle Einzelheiten behalten hatte.

»Findest du es sehr schlimm?«, fragte er in die Stille hinein.

Sie sah ihn erstaunt an. »Wie könnte ich die Vorstellung nicht grauenhaft finden, dass du all diese Verletzungen ertragen musst?«

»Ich meinte im ästhetischen Sinn.«

An seinem verhaltenen Gesichtsausdruck erkannte Juli, dass ihn ihre Antwort – egal wie sie ausfiel – nicht von seiner eigenen Meinung abbringen würde. Diese Erkenntnis machte sie traurig. Denn er lag schlichtweg falsch. Er war über die Maßen attraktiv, hart und weich zugleich, stark und verletzlich. Sie schob sich langsam auf ihn und nahm sein Gesicht in beide Hände, sodass er gezwungen war, sie direkt anzusehen. »Du bist ein schöner Mann«, sagte sie ernst. »Und ich begehre dich. Sehr sogar.«

Bevor er ihr widersprechen konnte, legte sie ihre Lippen auf seine und erstickte eine Diskussion über ihre unterschiedlichen Vorstellungen von Ästhetik im Keim.

Sie wollte nicht mehr reden.

Sie wollte spüren.

Zufrieden registrierte sie, dass sich seine Hand hob und die Rückseite ihres nackten Schenkels hinaufstrich. Sein Kuss wurde fordernder. Er stieß seine Hüften gegen ihren Bauch und sie fühlte deutlich, dass sein Verlangen zurückgekehrt war. Bastian rollte sich auf die Seite und vergrub Juli unter sich, während er sie unentwegt küsste. Dann wanderten seine Lippen ihren Hals hinab, über die Wölbung ihrer Brüste zu ihrem Bauch, wo er ihr Shirt hochschob und sein Gesicht an ihre Taille schmiegte. Mit seinen rauen schwieligen Händen strich er über ihre zarte Haut und folgte ihnen mit sanften Küssen wieder hinauf zu ihrer Brust. Dieser Kontrast brachte sie fast um den Verstand. Ihr Verlangen steigerte sich zu quälender Lust, ebenso wie seines.

Trotzdem hatten sie an jenem Morgen keinen wilden hemmungslosen Sex. Sie ließen sich Zeit, ihre Körper zu erforschen, Grenzen auszuloten und zu erfahren, was der andere mochte. Juli genoss es, seine Reaktion nicht nur zu spüren und zu hören, sondern auch zu *sehen.*

Es war, als wären sie zum ersten Mal wirklich zusammen. Und das Schönste daran war, dass er hinterher nicht aufsprang und sich verhüllte. Er blieb bei ihr, so nackt und verletzlich, wie sie selbst es war.

Je mehr Zeit verstrich, desto mehr begann er sich zu entspannen. Nicht nur ein bisschen, sondern auf die »Ich lungere träge im Bett herum und lasse mir die Sonne auf den nackten Bauch scheinen«-Weise. Das war mehr, als sie nach der letzten Nacht zu hoffen gewagt hatte.

Juli hätte bei seinem gelösten Anblick nicht glücklicher sein können.

Kapitel 24

Er hatte es getan.

Er hatte es wirklich getan.

Er war aus seinem sicheren Nest gesprungen und war nicht auf den Boden gedonnert, sondern abgehoben. Zum ersten Mal in seinem Leben hatte er das Gefühl zu fliegen. Das war wirklich so sentimental, wie es klang. Und es störte ihn noch nicht einmal.

Während ihrer Erforschung seines bloßen Körpers war Bastian innerlich durch seine eigene kleine Hölle gegangen, doch er hatte seine Schutzinstinkte beherrschen und ruhig bleiben können. Es machte ihn sogar ein bisschen stolz, auch wenn das im Grunde genommen ein Armutszeugnis war.

Bastian konnte es selbst kaum glauben, dass er sich jemals dazu würde zwingen müssen, aufzustehen und sich anzuziehen. Aber genauso war es.

Der halbe Tag, den er mit Juli im Bett verbracht hatte, war für sein Empfinden viel zu schnell vergangen. Er konnte es kaum erwarten, dorthin zurückzukehren.

Aber erst würde er sie auf diese Geburtstagsfeier begleiten. Er hatte wenig Lust darauf, ihrer Familie zu begegnen und das nächste Drama heraufzubeschwören, aber nachdem er sich seinen Dämonen an diesem Morgen bereits tapfer gestellt hatte, konnte er sich auch nicht vorstellen, dass etwas noch schlimmer sein konnte.

Er fuhr eilig nach Hause, sprang unter die Dusche und versorgte seine Wunden. Danach füllte er den Inhalt seines Zigarrenetuis mit neuen Verbandsmaterialien auf. Falls etwas Unvorhergesehenes passierte und er sich verletzte, wollte er schließlich nicht das Haus von Julis Eltern besudeln. Er entschied sich für eine schlichte schwarze Jeans und einen dünnen dunkelgrünen Pullover mit engem Halsausschnitt. Darüber zog er das schwarze Jackett, das er bereits zur Vernissage getragen hatte, holte seine Handschuhe und fuhr los, um Juli abzuholen.

Da sie schon spät dran waren, wartete er direkt vor ihrem Hauseingang. Als sie in der Tür erschien, strahlte sie über das ganze Gesicht. Sie hatte ein eng anliegendes Strickkleid an, das der Farbe ihrer Augen ähnelte, ihr bis knapp über die Knie reichte und am Saum mit einem komplizierten Muster versehen war. Dazu trug sie halbhohe braune Lederstiefel, die sie fünf Zentimeter größer erscheinen ließen. Einen hellen Frühlingsmantel über dem Arm, verstaute sie ihre Wohnungsschlüssel in ihrer Handtasche und stieg in den Wagen. Sie reckte sich über die Mittelkonsole und küsste ihn zur Begrüßung.

»Du siehst toll aus«, stellte sie anerkennend fest.

Normalerweise sollte das sein Spruch sein. Er ließ einen amüsierten Blick über sie schweifen. »Du auch.«

Sie nannte ihm die Adresse und er folgte ihren Anweisungen, bis sie in eine breite Allee einbogen, die mit alten Kastanien gesäumt war. Sie lag im nobelsten Viertel der Stadt. Vor einem hoch aufragenden Zaun, der auf der Innenseite mit einer mannshohen Hecke bewachsen war, fanden sie einen Parkplatz.

Juli holte tief Luft. Dann stieg sie aus und wartete, bis Bastian zu ihr auf den Bürgersteig getreten war. Sie sah ihm ernst in die Augen. »Was auch immer heute da drin geschieht, lass dich nicht verunsichern.«

Bastian runzelte verwirrt die Stirn. »Okay.«

Ein zittriges Lächeln breitete sich in ihrem Gesicht aus. »Dann mal los.«

Sie schob ihre Hand in seine und drückte sie leicht, bevor sie die Einfahrt ansteuerten. Ein schwarzes Doppelflügeltor, das mit schmiedeeisernen Blättern durchwirkt war, ragte weit geöffnet vor ihnen auf. Sie passierten den Eingang und folgten dem asphaltierten Weg bis zu einer dreistöckigen cremefarbenen Jugendstilvilla, deren weiße Pforte von Säulen und üppigen Blumenbouquets mit weißen Lilien eingerahmt wurde.

»Da wären wir also«, murmelte Juli.

Sie läutete die Glocke und eine junge Frau mit einer weißen Bluse, deren Brust ein besticktes Logo der Firma »Feinkost & Catering« zierte, öffnete höflich lächelnd die Tür. »Herzlich willkommen«, begrüßte sie Juli und Bastian freundlich, bevor sie einen Schritt zur Seite trat. »Darf ich Ihnen Ihre Garderobe abnehmen?«

Juli rümpfte die Nase, überreichte ihr jedoch dankend ihre Jacke. Dann zog sie Bastian mit sich durch einen Korridor in den Flur, in dessen Mitte sich eine gewundene Treppe befand und zu deren Linken eine geöffnete Flügeltür in einen kleinen Salon führte.

Im Eingang stand ein älteres Paar. Das mussten Julis Eltern sein. Ihre Mutter erkannte er sofort. Sie sah aus wie eine ältere Version von Juli, jedoch lag in ihren großen braunen Augen wenig Sanftes, sondern eine kühle Überheblichkeit, die ihn sofort daran erinnerte, in welchen Kreisen er sich bewegte. Sie trug ein fuchsiafarbenes Abendkleid, das mit silbernen Ornamenten bestickt war, farblich passende Schuhe und eine Stola. Exklusive Perlen schmückten ihre Ohren und ihren Hals. Neben ihr ragte deutlich höher Julis Vater auf, der in seinem schwarzen Anzug, dem weißen Hemd und der Fliege nicht weniger erlaucht auftrat. Soeben hießen sie ein älteres Paar willkommen und wechselten ein paar höfliche Worte miteinander, ehe Bastian und Juli vortraten.

Erstaunt registrierte Bastian die distanzierte Stimmung, die zwischen ihnen herrschte. Juli klammerte sich Halt suchend an seiner Hand fest, als wäre nicht er derjenige, der sie brauchte, sondern umgekehrt.

Julis Vater nickte steif in ihre Richtung. »Julietta, wie schön. Ich freue mich, dich zu sehen.«

»Alles Gute zum Geburtstag, Papa.« Sie umarmte ihn kurz, wobei ihr Vater ihr etwas plump auf die Schulter schlug. Dann wandte sie sich ihrer Mutter zu und hauchte ihr einen schnellen Kuss auf die Wange. »Hallo Mama.«

»Guten Tag, Julietta.« Sie ließ einen abschätzigen Blick über Bastian schweifen, den er mühelos erwiderte.

»Darf ich euch vorstellen: Bastian Colbert, mein Begleiter. Bastian, das sind meine Eltern Luisa und Josef Hoffmann.«

Um die Etikette zu wahren, reichte er zuerst Luisa die Hand. Ihre geschwungenen Augenbrauen hoben sich leicht, während sie ihn nur mit den Fingerspitzen berührte und herablassend lächelte. »Freut mich«, sagte sie in einem Ton, der ihre Worte Lügen strafte.

Oh ja, diese Frau hatte er jetzt schon richtig gern.

Danach hielt er Josef seine Hand hin. Ein verwunderter Ausdruck erschien auf dessen Gesicht, als er Bastians Handschuhe sah, aber er war beherrscht genug, die Hand trotzdem kräftig zu schütteln. »Herzlichen Glückwunsch«, sagte Bastian mit einem knappen Nicken.

»Danke.«

Immerhin schien ihr Vater einigermaßen umgänglich zu sein. Er sah seine Tochter mit einem unbeholfenen Lächeln an. »Geht doch schon mal hinein. Deine Schwester und die anderen sind auch schon da.«

»Seit einer halben Stunde«, bemerkte Luisa spitz.

Juli presste ihre Lippen aufeinander und zwang sich zu lächeln. »Wir sehen uns später.« Entschlossen zog sie Bastian fort und er konnte sich des Eindrucks nicht erwehren, dass sie am liebsten gerannt wäre.

»Nett«, kommentierte er in gedämpftem Ton.

»Ich wollte es dir ja ersparen«, erwiderte sie zerknirscht.

Bastian lachte leise. »Um nichts in der Welt hätte ich das verpassen wollen.«

Sie betraten einen kleinen Salon, der linksseitig mit einem hohen Bücherregal versehen war, mit hochwertigen Bänden und Statuen bestückt. Vor ihnen war der Geschenketisch aufgebaut, bereits überfüllt mit exklusiv verpackten Kartons. Zu beiden Seiten standen ausladende Blumengestecke aus weißen Lilien, Rosen und allerlei grünem Gestrüpp, die viel von dem Licht schluckten, das durch das hohe Fenster dahinter schien. Ein schwerer, süßer Duft stieg in Bastian Nase, während Juli ihn zum Tisch zog. Sie holte eine kleine Schachtel aus ihrer Handtasche und schob sie in den Stapel. Das Päckchen stach sichtlich aus der Menge heraus, weil sie es mit farbenfroh gestreiftem Geschenkpapier verpackt und einer passenden Schleife geschmückt hatte.

»Was ist da drin?«, fragte Bastian neugierig.

»Ein gravierter Füllfederhalter«, erklärte Juli und fügte lächelnd hinzu: »Von uns.«

Ein Gefühl der Wärme breitete sich in Bastian aus. Am liebsten hätte er sie an sich gezogen und leidenschaftlich geküsst, um ihr zu demonstrieren, wie atemberaubend er die Vorstellung fand.

Juli schien seine Emotionen zu verstehen. Sie strich ihm über die Wange und hauchte ihm einen Kuss auf die Lippen. Dann lächelte sie und führte ihn durch eine weitere geöffnete Flügeltür zu dem Raum, in dem die Feierlichkeit offenbar stattfinden sollte. Er war deutlich größer als die Zimmer, die sie zuvor durchschritten hatten. Fünf runde Banketttische waren symmetrisch angeordnet und festlich gedeckt. Sie boten Platz für mindestens vierzig Personen. Jeder Stuhl war von weißen Hussen ummantelt. Es hatten sich schon einige Gäste versammelt. Sie waren auf der Suche nach ihrem Platz oder plauderten angeregt an den Tischen sitzend. Zwei Kellner reichten Champagnerflöten und Petit Fours an die Gäste.

Bastian spürte, wie sich Julis Gewicht in seiner Hand verlagerte, während sie sich suchend auf die Zehenspitzen stellte. »Wir werden sicher mit Hanna, Max und Lukas an einem Tisch sitzen«, sagte sie. Ein Lächeln überzog ihr Gesicht, als sie ihren Neffen entdeckte und ihm fröhlich winkte. Lukas hopste von seinem Stuhl herunter, schlängelte sich durch die Beine der Gäste und flog in Julis Arme.

»Da seid ihr ja endlich«, rief er fröhlich.

Die herzliche Umarmung schien sie über den kalten Empfang ihrer Eltern ein wenig hinwegzutrösten. »Hallo, mein Großer. Du siehst aber schick aus.«

Lukas zog grinsend an seiner kleinen roten Krawatte, die er um seinen Hals gelockert hatte. Er trug ein weißes Hemd, das auf der linken Seite etwas aus der Hose hing, und einen grauen Anzug. Ein Schnürsenkel hing lose an seinem kleinen Lackschuh. Er schaute zu Bastian auf, das gleiche übermütige Funkeln in den Augen, das er von seiner Tante kannte. »Ich hab meinen Fußball mitgebracht«, berichtete er aufgeregt.

Das breite Grinsen des Kindes war ansteckend. Bastians Mundwinkel hoben sich zu einem Lächeln.

»Zuerst der offizielle Teil«, wies Juli die beiden in sanftem Ton zurecht.

Lukas machte ein langes Gesicht, nickte jedoch gehorsam. Dann zog er Juli zu einem der beiden hinteren Tische, der vor einer Terrassentür stand. Sie führte hinaus in einen großzügigen Garten, in dem ein Pavillon aufgebaut war.

»Wir sitzen dort drüben«, erklärte Lukas. »Zusammen mit Familie Collins.« Er rümpfte die Nase. »Ich sitze zwischen Mama und Marie Collins.«

»Das ist doch nett«, entgegnete Juli.

Lukas Kinn schob sich unzufrieden nach vorn. »Sie ist vier. Praktisch noch ein Baby.«

»Ist doch nur während des Essens«, beruhigte Juli ihn und tauschte einen amüsierten Blick mit Bastian.

Am Tisch saß bereits das Ehepaar Collins – beide Anfang vierzig, in spießiger Garderobe, aber freundlich dreinschauend – mit ihrer Tochter Marie, einem pausbäckigen Mädchen mit großen blauen Augen, einem niedlichen Seidenkleid und passender Schleife im Haar. Daneben saßen Lukas' Vater Maximilian, den Bastian bereits kurz kennengelernt hatte, und Julis Schwester Hanna, die ihn neugierig musterte.

Zur Begrüßung reichten sich alle höflich die Hand. Niemand kommentierte Bastians Handschuhe, wenngleich sie durchaus registriert wurden.

Um Punkt drei Uhr betraten die Gastgeber den Raum und baten die Gäste, ihre Plätze einzunehmen. Ganz seiner Politikernatur entsprechend hielt Josef eine ausschweifende Rede über sein Leben, seine Erfolge und erwähnte auch am Rande seine hübschen Töchter und seine geliebte Frau. Unterdessen brachten die Kellner verschiedene Etageren mit Kuchen und Gebäckstücken. Anschließend dankte er allen für ihr Kommen, eröffnete das Kuchenbüfett und wünschte ihnen ein gelungenes Fest.

Zu Bastians Erstaunen nahmen Josef und Luisa nicht am Tisch ihrer Töchter, sondern an dem Tisch in der Mitte Platz. Er beugte sich zu Juli hinüber. »Warum sitzen deine Eltern nicht hier bei uns?«, fragte er in gedämpftem Ton. Nicht, dass er besonders scharf darauf gewesen wäre.

Juli, die soeben dabei war, ein Stück Sachertorte auf ihren Teller zu laden, sah überrascht auf. »Meine Eltern umgeben sich vorzugsweise mit der High Society«, erklärte sie dann mit einem spöttischen Grinsen. Im ersten Moment vermittelte sie den Eindruck, dass sie das Verhalten ihrer Eltern begrüßte, aber ihre Augen sprachen eine andere Sprache. Sie erklärte Bastian leise, wer die Lokalgrößen waren, die ihre Eltern um sich scharten. Ein Bankdirektor und der Oberbürgermeister nebst Gattinnen sowie eine Lobbyistin, die ihrem Aussehen nach zu urteilen ihre besten Jahre bereits hinter sich hatte. Zuletzt ein junger Mann, den sie nicht kannte.

Ihre Schwester kam ihr zu Hilfe. »Das ist Vincent de Rossi«, erklärte Hanna und warf Juli einen bedeutungsvollen Blick zu.

Nachdenklich runzelte sie die Stirn, bis sie die richtige Verbindung herzustellen schien. Erkenntnis flackerte in ihrem Gesicht auf. Dann kniff sie erbost die Augen zusammen.

»Kennst du ihn?«, fragte Bastian mit einem Gefühl des Unbehagens.

»Nein«, schnaubte Juli. »Nicht persönlich.«

»Er gehört einer italienischen Adelsfamilie an und ist Architekt in Vaters Firma«, erklärte Hanna, obwohl ihn das herzlich wenig interessierte. Der junge Mann war in ein angeregtes Gespräch mit Luisa vertieft, was seine sympathische Ausstrahlung definitiv schmälerte.

Die Runde am Tisch verfiel in einen unverfänglichen Small Talk. Bastian hielt sich zurück, da er dieser Art von Konversation nichts abgewinnen konnte. Er würde nicht behaupten, dass er sich besonders wohlfühlte, auch wenn alle Anwesenden ihm äußerst wohlwollend und mit aufrichtigem Interesse begegneten. Stellte ihm jemand eine Frage, antwortete er höflich, aber er konnte sich nicht zu einer ausführlichen Berichterstattung über seine Arbeit oder seine Ansichten durchringen. Stattdessen verfolgte er interessiert die Meinungen, die am Tisch zu verschiedenen Themen aus den Nachrichten kundgetan wurden. Auf diese Weise vertiefte er seine Einschätzungen und fand seine Menschenkenntnis in seinen ersten Eindrücken bestätigt.

Hanna war Juli äußerlich sehr ähnlich, aber auch ihr haftete die kühle Haltung ihrer Mutter an, die sich nur dann erweichte, wenn sie ihren Sohn in sanftem Ton maßregelte oder sich mit Juli unterhielt. Im Gegensatz zu ihren Eltern schienen die beiden eine enge und herzliche Beziehung zueinander zu haben. Das sah man schon an der Art, wie sie sich über den Tisch hinweg angrinsten. Auch wenn sie im Grunde genommen bloß über das Geburtstagsgeschenk für ihren Vater redeten, das Hanna in der vergangenen Woche noch besorgt hatte, konnte sich Bastian des Eindrucks nicht erwehren, dass sie auf einer anderen Bewusstseinsebene ein weitaus interessanteres Gespräch führten – vor allem, da Hannas Augen unentwegt zwischen Juli und ihm hin- und herhuschten.

Maximilian, der während des Essens überwiegend auf seinem Telefon unterhalb der Tischkante herumspielte, war charismatisch, ambitioniert und äußerst wortgewandt. Unter anderen Umständen hätte Bastian in ihm einen ebenbürtigen Diskussionspartner gesehen. Aber er hatte wenig Interesse daran, ihre Bekanntschaft zu vertiefen.

Und Familie Collins, sie war ein Paradebeispiel für die hirnlose Oberschicht. Ihre verschrobene Affektiertheit wurde nur übertroffen von ihrem inhaltslosen Geplapper, das ihm schon nach kurzer Zeit in den Ohren schmerzte. Lediglich die kleine Marie, die sich als verzogene Göre ohne Manieren entpuppte, wurde ihm etwas sympathischer, als sie ihren Kakao erst inhalierte und dann quer über den Tisch hustete, sodass die weiße Decke und die Blumen von überaus unansehnlichen braunen Farbspritzern verziert wurden. Ihre Mutter entschuldigte sich wortreich und tupfte alles hektisch mit einer Stoffserviette ab, um ihre Verlegenheit zu überspielen.

Ein wenig erinnerte ihn die Gästeliste hier an die Besucher bei der Vernissage, überwiegend selbstgefällige untersetzte Herren älterer Couleur mit ihren perlenbesetzten manierierten Gemahlinnen.

Er wusste nicht, was er erwartet hatte. Ganz sicher nicht ein derart spießiges Fest, das kaum von dem Klischee zu unterscheiden war. Andererseits war das womöglich besser als ein intimes Familienfest, bei dem er zweifelsohne wesentlich stärker in die Mangel genommen worden wäre.

Die einzige Person, die wirklich überhaupt nicht in dieses Bild passte, war die Frau neben ihm. Juli hatte seine Hand bis jetzt nur losgelassen, wenn es der Anstand erforderte und sie jemandem die Hand schütteln musste. Sobald sie frei war, griff sie suchend unter das weiße gestärkte Leinentischtuch. In dem Bestreben, ihre Anspannung zu lindern, zeichnete er mit seinem Daumen kontinuierlich kleine Kreise auf ihrem Handrücken. Aber er hatte wenig Erfolg. Sie wirkte nach wie vor gehetzt und nervös.

Ihre Befangenheit schien sich erst etwas zu lösen, nachdem die Kaffeetafel aufgelöst worden war. Die Terrassentüren wurden geöffnet, damit sich die Gäste auch draußen in der Sonne verteilen konnten. Das Catering hatte dort eine kleine Bar und Stehtische aufgebaut und schenkte erlesene Weine und Champagner an die Gäste aus.

Maximilian erhob sich und sah fragend in die Runde. »Wer hat Lust, ein paar Bälle zu kicken?«

Lukas stürzte auf der Stelle los, um seinen Fußball zu holen. Juli sah Bastian unentschlossen an. Um der Wahrheit die Ehre zu geben, er wollte dringend aus diesem Raum raus, aber er würde nicht von ihrer Seite weichen. Er hoffte, dass sie seinen Gesichtsausdruck richtig deutete. Ihre Lippen verzogen sich zu einem Grinsen. Dann sah sie Maximilian an. »Ich bin dabei.«

Bastian erhob sich ebenfalls erleichtert. Hanna redete sich damit heraus, dass es ihr gänzlich an Talent fehlte, und blieb mit den Collins zurück, während die anderen vier in den Garten strebten und sich an ein ruhiges Plätzchen hinter dem Pavillon zurückzogen, um sich gegenseitig den Ball zuzuschießen.

Juli hatte nicht untertrieben. Sie war tatsächlich unkoordiniert, aber sie gab sich alle Mühe, mit ihrem motivierten Neffen mitzuhalten. Maximilian ließ es sich nicht nehmen, sie charmant zu verspotten und seinen Sohn mit gut gemeinten Ratschlägen zu ermuntern. Lukas vergötterte ihn. Einen Augenblick lang fragte sich Bastian, wie es sich anfühlen mochte, ein Kind zu haben, das einen auf diese Weise ansah, kickte den Gedanken jedoch aufgewühlt mit dem nächsten Ball fort.

Lukas Spiel wurde wilder. Immer häufiger suchte er das Duell mit Bastian. Trotz aller Wachsamkeit war es nur eine Frage der Zeit, bis er das vertraute Ziehen an seinem Schienbein spürte. Bastian seufzte innerlich.

»Ich muss kurz zu meinem Auto«, sagte er. »Bin gleich zurück.«

Er spürte Julis besorgten Blick in seinem Rücken, aber er drehte sich nicht um. Stattdessen lief er eilig zur Vordertür hinaus, schloss seinen Wagen auf und setzte sich auf den Beifahrersitz. Er öffnete das Handschuhfach und holte das Zigarrenetui hervor. Da seine Handschuhe zu robust waren, um den kleinen Riegel des Etuis zu öffnen, legte er sie auf das Armaturenbrett, bevor er sich geschwind um die nässende Verletzung an seinem Schienbein kümmerte. Nachdem er die Blutung gestoppt und die Wunde mit einem Spezialpflaster versorgt hatte, verstaute er die Reste wieder in seinem Handschuhfach.

Er sah auf, um seine Handschuhe zu nehmen, und traf durch die Frontscheibe auf die überraschten Gesichter von Hanna und Julis Vater. Anscheinend waren sie eine Runde spazieren gegangen, um die üppige Sahnetorte zu verdauen.

Ihm gefror das Blut in den Adern, als er bemerkte, dass sie entsetzt seine bloßen Hände musterten. Einen Moment lang schien die Zeit stillzustehen. Dann überwand Bastian seine Schockstarre und krallte sich seine Handschuhe, während er ihren Blicken auswich.

Auch Josef gewann die Fassung wieder. »Wir sollten besser umkehren, Johanna. Deine Mutter fragt sich sicher schon, wo wir bleiben.«

Hanna nickte benommen, woraufhin sie schweigend zurück zum Haus gingen.

Bastian ließ sich frustriert gegen die Rückenlehne sinken. Das hatte er wirklich großartig hingekriegt. Die Versuchung war gewaltig, die Plätze zu wechseln und Gas zu geben. Er hatte keine Ahnung, wie er Julis Vater oder ihrer Schwester jetzt noch in die Augen sehen sollte.

Trotzdem stieg er aus und ging zum Anwesen zurück.

Weil Juli auf ihn wartete.

Kapitel 25

Juli wusste, dass sie sich nicht ewig Fußball spielend hinter einem Pavillon vor ihrer Mutter verstecken konnte. Auch wenn sie das natürlich gern getan hätte. Sie war nach wie vor angespannt und nervös. In dieser Woche hatte sie nicht noch einmal mit ihrer Mutter gesprochen, nachdem sie sie per Anrufbeantworter über ihren Begleiter informiert hatte. Die Tatsache, dass Vincent de Rossi trotzdem hier war, sagte so einiges über die Ambitionen ihrer Mutter aus. Sie kannte Luisa gut genug, um zu wissen, dass der italienische Adelige für sie noch lange nicht vom Tisch war. Aber schließlich konnte ihre Mutter ja auch nicht ahnen, wie aussichtslos ihre Bemühungen waren.

Juli musterte Bastian lächelnd, der schon wieder in ein spielerisches Duell mit Lukas verwickelt war. Für jemanden, der solche Dinge überaus selten erlebt hatte, legte er ein erstaunliches Maß an Körperbeherrschung an den Tag. Sie hoffte nur, dass ihr tollpatschiger Neffe ihn nicht noch einmal verletzte. Bastian hatte keine Miene verzogen, als es passiert war. Er hielt sich tapfer, indem er seine Gefühle sicher hinter seiner kühlen Fassade verschanzte. Er war höflich, aber distanziert. Zuweilen warf er ihr einen Blick zu, der seinen weichen Kern verriet und ihr ein herrliches Kribbeln durch den Körper jagte, aber er verschleierte ihn, sobald jemand in ihre Nähe kam.

Als sich Lukas ausgetobt hatte, brachen sie zu Julis Leidwesen das Spiel ab und mischten sich gemeinsam unter die Gäste, die sich bei dem frühlingshaften Wetter überwiegend im Garten versammelt hatten. Juli war nicht sicher, inwiefern Hanna ihren Einfluss hatte wirken lassen, aber Maximilian gab sich äußerst engagiert, damit sich Bastian in diesen Kreisen wohlfühlte. Er besorgte ihnen Bier zur Abkühlung und verwickelte Bastian in ein Gespräch über die Chancen und Risiken von Kapitalanlagen, ein Thema, bei dem beide sich offenbar bestens auskannten.

Sie entfernte sich, um kurz die Toilette aufzusuchen. Auf dem Rückweg legte ihr ihre Schwester vergnügt den Arm um die Schultern.

»Glücklich?«, fragte Hanna grinsend. Ein Lächeln stahl sich in Julis Gesicht, doch bevor sie zu einer ausführlichen Antwort ansetzen konnte, trat ihre Mutter zu ihnen heran.

»Johanna, bring Lukas eine Jacke. Es ist kühl hier draußen«, wies Luisa ihre ältere Tochter in einem Ton an, der wie üblich keinen Widerspruch duldete.

Hanna sah Juli entschuldigend an und machte sich gehorsam auf den Weg.

»Nun«, sagte Luisa fordernd.

»Was ist?«, entgegnete Juli schnippisch. »Deine Tochter hat einen Begleiter, so wie du es wolltest.«

Sie schaute sehnsüchtig in Bastians Richtung. Am liebsten hätte sie ihre Mutter stehen gelassen und sich in seine Arme verkrochen. Sie hasste es, wenn Luisa sie derart in die Mangel nahm. Und nichts anderes schwebte ihr offenbar vor.

»Sympathisch ist er jedenfalls«, stellte Luisa mit einem nachdenklichen Blick auf Bastian fest. Dann richtete sie ihre Aufmerksamkeit wieder auf Juli, die sichtlich irritiert über ihr Urteil war. »Was macht er beruflich?«

»Er ist Fotograf«, erklärte Juli in dem Bestreben, sich gelassen zu zeigen.

»Ein Künstler?«

»Ja. Und ein talentierter dazu. Du kennst seine Arbeit bereits. Er hat die Katalogbilder für dich erstellt.«

Luisa kniff unzufrieden die Augen zusammen. »Verstehe.«

Nach dem vorangegangenen Abend hatte Juli wirklich nicht vorgehabt, heute schon wieder etwas zu trinken, aber seit ihre Mutter das Gespräch mit ihr gesucht hatte, sah sie sich gezwungen, umzudisponieren. Sie hielt einen vorbeieilenden Kellner auf, schnappte sich dankbar lächelnd ein Glas Weißwein von seinem Tablett und trank einen Schluck.

Der kühle süße Wein reduzierte augenblicklich ihren Stresspegel.

»Und sind seine Accessoires Ausdruck künstlerischer Exzentrizität?«, hakte Luisa weiter nach.

»Nein.« Sie sind Ausdruck beständiger Unsicherheit, schoss es Juli durch den Kopf, aber da sie nicht vorhatte, ihre Mutter über die Bedeutung von Bastians Handschuhen aufzuklären, schwieg sie beharrlich.

»Wie ernst ist es?«, fragte Luisa, ihre Tochter kühl musternd.

Juli lächelte verträumt. »Ich denke, wir verschicken nächste Woche die Hochzeitseinladungen.«

»Dein Sinn für Humor lässt wieder einmal sehr zu wünschen übrig«, stellte Luisa unbeeindruckt fest. Das war das Schlimme an Müttern. Man konnte sie wirklich mit nichts schocken.

Zu Julis enormer Erleichterung beendete Hannas Rückkehr das Verhör. Ihr Atem ging schnell. Sie hatte sich allem Anschein nach beeilt, um Juli nicht zu lange allein zu lassen.

»Lukas ist gerade dabei, seinen Großvater, den Herrn Oberbürgermeister und ein paar andere Gäste zu einer Partie Tischtennis zu überreden«, verkündete sie fröhlich und klatschte aufgeregt in die Hände. »Die Variante, in der man um die Wette um den Tisch läuft. Wie hieß sie doch gleich?«, fügte sie in begeistertem Ton hinzu, woraufhin sich auf Luisas Hals prompt kleine rote Flecken abzeichneten.

Juli kniff die Lippen zusammen, um nicht zu lachen.

»Entschuldigt mich«, sagte Luisa gepresst und machte sich eilig auf die Suche nach ihrem Mann, um ihm Einhalt zu gebieten.

Während sie ihrer Mutter hinterhersahen, hob Hanna ihr Weinglas. »Keine Party ohne Pusteln«, bemerkte sie spöttisch.

Juli stieß mit ihr an und grinste. »Keine Fete ohne Flecken.«

Beide brachen gleichzeitig in fröhliches Gekicher aus, das in seiner Tonlage kaum zu unterscheiden war. Nachdem sie sich wieder beruhigt hatten, schaute Hanna Juli mit der vertrauten Sorge einer großen Schwester an. »Und? Wie schlimm war es?«

Juli zuckte mit den Schultern. »Du kennst sie doch. Sie kann sich eben nicht einfach mal für mich freuen.«

»Sie will nur dein Bestes, wie du weißt«, verteidigte Hanna ihre Mutter in sanftem Ton.

Schnaubend strich sich Juli eine lose Haarsträhne hinters Ohr. »Nicht einmal das Beste wäre für sie gut genug.« Sie sah Hanna empört an. »Du hättest mal ihr Gesicht sehen sollen, als ich ihr erzählt habe, dass Bastian Fotograf ist.«

Hanna schien zu überlegen. »Wie ich Mama kenne, sorgt sie sich, dass ein weiterer Künstler dein Leben noch unbeständiger macht. Du kennst ihre Einstellung zu Isabelles Arbeit.«

»Ich verstehe nicht, was das ganze Theater soll. Sowohl Isabelle als auch Bastian sind durchaus in der Lage, für ihren Lebensunterhalt zu sorgen. Besser als ich sogar.«

Hanna seufzte. »Das ist auch nicht weiter schwierig, solange du unter deinen Fähigkeiten bleibst«, bemerkte Hanna leise. Sie wusste natürlich längst um Julis planlose Zukunft.

Juli verdrehte die Augen. »Nicht du auch noch. Isabelle liegt mir damit auch schon in den Ohren. Sie hat mir gestern einen Stapel Magazine aus der Uni mitgebracht.«

»Hast du schon reingesehen?«

»Ich hatte noch keine Zeit«, redete sich Juli heraus. Was natürlich glatt gelogen war. Zeit hätte sie schon gehabt. Sie hatte nur Wichtigeres zu tun.

Hanna nickte wissend. »Wenn du Hilfe brauchst, sag Bescheid. Schieb es nur nicht allzu lange vor dir her«, war alles, was sie noch zu dem Thema sagte. Aufmerksam beobachtete sie ihren Mann und Bastian, die noch immer in ein Gespräch vertieft waren. »Die beiden scheinen sich gut zu verstehen«, stellte sie auf die Männer deutend fest.

An dem reservierten Lächeln in seinem Gesicht bemerkte Juli, dass sich Bastian emotional total abgeschottet hatte. Er war so verschlossen, dass Juli nicht einmal einschätzen konnte, ob es ihm überhaupt gut ging inmitten dieses Publikums. Paradoxerweise strahlte er mit seiner aufrechten Haltung und seinem kalkulierten Blick genau die Art von Selbstsicherheit aus, die in diesen Kreisen üblich war, was vermutlich der Grund dafür war, dass ihre Mutter ihn sympathisch fand.

Hanna jedoch schien keine Zweifel hinsichtlich seines Wohlbefindens zu hegen. »Komm, wir leisten ihnen Gesellschaft«, entschied sie und zog ihre Schwester entschlossen mit sich.

Als sie den Tisch erreichten, betrachtete Juli Bastian besorgt, woraufhin dieser die Hand nach ihr ausstreckte und sie beruhigend anlächelte. Sofort schmiegte sie sich in seinen Arm.

Nach der Dämmerung kühlte es nur leicht ab. Die frühlingshaften Temperaturen blieben mild. Es wurden Fackeln angezündet, die den Garten in ein warmes, gemütliches Licht tauchten und zusammen mit der Lichterkette, die sich um den Pavillon wand, ein perfektes glanzvolles Ambiente schufen. Innerhalb des Pavillons wurde ein exklusives Büfett aufgebaut, das den Duft von orientalischen Gewürzen verbreitete. Klassische Musik klang leise durch die Menge und vermischte sich mit dem Gelächter der Gäste.

Eines musste Juli ihrer Mutter lassen: Feste feiern konnte sie. Mit der Zeit entspannte sie sich zusehends und begann, die Feier an Bastians Seite tatsächlich zu genießen. Sie blieben an einem Stehtisch, an dem auch Hanna und Maximilian die meiste Zeit verbrachten, wenn sie nicht gerade ihren überdrehten Sohn zurückpfeifen mussten. Gelegentlich stießen weitere Gäste zu ihnen und unterhielten sich über irgendwelche Dinge, die an Juli gänzlich vorbeigingen, weil sie zu sehr damit beschäftigt war, Bastians verheißungsvolle Blicke zu erwidern. Sie konnte es kaum erwarten, wieder mit ihm allein zu sein. Offen gestanden fiel es ihr schwer, ihn nicht hinter den Pavillon in eine ungestörte Ecke zu zerren, wenn er sie auf diese Weise ansah. Und das, obwohl er sie noch nicht einmal berührte.

Er bemerkte ihre wachsende Begierde, lehnte sich zu ihr und flüsterte ihr ins Ohr, was er mit ihr tun würde, sobald sie zu Hause waren. Falls er beabsichtigt hatte, sie zu besänftigen, war ihm dies gründlich misslungen. Juli wurde nur noch heißer. Sie leckte sich ihre trockenen Lippen und entschuldigte sich bei den übrigen Anwesenden, um sich etwas zu trinken zu holen, während Bastian ihr belustigt hinterherschaute.

Mit wackeligen Knien ging sie in Richtung Bar. Nachdem von ihrer Mutter weit und breit nichts zu sehen war, wähnte sie sich in Sicherheit und richtete sich an den Barkeeper. »Könnten Sie mir bitte einen alkoholfreien Cocktail mixen?«

»Selbstverständlich, gnädige Frau«, erwiderte der Mann Anfang vierzig, der dabei war, verschiedene Früchte kleinzuschneiden. Er trocknete sich die Hände an einem weißen Tuch ab und sah sie freundlich an. »Welchen wünschen Sie?«

»Können Sie etwas empfehlen?«

»Haben Sie irgendwelche Vorlieben?«, fragte der Barkeeper zurück. »Fruchtig oder cremig? Bitter oder süß?«

Du lieber Himmel, das war ja wie bei Starbucks.

»Ich denke, die Dame bevorzugt etwas Fruchtiges«, ertönte hinter ihr eine unbekannte samtweiche Stimme. Überrascht drehte sich Juli um und begegnete den strahlend blauen Augen von Vincent de Rossi, der sich geschmeidig auf sie zubewegte. Sein bronzefarbenes Haar hing ihm lässig in die Stirn und betonte seine markanten Gesichtszüge. Er war in einen teuren Designeranzug gehüllt, der seine Statur vorteilhaft zur Geltung brachte. »Versuchen Sie einen Sweet Angel«, empfahl er lächelnd. »Das sollte zu Ihnen passen.«

Juli wandte sich neugierig an den Barkeeper. »Was ist da drin?«

»Ananassaft, Cranberrysaft, Grenadine, Orangensaft und Zitronensaft«, rasselte er herunter und schaute sie abwartend an.

»Klingt gut«, entschied Juli schulterzuckend. »Den nehme ich.« Sie wandte sich an Vincent, der inzwischen neben ihr stand, und streckte ihm ihre Hand hin. »Julietta Hoffmann«, stellte sie sich überflüssigerweise vor. Der Mann hatte mit ihrer Mutter an einem Tisch gesessen. Natürlich wusste er, wer sie war.

»Vincent de Rossi«, sagte er galant und entblößte eine Reihe schneeweißer gerader Zähne. Hanna hatte recht. Er war wirklich ganz niedlich. Und er schien nett zu sein.

»Da bin ich ja gespannt, was Sie mir ausgesucht haben«, verkündete Juli lächelnd.

Vincent grinste. Es wirkte leicht und jungenhaft. Völlig sorgenfrei. »Sie haben ja keine Ahnung, wie sehr ich bete, dass ich auch richtigliege«, scherzte er. »Aber im Zweifelsfall kann ich es immer noch auf den passenden Cocktailnamen schieben.«

»Gute Masche«, bemerkte sie spöttisch.

Er lehnte sich vertrauensvoll zu ihr. »Ist aber noch nicht ganz ausgefeilt.«

Im Hintergrund erklang das Klirren der Eiswürfel, die im Cocktailmixer gegeneinanderschlugen. Es entstand eine unangenehme Pause, während Vincent sie unsicher ansah.

»Ich bin in Begleitung hier«, erklärte Juli eilig.

»Ich weiß«, sagte Vincent. In seinen Augen stand aufrichtiges Bedauern. »Ihre Mutter war so freundlich, auf ihrer Einladung zu bestehen, nachdem Sie kurzfristig einen anderen Begleiter angekündigt hatten.«

Juli schluckte. »Das hätte sie nicht tun sollen«, erwiderte sie betreten. »Sie einzuladen, obwohl ich ihr noch gar nicht zugesagt hatte, meine ich.«

»Auf diese Weise habe ich Sie wenigstens einmal kennengelernt«, entgegnete er lächelnd. »Ihr Vater spricht sehr viel von Ihnen.«

Überrascht riss Juli die Augen auf. »Wirklich?«

»Aber ja«, antwortete er, offensichtlich verwirrt über ihr Erstaunen.

»Ein Sweet Angel für die Lady«, unterbrach sie der Barkeeper und stellte den bunten Cocktail, dekoriert mit Kirschen und Apfelsinen, vor ihr ab.

»Vielen Dank.«

Juli nahm das Cocktailglas an sich und probierte. »Lecker«, befand sie grinsend.

Mit einer Geste der Erleichterung fuhr sich Vincent über die Stirn.

Juli lachte. »Also dann, einen schönen Abend noch.«

»Ihnen auch.« Er trat ergeben einen Schritt zur Seite und ließ sie passieren.

Als sie sich abwandte, begegnete sie Bastians Blick, der sie durch die Menge hindurch beobachtete. Stirnrunzelnd registrierte sie, dass sich die Züge um seinen Mund verhärtet hatten, während er mit leicht geneigtem Kopf einer Person zuhörte, die Juli nicht sehen konnte. Sie trat einen Schritt zur Seite und zuckte zusammen, weil sie ihre Mutter neben Bastian entdeckte. Sie eilte über die Wiese, um das Schlimmste zu verhindern, doch bevor sie Bastian erreichte, hatte Luisa sich bereits anderen Gästen zugewandt.

Juli stellte sich neben Bastian und griff nach seiner Hand. »Alles in Ordnung?«, fragte sie zögerlich.

»Ja«, erwiderte er steif. »Alles bestens.«

★★★

Juli war froh, als Hanna und Maximilian kurze Zeit später ihren Sohn schnappten und sich zum Aufbruch bereit machten. Eine bessere Gelegenheit, sich ohne großes Aufsehen zu verabschieden, würde es so schnell nicht wieder geben. Daher zog sie Bastian entschlossen mit sich.

Auf dem Weg zu ihrer Wohnung hüllte sich Bastian in nachdenkliches Schweigen. Sie hoffte, er würde von sich aus erklären, was ihn beschäftigte. Leider erwies sich diese Hoffnung als vergeblich.

Er parkte direkt vor ihrem Hauseingang. Dann stieg er aus und hielt ihr die Wagentür auf, aber statt ihr zu folgen, blieb er reglos auf dem Bürgersteig stehen. Sein Zögern beunruhigte Juli. »Kommst du nicht mit hoch?«, fragte sie.

»Ich werde nach Hause fahren«, teilte er ihr angespannt mit.

Juli verschränkte die Arme und sah ihm fest in die Augen. »Willst du jedes Mal gehen, wenn es ein Problem gibt?«

»Ich gehe nicht, ich fahre.«

Juli schnaubte. »Sehr vernünftig. Das macht es sicher besser. Warum sollte man auch miteinander reden?«

»Ich habe dir schon mal gesagt, dass dieser ganze Beziehungskram Neuland für mich ist«, erklärte er barsch.

»Ich weiß. Das ist keine vierundzwanzig Stunden her. Und wenn ich mich recht entsinne, hast du mir bei dieser Gelegenheit auch versichert, dass du lernen willst, mir zu vertrauen.« Ihr Ton klang weit gelassener, als sie sich fühlte.

Unter Bastians Auge zuckte ein Muskel. »Das geht aber leider nicht auf Knopfdruck. Vor allem nicht, wenn du permanent von irgendwelchen Typen angegraben wirst.«

Allmählich dämmerte es Juli. »Vincent de Rossi war ein Gast meiner Eltern. Es erfordert also ein Mindestmaß an Höflichkeit, wenn er das Gespräch sucht.«

»Du vergisst zu erwähnen, dass er ursprünglich als dein Begleiter vorgesehen war.«

Juli kniff erbost die Augen zusammen. »Was hat meine Mutter dir erzählt?«

»Nichts weiter«, knurrte Bastian. Er schüttelte leicht den Kopf, als wollte er auf diese Weise düstere Gedanken vertreiben.

»Das ist Ansichtssache«, widersprach Juli. Sie traute ihrer Mutter so einiges zu.

Er hüllte sich in Schweigen, starrte trotzig über ihre Schulter hinweg auf die leere dunkle Straße.

Nun, in Sachen Sturheit kannte sie sich zumindest aus. Schließlich war sie mit Isabelle aufgewachsen. »Bastian?«, sagte sie fordernd.

Er fuhr sich erschöpft über das Gesicht. »Zusammengefasst hat sie mich darauf aufmerksam gemacht, welch vorzügliche Partie er doch ist und was ihr für ein wundervolles Paar wärt.«

Juli überschlug, wie viele Jahre Gefängnis ihr Mord im Affekt wohl einbringen würde. Vorübergehende geistige Unzurechnungsfähigkeit war natürlich auch eine Alternative. Sie würde das sicherheitshalber noch einmal in ihrem verstaubten Strafgesetzbuch nachschlagen, bevor sie ihre Mutter wieder besuchte.

»Offensichtlich will sie nur dein Bestes«, verteidigte Bastian ihre Mutter tonlos. Ihr entging sein vielsagender Gesichtsausdruck nicht.

Sie kniff kämpferisch die Augen zusammen. »Was willst du damit sagen?«

Er zuckte mit den Schultern. »Dass Mütter manchmal besser wissen, was gut für ihre Töchter ist.«

Bevor Juli antwortete, holte sie tief Luft. »Erstens: Vincent de Rossi interessiert mich nicht.« Als er sie unterbrechen wollte, hob sie rüde die Hand, um ihn zum Schweigen zu bringen. Zu ihrer eigenen Verblüffung funktionierte es. »Zweitens«, fuhr sie ungehalten fort, »ist deine Eifersucht völlig unbegründet. Wie ich bereits sagte, will ich nur dich. Krieg das besser in deinen Dickschädel hinein. Das würde uns in Zukunft einen Haufen Ärger ersparen.« Erleichtert registrierte Juli, dass sein Blick ein wenig an Härte verlor. Sie trat einen Schritt auf ihn zu. »Und drittens: Für das Verhalten meiner Mutter entschuldige ich mich. Was gut für mich ist und was nicht, entscheide ich, bestimmt nicht sie.«

Bastian schluckte hart. Sein Kinn war noch immer störrisch nach vorn geschoben, ein Zeichen dafür, dass er sich noch nicht vollständig von seinen Zweifeln befreit hatte. »Ein Leben mit Vincent de Rossi wäre sicher stressfreier.«

»Ganz sicher wäre es das«, pflichtete Juli ihm bei.

Dann überwand sie das letzte Stück zwischen ihnen und küsste ihn. Sichtlich verwirrt erwiderte er ihren Kuss, aber Juli wusste inzwischen um die kleinen Gesten, die ihn dazu brachten, seine Bedenken zu zerstreuen. Sie presste sich eng an seinen Körper, während sie ihre Finger in seine dunklen Locken schob. Als sie spürte, dass sein Widerstand brach, löste sie sich abrupt von ihm. »Aber wo bliebe denn da der ganze Spaß?«, fragte sie atemlos und zog ihn entschlossen mit sich, genauso, wie sie es schon den ganzen Abend hatte tun wollen.

Kapitel 26

Mit Juli an seiner Seite hatte der Frühling zum ersten Mal seit Jahren etwas Positives in Bastians Leben. Er genoss es, sie in seiner Nähe zu haben und sie zu verwöhnen.

Es gab Tage, an denen verließen sie nur ihre Wohnung, weil sich Juli standhaft weigerte, immer etwas zu essen zu bestellen. Sie liebte den Markt und schleppte ihn zu jeder sich bietenden Gelegenheit dorthin, weil sie ein Faible für frisches Gemüse hatte. Im Gegensatz zu ihr konnte sich Bastian nicht für den Menschenauflauf begeistern. Allein dieses Herumgeschlängel um fremde Füße raubte ihm den letzten Nerv. Im Laufe der Jahre war es ihm in Fleisch und Blut übergangen, die körperliche Nähe von Fremden zu meiden, weil eine unbedachte Bewegung ausreichte, um ihn unabsichtlich zu verletzen. Aber weil er ihr den Spaß nicht verderben wollte, riss er sich zusammen. Sie schien sein Unwohlsein zu bemerken, kommentierte seinen Gemütszustand jedoch nicht. Stattdessen stellte sie sich in einer schützenden Geste vor ihn und zog ihn sachte durch die Menge.

Er ging gern Hand in Hand mit ihr, mochte das Gefühl, zu ihr zu gehören. Dabei wachte er mit Argusaugen über die jungen Männer, die Juli angetan betrachteten. Für seine Begriffe war das viel zu häufig der Fall. Jedes Mal, wenn es passierte, kam der Platzhirsch in ihm unkontrolliert zum Vorschein, indem er hinter ihrem Rücken drohend die Augen zusammenkniff, und das überaus wirkungsvoll. Anfangs fiel es ihm schwer, seine Gefühle in die richtigen Bahnen zu lenken. Es dauerte seine Zeit, bis er nicht jedes Mal nervös wurde, sobald ein junger Mann Juli interessiert musterte.

Trotzdem verbrachte er ihre gemeinsame Zeit lieber in der weitläufigen Natur. Manchmal begleitete sie ihn spontan, wenn er für Naturschutzvereine in den umliegenden Wiesen unterwegs war. Zwar fiel es ihm schwer, sich auf seine Arbeit zu konzentrieren, wenn sie verzückt durch die frischen Gräser tanzte und der Sonne entgegenlachte, aber ihr Anblick entschädigte ihn allemal.

Er verführte sie, wann immer er die Gelegenheit dazu hatte. Und die gab es reichlich. Nachdem er seine Scheu überwunden hatte, war er nicht länger an die Dunkelheit gebunden, und diesen Umstand kostete er in vollen Zügen aus. Juli schien sich daran nicht zu stören. Genauso wenig wie an seinem Äußeren. Es lag eher Besorgnis als Abscheu in ihren Augen, wenn er sich verletzte – was leider allzu oft passierte, wenn er abgelenkt war.

Ihm war es peinlich, wenn er ihren Fußboden mit seinem Blut besudelte, aber sie zog ihn nur mit sich ins Badezimmer und hielt ihm eine Packung Astronautenpflaster vor die Nase. Noch vor ein paar Wochen hätte er sich nicht vorstellen können, dass seine Reaktion auf so eine Geste ein belustigtes Lachen sein würde. Aber durch diese Frau passierten die seltsamsten Dinge mit ihm.

Wenn Juli im Café jobbte, wickelte Bastian seine Aufträge ab oder verbrachte Zeit mit Felix. Er war froh, dass die Versicherung schnell eine Pflegekraft zugesagt hatte, auch wenn Felix enttäuscht war, dass es sich bei Natalia nicht um eine russische Schönheit, sondern um eine fürsorgliche Mitvierzigerin handelte. Natalia war genau die Hilfe, die Elena und Felix beide dringend gebraucht hatten. Sie unterstützte Elena im Haushalt, kümmerte sich um das Essen und half Felix bei seinem Verbandswechsel. Schon nach kurzer Zeit war die Entlastung bei den Geschwistern spürbar. Elena nutzte ihre neu gewonnene Freizeit, um sich selbst etwas Gutes zu tun, indem sie sich einen lange gehegten Traum erfüllte und sich bei einem Freizeitchor anmeldete. Felix nahm ihre Gesangsübungen schimpfend in Kauf, aber Bastian sah ihm an, wie sehr er sich für seine Schwester freute.

Da Felix Julis Anwesenheit zunehmend forderte, besuchten sie ihn auch häufig gemeinsam. Bastian nahm sich in diesen Momenten gern zurück und beobachtete seinen Freund, der Juli im wahrsten Sinne des Wortes anbetete. Irgendetwas verband die beiden. Er wusste nicht so ganz, was das war, aber gelegentlich warfen sie ihm denselben besorgten Blick zu. Bastian versuchte, sich davon nicht verunsichern zu lassen, zumal ihr Zusammenhalt auf ihn weit weniger beängstigend wirkte als der Einfluss von Julis Freundin Isabelle.

Isabelle war – um es auf den Punkt zu bringen – laut, herrisch und sie vergötterte Juli. Bastian hatte das schon vermutet, als er ihr bei der Vernissage zum ersten Mal begegnet war, aber wie einnehmend sie sein konnte, bemerkte er schon kurze Zeit, nachdem sie ihn auf der Studentenfeier angerufen hatte. Bastian hatte kein Interesse an einer näheren Bekanntschaft. Das, was er bisher von ihr erlebt hatte, hatte ihm vollkommen gereicht. Doch Isabelle bearbeitete Juli unermüdlich und allein ihr zuliebe ließ er sich erweichen und so kam es, dass er sich eines Abends im »Jackson«, einer angesagten Jazzbar, wiederfand.

Die Lokalität war modern, aber überschaubar. Organisch aussehende Sessel, indirekte Beleuchtung und ein Tresen, der aus einer einzigen fließend weißen Konstruktion bestand. Dahinter ragte ein rotes Pult in die Höhe, auf dem ein junger Mann mit Schallplatten jonglierte und völlig vertieft in seine eigenwillige Musikkreation war, eine Mischung aus leichtem Jazz und harten Bässen. Ein süßlicher Vanilleduft durchströmte den Raum. Zahlreiche Gäste hatten sich bereits um die Theke eingefunden, die meisten von ihnen typische Banker und Manager: blasiertes Lächeln, anmaßender Blick und eine an Narzissmus grenzende Gesamterscheinung.

Bastian versuchte, Isabelle zugutezuhalten, dass sie wenigstens pünktlich kam, wenn sie ihn schon in diesen Laden zitierte, was laut Juli eher eine Seltenheit war.

Sie begrüßte ihn mit den Worten: »Ah, Prince Charming, wie er leibt und lebt«, reichte ihm grinsend die Hand und ließ sich auf einen der Rundsessel fallen, während Juli und er auf einem der Sofas Platz nahmen.

Ein süffisantes Lächeln umgab Isabelles orangefarbene Lippen, während sie ihn einer intensiven Musterung unterzog. Bastian hasste es, wenn jemand ihn auf diese durchdringende Weise ansah, erwiderte ihr Lächeln jedoch mit derselben Gelassenheit, die er sich seit Jahren antrainiert hatte. Nachdenklich schürzte Isabelle die Lippen. Zweifelsohne fällte sie gerade ihr endgültiges Urteil über ihn.

Er war geneigt, sie nach ihrem Ergebnis zu fragen. Nicht, dass ihn das besonders interessiert hätte, aber unter schrägen Vögeln tauschte man eben gern mal Meinungen aus. Und das war sie definitiv. Mit ihren hochtoupierten sonnengelben Haaren, einem eng anliegenden grauen Neoprentop und Unmengen von Rouge im Gesicht sah sie aus wie ein explodierter Nymphensittich, aber gerade deshalb begann Bastian sie sympathisch zu finden. Ungeachtet dessen sagte ihm ihr Blick, dass sie ihn in kleine Stücke zerhacken und an ihren Goldfisch verfüttern würde, sollte er es je wagen, Juli wehzutun. Eine beeindruckende kommunikative Fähigkeit, wie Bastian fand, und irgendwie niedlich angesichts der Tatsache, dass sie kaum größer war als Juli.

»Seid ihr bald fertig?«, schaltete sich Juli ungeduldig ein, woraufhin Isabelle endlich von ihm abließ.

»Aber ja, Püppchen.« Sie schenkte Bastian ein gewinnendes Lächeln. »Ich denke, wir haben alles geklärt.«

Juli verdrehte die Augen.

Bastian lachte.

Er war selbst überrascht, aber tatsächlich hatte Isabelles Aussage eine befreiende Wirkung auf ihn. Der restliche Abend verlief entspannt, vor allem deshalb, weil Isabelle den Großteil des Redens übernahm. Sie erzählte ihm, was Juli und sie in ihrer Jugend erlebt hatten, und neckte ihre Freundin mit den Pointen. Als loyale Freundin plauderte sie dabei natürlich nur so weit aus dem Nähkästchen, wie es vertretbar war. Trotzdem erkannte Bastian schnell, dass in Juli das Herz einer kleinen Rebellin schlug, die sich seit

Jahren von den engen Fesseln zu befreien suchte, die ihr ihre resoluten Eltern angelegt hatten. Die Bandbreite war ausgewogen: Widerstand gegen Hausarrest, modische Totalausfälle (wobei er bei Isabelle begründete Zweifel hegte, dass sie selbst diese Phase wirklich überstanden hatte), mittelschwere Alkoholvergehen und klassische Schülerstreiche – im Grunde nichts, was nicht jeder normale Jugendliche mit seinen Freunden durchgemacht hätte, außer ihm vielleicht.

Bastian hatte sich darauf eingestellt, dass Isabelle ihn nach seiner Krankheit fragen würde, aber das tat sie nicht. Auch nicht, als sie sich beim nächsten Mal in Julis Wohnung begegneten oder bei einem ihrer weiteren Treffen.

Irgendwann siegte seine Neugier über seinen gesunden Menschenverstand.

»Was hast du Isabelle über meine Hautkrankheit erzählt?«, fragte er Juli, nachdem sie vorgeschlagen hatte, gemeinsam mit Felix, Elena und Isabelle einen Ausflug zu machen. Sie waren auf dem Heimweg von einem Besuch bei den Geschwistern und spazierten durch die milde Frühlingsnacht.

Juli sah ihn überrascht an. »Ich habe ihr erklärt, welche Ursachen sie hat und welche Symptome«, erwiderte sie und sah ihn ratlos an. »Warum?«

»Ich wundere mich nur, dass sie mich noch nie darauf angesprochen hat.«

»Möchtest du das denn?«, fragte sie hoffnungsvoll.

»Natürlich nicht«, erwiderte er mit einem energischen Kopfschütteln. »Bei ihrem Temperament hätte ich nur gedacht, dass sie eine Meinung dazu hat.«

»Oh, die hat sie«, entfuhr es Juli, woraufhin er sie fragend ansah. Juli zögerte. »Versteh mich jetzt bitte nicht falsch, aber Isabelle neigt dazu, unwichtige Dinge zu ignorieren«, erklärte sie vorsichtig. »Und dass du diese Krankheit hast, ist eines dieser Dinge.«

Bastian blieb wie vom Donner gerührt stehen. Sein ganzes Leben lang wurde er von dieser Krankheit beherrscht und Isabelle fand das … unwichtig? Er probierte die Formulierung immer wieder in seinem Kopf aus, aber er konnte nicht begreifen, was Juli ihm damit zu sagen versuchte.

Juli bemerkte seine Verwirrung. »Sie mag dich«, sagte sie ernst. »Sie sieht, dass du mich glücklich machst. Das ist alles, was für sie zählt.«

»Das ist alles?«, fragte er entgeistert.

»Natürlich empfindet sie großes Mitgefühl für alle Schmetterlingskinder und auch Bewunderung, wie ihr damit lebt. Ich sage das jetzt nicht nur so daher. Das ist tatsächlich so. Sie hat sich sehr ausführlich mit dem Thema befasst, sogar ein Bild über euer Schicksal gemalt«, bemerkte sie mit einem Anflug von Stolz in der Stimme. »Was dich persönlich betrifft, ist sie jedoch der Ansicht, dass du mit der Krankheit an sich gut zurechtkommst. Nur nicht mit ihren Konsequenzen. Dieser Punkt hat ihr anfangs Sorge bereitet«, gab Juli zu. »Aber nachdem sie uns ein paarmal zusammen erlebt hat, ist sie inzwischen sicher, dass wir einen Weg finden werden, auch damit fertig zu werden.«

»Siehst du das auch so?«

»Natürlich«, erwiderte sie lächelnd. »Wäre ich sonst hier?«

»Vermutlich nicht.«

Die Zuversicht in ihrem Blick schnürte ihm einen Moment lang die Kehle zu. Bastian hoffte inständig, dass er ihren Glauben nicht zerstören würde, aber ein kleiner Teil von ihm konnte nicht umhin, entsetzt über ihre unbesorgte Haltung den Kopf zu schütteln.

Kapitel 27

Der Mann war ein Paradoxon auf zwei Beinen.

Ein schizophrenes Paradoxon.

An manchen Tagen schwirrte Juli der Kopf bei den zahlreichen Persönlichkeiten, die ihm innewohnten.

Er mied die Öffentlichkeit, wo es nur ging. Wenn sie gemeinsam unterwegs waren, beobachtete Juli mit Besorgnis seine wachsamen Augen, die jede einzelne Person misstrauisch musterten. Nur in Felix' und Elenas Nähe war er zugänglicher. Ansonsten gab er weiterhin den kühlen, distanzierten Fotografen, der allein mit seinem durchdringenden Blick alles um sich zum Gefrieren bringen konnte.

Waren sie allein, war er einerseits gierig, leidenschaftlich und fordernd, andererseits unsicher, scheu und verschlossen.

Das machte ihre Beziehung nicht unbedingt einfacher.

Nur zögerlich legte er seine Befangenheit vor ihr ab. Es war, als gingen sie einen Schritt nach vorn, um dann zwei Schritte zurückzumachen. Sie blieb beharrlich, lernte mit seiner Unsicherheit umzugehen – auch wenn es sie selbst häufig an den Rand der Verzweiflung katapultierte.

Auf der anderen Seite schien sie seine Selbstbeherrschung bis an die Grenzen und sogar darüber hinaus auszureizen, was sich unter anderem darin zeigte, dass hin und wieder sogar in der Öffentlichkeit etwas von seinem sorgsam kontrollierten Temperament hervorblitzte.

Als er nach einem gemeinsamen Kinobesuch wutschnaubend davonmarschierte, weil sich Juli erdreistet hatte, mit dem Popkornverkäufer zu scherzen, der seiner Pubertät noch nicht vollständig entwachsen war, spazierte Juli nachdenklich nach Hause.

Sie kam zu der Einsicht, dass es keinen Sinn hatte, jedes Mal auf ihn einzureden und ihre Gefühle für ihn zu beteuern. Denn unabhängig davon, dass sie nichts falsch gemacht hatte, machte sie sich unglaubwürdig. Er würde immer von Zweifeln geplagt sein, es sei denn, er erkannte selbst, wie töricht er sich benahm. Es gab einen Unterschied zwischen begründetem Misstrauen und völlig haltloser Eifersucht. Wenn Letzteres zutraf, würde sie sein Verhalten nicht auch noch bestärken, indem sie klein beigab.

Sie hatte ihre Wohnungstür noch nicht erreicht, da holte er sie schon reumütig ein. »Geht's wieder?«, fragte sie bloß.

Er nuschelte eine Entschuldigung und zeigte ihr die halbe Nacht lang, wie sehr er seinen Aussetzer bedauerte. Dieses Spiel wiederholte sich noch etliche Male, bis sie Bastian diese Form der Selbstgeißelung erfolgreich ausgetrieben hatte.

Mit anderen Dingen war das nicht so einfach.

Bastian hatte sich dagegen entschieden, Fotos für die Arbeit des Arztes machen zu lassen. Begründet hatte er seinen Entschluss natürlich nicht. Das war auch nicht notwendig. Es war ihm ohnehin deutlich anzumerken, dass für ihn die Vorstellung grauenhaft war, seinen Körper vor einer Kamera zu entblößen und die Bilder veröffentlicht in einem Buch wiederzufinden. Sie hatte mehrmals versucht, ihn zum Umdenken zu bewegen, doch er blieb stur.

Selbst als sich der Sommer dem Zenit näherte und es unerträglich heiß wurde, rückte Bastian nicht von seinen Gewohnheiten ab und bestand auch weiterhin auf seiner winterlich anmutenden Kleidung. Er weigerte sich, die Handschuhe außerhalb der Wohnung abzulegen, und nichts vermochte ihn davon zu überzeugen, diese selbst auferlegte Regel zu lockern.

»Ich verstehe einfach nicht, warum du dir das antust«, sagte Juli eines Nachmittags zu ihm, als sie in ein Handtuch gewickelt aus der Dusche kam.

Bastian saß im Schneidersitz auf ihrem Bett und blätterte in einigen Informationsbroschüren der Universität, die Juli bei einem Workshop zur Berufswahl erhalten hatte.

»Was meinst du?«, fragte er. Seine grünen Augen verschleierten sich, während er Juli ausführlich betrachtete. Seine Handschuhe und den langärmligen Pullover, den er zuvor getragen hatte, hatte er zwar ausgezogen, aber noch immer hüllte eine lange Jeans seine muskulösen Beine ein.

»Es ist abartig heiß da draußen und du kleidest dich, als stünde der nächste Wintereinbruch unmittelbar bevor«, erklärte Juli nachdrücklich.

Bastian fuhr sich genervt durch die Haare. »Ich kann mich einfach besser entspannen, wenn ich nicht dauernd auf meine Gestik achten muss.«

»Aber du musst dich überhaupt nicht verstecken«, erwiderte Juli ungehalten.

Er machte ein finsteres Gesicht. »Du hast doch selbst erlebt, was letzte Woche mit Felix passiert ist.«

Das war das Problem. Jedes Mal, wenn er an Selbstvertrauen zu gewinnen schien, passierte etwas Unvorhergesehenes, das all ihre Bemühungen wieder zunichtemachte. Wie in der vorangegangenen Woche: Seit langer Zeit hatte es endlich einmal eine günstige Gelegenheit gegeben, bei der sowohl Felix' Gesundheitszustand als auch die übrigen Bedingungen einen kleinen Ausflug in die Stadt erlaubt hatten. Alle außer Bastian waren begeistert von Julis Idee gewesen, gemeinsam das Sommerfest zu besuchen. Sie hatten richtig Spaß gehabt – bis ein paar betrunkene Idioten bösartige Scherze Felix' Aussehen betreffend über den halben Festplatz grölten. Die Blicke der übrigen Zuschauer waren ernüchternd gewesen.

Felix hatte sie ignoriert, Elena hatte ihm leise Mut zugesprochen, Isabelle hatte zurückgeblafft und Bastian war außer sich vor Zorn gewesen. Juli und Elena hatten ihn nur knapp davon abhalten können, die Kerle anzugreifen. Und um dem Ganzen noch die Krone aufzusetzen, hatte Bastian sich zahlreiche Verletzungen zugezogen, weil er wutentbrannt gegen einen Tisch gestoßen war, und auch Felix hatte sich trotz aller Vorsichtsmaßnahmen im Rollstuhl verwundet. Danach hatten sie frustriert den Heimweg angetreten. Niemand sagte etwas und selbst Isabelle war danach zu geschockt, um mit ihren frechen Sprüchen die Stimmung zu heben. Es war ein absolutes Desaster gewesen. Bastian hatte sich danach mehrere Tage zurückgezogen und seither kein Wort mehr darüber verloren.

Juli schluckte den Kloß in ihrem Hals herunter. »Was letzte Woche passiert ist, war nur ein unglücklicher Zufall«, meinte sie kleinlaut.

Bastian lächelte traurig. »Nein. War es nicht.«

»Es wird immer irgendwelche oberflächlichen Dummköpfe geben, die gaffen oder sich einen Spaß daraus machen, auf anderen herumzuhacken.«

»Genau deshalb handhabe ich die Dinge auch weiterhin so wie bisher.« Er war so entschlossen, dass Juli aufgab. Zumindest für diesen Moment.

Sie zog ein Tanktop und Hotpants an, während er eines der Magazine in die Höhe hielt. »Hast du dich schon entschieden?«, fragte er neugierig.

Juli setzte sich zu ihm auf das Bett und suchte die passende Broschüre heraus. Sie war nervös, ihm von ihrer Idee zu erzählen, da sie seine Reaktion nicht einschätzen konnte. »Ich habe mit dem Gedanken gespielt, mich für Medizin einzuschreiben«, sagte sie zögerlich.

»Warum?«

Sie zuckte betont lässig mit den Schultern. »Ich habe ein ausgeprägtes Helfersyndrom, umgebe mich gern mit Menschen, bin überaus wissbegierig, lernwillig und freue mich auf die Vielfalt der Arbeit. Ich denke, dass ich eine gute Ärztin abgeben würde«, zählte sie auf.

»Denkst du es oder weißt du es?«

»Ich weiß es.« Sie grinste. »Mir ist klar, dass das viel Zeit und harte Arbeit bedeutet. Ich werde mir etwas überlegen müssen, um weiterhin meinen Lebensunterhalt zu finanzieren. Vielleicht ein Bildungskredit oder so was. Bei dem Workshop haben wir verschiedene Tests gemacht und auch die Leiterin meinte, dass es eine gute Wahl für mich wäre, zumal ich mit meinem Schulabschluss die Zulassungsvoraussetzungen erfülle.«

»Du scheinst alles gut durchdacht zu haben«, bemerkte Bastian nachdenklich.

»Was hältst du davon?«, fragte sie aufgeregt.

Ein Lächeln breitete sich in seinem Gesicht aus. »Ich denke, das ist genau das Richtige für dich.«

Sie setzte sich auf seinen Schoß und schlang die Arme um seinen Nacken. »Also hilfst du mir?«

»Ich wüsste nicht, wie ich dir dabei helfen könnte«, erwiderte er lachend.

»Ich brauche eine Testperson«, hauchte sie an seinen Lippen. »Die Anatomie eines Menschen ist immerhin überaus komplex.«

Die vertraute Unsicherheit flackerte in seinen grünen Augen auf. Juli ignorierte den Stich in ihrem Herzen, der sie wie jedes Mal völlig unvorbereitet traf, wenn sie seine Befangenheit unmittelbar erlebte. Für sie gab es nur einen Weg, seine Bedenken zu zerstreuen. »Ich werde ganz genau herausfinden müssen, wie einzelne Körperteile auf gewisse Impulse reagieren«, fuhr sie unbeirrbar fort und schob ihr Becken leicht nach vorn, worauf sie beide leise aufstöhnten.

»Ich denke, *das* lässt sich einrichten«, murmelte er, als er ihre Botschaft endlich verstand, und schob seine sensiblen Hände unter ihr Oberteil.

Einmal mehr gelang es ihr, Bastian zurück ins Licht zu holen. Ihr widerstrebte der Gedanke, dass sie dies nur auf körperlichem Wege zu schaffen schien. Aber wenn sich sein ganzes Denken und Handeln allein auf seine Körperlichkeit ausrichtete, weil seine psychischen Barrieren zu festgefahren waren, musste sie wohl damit zurechtkommen

Zuweilen fragte sie sich, ob er diese Zweifel jemals ablegen würde. Sie hoffte es, aber allmählich wuchs ihre Angst, dass das niemals der Fall sein würde.

Allein mitzuerleben, wie er sich immer wieder aufs Neue verletzte, war für sie schwer mitanzusehen. Bastian ertrug seine Wunden mit stoischer Gelassenheit. Er beklagte sich nie, sondern entschuldigte sich lediglich dafür, dass er ihre Sachen mit seinem Blut besudelt hatte – was Juli völlig absurd fand.

Anfangs wehrte er sich dagegen, sie bei seinem täglichen Verbandswechsel zusehen zu lassen. Aber Juli wurde von einer morbiden Neugier getrieben. Wenn er sein Abendritual im Badezimmer begann, zögerte sie ihre Anwesenheit so lange hinaus, bis es irgendwann in einen stillen Kampf ausartete.

Sie genoss eine entspannende Dusche.

Er rasierte sich.

Sie trocknete sich gründlich ab.

Er ging duschen. Lange.

Sie bürstete ausgiebig ihr nasses Haar.

Er nahm sich Zeit mit dem Abtrocknen.

Sie griff nach ihrer Zahnbürste.

Er schlang das Handtuch lässig um seine schmalen Hüften.

Sie schnappte sich eine Bodylotion und cremte sich von Kopf bis Fuß ein.

Er putzte sich in aller Ausführlichkeit seine Zähne.

Sie schlüpfte in frische Nachtwäsche.

Er gab ihr einen Kuss und sagte ihr, er käme gleich nach.

Irgendwann jedoch blieb sie einfach sitzen, verschränkte entschlossen die Arme und gab ihm mit einem kompromisslosen Blick zu verstehen, dass sie heute nirgendwohin gehen würde.

Zu ihrer Überraschung verdrehte er wortlos die Augen und begann vorsichtig damit, seine Verbände zu lösen. Sie beobachtete aufmerksam, wie er alte Pflaster abzog, die Wunden desinfizierte und auf Infektionen prüfte, wie er neue Blasen aufstach, damit die Wundflüssigkeit abfließen konnte, und welche Salben er benutzte. Irgendwann konnte sie ihren Wissensdurst nicht länger zurückhalten und löcherte ihn mit Fragen über die einzelnen Wirkungsweisen der verschiedenen Heilsalben und die haptischen Eigenschaften seiner Verbände.

Als er fertig war, sah sie zufrieden grinsend zu ihm auf, verkniff sich jedoch einen Kommentar.

Am nächsten Tag begann alles wieder von vorn.

Erst als der Sommer allmählich zur Neige ging, hatte Bastian auch das letzte bisschen Scheu vor ihr abgelegt. Es passierte eher unbewusst. Ihr gemeinsamer Alltag war inzwischen so stark miteinander verwoben, dass er sich nicht länger um seine Wirkung zu sorgen schien.

Juli stellte seinen Sinneswandel nicht infrage, wenngleich er sich in Schweigen hüllte, was seine Gefühle betraf. Für sie war diese Ungewissheit zermürbend, denn Tatsache war, sie liebte ihn.

Wann genau ihre Verliebtheit in Liebe umgeschlagen war, wusste sie nicht. Es war ein schleichender Prozess gewesen und als sie es erkannt hatte, hatte sie sich euphorisch und panisch zugleich gefühlt, da sie keine Ahnung hatte, wie er für sie empfand.

Er wollte mit ihr zusammen sein, nicht nur in guten, sondern auch in schlechten Zeiten.

Das stellte er sogar eindrucksvoll unter Beweis, als sie eine Lebensmittelvergiftung erlitt und sich eine Nacht lang pausenlos übergab. Sie konnte sich nicht entsinnen, dass es ihr jemals so schlecht gegangen war. Bastian wich nicht von ihrer Seite, hielt ihre Haare zurück, half ihr beim Umziehen, kühlte ihre Stirn mit einem nassen Tuch. Aus Angst, ihrem Magen noch mehr zuzusetzen, verzichtete er am nächsten Tag darauf, etwas zu kochen, und fütterte sie stattdessen mit Cola und Salzstangen, um ihren Zucker- und Salzhaushalt wieder auf Vordermann zu bringen. Erst nachdem es ihr allmählich besser ging, entspannte er sich wieder etwas.

Sie bedeutete ihm etwas. Das wusste sie.

Aber er ließ sie nie weit genug in sein Inneres sehen, dass sie erkennen konnte, wie viel. Er sagte ihr nicht, was er für sie empfand, geschweige denn, dass er sie liebte.

Einmal hatte sie sich nach seinen Eltern und seiner Kindheit erkundigt. Er hatte sie daraufhin auf die Stirn geküsst und ihr erklärt, dass er nicht in seiner Vergangenheit lebte, sondern in der Gegenwart.

Genauso schien er es mit seiner Zukunft zu halten.

Er sicherte ihr seine Unterstützung zu, was ihr Studium betraf, aber wie viel konnte sie schon auf dieses Versprechen geben? Es hatte im Grunde genommen keinerlei Einfluss auf seine Pläne.

Sprach Juli über Orte, die sie gern einmal besuchen wollte, hörte er ihr aufmerksam zu. Er hatte ihr sogar einen überdimensionalen Bildband von Europas schönsten Städten geschenkt. Sie freute sich darüber, aber offen gestanden wären ihr zwei undatierte Bustickets lieber gewesen. Nicht, dass sie es sich im Augenblick hätte leisten können, mit ihm zu verreisen, aber ihr hätte allein sein Wunsch gereicht, mit ihr einen dieser Orte zu besuchen. Doch seine Aussagen blieben unverbindlich.

Er sprach auch nie mit ihr darüber, wovon er nachts träumte, wenn er sich wieder einmal unruhig im Schlaf hin und her geworfen hatte. Stattdessen zog er sie schweigend in seine Arme und hielt sie fest, während sie seinem Herzen lauschte, das sich unter ihrer zaghaften Berührung von seinem donnernden Rhythmus erholte.

Sie wusste nicht, was sie tun sollte. Er gab sich alle Mühe, ihr jeden Wunsch von den Lippen abzulesen, verwöhnte sie mit kleinen Aufmerksamkeiten, tat ihr jeden erfüllbaren Gefallen, um den sie ihn bat. Aber sie verzweifelte an diesem unsichtbaren Punkt in seinem Herzen, an dem sie nicht weiterkam.

Es war wie mit diesem Schrank in seinem Atelier. Inzwischen hatte sie Unmengen seiner Arbeiten gesehen, aber diese eine Schatzkiste, aus der er damals das Bild von Lukas hervorgezogen hatte, blieb verschlossen.

»Du hast mir immer noch nicht die Bilder gezeigt«, erinnerte sie ihn eines Abends nachdenklich. Sie fühlte sich zunehmend frustriert angesichts seiner Verschlossenheit.

Sie saß auf einem Hocker in seinem Atelier und leistete ihm Gesellschaft, während sie mit einer merkwürdigen kleinen Porzellanente spielte. Die Figur war Bestandteil einer Serie, die er gerade fotografierte.

Bastian hielt hinter seiner Kamera inne. »Hast du noch nicht genug gesehen?«, fragte er lächelnd.

»Ich meinte deine geheimnisvollen Meisterwerke«, erklärte sie und nickte in Richtung des Schränkchens.

»Da drin ist nichts Besonderes«, widersprach er. »Aber wenn du sie sehen willst, zeige ich sie dir.« Er sagte das mit jener antrainierten Gelassenheit, hinter der Juli seine Anspannung inzwischen mühelos wahrnehmen konnte. Sie hatte nicht damit gerechnet, dass er dieses Mal nachgeben würde. Umso neugieriger wurde sie, als er tatsächlich einen Stapel Ausdrucke aus dem Schrank holte und vor ihr ablegte. Dann zog er einen Stuhl heran und setzte sich neben sie.

Zuoberst lag noch immer das Bild von Lukas. Sie überflog es verzückt und blätterte gespannt weiter. Das nächste Bild war ein großer Schwarz-Weiß-Abzug und zeigte zwei Frauen, die auf einer Bank saßen und in ein Gespräch vertieft waren. Um sie herum befand sich eine Fußgängerzone mit Passanten, die geschäftig an ihnen vorbeieilten. Ihr fiel auf, dass es sich dem Alter nach um Mutter und Tochter handeln musste. Sie wirkten beide sehr entspannt und vertraut miteinander. Was um sie herum geschah, nahmen sie überhaupt nicht wahr. Es erweckte den Anschein, als würde die junge Frau Trost bei ihrer Mutter suchen – und finden. Je aufmerksamer Juli das Bild betrachtete, umso stärker geriet sie in seinen Bann. Es hatte fast etwas Voyeuristisches an sich, die beiden zu beobachten und sie fühlte, dass es sie berührte.

Irgendwo tief in ihrem Inneren wünschte sie sich genau das. Eine verständnisvolle Mutter, die ihr Mut machte und sie bestärkte, nicht dauernd kritisierte. Sie schluckte den Kloß in ihrem Hals herunter und blätterte zum nächsten Bild.

Auch dieses war in Schwarz und Weiß mit starken Kontrasten gehalten. Scheinbar war das sein bevorzugter Stil.

Es zeigte einen Mann, der ein kleines Mädchen auf dem Arm hielt. Sie befanden sich auf einem Spielplatz. Im Hintergrund war das lebendige Treiben anderer Kinder zu sehen, doch der Fokus lag auf den beiden. Das Kind hatte seine kleinen speckigen Arme um den Nacken des Mannes geschlungen und seinen Kopf lächelnd auf dessen Schulter gebettet, während es über die Kamera hinwegblickte. Aus den dunklen Augen der Kleinen sprach uneingeschränktes Vertrauen und die grenzenlose Liebe zu ihrem Vater.

Das nächste Foto zeigte einen jungen Mann, der in einem Wald oder Park stand. Es musste Winter gewesen sein, denn die Bäume im Hintergrund waren kahl und wirkten bei den düsteren Lichtverhältnissen nahezu tot. Der Mann schaute lächelnd gen Himmel und fuhr sich gedankenverloren mit der Hand durch die Haare. Sie verstand nicht so viel von Fotografie, aber irgendwie war es Bastian gelungen, ihn wie einen Engel aussehen zu lassen. Seine Haut wirkte matt und hell, die Konturen in seinem Gesicht ebenmäßig. Seine Hände waren kraftvoll und zugleich filigran. Ohne jeden Makel.

Nachdenklich runzelte sie die Stirn und schaute zu Bastian. Seine Miene verriet nicht die kleinste Regung.

Erneut betrachtete sie das Portrait des jungen Mannes und begriff, dass diese Fotografien nicht irgendwelche Bilder waren. Sie spiegelten seine Sehnsüchte wider.

Sie blätterte weiter und fand ihre Vermutung bestätigt, weil das nächste Bild eine Gruppe junger Menschen, vermutlich Studenten, zeigte, die in einem Straßencafé saßen und sich amüsierten. Leichtigkeit und Sorglosigkeit dominierten die Stimmung. Emotionen, die Bastian wahrscheinlich niemals selbst erlebt hatte.

Auf der nächsten Aufnahme war eine Frau abgebildet, die sich an einen männlichen Rücken lehnte. Von ihm sah man nur den Hinterkopf und die Schulterpartie. Dafür konnte man ihren Gesichtsausdruck umso deutlicher erkennen. Sie hatte die Augen geschlossen und ihre Lippen umspielte ein ausgesprochen zufriedenes Lächeln, während sie sich vor dem Wind schützte, der ihrer Frisur nach zu urteilen über sie hinwegfegte. Allem Anschein nach war diese Aufnahme an einem Ufer entstanden. Im Hintergrund sah man verschwommen das Gerüst der Promenade und menschliche

Konturen. Der Kontrast zwischen der stürmischen Atmosphäre und der Wärme der Liebenden war fast greifbar. »Wo ist dieses Bild entstanden?«

»In Südfrankreich, an der atlantischen Küste.«

Sie sah ihn abwartend an, eine stumme Aufforderung, näher ins Detail zu gehen. Zögernd begann er ihr von dem Unwetter zu erzählen, das an jenem Tag heraufgezogen war. Schließlich überwand er seine Wortkargheit und berichtete ihr ausführlicher von seiner Reise.

Als er fertig war, blätterte sie weiter und erkundigte sich nach der Zeit, dem Ort oder den Motiven der Bilder, um mehr über ihn zu erfahren.

Es folgten weitere Aufnahmen von Menschen, die allesamt schön anzusehen waren. Nicht im klassischen Sinne, wie es von der Modedoktrin vorgegeben wurde. Sie leuchteten vielmehr von innen heraus, widersetzten sich der düsteren Stimmung mit ihren lebensbejahenden Gefühlen. Juli war vollkommen gefesselt von seinen Bildern.

Fast war sie enttäuscht, als sich der Stapel dem Ende neigte. Sie legte das vorletzte Bild beiseite und schaute unvermittelt in ihr eigenes Gesicht. Einen Moment lang entglitten ihr alle Gesichtszüge.

Es war ein Bild, das er bei der Vernissage von ihr angefertigt hatte. Nachdem sie sich von dem Schreck erholt hatte, betrachtete sie kritisch ihren Gesichtsausdruck. Genau wie alle anderen Motive wirkte sie entspannt und fröhlich auf dem Bild. Von ihrer damaligen Frustration war nichts zu sehen.

»Jetzt hältst du mich doch für einen Spinner«, seufzte Bastian.

»Warum ist ein Bild von mir in diesem Stapel?«

Er bedachte sie mit einem gefühlvollen Lächeln. »Das weißt du doch längst.«

Sie wagte nicht, ihn auf seine Sehnsüchte anzusprechen. Das kam ihr vermessen vor, zumal sie nicht sicher war, ob ihre Theorie auch stimmte. »Weil ich glücklich darauf aussehe«, stellte sie zweifelnd fest.

Bastian runzelte nachdenklich die Stirn. »Warst du das denn nicht?«

Sie schnaubte. »Natürlich nicht.« Dann drehte sie sich, sodass sie ihm direkt gegenübersaß, und verzog schmollend ihr Gesicht. »Du hast mich abblitzen lassen.«

»Ich war ziemlich unhöflich zu dir damals, das stimmt«, sinnierte er. »Du glaubst nicht, wie gern ich mein Verhalten rückgängig machen würde.«

Juli grinste versöhnlich. »Ich verzeihe dir.«

Wie konnte sie auch nicht? Schließlich lag ihr Portrait in seiner Schatzkiste. Vielleicht, sagte sie sich, war das sogar noch besser als eine wortreiche Liebeserklärung.

Kapitel 28

Bastian drückte ermutigend Julis Hand, während sie gemeinsam das Haus ihrer Eltern betraten. Wie gewöhnlich war sie angespannt, aber heute stand ihr eine besondere Herausforderung bevor. Deshalb hatte er sie begleitet.

Luisa begrüßte sie mit derselben hochmütigen Ausstrahlung, die sie bei ihrem Kennenlernen umgeben hatte, offensichtlich ein Dauerzustand. »Bastian, schön, Sie wiederzusehen.« Die Lüge ging ihr problemlos über die Lippen, während sie ihm ein blasiertes Lächeln schenkte. Dann wandte sie sich ihrer Tochter zu. »Guten Tag, Julietta.«

»Hallo Mama.«

Juli und Bastian folgten Luisa in einen kleinen Salon, der Bastian an Versailles erinnerte. Die Einrichtung war pompös. Eines der beiden Sofas war bereits von Hanna, Maximilian und Lukas besetzt. Ihnen gegenüber hatte Julis Vater Platz genommen, der sie milde anlächelte. »Da seid ihr ja«, sagte er und erhob sich, um sie angemessen zu begrüßen. Lukas stürmte an ihm vorbei und umarmte Juli, während Bastian Josef die Hand schüttelte.

Die Schwestern tauschten eine innige Umarmung aus und zu Bastians Leidwesen kam auch er an Hannas herzlicher Begrüßung nicht vorbei. Juli setzte sich neben ihren Vater und zog Bastian mit sich.

Luisa nahm auf dem einzigen allein stehenden Sessel Platz und schaute wie eine Königin auf ihre Untertanen. »Bedient euch«, forderte sie mit einer ausschweifenden Geste auf die erlesenen Gebäckstücke, die zum Kaffee gereicht wurden.

Lukas, der zwischen seinen Eltern saß, schnappte sich eines der Schokoladenplätzchen und schob seinen kleinen Hintern bis ans Ende des Sofas zurück, sodass seine Füße nur knapp über der Kante baumelten.

»Wir haben auch Teller, Johanna«, bemerkte Luisa spitz und neigte sich nach vorn, um ihr zusätzlich eine Serviette zu reichen. Hanna hielt Lukas folgsam den Teller hin, der im Grunde überflüssig war, weil der kleine Junge seinen Keks längst verputzt hatte.

Maximilian warf seiner Frau ein mitleidiges Lächeln zu, bevor er sich an Josef wandte. »Wie geht es mit dem Bau des Freizeitbades voran?«

»Wir liegen gut im Zeitplan«, erwiderte Josef mit einem zufriedenen Lächeln.

»Vincent hat das Projekt hervorragend organisiert«, schaltete sich Luisa dazwischen und sah ihre Tochter vielsagend an. »Er ist so begabt.«

Bastian schluckte seinen Ärger hinunter. Er war hier, um Juli zu unterstützen. Nicht, um sich durch diese Frau verunsichern zu lassen.

Juli schien das ähnlich zu sehen, denn sie legte ihm sachte die Hand auf den Oberschenkel. Besitzergreifend schloss er seine Hand um ihre, die Abneigung ihrer Mutter hinsichtlich seiner Handschuhe ignorierend.

»Ich habe Neuigkeiten«, setzte Juli mit zittriger Stimme an. Unweigerlich waren alle Blicke auf sie geheftet.

»Was für Neuigkeiten?«, fragte Luisa tonlos. Offensichtlich rechnete sie mit dem Schlimmsten.

»Ich werde ab Herbst Medizin studieren«, verkündete Juli und konnte ihre Freude trotz ihrer Nervosität nicht länger verbergen.

Maximilian grinste: »Glückwunsch.«

Lukas rief: »Dr. Juli.«

Hanna quiekte: »Das ist ja wundervoll.«

Josef entspannte sich sichtlich.

Nur Luisa schürzte die Lippen. »Ist das dein Ernst?«

»Ja, das ist mein voller Ernst«, erwiderte Juli freudig. »Ich habe letzte Woche die Zulassung erhalten.«

Bastian konnte Luisa förmlich ansehen, dass sie um Fassung rang. Ihre Blicke trafen sich flüchtig und genau in diesem Moment fand er seine Vermutung bestätigt. Wie er selbst war sie eine wahre Meisterin im Verbergen ihrer Gefühle oder sie hatte bei all ihrer Beherrschtheit verlernt, richtig mit ihnen umzugehen. Jetzt sah er sie ganz deutlich, die Liebe, die Sorge und die Hilflosigkeit, die Luisa gegenüber ihrer jüngeren Tochter empfand.

Abrupt wandte sie sich an Juli. »Wir werden darüber noch zu gegebener Zeit sprechen, Julietta«, verkündete sie steif.

»Das wird nicht nötig sein.« Juli klang fröhlich und gelöst. Nur an ihren Fingern, die sich versteckt unter Bastians Hand in seinen Oberschenkel gruben, merkte er Julis Anspannung. »Mein Entschluss steht fest«, sagte sie ruhig. »Die Weichen sind gestellt. Dieses Mal werde ich es zu Ende bringen.«

Luisa stellte schwungvoll ihre Kaffeetasse ab. »Das ist doch nur wieder eine deiner verrückten Phasen«, schnaubte sie und warf Bastian einen vernichtenden Blick zu. »Haben Sie ihr das eingeredet?«

»Juli ist durchaus in der Lage, ihre Entscheidungen selbst zu treffen«, schoss er unbeeindruckt zurück und schenkte Juli ein warmes Lächeln. »Ich für meinen Teil begrüße jedoch ihre Pläne.«

»Dann sind Sie also bereit, für die Unkosten aufzukommen?«, schnaubte Luisa. »Von Ihrem Gehalt?«

»Ich wäre es, wenn Ihre Tochter mich ließe.« Sie hatten nie darüber gesprochen, aber er nahm an, dass seine Antwort in Julis Interesse war.

Juli reckte stolz ihr Kinn. »Ich brauche weder Bastians noch eure finanzielle Unterstützung. Alles Notwendige habe ich bereits in die Wege geleitet.«

»Wie willst du das bezahlen, Julietta?«, mischte sich nun auch ihr Vater besorgt ein. »Ein Studium kostet Geld.«

»Das weiß ich. Deshalb werde ich weiter im Café arbeiten. Ein bis zwei Abende in der Woche und an den Wochenenden. Das habe ich bereits mit meinem Chef besprochen. Außerdem habe ich einige Ersparnisse in den letzten Monaten angesammelt und ich habe einen Bildungskredit beantragt, der mir sicher bewilligt wird.«

»Julietta, du musst dich nicht verschulden und du musst nicht arbeiten, um dein Studium zu bezahlen«, sagte ihr Vater sanft. »Wir sind bereit, dich zu unterstützen.«

»Vorausgesetzt, du entscheidest dich für einen vernünftigen Weg«, bemerkte Luisa spitz.

»Vernünftig für wen?«, fragte Juli gereizt.

Luisa seufzte genervt. »Für dich natürlich. Vernünftig wäre es zum Beispiel, wenn du dein Jurastudium fortsetzt und einen konstanten Weg einschlägst, anstatt deine Zeit mit minderqualifizierter Arbeit oder dergleichen zu vertrödeln.«

Mit ihren Augen gab sie ihrer Tochter zu verstehen, dass das auch Bastian einschloss. Nicht sehr subtil. Andererseits aber auch nicht ganz ungerechtfertigt.

Bastians Mundwinkel zuckten belustigt. Wirklich, diese Frau war schlicht unglaublich.

»Ich werde mein Jurastudium nicht fortsetzen, sondern Medizin studieren. Das bedeutet viel harte Arbeit und Fleiß. Das ist mir klar. Gerade deshalb hoffe ich auf eure *moralische* Unterstützung.«

Luisa verschränkte mit einer graziösen Geste die Hände vor der Brust und musterte ihre Tochter unzufrieden. Im Kreise ihrer Familie würde es schwer werden, sich dem moralischen Appell ihrer Tochter zu widersetzen.

»Ich finde die Idee gut«, mischte sich Hanna unvermittelt ein. Eine kleine Falte trat zwischen ihre Augen, während sie Juli nachdenklich musterte. »Medizin passt zu dir. Du konntest schon immer jede Menge Blut sehen, ohne umzukippen.«

»Abgesehen davon ist der Job krisensicher«, bestärkte auch Maximilian sie. »Gute Ärzte werden immer gebraucht.«

Dieses Argument nahm Luisa den letzten Wind aus den Segeln. Maximilian und Josef begannen, über Karrierechancen in der Medizin zu diskutieren, und Bastian spürte, dass sich Juli allmählich entspannte.

Sie hatte nicht untertrieben. Es war ganz offensichtlich, dass Erfolg die Ambitionen dieser Familie beherrschte.

Hanna hingegen begeisterte sich mehr für die Frage, welchen Fachbereich Juli anstreben würde. Als Juli lächelnd mit den Schultern zuckte und ihr sagte, dass sie das jetzt noch nicht entscheiden müsste, ertönte ein ärgerliches Schnauben aus Luisas Ecke, doch niemand schenkte ihr länger Beachtung.

Es sah ganz danach aus, als hätte Juli wenigstens diesen Kampf für sich entschieden. Trotzdem war sie schweigsam auf dem Heimweg. Weil sie die letzten Sonnenstrahlen genießen wollten, hatten sie entschieden, auf dem Rückweg zu Fuß zu gehen. Bastian konnte zwar nicht schnell genug von ihrem Elternhaus wegkommen, aber sie ließen sich Zeit und spazierten Hand in Hand durch den milden Septemberabend.

»Willst du mir erzählen, was dich beschäftigt?«, fragte er sanft.

»Die Frau macht mich wahnsinnig«, brummte Juli. »Alles, woran sie denkt, ist Leistung, Leistung, Leistung. Sie ist einfach nie mit irgendwas zufrieden.«

»Sie macht sich Sorgen um dich.«

»Und schon wieder verteidigst du ihr schäbiges Verhalten. Ich verstehe dich einfach nicht.« Sie stieß frustriert die Luft aus.

»Mag sein, dass sie eine merkwürdige Art hat, das zu zeigen, aber sie liebt dich«, erwiderte Bastian unbeirrbar. Er hatte es vorher schon vermutet, aber nach diesem Nachmittag war er sich sicher, dass es so war. Er hatte beobachtet, wie Luisa ihre Tochter ansah, wenn sie es nicht bemerkte.

»Woher willst du das wissen?«, fragte Juli spitz. »Ist deine Mutter auch so?«

Sie blieb mitten auf dem Bürgersteig stehen und sah ihn abwartend an.

»Um meine Mutter geht es nicht«, entgegnete er kühl, was Julis Frustration offensichtlich in eine andere Richtung lenkte.

In ihren braunen Augen flackerte Zorn auf. »Ach nein?«, fragte sie bissig. »Erzähl doch mal. Wie sind *deine* Eltern denn so? Siehst du eher deiner Mutter ähnlich oder deinem Vater? Wo bist du aufgewachsen? Welche Schulen hast du besucht?«

Sie bombardierte ihn unablässig mit Fragen, sodass er instinktiv zurückwich. Normalerweise nahm sie sich spätestens in diesem Moment zusammen, aber sie war dermaßen aufgewühlt, dass sie seine Not nicht bemerkte.

Und dass er geradewegs auf die nächste Krise zusteuerte, zeigte sich vor allem darin, dass sich sein Brustkorb bedrohlich zusammenzog.

»Willst du nicht über deine Vergangenheit reden?«, fragte sie zuckersüß. »Gut, wie wäre es mit etwas anderem? Der Zukunft vielleicht? Oder ist es dir auch zu lästig?«

»Hör auf!«, stieß er aufgebracht hervor, woraufhin sich Juli die Hand vor den Mund schlug. Ihre Augen füllten sich unvermittelt mit Tränen, während sie ihn bestürzt anstarrte.

»Es tut mir leid«, stammelte sie. »Ich weiß nicht, was in mich gefahren ist.«

Er schüttelte unwirsch den Kopf. Sie musste sich für gar nichts entschuldigen. Wortlos zog er sie in seine Arme und hielt sie, so fest er konnte.

Kapitel 29

Juli hatte alles akribisch geplant. Wenn sie ihre Zeit nicht mit Lernen oder im Café verbringen würde, würde sie ihre wenige kostbare Freizeit mit Bastian genießen, und wenn sie sich gut organisierte, würde auch noch genug Zeit für ihre Familie und Freunde übrig bleiben.

Alles in allem war das ein zufriedenstellender Plan.

Bedauerlicherweise hielt sich ihr Leben nicht daran.

Zwei Wochen nach Vorlesungsbeginn schaffte sie es gerade noch nach Hause, bevor sie in ihr Badezimmer stürzte und sich heftig erbrach. Sie wankte zitternd zum Sofa und ließ sich darauf fallen, ehe sie die Augen schloss und ihre Erschöpfung bekämpfte.

Es war Freitagabend. Normalerweise war das der Tag in der Woche, der ausschließlich Bastian vorbehalten bleiben sollte, aber Felix hatte ihn spontan gebeten vorbeizukommen. Deshalb hatte sie Isabelle zu sich eingeladen. Jetzt überlegte sie, ihr abzusagen, aber sie hatten sich noch nicht gesehen, seit sie eine frischgebackene Medizinstudentin war. Sie vermisste ihre schrille Freundin.

Eigentlich neigte sie nicht zu einem nervösen Magen, aber vermutlich war die Aufregung um ihren neuen Lebensabschnitt in den letzten Wochen doch zu viel für sie gewesen.

Auf jeden Fall hätte sie auf diesen Burrito verzichten sollen, den sie in der Mensa gegessen hatte. Eigentlich mochte sie mexikanisches Essen nicht sonderlich, aber er hatte so appetitlich ausgesehen. Rückblickend betrachtet konnte sie sich jedoch beim besten Willen nicht erklären, was sie dazu bewogen hatte, ihn derart heißhungrig hinunterzuschlingen. Weiß der Himmel, wie viele Stunden er schon in der Auslage auf ein geeignetes Opfer gewartet hatte.

Kraftlos raffte sie sich auf, um sich eine Tasse magenberuhigenden Tee zu kochen, den sie schluckweise schlürfte, bis Isabelle eintraf.

»Ich liebe den Herbst«, verkündete sie, während sie energiegeladenen Schrittes in Julis Wohnzimmer stürmte. Unter ihrem schrillen Hut blitzten die grünen Spitzen ihres neusten Frisurenexperimentes hervor. Sie legte ihren Mantel ab und enthüllte ein orangefarbenes knielanges Kleid mit grünen Knöpfen über einer tiefroten Strumpfhose. »Überall Farben«, rief sie verzückt und hielt Juli ein buntes Ahornblatt hin, das farblich kaum von ihrer Erscheinung zu unterscheiden war.

»Danke.« Juli nahm es matt entgegen und sank aufs Sofa.

Isabelle musterte sie. »Du siehst ja schrecklich aus, Püppchen«, stellte sie fest.

Juli wusste selbst, dass sie ziemlich mitgenommen aussah. Sie hatte ihre Haare zu einem lockeren Knoten zusammengebunden, trug nur eine bequeme Jogginghose, ein Hemdchen und darüber ihre grüne Lieblingsstrickjacke, die sie vor den Kälteattacken schützte, die sie in letzter Zeit immer wieder überkamen.

»So ein dämlicher Burrito«, brummte sie. »Hab mir wohl schon wieder den Magen verdorben.«

»Seit wann isst du mexikanisch?«

Gedankenverloren strich sich Juli über den Bauch. »Oder eine Magen-Darm-Grippe.«

»Es soll ja schon wieder was herumgehen, aber wenn ich mal ganz offen sprechen darf, wie Magen-Darm siehst du nicht aus.« Sie ließ sich neben Juli auf das Sofa fallen, was Julis Magen sofort zum Gurgeln brachte.

Isabelle hob ihren Zeigefinger und piekste Juli in die Brust.

»Aua«, beschwerte sich Juli und rieb sich über die schmerzende Stelle.

»Deine Möpse sind gewachsen.«

»Blödsinn!« Juli sah zweifelnd an sich hinunter. Ihre Brüste waren nicht größer.

»Wenn ich mich mit einer Sache auskenne, dann sind das weibliche Körper«, erklärte Isabelle selbstgefällig. »Ich würde meinen knackigen Hintern drauf verwetten, dass du dir nicht den Magen verdorben hast.«

»Was denn sonst?«, erwiderte Juli barsch. Alles andere war schlichtweg undenkbar.

Isabelle schüttelte mitleidig den Kopf. »Ich weiß, du siehst immer noch pink und deine Hormone tanzen seit Wochen Samba, aber ist dir vielleicht mal in den Sinn gekommen, dass Bastian nicht der einzige Grund dafür sein könnte?«

»Ich hatte Stress«, beharrte Juli.

Isabelle grinste. »Nicht nur das, du kleines Luder.«

Juli wusste, worauf ihre Freundin anspielte. Aber sie irrte sich. Das konnte nicht sein. Sie nahm die Pille schon seit Jahren und achtete sorgsam auf die Einhaltung der vorgegebenen Zeitintervalle.

Natürlich hatte sie bemerkt, dass ihr Körper zurzeit rebellierte. Gewisse Anzeichen waren schließlich nicht von der Hand zu weisen. Aber Stress schien ihr die beste Erklärung für ihren Seelenfrieden zu sein, während sie die andere Möglichkeit bisher erfolgreich verdrängt hatte. Nun konnte sie das nicht mehr.

Trotz der Übelkeit und ihrer Aufregung zwang sie sich logisch zu denken. Wann hatte sie das letzte Mal ihre Periode gehabt? Wann traten normalerweise erste Symptome auf? Wie lange war sie überfällig?

»Die Lebensmittelvergiftung«, flüsterte sie. Das war die einzig sinnvolle Erklärung.

»Aha«, sagte Isabelle langsam und erhob sich.

»Wo willst du hin?«

»Na, was glaubst du wohl?«, grinste Isabelle. »In die nächste Apotheke natürlich. Ich brauche Gewissheit!«

Sie schnappte sich Julis Schlüssel und verließ die Wohnung mit einem fröhlichen Kichern. »Bis gleich.«

Juli war zu geschockt, um zu antworten. Sie starrte gedankenverloren ins Nichts, während die Realität allmählich in ihr Bewusstsein drang.

Ein Baby.

Du lieber Himmel.

Ausgerechnet jetzt.

Endlich hatte sie herausgefunden, was sie mit ihrem Leben anfangen wollte. Sie war so fest entschlossen, ihr Studium durchzuziehen. Aber das wäre nun nicht mehr ohne Weiteres möglich ... Und eigentlich hatte sie vorher heiraten oder zumindest mit dem Vater eine Zeit lang zusammenleben wollen, bevor sie eine Familie gründete – wahrscheinlich hatte sich zumindest diese spießige Vorstellung ihrer Mutter in ihrem Inneren manifestiert. Aber beides schien nicht mal ansatzweise in greifbarer Nähe zu sein.

Der Zeitpunkt hätte nicht ungünstiger sein können.

Andererseits, wann gab es schon den perfekten Moment?

Julis Hand lag noch immer auf ihrem Bauch. Mit der neuen Erkenntnis fühlte sich diese Geste plötzlich eigenartig an. War dort drin wirklich ihr Kind?

In ihrem Inneren tobten die unterschiedlichsten Gefühle in einem chaotischen Durcheinander: Wärme breitete sich in ihr aus, gefolgt von Angst und Unsicherheit, aber auch purer Freude.

Ein Kind bedeutete so viel Verantwortung. So viele Entbehrungen. So viel Liebe.

War sie dafür schon bereit?

Sie lächelte.

Pünktchen hüpfte auf das Sofa und kroch auf Julis Schoß. Sie strich sanft über das Fell ihrer kleinen Katze, lauschte ihrem beruhigenden Schnurren.

Das Telefon riss sie aus ihrer Trance.

»Hallo?«

»Hey, Süße, ich bin's«, sagte Bastian sanft.

»Hey«, erwiderte sie verträumt.

»Ich bin gerade auf dem Weg zu Felix. Es wird sicher nicht lange dauern. Soll ich uns nachher Pizza mitbringen?«

»Pizza?«, fragte Juli in einem Ton, als hätte sie noch nie davon gehört.

»Ja, du weißt schon, italienische Spezialität aus Hefeteig mit Tomaten und Käse und allen möglichen Belägen«, scherzte er. »Wirklich lecker!«

»Ich habe keinen Hunger.«

»Okay.« Juli hörte das Schlagen einer Autotür und seine Schritte.

Pizza!

»Warte mal, vielleicht doch eine Pizza Hawaii«, lenkte sie unvermittelt ein. »Die mit Kochschinken und Ananas. Eine große.« Sie war plötzlich überaus angetan. »Und dazu Pilze und Salami und Zwiebeln und Peperoni und extra Käse.«

»Alles zusammen?«, fragte Bastian irritiert.

»Pizza Hawaii, hab ich doch gesagt!«

»Mit Pizza Hawaii hat das ja nicht mehr so viel zu tun«, bemerkte er nachdenklich. »Alles in Ordnung mit dir?«

Sie konnte seine Skepsis deutlich heraushören. Genervt vergrub sie ihr Gesicht in ihrer Hand. Wirklich, sehr unauffällig. »Mhm.«

»Sicher?«, hakte er noch einmal nach.

Sie wollte keinesfalls am Telefon über ihren Verdacht mit ihm sprechen. Vor allem nicht, falls sie sich irrte und doch ein einfacher Magen-Darm-Infekt dahintersteckte.

»Ja, alles gut. War nur ein anstrengender Tag und ich kam noch gar nicht dazu, etwas zu essen«, sagte sie schnell. »Wir reden später, ja? Grüß Felix.«

»Mach ich«, erwiderte er perplex.

Sie legte auf, bevor er noch etwas sagen konnte. Dann holte sie zittrig Luft.

Es war keine Magenverstimmung und auch kein Infekt.

Sie spürte es.

Nicht nur, weil sie gerade *wirklich* Lust auf Pizza hatte und ihre Übelkeit allein bei dem Gedanken daran verpufft war.

Wenn sie ganz ehrlich zu sich selbst war, hatte sie es die ganze Zeit geahnt. Eine halbe Stunde später hielt sie den Beweis in ihren Händen. Mehrfach.

Isabelle starrte auf die fünf unterschiedlichen Stäbchen, die allesamt die gleichen Ergebnisse lieferten. Sicherheitshalber hatte sie verschiedene Hersteller gewählt und eine Flasche Sekt mitgebracht. Zur Beruhigung ihrer Nerven, wie sie erklärte. Jetzt klatschte sie begeistert in die Hände. »Ich werde Tante!«

»Oh Mann«, war alles, was Juli herausbrachte. Sie saß auf dem Fußboden ihres Badezimmers gegenüber von Isabelle. »Bastian wird ausrasten.«

Isabelle hielt in ihrem Begeisterungssturm inne. »Natürlich wird er das. Welcher Mann, der halbwegs bei Verstand ist, würde das nicht? Hier geht es immerhin um eure Zukunft.«

Juli rieb sich erschöpft über das Gesicht. Es war nicht nur das. Aber darüber wollte sie jetzt lieber nicht nachdenken. Sie rappelte sich hoch und stopfte die Tests samt Verpackungen zurück in die Plastiktüte, die Isabelle mitgebracht hatte.

»Jetzt mach nicht so ein Gesicht«, nörgelte Isabelle. »Er wird sich schon freuen.«

»Meinst du?«

»Aber natürlich«, sagte Isabelle und erhob sich ebenfalls. »Sobald er den ersten Schock überwunden hat.«

Am liebsten hätte sie ihn angerufen und gebeten zu kommen. Sie wollte mit ihm reden, von ihm hören, dass alles gut war und sie das zusammen schaffen würden. Sie wollte ihre Aufregung mit ihm teilen und ihre Freude.

Und dass sie sich wirklich freute, merkte sie, als Isabelle ihre Flasche Sekt köpfte und aufgeregt losplapperte: »Ihr werdet wundervolle Eltern sein und ich eine noch wundervollere Babysitterin. Du kannst es Tag und Nacht zu mir bringen. Es sei denn, es stinkt! Ich werde es alles lehren, was es über das Leben zu wissen gibt. Vor allem die wirklich wichtigen Dinge. Wenn es ein Mädchen wird, bin ich natürlich die erste Ansprechpartnerin in Sachen Mode, und falls es ein Junge wird, werde ich ihm von Anfang an beibringen, was für Frauen wirklich zählt. Und wir müssen natürlich einen ganz besonderen Namen finden. Etwas Einzigartiges, Glamouröses, nicht diesen ganzen Quark aus den Hitlisten ...«

Sie quasselte ohne Punkt und Komma. Der reinste Wahnsinn. Aber sie schaffte es, dass Juli ihre Bedenken verlor und die Euphorie zuließ, die sie bisher aus Angst zurückgehalten hatte. Die beiden Freundinnen waren so vertieft in ihre Freude, dass sie erschrocken zusammenzuckten, als sie hörten, wie Bastian die Wohnung betrat.

»Ich hätte den Schlüssel doch besser behalten sollen«, murmelte Isabelle.

Juli grinste und trank ihr Sektglas aus, damit Bastian nicht sehen konnte, dass sein Inhalt nur aus Organgensaft bestand.

Mit einem Pizzakarton in der Hand, der einen überaus verlockenden Duft verströmte, betrat Bastian zögernd den Raum.

»Da bist du ja schon«, begrüßte Juli ihn ausgelassen, sprang auf und schmiegte sich in seine Arme.

Er hauchte ihr einen unschuldigen Kuss auf die Stirn. Dann schaute er unsicher zwischen Juli und Isabelle hin und her. »Ich habe mir Sorgen gemacht«, sagte er stirnrunzelnd. »Du klangst vorhin so merkwürdig.«

Weil sie ihm die Gründe jetzt noch nicht erklären konnte, küsste sie ihn stürmisch. Das schien ihn etwas zu besänftigen.

»Wie war es bei Felix?«, fragte Juli.

»Gut so weit. Ich soll euch grüßen und ausrichten, dass ihr euch mal wieder sehen lassen sollt.« Er hielt unbeholfen den Karton in die Höhe. »Lust auf Pizza?«, fragte er erst an sie, dann an Isabelle gewandt.

Isabelle grinste. »Und mir meine scharfe Figur versauen? Nein danke!« Sie erhob sich. »Ich muss sowieso los.«

Im Vorbeigehen drückte sie Juli einen Kuss auf die Wange, bevor sie Bastian ein amüsiertes Schmunzeln zuwarf. »Tschüss, mein Hübscher.«

»Sie ist echt irre«, murmelte Bastian, während sie gemeinsam Isabelles wippenden Gang beim Verlassen der Wohnung beobachteten. Dann schüttelte er leicht den Kopf und sah Juli fragend an. »Wollen wir essen?«

»Später«, antwortete Juli, die zunehmend nervöser wurde.

»Ist wirklich alles in Ordnung?«, fragte Bastian noch einmal, während er den Karton auf ihrem Esstisch ablegte und seine Handschuhe abzog.

»Ja.« Juli schmiegte sich in seine Arme, genoss seinen vertrauten Duft und seine Wärme. Er strich ihr sachte eine Strähne hinters Ohr, die sich aus ihrem Haarknäuel befreit hatte. Sie versank in seinem Blick, tauchte in die Tiefen seiner grünen Augen ein. Ein verlegenes Lächeln huschte über sein Gesicht. »Warum schaust du mich so an?«

Julis Herz begann zu rasen. Sie hatte keine Zeit gehabt, darüber nachzudenken, wie sie die Neuigkeiten überbringen sollte. Deshalb sprach sie einfach das aus, was sie dachte: »Ich schaue dich so an, weil ich glücklich bin. Und glücklich bin ich, weil ich ein Kind von dir erwarte.«

Bastian versteinerte schlagartig.

Das war der Schock. Darauf war sie vorbereitet.

Aufgeregt trat sie einen Schritt zurück, um ihm etwas Freiraum zu geben. Sie griff nach dem Gürtel ihrer Strickjacke und begann damit, das Ende in ihren Händen zu kneten, um ihre Nervosität zu kompensieren. »Ich weiß, das kommt sehr überraschend. Wir sind noch nicht sehr lange zusammen und haben noch nie über eine gemeinsame Zukunft gesprochen.« Ein nervöses Lachen entfuhr ihr. »Wir haben noch nicht mal eine gemeinsame Wohnung. Aber es kann eben nicht immer alles nach Plan laufen. Dann machen wir es halt ein bisschen anders als alle anderen. Wir finden schon eine Lösung.«

»Ist das dein Ernst?«, fragte er atemlos.

»Ja.«

»Sag das noch mal.«

»Wir bekommen ein Baby«, wiederholte sie lächelnd. Sie sah ihn gespannt an und wartete. Sie hoffte, dass ihre Bedenken unbegründet gewesen waren und er sie nach ihren Worten endlich in die Arme schließen würde.

Doch dann löste sich Bastians geschockte Miene und wich blankem Entsetzen. »Aber du nimmst doch die Pille.«

Julis Schultern sackten herab. Sie spürte, wie ihr Traum ihr allmählich entglitt. Enttäuscht biss sie sich auf die Lippen.

»Wie konnte das passieren?«, fragte er bestürzt. Inzwischen schwang eine Panik in seiner Stimme mit, die Juli beunruhigte.

»Erinnerst du dich, dass ich vor ein paar Wochen diese Lebensmittelvergiftung hatte? Ich vermute, das hat die Wirkung der Pille außer Kraft gesetzt.«

»Aber warum hast du mir denn nichts gesagt?«, fuhr er sie aufgebracht an.

»Weil ich es nicht wusste«, verteidigte sich Juli gereizt.

»Wie kannst du so etwas denn nicht wissen?«, schrie er, woraufhin Juli instinktiv einen weiteren Schritt zurückwich. Er hatte sie noch nie angeschrien.

Auch Bastians Augen weiteten sich vor Schreck. Er rieb sich grob über sein Gesicht, offensichtlich in dem Bestreben, sich zu beruhigen.

»Ich habe die Pille immer pünktlich genommen«, verteidigte sie sich zittrig. »Auch in jener Nacht, als es mir so schlecht ging. Ich habe mich aber erst Stunden später übergeben. Laut Anwendungshinweis hätte der Schutz trotzdem bestehen bleiben müssen, was aber offensichtlich nicht der Fall war.«

Sie verschränkte beklommen die Arme vor der Brust und wartete. Mitten in ihrem Wohnzimmer standen sie einander schweigend gegenüber. Obwohl sie nur wenige Zentimeter trennten, spürte Juli, wie sie mehr und mehr voneinander fortgezogen wurden.

Eine sehr lange Zeit sagte Bastian nichts. Sein Blick war in weite Ferne gerückt, während seine Gedanken ihn immer weiter wegtrieben. Das machte Juli noch mehr Angst als sein Zorn. Als sie es nicht mehr aushielt, hob sie vorsichtig ihre Hand und strich sanft über seine Wange. »Bastian?«

»Ich bin noch nicht bereit für ein Kind«, brachte er gepresst hervor. Apathisch schüttelte er den Kopf. »Verdammt, ich weiß noch nicht mal ob ich überhaupt Kinder will.«

Irritiert ließ Juli ihre Hand sinken. »Was redest du da? Du bist verrückt nach Kindern.«

»Aber nicht so, Juli.« Sein Kopfschütteln verstärkte sich und mit ihm die Qual in seinen Augen. »Das geht nicht. Ich ... ich will dieses Kind nicht.«

Es dauerte einen Moment, bis Juli die Bedeutung seiner Worte begriff. Fassungslos sah sie ihm in die Augen. »Ich soll es wegmachen lassen?«, fragte sie leise.

Er antwortete nicht.

Das musste er auch nicht.

Sie hatte schon verstanden.

Und einfach so brach er ihr das Herz.

Kapitel 30

Bastian bekam keine Luft. Es war, als würde ihm jemand den Oberkörper zusammenquetschen, bis kein einziges Sauerstoffpartikel mehr in seiner Lunge war. Nicht mehr lange und er würde hyperventilieren.

Von einer Sekunde auf die andere wusste er überhaupt nicht mehr, wo ihm der Kopf stand. Er wusste nur eines: Was sie da von ihm verlangte, war unmöglich.

Warum sah sie das nicht ein? Nach allem, was sie zusammen durchgemacht hatten, musste sie das doch begreifen.

Er suchte in ihren großen braunen Augen nach demselben Verständnis, das ihm während der letzten Monate über seine kleinen und großen Krisen hinweggeholfen hatte. Aber ihr Blick wurde zusehends leerer. »Ich denke, es ist besser, wenn du jetzt gehst«, sagte sie reglos.

Gut so.

Er musste sowieso hier raus.

Ohne ein weiteres Wort schnappte er sich seine Handschuhe und verließ eiligen Schrittes die Wohnung. Die Tür krachte hinter ihm ins Schloss. Während er den Hausflur entlangrannte, streifte er sich seine Handschuhe über. Sofort fühlte er sich sicherer.

Trotzdem ging er auf der Straße fast in die Knie. Er rang nach Atem. Keuchend starrte er auf den dunklen Asphalt.

Er hatte gewusst, dass irgendetwas nicht stimmte. Den ganzen Abend lang hatte er schon ein merkwürdiges Gefühl gehabt. Aber nie im Leben hätte er so etwas erwartet.

Wie hatte er nur so dumm sein können?

Sie hatte ihm versichert, dass ihre Pille absolut zuverlässig sei. Danach war es kein Thema mehr zwischen ihnen gewesen. Weil er ihr vertraut hatte.

Und jetzt das!

Er konnte sich nicht entsinnen, wann er in seinem Leben jemals so enttäuscht gewesen war. Aber sie setzte völlig neue Maßstäbe.

Sie würde einsehen, dass es verrückt war, was sie da vorhatte. Das konnte überhaupt nicht gut gehen. Seine Lösung war die einzig richtige, sie war vernünftig und verantwortungsbewusst. Ein wenig Abstand würde sie sicher wieder zur Besinnung bringen. Das Einzige, was er tun musste, war warten.

Es würde nicht leicht werden, aber er würde es schon schaffen.

Kapitel 31

Erstaunt sah sich Juli um. Sie saß im Haus ihrer Eltern ihrer Mutter gegenüber, die sie misstrauisch beobachtete. Sie konnte sich nicht daran erinnern, wie sie hierhergekommen war, aber anscheinend hatte sie es irgendwie geschafft, sich anzuziehen und pünktlich zum Sonntagscafé zu erscheinen.

Ihr Vater betrat den Raum. »Johanna hat angerufen. Sie werden sich etwas verspäten.«

»Warum?«, fragte Luisa.

»Probleme mit dem Wagen«, erklärte Josef und ließ sich neben Julis Mutter aufs Sofa sinken. »Ein herrlicher Tag zum Golfspielen«, bemerkte er.

Durch das Fenster schien helles, freundliches Licht und schuf eine trügerische Idylle. Juli spürte bis in die Knochen eine unbeschreibliche Kälte, aber ob sie allein vom herbstlichen Wetter herrührte, wusste sie nicht. Seit zwei Tagen war dieses Gefühl ein Dauerzustand. Sie fror ohne Unterlass, egal wie viele Pullover sie sich überzog. Wahrscheinlich sah sie mit ihren fünf Schichten aus wie der Marshmallow-Mann aus dem Film »Ghostbusters«, nur ohne diesen albernen Hut.

Das Scheppern einer Porzellantasse riss sie aus dem Nebel ihrer Gedanken und ließ sie erschrocken zusammenfahren.

»Also wirklich, Julietta«, schimpfte Luisa, nachdem sie ihre Kaffeetasse schwungvoll auf dem Tisch abgestellt hatte. »Ich würde es sehr begrüßen, wenn deine geistige Anwesenheit deiner körperlichen in nichts nachstünde.«

»Entschuldigt«, sagte sie leise.

Josef sah versonnen zum Fenster. »Ich will nachher noch zu einem neuen Grundstück, die Messungen überprüfen. Vielleicht sollte ich vorher das gute Wetter für eine Partie nutzen.«

»Was ist los mit dir?«, verlangte Luisa von Juli zu wissen, ohne auf die Überlegungen ihres Mannes einzugehen.

»Nichts«, erwiderte Juli matt und langte nach ihrem Teller, auf dem ein Stück Käsetorte angerichtet war. Teilnahmslos schob sie sich ein Stück in den Mund. Der Kuchen schmeckte angenehm, bis sie unvermittelt zu würgen begann. Ihr brach kalter Schweiß aus. Hastig stellte sie ihren Teller weg und rannte zur Tür.

»Julietta!«, erklang die empörte Stimme ihrer Mutter, aber Juli konnte nicht mehr antworten. Sie presste die Hand vor den Mund und steuerte blindlings die Gästetoilette an, wo sie sich übergab.

Hinterher spritzte sie sich kaltes Wasser ins Gesicht. Trotz ihrer Gänsehaut tat es gut. Kraftlos richtete sie sich auf und betrachtete sich im Spiegel. Sie sah aus, wie sie sich fühlte. Tiefe Schatten lagen unter ihren Augen, in denen nichts als abgrundtiefe Verzweiflung stand. Ihr heller Teint war viel zu blass, ihre Lippen farblos. Es war ein Bild des Grauens, hatte nichts mehr mit der fröhlichen Frau gemein, die sie noch vor Kurzem gewesen war.

Noch einmal benetzte sie ihr Gesicht mit kaltem Wasser in der Hoffnung, eine gesundere Farbe hervorzurufen. Aber es war zwecklos. Sie atmete tief durch und kehrte auf wackligen Beinen zurück in den Salon.

Als sie eintrat, saß ihre Mutter in angespannter Haltung auf dem Sofa. Ihr Vater stand am Fenster, die Hände hinter dem Rücken verschränkt. Sein Gesicht zeigte eine Mischung aus Sorge und Ratlosigkeit.

»Was hat das zu bedeuten, Julietta?«, fragte Luisa, offensichtlich noch immer schockiert.

»Hab mir wohl den Magen verdorben«, murmelte Juli und schwankte leicht unter dem strengen Blick ihrer Mutter. Sie schaffte es nicht, sich noch einmal an den Tisch zu setzen. »Ich werde jetzt lieber gehen.«

»Bist du etwa schwanger?«, stieß Luisa hervor.

Sie wollte jetzt nicht mit ihren Eltern darüber diskutieren. Sie konnte nicht. Deshalb schüttelte sie wortlos den Kopf.

Luisa kniff die Augen zusammen. »Lüg mich nicht an, Julietta!«

Weiteres Leugnen hatte keinen Zweck. Ihre Mutter wusste längst, was los war. Juli straffte ihre Schultern, sah ihrer Mutter fest in die Augen. »Ja, ich erwarte ein Kind.«

Bestürzt schnappte Luisa nach Luft. »Von diesem mittellosen ...«

»Luisa!«, unterbrach Josef sie scharf. Er kam entschlossenen Schrittes vom Fenster herüber und baute sich hinter Luisa auf, als wollte er ihr jeden Moment den Mund zuhalten, um weitere Angriffe abzuwenden. Diese Geste ermutigte Juli.

Rebellisch schob sie ihr Kinn nach vorn. »Von diesem mittellosen … was, Mutter?«

»Oh, denk nicht, wir wüssten nichts davon«, erwiderte Luisa, bebend vor Entrüstung.

»Wovon?«

»Von dieser ... dieser Krankheit«, zischte sie.

»Still jetzt!«, fuhr Josef sie an.

Juli schaute ungläubig zwischen ihren Eltern hin und her, während ihr auch der letzte Rest Farbe aus dem Gesicht wich. Natürlich hatte sie ihre Schwester längst ins Vertrauen gezogen, aber dass ihre Eltern ebenfalls Bescheid wussten, hatte sie nicht geahnt. »Ihr wisst davon? Aber wie?«

»Bastian war während meiner Geburtstagsfeier gezwungen, seine Handschuhe abzulegen. Johanna und ich haben ihn zufällig überrascht«, erklärte Josef in ruhigem, gefasstem Ton.

Das war Monate her. Sie hatten sich seither Dutzende Male gesehen, aber nie auch nur ein Wort erwähnt. Andererseits sollte ihr Schweigen sie wenig überraschen. Ihre Familie war meisterlich darin, diskret mit Problemen umzugehen. Bastian war nur eines mehr auf ihrer endlos langen Liste.

Aber dass Hanna ihr nichts gesagt hatte … Von ihr fühlte sich Juli am meisten hintergangen.

»Was wirst du jetzt tun, Julietta?«, verlangte ihre Mutter zu erfahren.

»Ich weiß es nicht.«

Luisa schnaubte verstimmt. Sie erweckte den Anschein, als könnte sie gerade gut eine Zigarette gebrauchen. Wenn sie rauchen würde, wäre sie wahrscheinlich schon bei Nummer vier. »Du überlegst doch nicht ernsthaft, dieses Kind zu behalten?«

»Und wieso sollte ich es nicht behalten wollen?«, entgegnete Juli störrisch und ärgerte sich gleichzeitig über ihre eigene Dummheit. Sie legte es ja geradezu darauf an, dass ihre Mutter sie verletzte, was sie auch prompt tat.

»Du bist eine alleinstehende Medizinstudentin, die ihren Lebensunterhalt mit Kellnern bestreitet. Deine derzeitige Lebenssituation ist völlig ungeeignet, um ein Kind großzuziehen. Du kannst ihm nichts bieten. Genauso wenig wie dein mittelmäßig erfolgreicher Fotograf mit beeinträchtigten Genen«, fauchte sie. Bei ihren Worten wurde Juli erneut übel. »Hast du dich schon gefragt, was passiert, wenn es die gleiche Krankheit hat wie sein Vater? Welche zusätzliche Belastung das wäre? Das kann nicht dein Ernst sein, Julietta.«

»Das reicht jetzt!«, herrschte Josef Luisa an. Sein Befehlston war Juli noch allzu vertraut aus Kindertagen. Es reichte ihm endgültig.

Und ihr auch.

»Ja, das ist es«, bemerkte Juli und betrachtete ihre Mutter angewidert. »Das ist meine Entscheidung. Ganz allein meine.« Dann machte sie auf dem Absatz kehrt und marschierte hinaus.

Ihre Eltern folgten ihr nicht. Was vermutlich auch gut so war. Sonst hätte sie für nichts mehr garantieren können.

Sie lief über die Straße. Eine Autohupe ertönte, aber sie sah nicht auf. Irgendwie schaffte sie es nach Hause. Mit letzter Kraft gelang es ihr, sich ihre Schuhe von den Füßen zu streifen, ehe sie sich samt Strickjacke in ihr Bett legte. Sie zog sich die Bettdecke über den Kopf, so wie sie es früher immer getan hatte, als sie noch ein kleines Mädchen gewesen war und sich geängstigt hatte. Nur einmal hob sie die Decke wieder an, damit Pünktchen zu ihr kriechen konnte. In ihrer kleinen Höhle war es warm, ruhig und sicher. So blieb sie liegen in ihrer kleinen heilen Welt und labte sich an der Geborgenheit, die sie umgab, gut geschützt vor dem Sturm, der draußen tobte.

Sie hörte, wie ihr Telefon klingelte und jemand ihren Anrufbeantworter besprach. Dem Redeschwall nach zu urteilen war es Isabelle. Auch ihr Mobiltelefon läutete ein paarmal und zuletzt schrillte die Klingel ihrer Wohnungstür.

Aber Juli blieb einfach liegen.

★★★

Sie verlor ihr Gefühl für Raum und Zeit. Ob nur Minuten oder schon Stunden vergangen waren, wusste sie nicht. Irgendwann hallte Hannas panische Stimme durch ihre Wohnung. Und sie hörte Schritte. Offensichtlich hatte Hanna ihren Ersatzschlüssel benutzt.

»Juli!«, rief sie ängstlich. Dann folgte ein erleichtertes Aufseufzen, als sie die Schlafzimmertür erreichte und Juli unter ihrer Decke vermutete. »Ach Kleine«, sagte sie betrübt.

Juli hörte ein Rascheln, dann bewegte sich die Matratze, während Hanna in ihr Bett kroch. Vorsichtig grub sie sich unter die Decke, sodass sie einander zugewandt gegenüberlagen.

»Hey«, sagte Hanna leise. Sie strich Juli sanft über die Wange, wischte Tränen fort, von denen Juli gar nicht wusste, dass sie sie vergossen hatte.

»Hey«, krächzte Juli.

Die Schwestern sahen sich einander lange in die Augen. Hanna drängte sie nicht, wartete geduldig, bis Juli bereit war zu reden.

»Ich bin schwanger«, gestand Juli schließlich schniefend.

Ein mitfühlendes Lächeln zeichnete sich auf Hannas Lippen ab. Sie wusste es natürlich schon. Ihre Mutter hatte sich sicher wortreich über Julis chaotisches Leben ausgelassen, nachdem sie gegangen war.

»Bastian will unser Kind nicht«, fuhr Juli heiser fort.

Hannas Lächeln erstarb. »Das hat er dir gesagt?«, fragte sie ungläubig. Da Juli hicksend nickte, verhärteten sich ihre Züge. Plötzlich sah sie ihrer Mutter schockierend ähnlich. Mit ungewohnt zorniger Miene zog sie Juli in ihre Arme. »Es wird alles gut«, flüsterte sie.

Juli wollte ihr so gern glauben. Sie brach hemmungslos in Tränen aus, ließ endlich ihre ganze Verzweiflung, Traurigkeit und Wut heraus.

Hanna blieb bei ihr, streichelte beruhigend ihren Rücken und wartete, bis keine Tränen mehr übrig waren und Juli vor lauter Erschöpfung einschlief.

★★★

Als Juli am nächsten Tag erwachte, konnte sie kaum die Augen öffnen, weil sie so zugeschwollen waren. Wahrscheinlich sah sie aus wie ein verprügelter Boxer. Sie schniefte laut und schlug die Decke zurück, um besser Luft zu bekommen.

Hanna lag nicht mehr neben ihr, sondern sprach in einem anderen Raum mit leiser Stimme. Kurze Zeit später kehrte sie mit einer dampfenden Tasse und einer Schüssel zurück. Offensichtlich hatte sie letzte Nacht wenig geschlafen. Sie sah müde aus. Ihr Pullover war zerknittert und auf Höhe ihres Oberschenkels zeichnete sich ein kleiner Kaffeefleck auf ihrer Jeans ab.

»Guten Morgen, Schwesterchen«, sagte sie liebevoll. »Hier sind Tee und etwas Müsli. Versuch etwas davon zu essen.« Sie hielt Juli die Schüssel hin und wartete, bis sie sich aufgesetzt hatte. Dann nahm sie ihr gegenüber im Schneidersitz Platz. »Wie fühlst du dich?«

»Als hätte mir jemand das Herz rausgerissen und auf den Mond geschossen«, erwiderte Juli leise, während sie mit dem Löffel appetitlos in ihrem Müsli rührte.

»Hör zu, ich weiß, dass das ein harter Schlag für dich ist«, begann Hanna vorsichtig. »Aber vergiss bei all deinen Gefühlen nicht, dass dort ein neues Herz in dir schlägt. Du musst mehr auf dich achtgeben.«

Hanna war schon immer die Stimme der Vernunft gewesen, wenn Juli ihren Halt verloren hatte. Natürlich hatte sie recht. So sehr sie sich auch gehen lassen wollte, es war unverantwortlich. Entschlossen schob sie sich einen Löffel Müsli in den Mund, während Hanna zufrieden nickte. Sie kaute mechanisch, schluckte, aß noch einen Löffel voll. Es war doch erstaunlich, wie tröstlich die Monotonie eines simplen Ablaufes sein konnte. Als sie nichts mehr herunterbrachte, stellte sie die Schüssel zur Seite.

»Hast du eine Ahnung, wie weit du bist?«, fragte Hanna.

»Ich schätze, ungefähr sechste oder siebte Woche.«

»Seit wann weißt du es?«

»Ich hatte es vermutet, aber ganz sicher weiß ich es erst seit Freitag.« Juli erzählte ihr ausführlich, was sich zugetragen hatte. Währenddessen kämpfte sie erneut mit den Tränen. Sie war überrascht, dass noch welche übrig waren.

»Du hättest mal Mamas Reaktion sehen sollen«, sagte Juli bitter und putzte sich geräuschvoll die Nase, bevor sie Hanna vorwurfsvoll ansah. »Warum hast du mir nie erzählt, dass die beiden längst von seiner Krankheit wissen?«,

Hanna zuckte unbeholfen mit den Schultern. »Tut mir leid«, sagte sie unglücklich und begann nervös an ihrem Pulloversaum zu nesteln. »Papa und ich haben ihn damals auf der Geburtstagsfeier überrascht und kurz danach hast du mir erzählt, was es mit seinen Verletzungen auf sich hat. Ich wusste also Bescheid und war beruhigt. Papa kam diesbezüglich erst Wochen später auf mich zu, nachdem wir uns alle bei seinem Firmengrillfest wieder begegnet waren.« Sie sah Juli unsicher an. »Papa hat sich Sorgen um dich gemacht. Er meinte, es könne keine kurzfristige Erkrankung gewesen sein, da Bastian auch noch im Hochsommer diese Handschuhe trug, und dass es etwas Dauerhaftes sein müsse. Er wollte sichergehen, dass es nichts war, das dir gefährlich werden konnte. Ich habe ihm gesagt, dass du niemals so dumm wärst, aber er wollte es genau wissen und schließlich habe ich nachgegeben und ihm gesagt, dass Bastian von Epidermolysis bullosa betroffen ist.«

Daher wusste ihre Mutter also, dass es eine Erbkrankheit war. Ihr war das bei ihrem Streit gar nicht aufgefallen. Jetzt ergab das natürlich einen Sinn.

»Du hättest es mir erzählen müssen«, sagte Juli vorwurfsvoll.

»Ich weiß, aber ich wollte dich nicht unter Druck setzen. Ich hatte gehofft, du erklärst es ihnen selbst, wenn du so weit bist. Hätte ich geahnt, welche Konsequenzen mein Schweigen haben würde, hätte ich dich vorgewarnt.«

»An Mamas Reaktion hätte das wahrscheinlich auch nichts geändert«, beschwichtigte Juli sie, als sie den zerknirschten Gesichtsausdruck ihrer Schwester bemerkte. »Für sie ist es der absolute Super-GAU.«

»So ein Unfug!« Hanna schüttelte bekümmert den Kopf. »Ich kann das alles immer noch nicht glauben. Ihr wart so glücklich zusammen. Denkst du nicht, dass er nur eine ausgewachsene Panikattacke hatte und seine Reaktion inzwischen zutiefst bereut?«

Ein Teil von Juli wünschte sich, dass es so war. Es war dieser kleine naive Teil von ihr, der immer noch darauf hoffte, dass sie irgendwann eine glückliche Familie sein konnten.

Aber das war nur eine Illusion.

Das würde niemals geschehen.

Nicht jetzt und auch nicht in ferner Zukunft.

Juli schluckte hart. »Es spielt keine Rolle mehr.«

Kapitel 32

Nach fünf Tagen Funkstille war Bastian kurz davor, etwas in die Luft zu jagen. Er hatte nicht geschlafen, nicht gegessen, geschweige denn gearbeitet oder sonst etwas auf die Reihe bekommen.

Inzwischen bedauerte er, dass er derart die Fassung verloren hatte, doch das änderte auch nichts an den Tatsachen. Wenn er ihr sachlich seine Bedenken geschildert und vernünftig argumentiert hätte, wäre es sicher nicht so weit gekommen – auch wenn das Ergebnis das Gleiche gewesen wäre.

Er könnte niemals mit dieser Schuld leben, sollte dieses Kind so sein wie er. Wie sollte er ihm erklären, warum seine gesamte Existenz von Schmerz und Spott geprägt sein würde? Wie sollte er ihm in die Augen sehen, wenn es erkannte, dass er der Grund dafür war? Wie sollte er die Tatsache ertragen, dass er ihm dieses Leid nicht erspart hatte?

Für ihn gab es nur einen Weg, dieses Kind zu verschonen.

Allein bei der Vorstellung daran wurde ihm kotzübel. Aber lieber würde er niemals ein Vater sein als einer, der alles tatenlos mitansehen musste. Der Rolle des treusorgenden Familienvaters konnte er ohnehin nie im Leben gerecht werden. Dafür war er viel zu kaputt.

Es grenzte schon an ein Wunder, dass er in einer Beziehung nicht vollends versagt hatte, auch wenn er wusste, dass dies nicht sein Verdienst war. Nur durch Julis Geduld, ihr Verständnis und ihre Hingabe hatte es überhaupt funktioniert.

Sie waren glücklich gewesen.

Kraftlos ließ er sich aufs Sofa sinken und vergrub das Gesicht in seinen verhüllten Händen. So oft hatten seine Handschuhe ihm Trost gespendet. Aber dieses Mal waren sie völlig nutzlos.

Er vermisste Juli mit einem körperlichen Schmerz, der alles bisher Dagewesene in den Schatten stellte – und bei ihm wollte das etwas heißen. Verzweifelt betrachtete er ihr Foto, das er in einem Anflug von Sentimentalität hervorgekramt hatte und das nun auf seinem Wohnzimmertisch lag. Ihre dunklen Augen leuchteten so lebendig, ihr Lächeln war so furchtlos. Auch wenn er inzwischen wusste, dass sie in jenem Augenblick nicht so glücklich gewesen war, wie es den Anschein hatte, traf sein Portrait ihr fröhliches Wesen doch auf den Punkt.

Er liebte diese Frau.

Obwohl er wusste, dass sie jederzeit jemand Besseren verdient hätte, hatte er sich unwiderruflich in sie verliebt. All seinen Vorsichtsmaßnahmen zum Trotz.

Behutsam nahm er das Bild und betrachtete sie, prägte sich jeden ihrer Züge genau ein.

Diese wunderschönen, schokoladenbraunen Augen.

Ob ihr Kind ihre Augen haben würde?

Und ihr Lächeln?

Bei dieser Vorstellung zuckte er heftig zusammen. Sein Herz geriet in Aufruhr, donnerte lautstark gegen seine Brust. Er hatte sich jeden Gedanken in diese Richtung strikt verboten und trotzdem traten sie immer wieder lauernd an die Oberfläche. Als wäre das Ganze nicht schon schlimm genug.

Es dauerte einen Moment, bis er neben dem dröhnenden Herzschlag ein nicht minder heftiges Klopfen vernahm, das von seiner Wohnungstür kam. Er lauschte unsicher, hoffnungsvoll. Anhaltendes schrilles Klingeln ertönte. Bastian rannte zur Wohnungstür und riss sie schwungvoll auf.

Vor ihm stand Isabelle, mit hochrotem Kopf, der sich von ihren grünen Haaren gespenstisch abhob. Sie kniff wütend die Augen zusammen und stürmte wortlos an ihm vorbei in sein Wohnzimmer.

Mit einer Mischung aus Enttäuschung und Verblüffung folgte er ihr und sah sie abwartend an.

»Was hast du zu ihr gesagt?«, fuhr sie ihn an. Er kam nicht dazu, zu antworten, denn sie baute sich direkt vor ihm auf. »Ich will wissen, was du zu ihr gesagt hast.«

»Ich nehme an, Juli hat dir von unserem Gespräch erzählt«, sagte Bastian tonlos.

»Falsch. Sie hat mir überhaupt nichts erzählt. Fünf Tage lang lebe ich in dem Glauben, dass es euch großartig geht und ihr dabei seid, euer Familienglück zu genießen. Sie geht nicht ans Telefon, meldet sich im Café krank, ruft nicht zurück und ich denke: Gut, lass sie machen. Ist ja schließlich nicht das erste Mal, wenn es um dich geht. Und dann schickt sie mir eine kryptische Botschaft, auf die ich mir keinen Reim machen kann, und geht schon wieder nicht an ihr blödes Telefon«, fluchte sie.

Sie musterte Bastian mit einem mörderischen Blick. »Also, was hast du zu ihr gesagt?«

Bastian reckte störrisch das Kinn vor. »Ich habe ihr gesagt, dass ich das Kind nicht will.«

»Wie stellst du dir das vor? Soll sie es einfach wieder wegzaubern?«, fragte Isabelle sarkastisch. Anscheinend rechnete sie damit, dass Bastian ihr in diesem Punkt widersprach. Als er das nicht tat, weiteten sich ihre Augen vor Entsetzen. Ihr Gesicht lief erneut krebsrot an. »Bist du völlig übergeschnappt?«, schrie sie.

»Ich muss mich vor dir nicht rechtfertigen.« Selbst in seinen eigenen Ohren klang das erbärmlich.

Isabelle schien das genauso zu sehen. Sie musterte ihn durchdringend, bevor sie ihren Zeigefinger hob und damit vor ihm in der Luft herumfuchtelte, während sie ihre andere Hand entschlossen in die Hüfte stemmte. »Jetzt hörst du mir mal gut zu, du Blödmann. Nur weil dir das Wasser bis zum Hals steht, heißt das nicht, dass man auf diese Art Probleme löst«, fauchte sie.

»Das ist nicht so einfach«, widersprach Bastian zähneknirschend.

»Und ob es das ist«, fuhr sie ihn an. »Glaubst du, ich wüsste nicht, wovor du Angst hast?«

Bastian schnaubte. »Ja, das glaube ich allerdings.«

Isabelle warf genervt die Hände in die Luft. »Verdammt noch mal, nur weil die Möglichkeit besteht, dass euer Kind ebenfalls betroffen ist, heißt das doch nicht, dass es überhaupt nicht existieren darf.«

»Du hast keine Ahnung, wie es ist, mit so einer Krankheit zu leben.«

»Nein, das weiß ich nicht, und ich danke Gott dafür. Niemand sollte dieses Schicksal erleiden«, erwiderte Isabelle demütig, brauste jedoch sofort wieder auf. »Das rechtfertigt aber nicht, was du da von Juli verlangst, du egoistischer Mistkerl.«

»Wenn es betroffen wäre, würde es Schmerzen haben, körperliche und seelische«, erklärte er mit qualvoller Miene.

»Es ist überhaupt nicht klar, ob euer Kind betroffen ist«, widersprach sie vehement. »Aber wenn es so wäre, würde es lernen, damit umzugehen, so wie du. Und es hätte Trost gefunden bei den Menschen, die es lieben, und bei jenen, die intelligent genug sind, es zu verstehen.«

Aus Isabelles Mund klang das so verflucht einfach.

Ja, er hatte gelernt, mit seinen Wunden zu leben. Der Schmerz gehörte irgendwann einfach dazu. Er war erträglich, im Gegensatz zu anderen Dingen.

»Du weißt nicht, wie sich das anfühlt, wenn einen die Menschen ständig ansehen, als sei man ein Freak.«

»Natürlich weiß ich, wie sich das anfühlt«, protestierte sie energisch. »Glaubst du denn, ich kriege nicht mit, was die Leute hinter *meinem* Rücken erzählen?«

»Das kannst du doch überhaupt nicht vergleichen«, knurrte Bastian.

Isabelle verschränkte störrisch die Arme. »Wieso nicht? Anders ist anders.«

Bastian musterte die durchgedrehte junge Frau zweifelnd. Juli hatte nicht untertrieben. Für sie war es wirklich unwichtig. Er hatte es nie geglaubt. Bis jetzt. Wäre die Situation nicht so ein Desaster gewesen, wäre er ihr vermutlich lachend und dankbar um den Hals gefallen.

Anstelle seiner abgrundtiefen Verzweiflung durchdrang ihn eine leise Hoffnung. Er würde sich immer schuldig fühlen, aber vielleicht hatte er das Ganze bisher aus dem falschen Blickwinkel betrachtet. Seine Erfahrungen hätten zumindest etwas Gutes: Wenn sein Kind tatsächlich nicht so viel Glück hätte, könnte er ihm beibringen, wie es am besten mit seinen Verletzungen umging. Wahrscheinlich könnte er es besser trösten als jeder andere, weil er wusste, was es durchmachte. Er würde seine Grenzen kennen. Wenn er sein Bestes gab, würde das vielleicht ausreichen, um es zu beschützen.

Ohne dass er es selbst bemerkte, stahl sich ein zaghaftes Lächeln auf sein Gesicht.

Und wenn er keine Gefahr sah, würde er sein Kind ermutigen. Im Wasser zum Beispiel passierte ihm fast nie etwas. Es gab schließlich keine Reibungspunkte. Er könnte ihm schwimmen beibringen. Vielleicht würden sie zusammen in den Urlaub fahren und nach Fischen tauchen. Er würde ihm all die bunten Unterwasserwelten zeigen, die ihn früher immer so fasziniert hatten. Er würde ihm diesen lustigen Animationsfilm kaufen mit dem Clownfisch oder er könnte ihm sein eigenes kleines Aquarium an seine Zimmerwände malen. Es gab so viele Möglichkeiten.

Isabelle hatte recht. Sein Kind wäre nie so einsam, wie er es gewesen war. Es würde Freunde haben. Menschen, die ganz verrückt nach ihm wären, weil es einzigartig, klug und schön war. So wie seine Mutter ...

»Was ist, wenn Juli nicht damit zurechtkommt?«, fragte er unsicher.

Isabelle schnaubte empört. »Sie ist viel stärker, als sie aussieht. Das heißt, sie war es, bevor du alles kaputtgemacht hast.« Sie schüttelte den Kopf und wandte sich von Bastian ab, starrte aus dem Fenster. »Ich denke nicht, dass sie sich davon erholen wird. Euer Kind zu zerstören wird sie nicht verkraften«, sagte sie betrübt.

»Was soll das heißen?«, fragte er entgeistert.

Allmählich kroch nackte Angst seinen Rücken hinauf. Es war nicht das erste Mal, aber dieses Mal war es anders. Er fürchtete sich nicht vor der Zukunft, sondern vor der Gegenwart.

»Was glaubst du wohl?«, fragte Isabelle mutlos. Sie drehte sich nicht um, sondern zog ihre Arme fest um ihren Oberkörper. »Jetzt verstehe ich auch endlich ihre Nachricht. Sie wird dieses Kind nicht allein bekommen. Gerade ist sie bei ihrer Frauenärztin in der Schillergasse wegen eines Beratungsgesprächs.« Sie zögerte einen Augenblick, dann fuhr sie fort: »Paragraf 218 StGB sagt dir doch etwas, oder?«

Ihre Worte hallten in seinem Kopf wider, die Zahl ein immerwährendes Echo. Und dann verstand er es.

Paragraf 218 StGB: Schwangerschaftsabbruch.

Juli war im Begriff, ihr Kind zu zerstören.

Weil er es von ihr verlangt hatte.

»Nein!«, keuchte Bastian und stürzte fluchtartig aus seiner Wohnung.

Seine Hölle folgte ihm.

Kapitel 33

Das Ärztehaus in der Schillergasse beherbergte mehrere private Praxen. Neben Dermatologen, Allgemeinmedizinern und Internisten hatte dort auch Julis Gynäkologin Dr. Kiewski ihre Räumlichkeiten in der dritten Etage.

Hanna hatte Juli angeboten, sie zu dem Termin zu begleiten, aber sie wollte es allein hinter sich bringen.

Da Juli den Weg bereits kannte, nickte sie der jungen Frau am Empfang, die neuen Patienten behilflich war, kurz zu und lief an ihrer rechten Seite vorbei zum Fahrstuhl.

Die Frauenarztpraxis war modern und mit viel Liebe zum Detail eingerichtet. Überall standen hohe Pflanzen, überfüllte Regale mit Büchern rund um die Themen Schwangerschaft, Elternleben und Vorsorge und selbst für eine Spielecke hatte sich ein Platz gefunden. Zahlreiche Türen gingen von dem breiten hellen Flur ab, hinter denen die Sprech- und Behandlungszimmer lagen. Am Empfangstresen lächelte ihr eine brünette Arzthelferin mit schwarzer Hornbrille freundlich entgegen.

»Ich habe einen Termin bei Frau Dr. Kiewski«, sagte Juli höflich und legte ihre Krankenkarte auf den Tresen. Routiniert tätigte die Arzthelferin einige Eingaben in ihrem Computer, ehe sie Juli ihre Karte zurückgab und ihre Krankenakte heraussuchte.

»Bitte nehmen Sie noch kurz im Wartebereich Platz«, wies sie Juli an.

Juli nickte und zog sich zurück. Im Wartebereich saßen bereits eine ältere Frau, die geschäftig durch eine Frauenzeitschrift blätterte, und ein junges Paar. Sie war hochschwanger und er hatte beschützend seinen Arm um sie gelegt, während er ihr Dinge ins Ohr flüsterte, die sie zum Lächeln brachten. Ein Stich durchfuhr Juli und sie blickte angestrengt in die andere Richtung, um ihre Verbitterung zu verbergen. Was konnte dieses Liebespaar dafür, dass sie selbst nicht so viel Glück gehabt hatte und nun allein hier saß?

Sie hatte immer geglaubt, wenn sie einmal ein Kind erwarten würde, wäre der Mann an ihrer Seite auch einer dieser Väter mit stolz geschwellter Brust. Einer von denen, die schon beim Ultraschall riefen: »Das Kleine ist mir wie aus dem Gesicht geschnitten«, obwohl man kaum mehr als einen verschwommenen Klecks erkannte. Einer von denen, die vor Rührung Tränen in den Augen hatten, wenn sie das erste Mal den Herzschlag ihres Kindes hörten. Einer von denen, die sich über alle Maßen auf ihr Kind freuten.

So konnte man sich irren.

Es hatte ein wenig gedauert, bis sie Bastians Beweggründe einigermaßen verstanden hatte. Nachdem sich ihre Schockstarre am Sonntag bei ihren Eltern gelöst und sie ihre Enttäuschung in Hannas Armen herausgelassen hatte, gab sie ihr Bestes, um sich wieder in den Griff zu kriegen. Sie versuchte, jeden Gedanken an Bastian zu verdrängen, um nicht wieder in den Abgrund gerissen zu werden. Trotzdem hatte sie bis zuletzt den Grund für seine heftige Reaktion hinterfragt.

Und schließlich war sie darauf gekommen.

»Frau Hoffmann?«, sprach eine der anderen Arzthelferinnen Juli an, die am Eingang des Wartezimmers stand, eine Akte in der Hand. »Bitte gehen Sie schon einmal in Zimmer Nummer zwei. Dr. Kiewski wird gleich bei Ihnen sein.«

Juli suchte die Türen ab, bis sie das richtige Zimmer gefunden hatte. Sie spürte ihre wachsende Nervosität, als sie auf einem der zwei Stühle vor dem Schreibtisch der Ärztin im Besprechungszimmer Platz nahm.

»Hallo Frau Hoffmann«, grüßte Dr. Kiewski sie freundlich und reichte ihr die Hand. Sie war ungewöhnlich groß für eine Frau. Ihr braunes Haar war an manchen Stellen von grauen Strähnen durchzogen. Der intelligente Ausdruck in ihren blauen Augen stand ihrem Einfühlungsvermögen in nichts nach. Juli mochte sie und vertraute ihr. Deshalb war sie schon seit Jahren bei ihr Patientin.

Wie üblich nahm Dr. Kiewski nicht hinter ihrem Schreibtisch, sondern auf dem anderen Stuhl neben Juli Platz. »Was kann ich für Sie tun?«, fragte sie.

Ein verlegenes Lächeln stahl sich in Julis Gesicht. »Wie es aussieht, erwarte ich ein Kind.«

Dr. Kiewskis Augenbrauen hoben sich. »Haben Sie schon einen Test gemacht?«

»Fünf.«

Die Ärztin lachte. »Na, dann sehen wir doch mal nach, wie zuverlässig die Pharmaindustrie ist«, verkündete sie und wies Juli den Weg in ihr separates Behandlungszimmer.

Sie führte mehrere Untersuchungen durch. Zuletzt schloss sie das Ultraschallgerät an und schaltete den Monitor ein.

»Dort«, sagte sie und deutete auf einen kleinen weißen, flimmernden Punkt inmitten einer Blase, »schlägt das Herz Ihres Kindes.«

Unvermittelt schossen Juli Tränen in die Augen. Sie schluchzte auf, vor Glück, vor Verzweiflung.

»Herzlichen Glückwunsch«, sagte die Ärztin und nahm einige Abmessungen vor. »Sie sind jetzt in der achten Woche. Nach der Größe des Fötus zu urteilen, liegt der Entbindungstermin um den 8. Juni des nächsten Jahres, aber die wenigstens Babys halten sich an die Technik. Zwei Wochen mehr oder weniger sind absolut im Rahmen.«

Anfang Juni. Dann konnte sie ihre Prüfungen für dieses Semester wohl abschreiben, denn die fanden Mitte Juli statt.

Die Ärztin gab einige Daten über die Tastatur des Gerätes ein. »Das sieht alles sehr gut aus«, stellte sie zufrieden fest. Dann rollte sie auf ihrem Stuhl zurück. »Am besten ziehen Sie sich an und wir reden drüben weiter«, sagte sie mit einem Zwinkern.

Zurück im Besprechungszimmer nahmen die beiden wieder auf ihren Stühlen Platz.

»Nun, Frau Hoffmann, wie ich Ihnen eben schon im Untersuchungszimmer gesagt habe, sind keine auffälligen Befunde im gegenwärtigen Stadium Ihrer Schwangerschaft zu erkennen. Ich habe hier einige Broschüren, die Sie vor Ihrem nächsten Termin lesen sollten.«

Sie reichte Juli einen Stapel Prospekte, die sie etwas tollpatschig entgegennahm.

»Danke.«

»Haben Sie sonst noch irgendwelche Fragen?«, erkundigte sie sich in einem geduldigen Ton, der Juli das Gefühl gab, die beiden hätten alle Zeit der Welt.

Juli biss sich zögernd auf die Unterlippe.

»Ihnen steht die Angst förmlich ins Gesicht geschrieben«, bemerkte die Ärztin belustigt. »Sehen Sie, ich übe diesen Beruf nun schon einige Jahre aus. Lassen Sie sich einen gut gemeinten Rat mit auf den Weg geben: Machen Sie sich nicht allzu viele Sorgen. Das Muttersein liegt Ihnen im Blut. Der Rest wird sich schon irgendwie finden.« Sie sagte das so zuversichtlich, dass Juli nun ernsthaft mit den Tränen kämpfte. Mitten in der Arztpraxis. Sie nickte ergriffen.

»Ist sonst noch etwas?«, fragte Dr. Kiewski und senkte den Kopf, um Julis Blick einzufangen. »Nur raus damit«, forderte sie mit einem ermutigenden Lächeln.

»Der Vater des Kindes hat eine Erbkrankheit«, erklärte Juli verhalten und räusperte sich.

Sofort zeichnete sich in Dr. Kiewskis Augen Besorgnis ab. »Wissen Sie, wie sie heißt?«

»Epidermolysis bullosa, aber er sagte mir, man nennt die Betroffenen auch Schmetterlingskinder.«

»Davon habe ich schon gehört.«

»Kennen Sie sich damit aus?«, fragte Juli hoffnungsvoll.

»Ich bin kein Dermatologe«, erwiderte die Ärztin mit einem entschuldigenden Lächeln. »Hat denn der Vater Symptome?«

»Er bildet Blasen und Wunden.«

»Das bedeutet, dass die Erbkrankheit dominant ist. Wenn wir davon ausgehen, dass bei Ihnen keine Erkrankung vorliegt, dann liegt die Wahrscheinlichkeit einer Vererbung in Ihrem Fall bei fünfzig Prozent, soweit ich weiß.«

Fünfzig Prozent. Also bestand immerhin die Chance auf ein gesundes Baby.

»Wird es so sein wie bei ihm?«, fragte Juli leise und rollte angespannt die Prospekte auf ihrem Schoss in ihren Händen zusammen.

»Manche Kinder kommen bereits mit Verletzungen auf die Welt. Andere bilden erst später Blasen. Sie wissen sicher, dass diese Krankheit verschiedene Formen und Schweregrade aufweist, aber Sie können davon ausgehen, dass die Symptomatik im Falle einer Vererbung ähnlich stark ausgeprägt sein wird wie beim Vater.«

Juli schluckte hart in dem Bestreben, ihre Gefühle unter Kontrolle zu behalten. »Er leidet sehr darunter.«

Die Ärztin holte tief Luft, während sie Julis kläglichen Gesichtsausdruck bekümmert musterte. »Ich möchte ganz offen mit Ihnen sprechen, Frau Hoffmann«, sagte die Ärztin mitfühlend. »Diese Krankheit ist – egal in welcher Form – äußerst tragisch, vor allem für ein Kind. Sollte auch Ihr Kind betroffen sein, kommen harte Zeiten auf Sie zu. Die Haut von Kindern ist generell zarter als die eines Erwachsenen. Hinzu kommt die Tatsache, dass Kinder ihre Motorik erst entwickeln müssen. Kleine Unfälle bleiben da nicht aus, aber die Verletzungsgefahr ist bei EB-Patienten schlichtweg größer aufgrund der fragilen Hautstruktur.«

»Ich verstehe.«

In einer mütterlichen Geste legte sie Juli sanft die Hand auf den Arm. »Gehe ich recht in der Annahme, dass diese Krankheit für Sie persönlich im Grunde völlig belanglos ist?«

Juli runzelte irritiert die Stirn.

»Ich meine damit nicht, dass es Ihnen gleichgültig ist, wenn Ihr Partner mit seinen Verletzungen zu kämpfen hat«, stellte sie klar. »Ich beziehe mich in diesem Zusammenhang allein auf Ihr gemeinsames Leben im Alltag.«

»Er hat öfter Wunden«, erwiderte Juli nachdenklich und suchte in ihrer Erinnerung nach Situationen, in denen ihr Alltag an Bastians Seite unüberwindbaren Grenzen ausgesetzt gewesen war. Ein paarmal hatte Bastian sich seiner Krankheit beugen müssen. Aber verglichen mit den schönen Momenten war das wirklich selten vorgekommen. »Rein physisch hat es unser Leben kaum beeinflusst.«

Die Ärztin lächelte zufrieden. »Weil Ihr Partner gelernt hat, damit zu leben. So wie es Ihr Kind lernen wird, falls es ebenfalls betroffen sein sollte. Spielt es für Ihre Zukunft also wirklich eine Rolle, welche Hälfte Sie in sich tragen?«

Die Ärztin hatte recht. Ob ihr Kind betroffen war oder nicht, war für sie nicht von Bedeutung. Wenn sie sich für dieses Kind entschied, dann ganz und gar. Egal, was das Schicksal für sie bereithielt, sie würde damit fertigwerden.

Kapitel 34

Es grenzte an ein Wunder, dass Bastian keinen Verkehrsunfall baute, als er quer durch die Stadt raste. Und doch kam es ihm wie eine Ewigkeit vor, bis er endlich das Ärztehaus erreichte. Er stürzte durch den Eingang ins Foyer, wo eine junge Frau hinter einem Tresen erstaunt aufblickte.

»Guten Tag, kann ich Ihnen helfen?«, fragte sie freundlich.

Bastian rang keuchend nach Atem. »Ich suche die Frauenarztpraxis«, presste er mühsam hervor.

Die Frau deutete nach links. »Am besten erreichen Sie die Praxis über den Fahrstuhl. Sie liegt im dritten Stock.«

»Danke«, rief er und rannte zum Fahrstuhl. Er drosch auf den Knopf ein, trat unruhig von einem Fuß auf den anderen.

Neben ihm ging die Tür zum Treppenhaus auf, aber er hob nur flüchtig den Kopf.

Juli trat gedankenverloren heraus und ging an ihm vorbei Richtung Ausgang.

»Juli!«, rief er mit einer Mischung aus Erleichterung und Angst.

Sie sah überrascht auf. Als ihre Blicke sich trafen, schnappte er erschrocken nach Luft. Sie sah furchtbar aus. Ihr Gesicht war blass und eingefallen. Ihre ungewöhnlich großen Augen schauten dumpf und leer, ohne jedes Gefühl. Selbst ihre Haare, die schlaff auf ihre zierlichen Schultern fielen, schienen binnen kürzester Zeit an Glanz verloren zu haben. Sie hatte ihre grüne Lieblingsstrickjacke um ihren schmalen Körper geschlungen. Sonst hatte es den Eindruck von Gemütlichkeit erweckt, wenn sie sie trug. In diesem Augenblick jedoch wirkte Juli seltsam verloren darin. Unter den Arm hatte sie eine braune Handtasche geklemmt, den Riemen so fest in der Hand, dass ihre Fingerknöchel weiß hervortraten. Bastian schluckte hart, ehe er auf sie zuging.

Plötzlich setzte sie sich in Bewegung und lief zum Ausgang. Sie floh vor ihm. Diese Erkenntnis traf ihn wie ein Schlag in die Magengrube.

»Juli, warte!«, rief er panisch und folgte ihr. Vor der Eingangstür überholte er sie und versperrte ihr den Weg. Zwar blieb sie stehen, sah ihn aber nicht an. Stattdessen starrte sie auf den Bürgersteig, der noch feucht von einem kurzen Regenschauer war. Der Himmel hatte sich zu einem tristen Grau zugezogen, was ihre Gesichtsfarbe noch unnatürlicher erscheinen ließ. Sie sagte nichts, stand einfach reglos da.

»Es tut mir so leid.« Seine verzweifelte Stimme klang fremd in seinen Ohren.

»Ich weiß«, erwiderte sie leise. Ihr Verständnis schnitt noch eine weitere Wunde in sein Herz.

»Verzeih mir«, bat er. »Ich war so dumm. Ich habe Panik gekriegt, war außer mir vor Angst. Allein bei der Vorstellung, unser Kind könnte ebenfalls krank sein, habe ich rot gesehen. Ich wollte ihm dieses Leid ersparen. Ich wollte mir die Schuld ersparen.«

Eine kleine Falte erschien zwischen ihren Augen, aber sie sah Bastian immer noch nicht an. »Du kannst dich nicht für etwas schuldig fühlen, auf das du keinen Einfluss hast. Genauso wenig wie du die Haarfarbe oder das Geschlecht bestimmen kannst«, widersprach sie entrückt. »Es ist eine Erbkrankheit.«

»Ich weiß jetzt, wie falsch ich lag und wie egoistisch das war. Ich war wie gelähmt vor Angst. Aber inzwischen sehe ich alles ganz klar. Ich will dieses Kind. Ich wünschte, ich könnte die Worte dafür finden, wie sehr ich es will. Das alles. Dich, unser Kind, eine gemeinsame Zukunft.«

»Wenn überhaupt, dann trage ich die Schuld«, fuhr Juli fort, ohne auf seine Worte einzugehen. Es war, als prallten sie einfach von ihr ab. »Ich habe nicht aufgepasst und dafür werde ich auch die Konsequenzen tragen.«

»Aber nicht so«, erwiderte Bastian von Furcht ergriffen. »Ich hätte so etwas niemals auch nur denken dürfen. Ich würde alles tun, um meine Reaktion ungeschehen zu machen.«

Ihre Lippen zitterten leicht. »Aber das kannst du nicht.«

»Juli, tu das nicht, bitte«, beschwor er sie eindringlich.

Ruckartig blickte sie auf. Hinter all der Traurigkeit, all der Leere entdeckte er ein entschlossenes Funkeln in ihren Augen. Es flackerte nur ganz kurz auf, ehe sie es wieder verbarg, aber es war lang genug. Er stieß fassungslos seinen Atem aus, weil er erkannte, dass seine Lösung für sie nie eine Option gewesen war. Isabelle hatte gelogen. Juli würde niemals so etwas tun. Sie würde dieses Kind immer beschützen und immer für es kämpfen, ganz egal, wie schwer es sein würde.

Vor lauter Scham wäre er am liebsten im Boden versunken. Nur seine unbändige Erleichterung hielt ihn auf den Beinen. »Lass mich für dich sorgen. Für dich und unser Kind. Wenn du willst, räume ich mein Atelier aus und wir richten dort ein Kinderzimmer ein. Oder ich verkaufe meine Wohnung und wir suchen uns ein neues Zuhause. Wenn unser Baby da ist, kannst du dein Studium fortsetzen oder eine längere Pause machen. Was du für richtig hältst. Ich werde dich unterstützen, wo ich kann. Ich werde alles tun, um dir zu beweisen, wie ernst es mir ist.« Er sah ihr fest in die Augen. »Ich liebe dich.«

Julis Lippen teilten sich vor Erstaunen. »Das hast du noch nie zu mir gesagt.«

»Weil ich ein Vollidiot bin. Ich hätte es dir schon viel eher sagen sollen. Jeden Tag, immer wieder.«

»Du liebst mich nicht«, widersprach sie mit einem sanften Lächeln, ihre Augen erfüllt von grenzenloser Traurigkeit. »Wie könntest du auch? Du liebst noch nicht einmal dich selbst.« Es war nicht der kleinste Vorwurf in ihrer Stimme zu hören, nur Resignation.

Von all den Dingen, die sie ihm hätte sagen können, war dies das einzige Argument, dem er nicht widersprechen konnte. Er versuchte es nicht einmal. »Juli«, sagte er flehend.

Gedankenverloren schlang sie ihre Arme um ihren Körper, fast so, als wollte sie ihr ungeborenes Kind vor ihm beschützen. Sie hatte jedes Recht dazu, auch wenn er diesen Anblick kaum ertragen konnte. »Ich habe keine Kraft mehr«, erklärte sie müde. »Es tut mir leid.«

Jetzt war es an ihm, Halt suchend auf den Boden zu starren. Doch auch dort fand er nicht die Worte, mit denen er sie überzeugen konnte, bei ihm zu bleiben. Sie hatte so lange um ihn gekämpft. Schon vom ersten Tag an. Er hatte sie wieder und wieder zurückgewiesen, nur langsam seinen Schutzwall herabgesenkt. Nicht zu weit, aber weit genug, dass er spürte, wie etwas in ihm zerbrach.

»Lass mich gehen«, bat sie mit belegter Stimme. Ihre Augen wurden glasig, nur mühsam drängte sie die Tränen zurück.

Betäubt nickte er und trat einen Schritt zur Seite. Entschlossenen Schrittes ging sie an ihm vorbei und er widerstand nur schwer dem Impuls, sie an sich zu ziehen und festzuhalten. Er ballte die Hände zu Fäusten. Erst als sie weit genug entfernt war, sah er auf. Er ließ sie nicht aus den Augen, während sie ein vorbeifahrendes Taxi anhielt.

Zwei Sekunden später war sie im Inneren des Wagens verschwunden. Bastian sah ihr nach, bis das Taxi um die Ecke gebogen war.

Eine Zeit lang starrte er einfach vor sich hin und wartete auf den Schmerz. Irgendetwas, das ihm zeigte, dass er noch da war.

Er dachte an den Film, von dem Juli ihm einst in der Lagerhalle erzählt hatte. An diesen Idioten, der kämpfte, um sich lebendig zu fühlen. Was für eine Ironie, dachte Bastian, dass ausgerechnet er gerade dasselbe Verlangen danach hatte, auf etwas einzudreschen. Natürlich nicht auf einen Menschen. So hinüber war er nun auch wieder nicht.

Aber dann begriff er, dass die Verzweiflung ihn deshalb nicht mit voller Wucht traf, weil das nicht das Ende war. Juli erwartete sein Kind. Sie waren unwiderruflich aneinander gebunden. Er kannte sie gut genug, um sicher zu sein, dass sie ihm niemals sein Kind vorenthalten würde, was hieß, dass sie früher oder später wieder in Kontakt treten mussten.

Sie mochte keine Kraft mehr haben, um ihn zu kämpfen. Aber er würde sie nicht aufgeben. Er würde sie zurückgewinnen.

Es war noch nicht vorbei.

Kapitel 35

Juli lebte nicht, sie vegetierte vor sich hin. Anders konnte man das beim besten Willen nicht bezeichnen. Manchmal dachte sie, sie funktionierte nur deshalb noch, weil ein kleines Herz direkt unter ihrem eigenen gebrochenen Herzen schlug.

Sie hielt sich an ihren ursprünglichen Plan, besuchte ihre Lehrveranstaltungen, jobbte im Café und lernte in jeder freien Minute. Ein paar ihrer Professoren hatten zugestimmt, sie zur Nachprüfung im August zuzulassen, vorausgesetzt, sie erfüllte die Anforderungen und schrieb zusätzliche Hausarbeiten. Die Seminare, die sie nicht besuchen konnte, weil der Umgang mit Chemikalien ein elementarer Bestandteil der Veranstaltung war und sie ihr Baby nicht gefährden wollte, stellte sie ein Jahr zurück und ersetzte sie mit Überstunden, um ihr Sparbuch zu füttern.

Sie arbeitete diszipliniert, tat alles, um die Kontrolle über ihre Gefühle zu behalten. Nur wenn sie über ihr Kind nachdachte, erlaubte sie es sich, ihren Empfindungen nachzugeben. Seit sie wusste, dass sie ein Kind erwartete und die Veränderungen ihres Körpers zunehmend registrierte, war für sie jegliche klare Vorstellung von ihrer Zukunft verschwommen. Ihr Leben in einem halben Jahr war für sie nicht mehr greifbar. Diese Beständigkeit vermisste sie und die Unsicherheit machte ihr Angst. Sie redete sich ein, dass sich das ändern würde, sobald sie wüsste, was es war. Dann wäre es nämlich kein *es* mehr, sondern eine kleine Prinzessin oder ein kleiner Pirat. Sie wollte Sachen einkaufen und ihr Schlafzimmer umräumen, damit sich ihr Kind willkommen und geliebt fühlte. Dieser Vorsatz gab ihr Kraft.

Sie gab acht auf die Signale ihres Körpers, aß regelmäßig, sorgte für ausreichend Schlaf. Aber es war nie genug, um ihre Erschöpfung zu besiegen.

In den ersten Wochen rief Bastian mehrmals täglich an. Sie konnte sich nicht dazu überwinden, die Gespräche anzunehmen. Er schickte ihr Blumen. Weiße Rosen, weil sie ihn an sie erinnerten, wie er in einer Karte schrieb. Juli wusste das nur, weil Isabelle ihr begeistert die Karte vorgelesen hatte. Juli hatte die Blumen kommentarlos in eine Vase gestellt, weil es ihr frevelhaft erschien, sie wegzuschmeißen. Aber sie erfreute sich nicht an ihrem Anblick. Dieses unschuldige reine Weiß der Blüten rief ihr vielmehr Bastians verzweifelten Wunsch nach Makellosigkeit in Erinnerung und bestätigte ihr, dass er noch immer nichts verstanden hatte. Dazu schrieb er ihr Briefe, aber sie öffnete sie nie. Das wäre zu schmerzhaft gewesen. Isabelle begegnete ihrer Ignoranz mit Unverständnis, aber selbst sie konnte Juli nicht dazu bewegen, wenigstens einen davon zu öffnen.

Im November erhielt Juli einen Strauß mit tiefroten Rosen und satten grünen Blättern. Zum ersten Mal seit Wochen lächelte sie.

Danach stürzte sie sich noch mehr in die Arbeit. Ihr Körper schien sich endlich mit der Veränderung abgefunden zu haben, sodass sie nicht länger von plötzlichen Übelkeitsattacken geplagt wurde. Rein körperlich war sie also endlich auf dem Weg der Besserung. Ganz anders sah es in ihrem Inneren aus.

Weihnachten rückte näher und mit dem Fest der Familie kehrte die Sentimentalität mit voller Wucht zurück. Überall leuchtende Kinderaugen, kitschige Werbespots und nostalgische Hymnen, sobald man auf die Straße trat. Das hielt wirklich kein Mensch aus. Schon gar nicht in ihrer Gemütsverfassung.

Seit Juli ihren Eltern von ihrer Schwangerschaft erzählt hatte, war ihr Verhältnis irreparabel zerstört. Juli brachte es nicht über sich, mit ihrer Mutter zu sprechen, geschweige denn ihr in die Augen zu sehen, nachdem sie ihr diese hässlichen Worte an den Kopf geschleudert hatte. Sie hatte lediglich das Gespräch entgegengenommen, wenn ihr Vater sie kurz aus dem Büro anrief, um sich nach ihrem Befinden zu erkundigen – was lausige dreimal der Fall gewesen war. Hanna fragte sie, ob sie zu ihrer alljährlichen Weihnachtsfeier kommen würde. Noch eine Tradition, mit der sie in diesem Jahr brechen würde.

»Warum sollte ich?«, erwiderte Juli ohne jede Emotion in der Stimme. Sie stand an ihrem Esstisch und blätterte durch ein Lehrbuch, das sie sich in der Bibliothek besorgt hatte. Vor ihr stapelten sich Ordner und weitere Bücher.

»Es ist Weihnachten«, sagte Hanna, als würde das alles erklären. »Das Fest der Liebe, der Vergebung.« Sie zog eine Grimasse, als sie ihre eigenen Worte hörte, woraufhin Julis Miene etwas weicher wurde. Sie legte das Buch auf den Tisch und trat zu Hanna ans Fenster. Eine Weile standen die Schwestern schweigend nebeneinander und betrachteten den Schnee, der sachte vom Himmel rieselte.

»Wie kann ich jemandem vergeben, der mich nicht einmal darum bittet?«, fragte Juli in die Stille hinein.

»Vielleicht würde sich Mama entschuldigen, wenn du sie ließest.«

Juli zuckte gleichgültig mit den Schultern, aber Hanna gab sich noch nicht geschlagen. Sie nahm sie sanft in den Arm. »Juli, bitte, wir sind eine Familie. Wir vermissen dich. Lukas fragt ständig, warum du nicht da bist, wenn wir uns jeden Sonntag bei ihnen treffen.«

»Er kann mich jederzeit besuchen kommen.«

»Das weiß ich, aber ich habe Angst, dass er hinterher noch deprimierter ist«, erklärte Hanna betrübt. »Du hast dich so verändert seit dieser ganzen Sache.«

Mit *der Sache* meinte sie nicht etwa ihre Eltern, sondern Bastian. Juli starrte reglos aus dem Fenster, verbot sich jegliches Gefühl. Sie wollte nicht, dass ihr Kind ihre Bitterkeit spürte. Auch wenn es sich genau genommen um ein zehn Zentimeter großes Etwas handelte, das nicht mal so viel wie eine Tafel Schokolade wog und noch gar nicht zu Emotionen fähig war. Zwar hatte ihr Bauch angefangen, sich leicht zu wölben, aber jeder, der nicht wusste, dass sie ein Kind erwartete, kommentierte ihre Figur mit dem Hinweis, dass sie mal wieder etwas Anständiges essen sollte.

Er schickte noch immer Blumen. Jeden Mittwoch, dem Tag, an dem sie sich zum ersten Mal gesehen hatten. Seine Briefe füllten inzwischen einen Schuhkarton, aber Juli war nicht einmal schwach geworden. Daneben stapelten sich größere Schachteln, in denen, wie sie vermutete, Geschenke für ihr Baby waren. Aber genau wusste sie es nicht.

Manchmal haderte sie mit sich, ob es fair war, sich in Schweigen zu hüllen, aber dann tröstete sie sich mit dem Gedanken, dass keine Reaktion schließlich auch eine Reaktion war. Sie musste es wissen. Sie hatte es unzählige Male bei ihm erlebt. Er würde ihre Botschaft verstehen.

»Vermisst du ihn?«, fragte Hanna in die Stille hinein.

»Sehr«, gestand sie leise. Sofort schnürte sich ihre Kehle zu. Fröstelnd schlang sie die dürren Arme um ihren Körper, um sich zu wärmen. Sie hatte Bastian nicht mehr wiedergesehen seit ihrem ersten Untersuchungstermin. Manchmal fragte sich Juli, warum er nicht einfach ins Café stürmte, wenn sie Schicht hatte, oder ihr vor der Haustür auflauerte, so wie früher. Sie konnte sich nicht so recht erklären, warum er ihr einerseits unzählige Briefe schrieb, ein Treffen aber andererseits mied. Die Antwort stand vermutlich in seinen Briefen, aber sie verdrängte den Gedanken daran. Sie würde sie nicht lesen. Sie hatte Angst um das zweite Herz, das in ihr schlug. Sie musste es beschützen.

»Er hat einen Fehler gemacht. Kannst du ihm denn niemals verzeihen?«

»Verzeihen ist eine Sache, vergessen eine andere«, erwiderte Juli mit trostloser Stimme. »Aber darum geht es nicht.«

»Zweifelst du immer noch an seiner Liebe?«, fragte Hanna ungläubig. »Nach all den Blumen, Briefen und Geschenken?«

Juli starrte zum Fenster hinaus, die Arme fest um ihren Körper geschlungen. »Er ist überzeugt davon, dass er nicht gut genug für mich ist. Das ist der Grund, warum er mir nie so richtig vertraut hat, nie an eine Zukunft geglaubt hat und nur im Moment leben wollte. Weil er jederzeit damit gerechnet hat, dass ich ihm den Laufpass gebe. Ich habe versucht, geduldig zu sein und verständnisvoll, habe mein Möglichstes getan, um ihm zu zeigen, wie sehr ich ihn will. Anfangs dachte ich, er würde lernen, sich selbst mit anderen Augen zu sehen, wenn ich ihm nur zeige, wie.« Juli unterbrach sich und wischte grob eine Träne von ihrer Wange, die sich heimlich aus ihrem Auge gestohlen hatte. »Es schien zu funktionieren«, fuhr sie fort. »Er wurde lockerer, entspannter. Aber ab einem gewissen Punkt kam ich einfach nicht weiter. Was er für Erfahrungen in seinem Leben machen musste, um sich selbst für dermaßen minderwertig zu halten, weiß ich nicht. Er hat es mir nie erzählt. Ich dachte, wir hätten mehr Zeit«, gestand sie mit brüchiger Stimme. »So frustriert ich auch war, ich hätte sie ihm gegeben. Aber dann ist *die Sache* passiert und mir wurde klar, dass sich seine Einstellung niemals ändern wird. Ich muss jetzt an mein Kind denken, Hanna. Lieber ziehe ich es ohne Vater auf als mit einem, der nicht fähig ist zu lieben.«

»Du kannst ihm sein Kind nicht vorenthalten, wenn er es sehen will«, sagte Hanna erschrocken.

»Das würde ich auch nie, aber ich kenne ihn. Wenn unser Kind vollkommen gesund ist, wird er sich schämen, weil er diese Krankheit hat.« Sie lachte zynisch auf. »Wenn es ebenfalls betroffen ist, hat er einen Grund mehr, sich selbst zu verachten. So oder so wird er sich von unserem Kind zurückziehen und irgendwann gar nicht mehr nach ihm verlangen.«

»Was ist, wenn du dich irrst?«

»Tue ich nicht«, widersprach sie nüchtern. Sie strich sich eine lose Strähne hinters Ohr und trat vom Fenster zurück. »Magst du Lebkuchen?«

»Nein danke.« Hannas besorgte Augen ruhten auf ihr, während Juli in der Küchenschublade nach einer Packung Lebkuchensterne mit Schokoladenglasur kramte. Sie hatte keinen Hunger, aß aber trotzdem einen.

Was die Weihnachtsfeier ihrer Familie betraf, ließ Hanna es für diesen Tag auf sich beruhen. Sie hoffte, dass Juli es sich anders überlegen würde, aber sie blieb stur. Es ging einfach nicht. Schon bei der Vorstellung, Heiligabend im Haus ihrer Eltern zu sitzen und allen Harmonie vorzugaukeln, stellten sich ihr die Nackenhaare auf.

In diesem Jahr würde sie keinen Baum schmücken, keine Plätzchen backen. Nur ein paar wenige Geschenke für Lukas würde sie besorgen und ihrer Schwester mitgeben. Auch Hannas Einladung, sie am ersten Weihnachtsfeiertag zu besuchen, lehnte sie ab.

Sie wollte allein sein.

★★★

An der Uni waren Weihnachtsferien und auch ihr Chef hatte beschlossen, wenigstens über die Feiertage das Café zu schließen. Also verbrachte Juli ihre Zeit mit Actionfilmen im Fernsehen, während sie und Pünktchen Junkfood in sich hineinstopften. Früher hatte sich Juli immer gefragt, was um Himmels willen die Fernsehsender dazu bewog, an Heiligabend ein derartiges Programm auszustrahlen. Jetzt verstand sie es. Das war für diejenigen mit gebrochenem Herzen, die nicht noch mehr Kitsch und Herzschmerz ertragen konnten und ohne dieses Ventil wahrscheinlich vor den nächsten Zug gehüpft wären. Nur einmal wurde sie schwach. Am ersten Weihnachtsfeiertag blieb sie bei ihrem Lieblingsmärchen hängen, das sie seit Kindertagen jedes Jahr mit ihrer Schwester zusammen im Fernsehen gesehen hatte. Eineinhalb Stunden lang quatschte sie nahezu jede Textzeile mit, während sie sich hemmungslos die Seele aus dem Leib heulte. Danach ging es ihr ein bisschen besser.

Am Abend stand Isabelle unangekündigt vor der Tür. Normalerweise fuhr sie über die Feiertage immer zu ihrer Großtante, die in den Alpen ein protziges Feriendomizil besaß. Aber auch ihre Pläne schienen in diesem Jahr mit der Tradition zu brechen.

»Was machst du denn hier?«, fragte Juli matt, während Isabelle die Treppe hinaufstapfte und ihre deprimierende Erscheinung naserümpfend musterte. Ihre Haare fielen ihr in einem satten Rotton auf die Schulter und passten vorzüglich zu ihren Wangen, die von der Kälte gerötet waren.

»Du glaubst doch wohl nicht, dass ich dich in dem Zustand allein lasse«, schnaubte sie und rauschte an ihr vorbei ins Wohnzimmer. Sie schien über Julis Erscheinungsbild nicht sonderlich erfreut zu sein. Deshalb quartierte sie sich gleich mehrere Tage bei ihr ein. Juli war zutiefst gerührt, dankbar und über die Maßen genervt.

Zwischen den Feiertagen trafen zwei weitere Briefe und ein Päckchen von Bastian ein. Juli legte sie ungeöffnet auf den inzwischen recht ansehnlichen Stapel in ihrem Schlafzimmer, aufmerksam verfolgt von Isabelles kritischem Blick.

Während sie die vorlesungsfreie Zeit nutzte, um zu lernen, hockte Isabelle auf dem Boden und arbeitete an provokativen Collagen, die sie für ihr Kunstseminar an der Universität benötigte. Juli gewöhnte sich schnell an das Chaos, das Isabelle hinterließ. Wer brauchte schon einen sauberen Fußboden, wenn die Möglichkeit bestand, ihn mit Schnipseln, Klebstoff und Farbe zu dekorieren? Pünktchen offensichtlich nicht. Julis Katze hatte einen Heidenspaß dabei, mit all den Papierstreifen zu kämpfen, die über den Boden verstreut waren.

»Hast du eigentlich vor, diese Briefe jemals zu lesen?«, erkundigte sich Isabelle beiläufig, während sie im Schneidersitz auf dem Boden saß und hoch konzentriert an einem Foto herumschnippelte.

Juli schaute von ihrem umfunktionierten Esstisch auf sie herab, an dem sie über einer Hausarbeit zum Thema »Funktionelle Anatomie« brütete. »Wir haben das doch besprochen«, antwortete sie gereizt.

»Ich dachte, du hättest deine Meinung vielleicht geändert«, bemerkte Isabelle unbeeindruckt. »Weil doch bald der letzte Tag des Jahres ist und so.«

»Ich habe meine Meinung nicht geändert.«

»Und du bist auch nicht neugierig?«, hakte ihre Freundin zuckersüß nach. »Nicht mal ein klitzekleines bisschen?«

»Nein«, knurrte Juli und steckte ihre Nase wieder in ihre Bücher, während vom Boden aus Isabelles leises Lachen ertönte. »Du bist so eine miserable Lügnerin«, stellte sie belustigt fest. »Warst du schon immer.«

»Du nicht«, brummte Juli, ohne aufzusehen.

Mindestens einmal am Tag schleppte Isabelle sie raus in die klirrende Kälte, um ihr Farbe ins Gesicht zu zaubern, und obwohl sie ganz eindeutig Hummeln im Hintern hatte, ließ sie Juli nicht aus den Augen.

Am letzten Tag des Jahres kam eine weitere Blumenlieferung. Isabelle nahm sich ihrer an. Juli registrierte nur beiläufig, dass es dieses Mal keine langstieligen roten Rosen waren, sondern Schnittblumen.

»Wunderschön«, kommentierte Isabelle das Arrangement verzückt.

Juli sah absichtlich nicht hin.

Gegen Mittag entschied Isabelle, dass sie eine neue Inspiration brauchte, und entführte Juli in einen kleinen menschenleeren Park, der – wie Juli zugeben musste – ein Quell der Ruhe war. Abseits des Weges waren die Wiesen vollkommen unberührt und von frischem Schnee überzogen. Es war eiskalt, aber der Himmel war wolkenlos, und auch wenn die Mittagssonne keine wärmende Kraft hatte, so tauchte sie doch die schneebedeckte Landschaft in strahlend funkelndes Licht. Es war wunderschön. Bastian wäre begeistert gewesen, schoss es ihr in einem Anflug von Verbitterung durch den Kopf.

»Ich denke, ich sage die Silvesterfeier in der Galerie heute Abend ab«, überlegte Isabelle laut.

Julis Kopf fuhr erschrocken herum. »Das kannst du nicht machen. Auf diese Veranstaltung freust du dich schon seit Wochen.« Die Galerie würde neue Werke von ihr ausstellen und hatte zahlreiche kaufwütige Interessenten eingeladen.

»Ist doch nur eine Party«, erwiderte Isabelle achselzuckend und schüttelte sich, als eine eisige Böe über sie hinwegfuhr. Juli konnte ihr deutlich ansehen, wie gern sie dorthin wollte. Ihre Freundin musste zu dieser Veranstaltung, um ihre gefragte Position in der Branche weiter zu festigen. Unabhängig davon war sie ein zutiefst soziales Wesen, brauchte den Krach und die Manege. Eben genau das Gegenteil von dem, was sie in den letzten Tagen an Julis Seite erlebt hatte.

Juli seufzte bekümmert. »Hör zu, ich weiß, dass du dir Sorgen um mich machst, und ich bin wirklich froh, dass du diesen ganzen sentimentalen Feiertagskram mit mir zusammen durchgestanden hast, aber mir geht es gut. Ehrlich. Du kannst ruhig auf diese Feier gehen.« Sie zwang sich zu einem Lächeln. »Ich bleibe einfach zu Hause, arbeite noch etwas an meiner Hausarbeit und gehe früh schlafen.«

»Ich weiß nicht so recht.« Isabelle kaute unentschlossen auf ihrer Unterlippe herum. Eine tiefe Furche bildete sich auf ihrer Stirn, während sie Juli skeptisch musterte.

»Mir geht's gut«, wiederholte Juli beharrlich. Sie sah ihrer Freundin fest in die Augen. »Es ist in Ordnung. Wirklich. Ich will es so.«

»Kommst du mit?«, fragte Isabelle wenig hoffnungsvoll.

»Was soll ich denn dort? Du wirst den ganzen Abend zu tun haben, deine Fans in Schach zu halten und dir neue Investoren zu angeln«, erwiderte Juli kopfschüttelnd. »Das ist nichts für mich.«

»Hm, dachte ich mir schon.« Sie stieß unzufrieden Luft aus, woraufhin sich eine weiße Wolke vor ihrem Mund formte. »Also schön«, gab sie nach und kramte ihr Telefon aus ihrer Handtasche. »Ich rufe kurz Elena zu Hause an und sage ihr Bescheid.«

Juli starrte angestrengt auf den Weg in dem Bestreben, ihre Aufregung zu bändigen. Seit *der Sache* hatte sie weder mit Elena noch mit Felix gesprochen. Sie fühlte sich schäbig deswegen, denn die beiden waren ihr über den Sommer gute Freunde geworden und so behandelte man seine Freunde nicht. Aber sie hatte sich bisher nicht überwinden können, bei ihnen vorbeizuschauen. Immerhin waren sie Bastians engste Freunde.

Isabelle hielt ihr Telefon ans Ohr und horchte auf. »Hey, Felix, schöne Feiertage gehabt?« Sie lachte fröhlich, während Juli zusammenzuckte. »Spontane Planänderung. Bin bei Juli untergetaucht«, erklärte sie dann und grinste. »Dank meiner vorzüglichen Kochkünste hat sie endlich ein bisschen zugenommen«, verkündete sie stolz. Was glatt gelogen war. Isabelle kochte grauenhaft. Sie brach in schallendes Gelächter aus. »Keine Sorge, ihr und dem Baby geht es gut.« Erstaunt schaute Juli auf. Sie hätte damit rechnen müssen, dass er von ihrem Kind wusste, aber es überraschte sie trotzdem. Julis Anspannung wuchs, da Isabelles heiterer Gesichtsausdruck nachdenklich wurde, während sie Felix konzentriert zuhörte. »Okay«, sagte sie schließlich und hielt Juli unvermittelt ihr Telefon vor die Nase. »Felix für dich.«

Juli blinzelte irritiert. Dann warf sie ihrer Freundin einen wütenden Blick zu, während sie zittrig nach dem Hörer griff. »Hallo?«, krächzte sie.

»Hallo Bambi«, begrüßte Felix sie fröhlich. »Keine Angst, ich mache dir keine Vorwürfe, dass du dich seit zehn Wochen nicht gemeldet hast, obwohl ich ein ausgesprochen einsames Dasein friste und überglücklich war, eine so gute Freundin in dir gefunden zu haben«, erklärte er auf seine übliche direkte Art, was Julis Brust mit einem schmerzvollen Ziehen quittierte.

»Tut mir leid. Ich wollte dich nicht vor den Kopf stoßen.«

»Keine Sorge, ich verstehe das«, beteuerte er. »Aber mit mir hast du nicht Schluss gemacht, oder?«

Erneut zuckte Juli zusammen. »Nein, natürlich nicht.«

Felix stieß hörbar seinen Atem aus. »Ich bin ja so froh, dass wir das geklärt haben«, bemerkte er erleichtert. »Was mich gleich zu meinem nächsten Anliegen bringt: Elena ist schon seit heute Morgen in der Galerie, um die große Silvestersause vorzubereiten, und ich langweile mich wirklich tödlich. Wie stehen meine Chancen, dich dieses Jahr noch zu Gesicht zu kriegen?«

»Heute ist der letzte Tag des Jahres«, sagte Juli verhalten.

»Also besteht immer noch eine zwar geringe, aber im Bereich des Möglichen liegende Chance«, insistierte er.

Juli wollte Felix nicht sehen. Nicht weil sie ihn nicht mochte oder vermisste, sondern weil sie zurzeit niemandes Nähe ertragen konnte, der sie unmittelbar an Bastian erinnerte. Genauso, wie sie die wenigen Orte mied, an denen sie zusammen gewesen waren, wich sie auch jedem anderen Risiko aus, das sie noch mehr verletzen könnte. Ein Wiedersehen mit Felix wäre viel zu nah dran. Und sie wollte kein Öl ins Feuer gießen.

»Kommt vorbei«, bat Felix in ungewohnt sanftem Ton. »Es ist kein Trick oder so was. Ich bin allein und ich vermisse meine Freundin.«

Juli wurde weich. »In Ordnung«, hörte sie sich sagen, obwohl ein Teil von ihr den Kopf gegen den nächsten Baumstamm schlagen wollte.

»Großartig, dann bis gleich.« Felix legte auf, bevor Juli es sich anders überlegen konnte.

Mit finsterer Miene gab sie Isabelle das Telefon zurück. »Elena ist schon seit heute Morgen in der Galerie.«

Isabelle machte ein unschuldiges Gesicht. »Ist mir glatt entfallen.«

»Von wegen«, knurrte Juli. »Du hast das geplant.«

»Was du immer denkst, Püppchen. Wie hätte ich so etwas denn planen sollen? Ich bin eine chaotische Künstlerin«, widersprach sie vehement, doch das zufriedene Funkeln in ihren Augen strafte ihre Worte Lügen. Sie hakte sich bei Juli unter und dirigierte sie in eine neue Richtung. Natürlich war es von ihrem Standort aus nur ein Katzensprung bis zu Felix' Wohnung und spätestens als Felix ihnen wenig überrascht über ihr schnelles Eintreffen die Tür öffnete, war Isabelle aufgeflogen.

Aber nun waren sie da. Sie wollte sich nicht streiten, sondern es hinter sich bringen.

Felix' Anblick, der vor Freude über das ganze Gesicht strahlte, entschädigte Juli ein wenig für den Hinterhalt. Sie hauchte ihm zur Begrüßung einen vorsichtigen Kuss auf die unverletzte Wange, ehe sie zögernd seine Wohnung betrat und sich wachsam umschaute. Noch vor ein paar Wochen hatte sie sich hier wohlgefühlt, aber sie verdrängte sofort jede Erinnerung an ihre gemeinsamen Besuche mit Bastian, denn ihr Herz meldete sich qualvoll. Sie rieb sich grob über ihr Brustbein. Dann atmete sie tief durch und trat einen Schritt zur Seite, damit Felix mit seiner gepolsterten Gehhilfe an ihr vorbeihumpeln konnte.

»Ich mache uns Tee«, rief Isabelle hinter ihnen und bog in die Küche ab.

Felix ließ sich langsam in seinen weichen Sessel sinken und stellte unbeholfen die Gehhilfe neben die Lehne. Seine Stirn war schorfig von einer neuen Wunde, auch sein Ohr war angekratzt und die Hände wie üblich verbunden. Er trug einen weiten Pullover und eine schwarze Trainingshose, die sehr locker saß. Seine Bewegungen waren verhältnismäßig flüssig, sodass Juli vermutete, dass er zurzeit keine schlimmen Schmerzen hatte und es ihm so weit gut ging. Nur in seinen Augen stand Besorgnis, als er sie eingehend betrachtete.

»Du siehst nicht gut aus, Bambi«, bemerkte er betrübt, nachdem sich Juli auf das Sofa gesetzt hatte.

»Ging mir schon mal besser.« Juli lächelte schwach, streifte ihre Schuhe ab und zog die Füße an. Sie schlang die Arme um ihre Knie, weil sie sich in dieser Position seit einiger Zeit wohler fühlte. Noch ging das ja auch ziemlich gut.

Ein unbehagliches Schweigen breitete sich zwischen den beiden aus. »Und wie geht es dir?«, fragte sie.

»Besser als dir, würde ich meinen.« Er grinste frech. »Schließlich habe ich keinen Braten in der Röhre.«

Juli war versucht, ein Kissen nach ihm zu werfen, bremste sich jedoch rechtzeitig. »Du bist unmöglich«, murmelte sie lächelnd.

»Wann ist es denn so weit?«, fragte Felix neugierig. »Meine Informationen sind bis dato etwas spärlich.«

»Am 8. Juni plus/minus zwei Wochen«, erwiderte sie, ohne auf seinen Seitenhieb einzugehen. Er wusste offensichtlich nur das, was Bastian wusste, und das war ... nichts.

»Anfang Juni wird auch das Buch von Dr. Wangenroth veröffentlicht«, bemerkte Felix nachdenklich. »Ich habe letztens die Ankündigung gelesen.«

»Warum erzählst du mir das?«, fragte Juli. Sie wollte nicht daran erinnert werden. So oft hatte sie auf Bastian eingeredet, er solle doch diese dämlichen Fotos machen und dem Arzt helfen, die Krankheit zu erforschen. Letzten Endes hatte er sich dagegen entschieden. Einmal mehr hatte Juli es nicht geschafft, ihn zu erreichen.

»Ich dachte, es interessiert dich«, sagte Felix verwundert. »Wegen der Bilder.«

Juli warf ihm einen verständnislosen Blick zu.

»Es ist ihm wirklich nicht leichtgefallen, sich zu den Fotos durchzuringen. Er hat sie zwar allein in seinem eigenen Atelier erstellt, aber immerhin hat er sie erstellt.« Er runzelte die Stirn angesichts Julis offenkundiger Überraschung. »Es steht doch alles in seinen Briefen.«

»Sie hat die Briefe immer noch nicht gelesen«, erklärte Isabelle in genervtem Ton. Sie erschien mit einer Kanne Tee in der einen und drei leeren Tassen in der anderen Hand.

»Du machst Witze«, erwiderte Felix perplex und sah fassungslos zu Juli. »Du hast nicht einen Brief von ihm gelesen?«

»Nein.«

»Aber wieso?«

Juli sah zur Seite. »Ich will nicht darüber reden.«

»Sieh mich nicht so an«, verteidigte sich Isabelle beleidigt und stellte das Geschirr auf dem Tisch ab, bevor sie den Tee eingoss. »Ich habe wirklich mein Bestes gegeben, aber ich beiße seit Wochen auf Granit.«

»Jetzt hör mir mal zu, Juli«, sagte Felix streng, während Isabelle neben ihr Platz nahm. »Ich will sein Verhalten nicht rechtfertigen. Er hat sich wie ein Vollidiot aufgeführt. Aber es geht euch beiden beschissen und er hat in seinem Leben wahrlich genug durchgemacht.«

»Hat er?«, erwiderte Juli bissig. »Mir hat er jedenfalls nie etwas davon erzählt.«

»Dann würde ich mal vorschlagen, du fängst an, seine Briefe zu lesen.«

»Steht das da drin?«, mischte Isabelle sich neugierig ein.

»Ich weiß es nicht, aber irgendetwas wird er ja schreiben. Ich bezweifle, dass er Juli leere Blätter schickt.« Er richtete seine Aufmerksamkeit wieder auf Juli. »Gib ihm wenigstens die Chance, sich zu erklären.«

»Menschen können sich ändern«, pflichtete Isabelle Felix bei. »Guck dich an. Du bist auch nicht mehr wiederzuerkennen.«

»Ich bin schon lange sein Freund«, redete Felix weiter auf Juli ein. »Aber ich habe Jahre gebraucht, bis er meine Nähe so zugelassen hat, wie er es bei dir von Anfang an getan hat. Erst seit er dich kennt, hat er endlich angefangen, sich überhaupt jemandem anzuvertrauen. Er liebt dich«, sagte er im Brustton der Überzeugung. »Und wenn du ihn lässt, wird er dir das auch beweisen. Er hat sich geändert.«

Juli schlang die Arme fester um ihre Knie. »Ich will ihn überhaupt nicht ändern. Ich habe mich schließlich in den Mann verliebt, der er ist«, erklärte sie in resigniertem Ton. »Aber er wird sich niemals selbst so sehen, wie ich das tue. Er wird sich niemals selbst akzeptieren.«

»Woher willst du das wissen?«, fragte Isabelle. »Vielleicht hat ihm die ganze Sache ja die Augen geöffnet.«

»Lies seine Briefe«, drängte Felix sanft.

Juli wollte Felix so gern glauben, aber was, wenn er sich irrte? Noch einmal würde sie so eine Enttäuschung nicht verkraften. Ihr Kind stand jetzt an erster Stelle. Sie musste um jeden Preis dafür Sorge tragen, dass es ihm gut ging, und das schaffte sie nur, wenn sie versuchte, die Dinge so zu akzeptieren, wie sie waren.

»Sie wird es nicht tun«, stellte Isabelle genervt fest.

»Und zwingen können wir sie auch nicht.«

»Ich könnte schon, aber was würde das bringen?«, sagte Isabelle an Felix gewandt, während sie sich entnervt eine Strähne ihres knallroten Haares aus der Stirn wischte. »Sie würde es einfach nicht an sich ranlassen. In letzter Zeit ist sie ziemlich gut darin geworden, Dinge auszublenden, die ihre wahren Gefühle provozieren könnten. Sicher wird es viel zu spät sein, wenn sie am

Ende doch noch erkennt, welche Chancen sie durch ihre Sturheit vertan hat.«

»*Sie* ist übrigens anwesend«, knurrte Juli. »Und wird sofort aufstehen und gehen, wenn ihr nicht endlich das Thema wechselt.«

Felix und Isabelle tauschten einen vielsagenden Blick, ließen die Angelegenheit jedoch gehorsam auf sich beruhen. Krampfhaft suchten sie sich ein neues Gesprächsthema, hangelten sich von Felix' Feiertagsbericht über die Fortschritte seiner Doktorarbeit bis hin zur anstehenden Silvesterfeier in der Galerie. Juli war erstaunt, dass Felix ebenfalls vorhatte, zu der Party zu gehen. Normalerweise hielt er sich zurück, was solche Veranstaltungen betraf.

»Das Tanzbein werde ich vermutlich nicht schwingen, aber ich muss hier mal wieder raus«, erklärte er schulterzuckend. »Lagerkoller.«

»Ist das nicht gefährlich?«, fragte Juli zögernd.

Isabelle grinste übermütig. »Keine Sorge, ich passe auf ihn auf.«

Dieser Vorsatz verringerte Julis Besorgnis nicht unbedingt.

»Elena hat die Veranstaltung geplant. Sie kümmert sich schon darum, dass ich nicht in der Schusslinie sitze. Ich werde zur Galerie gefahren, nehme dort auf einem Stuhl mit ausreichend Sicherheitsabstand Platz und ein Jahr später – haha – fahre ich wieder nach Hause. Keine große Sache.«

Juli blieb skeptisch.

»Ich würde dich ja bitten, mich zu begleiten, aber ich habe schon ein Date«, verkündete Felix grinsend.

»Echt jetzt?«, fragte Isabelle verblüfft und erntete dafür einen mitleidigen Blick von ihm.

»Du brichst mir das Herz«, sagte er trocken.

Isabelle rümpfte die Nase. »Elena und ich zählen nicht.«

»Ja, du hast recht. Ich habe das nur gesagt, weil es netter klang als: Ich habe keine Lust, meinen Freund vorsätzlich zu verletzen, indem ich die Frau, die er liebt, vor seinen Augen zu dieser Party schleppe.«

Einmal mehr Salz in ihren Wunden. Mehrfach.

Juli lag es auf der Zunge, konkret nachzufragen, was Felix damit meinte. Bisher war ihr gar nicht in den Sinn gekommen, dass Bastian auch dort sein könnte. In ihr regte sich eine vertraute Sehnsucht, aber sie drängte sie sofort zurück in die Ecke, wo sie hergekommen war.

»Mich will sie auch nicht begleiten«, seufzte Isabelle, als wäre diese Information absolut nichts Neues für sie. »Dabei wird das ganz sicher eine Wahnsinnsfeier.«

Juli zwang sich zu lächeln. »Ich hoffe, dass ihr heute Abend viel Spaß habt.«

Erneut tauschten Felix und Isabelle einen Blick, den Juli jedoch nicht recht einordnen konnte.

Juli sah auf ihre pinke Uhr mit einem Comicschweinchen, die Isabelle ihr zu Weihnachten geschenkt hatte. »Wir sollten uns langsam auf den Weg machen, damit ihr euch in Ruhe fertig machen könnt«, entschied sie und erhob sich. Sie verabschiedete sich mit den üblichen Floskeln zum Jahreswechsel und versprach Felix, ihn bald wieder zu besuchen.

Letzten Endes hatte sich ihr Kommen als schmerzhaft erwiesen, aber es war erträglich gewesen. Mit der Zeit würde es besser werden, hoffte sie, aber sicher war sie sich nicht.

Isabelle brachte Juli nach Hause und sammelte einige ihrer Sachen zusammen, die sie über die vergangenen Tage in Julis Wohnung verstreut hatte. »Du musst nur ein Wort sagen und ich bleibe hier.«

Juli lächelte dankbar, dann half sie ihr bei ihren restlichen Sachen. Die beiden aßen noch gemeinsam zu Abend, bevor sich Isabelle auf den Weg machte. An der Haustür zog sie Juli in eine kräftige Umarmung. Ihr schlechtes Gewissen war fast greifbar.

»Vielleicht sollte ich doch besser hierbleiben«, murmelte sie in Julis Ohr.

»Mir geht's gut.«

»Ganz sicher?«

»Ich schwöre.«

Isabelle sah Juli fest in die Augen, um sich noch einmal von ihren Worten zu überzeugen. Dann raffte sie ihre monströse zitronengelbe Tasche vom Boden, in der sie ihre Sachen verstaut hatte. »Ich komme morgen Nachmittag wieder vorbei, in Ordnung?«

»Okay«, erwiderte Juli lächelnd. »Viel Spaß heute Abend.«

Noch einmal drückte Isabelle sie fest. »Du kannst mich jederzeit anrufen.«

Bevor sie noch sentimental wurde, konzentrierte sich Juli auf einen energischen Tonfall. »Jetzt hau schon ab.«

Isabelle grinste. »Bin ja schon weg.« Dann drehte sie sich um und hastete winkend die Treppe hinunter.

»Amüsier dich!«, rief Juli ihr hinterher, ehe sie zurücktrat und die Tür schloss. Sie wanderte durch die stille Wohnung und setzte sich schließlich neben Pünktchen aufs Sofa. »Da wären wir also, wir drei«, murmelte sie und strich sanft über ihren Bauch.

Gedankenverloren lehnte sie sich zurück, während die Ereignisse der vergangenen Stunden auf sie einprasselten. Ihr Besuch bei Felix war ganz offensichtlich nicht ohne Folgen geblieben. Sie wusste inzwischen mehr, als für sie gut war.

Entschlossen stand sie wieder auf und ließ sich am Esstisch nieder, um sich ihrer Hausarbeit zu widmen. Lustlos schlug sie das Anatomiebuch auf und blätterte durch die Kapitel.

Es geht ihm beschissen, hatte Felix gesagt.

Sie zerrte energisch ihre Notizen hervor, suchte unter dem Papierstapel nach einem Kugelschreiber und schnippte mit ihrem Fingernagel gegen den Bügel.

Er hat in seinem Leben schon genug durchgemacht.

Juli fuhr sich grob über das Gesicht. Dann beugte sie sich über ihr Lehrbuch und starrte auf eine Grafik, deren Sinn sich ihr einfach nicht erschloss.

Er liebt dich.

»Verdammt«, fluchte sie und sprang von ihrem Stuhl auf, als hätte er Feuer unter ihrem Hintern gefangen. Wütend stapfte sie durch ihre Wohnung, während ihr Inneres zunehmend in Aufruhr geriet. Vor den Blumen blieb sie stehen und betrachtete sie nachdenklich. Erst jetzt wurde ihr bewusst, wie drastisch die Veränderung war. Rosen, Fresien, Gerberas, Margeriten, Bartnelken und verschiedene Gräser waren zu einem lockeren Blumenstrauß mit zahlreichen Blüten gebunden – frisch, bunt und zart wie eine Sommerwiese.

Zaghaft fuhr sie mit der Fingerspitze über ein filigranes sonnengelbes Blütenblatt. Eine einzige unbedachte Berührung schien auszureichen, um es zu zerstören.

Bastians Reaktion damals war genauso unbedacht gewesen und hatte all ihre Hoffnungen auf einen Schlag zunichtegemacht. Ihr Verstand sagte ihr, dass sie das Richtige tat. Je weniger Gefühle sie zuließ, desto weniger spürte sie den Schmerz ihrer enttäuschten Liebe.

Aber ihr dummes Herz schien das anders zu sehen, denn es pochte zunehmend lauter gegen ihre Brust. Fast als wollte es ihr mitteilen, dass es gar nicht zerbrochen, sondern noch da war, und dass es stark genug für das war, was er ihr zu sagen hatte. Sie konnte sich nicht vorstellen, dass irgendetwas ihre Meinung ändern würde, aber verdiente er nicht wenigstens die Chance, gehört zu werden?

»Ach, was soll's«, murmelte Juli.

Dann lief sie in ihr Schlafzimmer und riss energisch seinen ersten Brief auf.

Kapitel 36

Bastian war ein Wrack. Höflich ausgedrückt.

Das neue Jahr hatte vor fünf Tagen begonnen und noch immer hatte er nichts von Juli gehört. Er war kurz davor, seine guten Vorsätze zu vergessen und zu ihr zu gehen. Allein sein fester Wille hinderte ihn daran.

Sie musste aus freien Stücken zu ihm kommen.

Diese Lektion hatte sie ihm selbst beigebracht. Es würde nichts bringen, sie zu belagern. Er würde ihr nur die Luft zum Atmen rauben und sie eher vergraulen als zurückgewinnen.

Doch inzwischen war er am Ende seiner Geduld.

Wochenlang hatte er jeden einzelnen seiner Gedanken niedergeschrieben. Wie in einer gottverdammten Therapie.

Anfangs drückten seine Briefe natürlich sein tiefes Bedauern über seine Reaktion aus. Er schrieb Juli, wie sehr er sich ihr Baby tatsächlich wünschte, wie glücklich er über das Wissen war, dass er Vater wurde, und wie fest entschlossen er war, ein bedeutender Teil im Leben ihres Kindes zu sein. In seinen Briefen zeichnete er eine Zukunft, die es für sie geben könnte, wenn sie willens war, ihm zu verzeihen. Es war leicht, sich den Visionen an das Vatersein hinzugeben, wenn man sich seinen Ängsten erst einmal gestellt hatte. Aber auch von ihnen schrieb er ihr.

Weit schwieriger war es für ihn, ihr seine Gefühle für sie begreiflich zu machen. Er war nie ein Mann großer Worte gewesen. Weil er es nicht besser wusste, bediente er sich der großen Romantiker, zitierte ihre Gedichte und Sonette und interpretierte sie auf seine Weise. Danach schrieb er ihr, wie sehr sie ihm fehlte – auch auf die Gefahr hin, abgedroschen zu klingen – und wie verzweifelt er war, dass er sie nicht mehr täglich sehen und berühren konnte. Es fiel ihm schwer, sich mit Fragen zurückzuhalten, auf die er womöglich nie eine Antwort erhalten würde, aber nicht zu wissen, wie es ihr und ihrem Baby ging, trieb ihn an den Rand des Wahnsinns.

Er fühlte sich hilflos bei dem Versuch, sie von seiner Liebe zu überzeugen, nicht zuletzt, weil sie von Anfang an recht gehabt hatte. All seine Launen, seine Befangenheit und seine Scheu rührten nur daher, dass er im Laufe der Jahre zu einem verbitterten unsicheren Mann geworden war. Und den konnte er in der Tat nicht leiden.

Diese Erkenntnis überforderte ihn, gab ihm jedoch auch den notwendigen Antrieb, um weiterzumachen. Er wollte ihr erklären, warum er so geworden war. Deshalb begann er, ihr seine Vergangenheit zu offenbaren – und zwar mit schonungsloser Offenheit.

Zuerst schrieb er ihr von seiner Mutter, die ihn eines Tages aus heiterem Himmel verlassen hatte, weil sie mit seiner Krankheit nicht zurechtgekommen war. Er erinnerte sich noch gut an diesen Tag. Er war bei dem Versuch, Fahrradfahren zu lernen, gestürzt. Sie hatte seine Wunden versorgt und dabei noch schlimmer geheult als er, während er stillgehalten und seinen Teddy Fred fest an seine kleine keuchende Brust gedrückt hatte. Danach hatte sie ihre Koffer gepackt und war ohne ein Wort des Abschieds gegangen. Er war damals fünf Jahre alt gewesen. Zu klein, um die Wahrheit zu hören, aber alt genug, um zu verstehen, dass es seine Schuld war.

Es war das erste Mal, dass sein Herz brach, als der wichtigste Mensch in seinem Leben ihm wegen seiner Krankheit den Rücken kehrte. Die Chance, sie zur Rechenschaft zu ziehen, hatte er nie bekommen, da sie vor etlichen Jahren gestorben war. Als er davon erfahren hatte, war sein Herz bereits erkaltet gewesen. Aber in dem Augenblick, in dem er Juli davon schrieb, ließ er seinen Schmerz zum ersten Mal zu. Er brauchte drei Anläufe, um diesen Brief fertig zu schreiben. Danach betrank er sich bis zur Besinnungslosigkeit und weinte seine Enttäuschung hinaus, als wäre er wieder fünf Jahre alt.

Nachdem er sich von diesem Horrortrip in seine Vergangenheit erholt hatte, erzählte er Juli von seinem Vater, der während seiner Kindheit fast nie von seiner Seite gewichen war. Er suchte für Juli in einem alten Fotoalbum nach Bildern von ihm und stieß auf eine Aufnahme, die ihn und seinen Vater nach einem erfolgreichen Fischfang zeigte. Sein Vater hatte ihm sanft die Hand auf die Schulter gelegt, während Bastian stolz eine Regenbogenforelle in die Luft hielt. Er war schätzungsweise sieben Jahre alt, von schmächtiger Statur und seine Hände waren wie so oft bandagiert. Aber trotzdem strahlte er über das ganze Gesicht. Aus den Augen seines Vaters sprach die Art tiefer Zuneigung, die ein Vater für seinen Sohn empfinden sollte. Auch wenn er sich nicht an diesen Tag erinnern konnte, so war die Aufnahme doch Zeugnis davon, dass er sich geirrt hatte.

Sein Vater hatte immer auf ihn eingeredet, er solle sich nicht verstecken, wenn er seine Hände hinter seinem Rücken verbarg, und Bastian hatte auf ihn gehört, bis er nicht mehr stark genug für die Konsequenzen war. So sehr er sich auch dafür schämte, er gab ihm die Mitschuld für die vielen Konfrontationen, die er in seinem Leben hatte ertragen müssen. Erst jetzt verstand er, dass sein Vater ihn nicht zusätzlich quälen, sondern stärken wollte für die Welt da draußen. Aber damals hatte sich Bastian zunehmend kleiner und wie ein Versager gefühlt, weil er nicht mit den Blicken der anderen Leute zurechtgekommen war.

Er rächte sich, indem er sich mehr und mehr von seinem Vater zurückzog, bis ihr Kontakt nahezu vollständig einschlief. Sein schlechtes Gewissen verdrängte er, indem er sich einredete, dass es seinem Vater gut ging in Südfrankreich, wo er seinen Ruhestand genoss. Tatsache aber war, er vermisste ihn. Auch das wurde ihm erst bewusst, als er Juli davon schrieb.

Nachdem er das klarste Bild von seinen Eltern gezeichnet hatte, das seine Erinnerungen zuließen, erzählte er Juli von seiner

Kindheit. Von den Dingen, die er gern getan hatte, und von jenen, die er gern getan hätte. Kurioserweise fiel ihm erstaunlich vieles wieder ein, über das er lange Zeit überhaupt nicht nachgedacht hatte und das er bis zu diesem Zeitpunkt ganz tief in seinem Inneren vergraben hatte. Zum Beispiel, wie gern er früher auf dem Dach gesessen und Vögel beobachtet hatte – zumindest, bis sein Vater ihn dabei erwischt hatte – oder wie fürsorglich er sich um die Fische in seinem Aquarium gekümmert hatte, die sich unablässig vermehrten.

Ihm wurde bewusst, dass seine Kindheit nicht so trostlos gewesen war, wie er es sich lange Zeit eingeredet hatte. Er war viel allein gewesen, das stimmte, aber inzwischen fragte er sich, wie oft er sich aus freien Stücken dazu entschieden hatte.

Er erinnerte sich an ein Geschwisterpaar, das in der Nachbarschaft gewohnt hatte. Mit ihnen hatte er viel unternommen. Soweit er sich entsinnen konnte, hatten sie nie ein Problem mit seiner Krankheit gehabt. Sie waren seine Freunde gewesen. Aber dann wurde die Situation an seiner Schule aufgrund seines defensiven Verhaltens so unerträglich, dass sein Vater beschloss, umzuziehen. Das war drei Jahre, nachdem seine Mutter ihn verlassen hatte. Die Schulpsychologin diagnostizierte »erschüttertes Urvertrauen« oder so einen Quark, doch Bastian wusste es besser. Seinem Vater hatte er nie die wahren Gründe für sein Benehmen erklärt, aber er schrieb Juli von den Grausamkeiten der anderen Kinder. Er tat das nicht, um ihr Mitleid zu erregen, sondern weil er festgestellt hatte, dass seine Erzählungen auch etwas Befreiendes mit sich brachten.

Sein Vater handelte damals mit den besten Absichten, als er mit ihm in einer neuen Stadt einen Neuanfang wagte, aber es war nur eine Frage der Zeit, bis das ganze Theater wieder von vorn begann und er sich neuen Beleidigungen ausgesetzt sah.

Bastian versuchte objektiv von seiner Jugend zu berichten. Er schrieb Juli, dass er etwa mit vierzehn seine Leidenschaft für Fotografie entdeckt hatte, von seinem fantasielosen Modestil, der Musik, die er damals gern gehört hatte, und von Filmen, die ihn bis heute faszinierten.

Das Desaster seiner ersten großen Liebe beschrieb er Juli nicht im Detail, aber er ließ es auch nicht unerwähnt, da es ein Grund für seine selbst erwählte Einsamkeit und das zunehmend wachsende Misstrauen gewesen war.

Bastian erklärte Juli, wie schwer es für ihn seit diesem Vorfall war, sich wieder jemandem anzuvertrauen, und wie sehr er davon überzeugt war, dass er nur dadurch Frieden finden würde, wenn er niemanden mehr an sich heranließ. Um das zu bewerkstelligen, begann er, seine Krankheit zu verstecken, und trat die Flucht nach vorn an. Jahrelang hatte er einstecken müssen, danach drehte er den Spieß um und teilte ordentlich aus.

Er beichtete ihr, wie oft er andere Menschen mit zynischen Bemerkungen vor den Kopf gestoßen hatte, weil er von vornherein annahm, dass sie nicht mit seinem Geheimnis zurechtkommen würden. Er war nicht stolz auf sein kaltherziges Verhalten, aber er hatte sich jahrelang erfolgreich eingeredet, dass er lieber allein war, als noch einmal verletzt zu werden.

Das änderte sich erst, nachdem Felix in sein Leben getreten war. Ihn noch mehr zu kränken, brachte er nicht über sich. Dieses Wissen hatte sich Felix von Anfang an zunutze gemacht und sich Stück für Stück in sein Leben gedrängt. Die Freundschaft mit ihm war eine Ausnahme, aber sie bewahrte ihn vermutlich davor, auch noch den Rest seines Mitgefühls zu verlieren.

Mit Felix an seiner Seite pendelte sich sein Leben auf ein stabiles Niveau ein. Er schrieb Juli von der Sicherheit, die er zu dem damaligen Zeitpunkt empfunden hatte. Seine Lebensumstände waren ausreichend und er war nicht mehr allein. Er war zufrieden mit seinem Leben gewesen.

Aber glücklich war er nicht.

All das wurde ihm erst bewusst, als er Juli begegnete und sie Gefühle in ihm weckte, die er nicht für möglich gehalten hätte. Alles mit ihr war so intensiv gewesen. Die Höhen, aber auch die Tiefen.

Dass er sich anfangs gegen sie zur Wehr gesetzt hatte, wussten sie beide. In seinen Briefen offenbarte er ihr, welche Verwunderung er angesichts ihrer Reaktion empfunden hatte, und wie sehr er trotz allem den Tag gefürchtet hatte, an dem sie ihn fortschicken würde.

Weil er stets von dieser unbarmherzigen Angst beherrscht wurde, hatte er jeden Tag mit ihr umso mehr genossen. Bastian schrieb ihr, in welchem Momenten er ihr am liebsten seine Liebe gestanden hätte, er aber doch gezögert hatte. Bei manchen Situationen war er sich nicht einmal sicher, ob sich Juli überhaupt daran erinnern konnte. Er tat das dafür umso deutlicher.

In Bastian reifte die Erkenntnis, dass trotz seiner vielen Rückschläge nicht alles in seinem Leben schlecht gewesen war. Dass er Fehler gemacht hatte, wusste er. Aber er hatte keine Ahnung gehabt, wie lang die Liste tatsächlich war.

Anfangs wurde er getrieben von dem Wunsch, Juli Beweise für seine Gefühle zu erbringen. Er rief seinen Vater an und führte zum ersten Mal seit Jahren ein längeres Gespräch mit ihm. Danach schrieb er Juli von dem Glücksgefühl, das ihn durchflutet hatte, als er ihm seine Gefühle für sie anvertraut hatte, und von der Erleichterung, die er verspürte, nachdem sein Vater seine Freuden und Ängste in Bezug auf ihr Kind mit ihm teilte. Auch von der Einladung nach Südfrankreich ließ er sie wissen.

Er meldete sich bei Dr. Wangenroth und schlug ihm vor, selbst Bilder seiner Wunden anzufertigen, um seine Publikation zu unterstützen. Der Arzt hatte sich begeistert gezeigt und ihm eine Liste erstellt, welche Sequenzen er benötigte. Es kostete ihn Überwindung, vor seine Kamera zu treten und Fotos all seiner Makel anzufertigen, aber er schaffte es. Er bemühte sich darum, die Bilder nicht im Detail zu betrachten, und schickte sie fort, bevor er es sich noch einmal anders überlegen konnte. Aber er tat es und auch davon schrieb er ihr.

Es gab jedoch Dinge, die ließen sich nicht so leicht wiedergutmachen. Bastian verzweifelte fast, weil er nicht wusste, wie er Juli begreiflich machen konnte, dass er sich auf ihr Kind wirklich freute.

Er hatte versucht, diese Spieluhr zu kaufen, die sie in der Lagerhalle so wehmütig betrachtet hatte. Die Werbeagentur vermittelte ihm den Kontakt zu dem Vertriebspartner, doch dort teilte man ihm mit, dass sie bereits verkauft war. So sehr er sich auch bemühte und seinen Charme spielen ließ, er fand nicht heraus, wer sie erworben hatte. Er suchte vergeblich nach etwas Vergleichbarem und irgendwann gab er seinen Plan notgedrungen auf.

Ein anderes Mal verbrachte er zwei geschlagene Stunden in der Babyabteilung der nächsten Drogerie, verließ sie jedoch mit nichts außer einem gelben Quietscheentchen, weil er völlig überfordert von all den Pflegeprodukten war. Er recherchierte im Internet nach Erstausstattungen und bekam eine kleine Panikattacke, weil ihm aufging, wie viele Fehler man machen konnte, indem man sich schlicht für die falsche Bettwäsche entschied. Allein die Gefahren eines nächtlichen Erstickungstodes weckten in ihm den Wunsch, jede Nacht an der Wiege seines Kindes zu wachen.

Um bloß keine falschen Signale zu senden, kaufte er schließlich einen braunen Stoffteddy, der ihn an Fred erinnerte, einen TÜV-geprüften blauen Beißring in Fischform, eine kleine Rassel mit bunten Bällen darin und einen dieser niedlichen kleinen Strampelanzüge mit einem grünen Frosch darauf. Schon bei der Vorstellung, wie er seinen Sohn oder seine Tochter in so einem weichen Frotteeteil durch die Gegend schleppen würde, grinste er wie ein Honigkuchenpferd.

Er schickte Juli die Sachen und schrieb ihr, wie sehr er darauf hoffte, dass sie die übrigen Sachen gemeinsam einkaufen würden.

Wochen vergingen, aber Juli reagierte nicht.

Bastian fuhr sich verzweifelt über das Gesicht. Er saß in dem gemütlichen Bistro, in dem Juli und er nach ihrem Zoobesuch zum ersten Mal zusammen essen gewesen waren. Wie jeden Freitagabend, dem Tag, der nur für ihn bestimmt sein sollte, wartete er hier auf sie.

Sie wusste das, weil er sie wie jedes Mal auch in seinem letzten Brief daran erinnert hatte. Er wäre auch um die halbe Welt geflogen, wenn sie ihn dorthin zitiert hätte, aber da sie sich nicht gemeldet hatte, musste er sich wohl oder übel an diesen Strohhalm klammern.

Ein junger Kellner stellte ihm einen neuen Pott Kaffee auf den Tisch, aber er nahm kaum Notiz davon. Sein Blick huschte suchend durch das überschaubare Lokal, das am Abend durch gedämpftes Licht in eine lauschige Atmosphäre getaucht wurde. Die Wände waren mit roten Backsteinziegeln und nostalgischen Bildern aus den Fünfzigern versehen. Kleine quadratische Tische verteilten sich symmetrisch im Raum. Drum herum standen gepolsterte Stühle mit dunkelrotem Lederbezug. Im Hintergrund säuselte eine Chansonsängerin von ihrem Schicksal. Ihr melodisches Klagen vermischte sich mit klapperndem Geschirr und dem Gelächter der Gäste.

Zu dieser Zeit war das Bistro noch gut besucht. Als sich die Eingangstür öffnete, hielt Bastian die Luft an, wurde jedoch einmal mehr enttäuscht. Zwei fremde Frauen traten ein und besetzten lachend den Tisch neben ihm.

Inzwischen wartete er etwas über zwei Stunden hier. Er hatte schon wenig Hoffnung gehabt, als er sich auf den Weg gemacht hatte, aber inzwischen war sie ins Bodenlose gesunken.

Was sollte er denn noch tun?

Er hatte ihr seine Seele auf dem Silbertablett geliefert, sie mit Liebeshymnen und Geschenken überschüttet, aber all das schien nicht genug zu sein.

Sie warf ihm vor, dass er sie nicht lieben konnte, weil er sich selbst nicht liebte, aber da irrte sie sich. Er liebte sie. Noch nie in seinem Leben war er sich einer Sache so sicher gewesen.

Aber Selbstliebe? Allein schon das Wort versetzte seinen Magen in Aufruhr. In einem Anflug von Verzweiflung hatte er im Internet danach recherchiert. Schließlich war ihm jedes Mittel recht, um Juli von seiner Liebe zu überzeugen. Er hatte wirklich versucht, unvoreingenommen an diesen esoterischen Quatsch heranzugehen, aber als er sich selbst einen Liebesbrief schreiben sollte, stieg er aus.

Das war einfach lächerlich.

Jeder Mensch hatte etwas an sich auszusetzen. Selbst Juli hatte ihm irgendwann gebeichtet, dass sie gern ein Stückchen größer wäre, dabei war sie nun wirklich perfekt. Im Gegensatz zu ihm.

Grundsätzlich hatte er aber auch nicht allzu viel gegen sich. Abgesehen von seinen offensichtlichen Makeln und Fehlern war er nicht ganz so dumm wie andere Leute, die er kannte. Wenn es um die wenigen Freunde ging, die er hatte, war er äußerst zuverlässig. In seinem Leben hatte er es zu einem erfolgreichen Fotografen gebracht und lebte in soliden finanziellen Verhältnissen. Er kam gut mit seiner Krankheit zurecht, trotzte erfolgreich dem Schmerz. Seit seinen Briefen war er sogar in Bezug auf seine Ängste mit sich ins Reine gekommen. Überwiegend jedenfalls.

Und er liebte Juli hingebungsvoll.

Was die Sache mit dem Selbstbewusstsein betraf, war ihm schon klar, dass es gern etwas größer hätte ausfallen können. Juli hatte schnell durchschaut, dass sein nach außen getragener Stolz wenig mit der Realität zu tun hatte. Bedauerlicherweise ließ sich Selbstwertgefühl nicht an der nächsten Straßenecke kaufen und er bezweifelte, dass er sich in dieser Hinsicht jemals bessern würde.

Nachdenklich runzelte er die Stirn und starrte auf seine Handschuhe.

Bevor er sich vor Juli offenbart hatte, war er immer der Überzeugung gewesen, dass seine vielen Wunden ihn hässlich machten. Und die Reaktionen seiner Mitmenschen hatten ihn darin noch zusätzlich bestärkt.

Aber sie hatte ihm gezeigt, dass sie ihn trotzdem begehrte, und ihm gesagt, dass sie ihn schön fand, wie er war. Anfangs fiel es ihm schwer, das zu glauben, aber irgendwann hatte er es aufgegeben, sich vor ihr zu verstecken. Und er hatte sich gut damit gefühlt. Befreit.

Langsam ballte er seine Hände zur Faust, musterte das weiche Leder. Fünfzehn Jahre hatten sie ihn begleitet, beschützt vor den neugierigen Blicken und hämischen Kommentaren anderer Leute. Jetzt erkannte er, dass sie ihm bloß ein falsches Selbstwertgefühl geliehen hatten, fernab von der Wirklichkeit.

Wollte er sein ganzes Leben so weitermachen?

Er spürte, wie alte Zweifel in ihm hochkrochen, als eine absurde Idee in seinem Kopf Gestalt annahm. Verhalten schaute er sich in dem Bistro um. Die zwei jungen Frauen vom Nachbartisch unterhielten sich lachend. Der Kellner eilte an ihm vorbei zu zwei zusammengeschobenen, voll besetzten Tischen. Etwas weiter abseits war ein Liebespaar in seine eigene Welt vertieft. Eine Gruppe älterer Männer saß zusammen bei einem Feierabendbier. Weitere Tische waren mit Frauen und Männern unterschiedlicher Altersstufen besetzt. Insgesamt waren es gut dreißig Personen.

Wieder sah er abwägend auf seine Handschuhe.

In seinen Gedanken setzten vertraute Stimmen ein, erinnerten ihn flüsternd an seine Angst. Fast als wollten sie ihn vor dem nächsten Rückschlag bewahren.

Auf seiner Stirn brach kalter Schweiß aus, während sein Gesicht von einer unerträglichen Hitze durchströmt wurde. Auch seine Atmung ging flacher, weil sich seine Brust zusammenzog.

War er inzwischen stark genug, die Reaktionen der Fremden hinzunehmen?

Es gab nur einen Weg, das herauszufinden.

Er atmete tief durch.

Dann zog er sich entschlossen die Handschuhe von den Fingern und stellte sich seiner Zukunft.

Kapitel 37

Juli versuchte vergeblich, sich auf das Verfassen der Hausarbeit zu konzentrieren. Immer wieder schweiften ihre Gedanken ab. Es war zum Verrücktwerden.

Sie hatte sich getäuscht.

Seine Briefe hatten alles geändert, denn inzwischen sah sie ihn in einem völlig neuen Licht. Sie hatte keine Vorstellung davon gehabt, wie verbittert er zuvor in seinem Leben gewesen war und wie einsam. Dieses Wissen schnürte ihr die Kehle zu. Vor allem, weil es in ihrer Hand lag, die Dinge zu ändern.

Aber ihre Unentschlossenheit lähmte sie.

Wäre es nur um sie beide gegangen, hätte sie ihrer eigenen Sehnsucht unverzüglich nachgegeben und ihn wenigstens getroffen. Sie wäre skeptisch geblieben. Schließlich hatte er sie zutiefst verletzt. Aber durch seine Briefe war es ihm gelungen, einen kleinen Hoffnungsschimmer neu zu entfachen. Vielleicht hätte er ihr geholfen, über ihre Enttäuschung hinwegzukommen, während sie ihm gezeigt hätte, dass sie sein Vertrauen niemals missbrauchen würde.

Auf diese Weise hätten sie umeinander gekämpft und möglicherweise am Ende sogar gewonnen. Sie wäre das Risiko eingegangen, auch auf die Gefahr hin, dass all ihre Geduld und Zuversicht nicht genug sein würden.

Aber es ging nicht nur um sie.

In ein paar Monaten schon würde sie ein unschuldiges Kind in ihren Armen halten. Es würde geliebt werden, aber es brauchte auch Sicherheit.

So hart es auch war, genau dies konnte sie ihm nicht bieten, wenn sie Bastian wieder in ihr Leben ließ.

Wie sollte das auch funktionieren, wenn er eine tickende Zeitbombe war? Wenn sie jeden Augenblick damit rechnen musste, dass er mal wieder durchdrehte, weil er von seiner eigenen Unsicherheit zerfressen wurde? Er würde immer mit seinen Selbstzweifeln und seinem Misstrauen zu kämpfen haben und über ihnen allen würde immer ein Damoklesschwert hängen, solange Bastian nicht verstand, dass er dafür gar keinen Grund hatte.

Weil sie ihn liebte.

Es wäre leichter für sie gewesen, wenn sie nicht so empfunden hätte. Aber so war es. Noch immer. Deswegen tat es umso mehr weh, dass die Vorstellung einer kleinen glücklichen Familie ein Traum bleiben würde.

Ein Klingeln riss sie aus ihren Gedanken. Es war Sonntagnachmittag. Isabelle wollte später vorbeikommen, aber sie hatte eigentlich einen Schlüssel. Stirnrunzelnd ging Juli zur Wohnungstür und öffnete.

Vor ihr stand ihre Mutter.

Juli zuckte erschrocken zusammen. Sie hatten sich seit Wochen nicht gesehen, nicht einmal miteinander geredet. Aber jetzt schien kein Weg mehr daran vorbeizuführen. Sie konnte ihr schließlich schlecht die Tür vor der Nase zuschlagen, auch wenn die Versuchung groß war.

Luisa hielt einen riesigen grünen Karton in der Hand, der fast ihre komplette Armspanne benötigte und über dessen Oberkante sie kaum hinwegsehen konnte. Unsicherheit flackerte in ihren Augen auf. »Guten Tag, Julietta«, sagte sie steif. »Darf ich hereinkommen?«

Benommen trat Juli einen Schritt zur Seite und hielt ihr die Tür auf. Dann folgte sie ihrer Mutter in ihr Wohnzimmer, wo sie unbeholfen den Karton auf den überladenen Esstisch schob und dabei zahlreiche Bücher darunter begrub.

»Was möchtest du?«, fragte Juli, nicht unhöflich, aber mit deutlicher Reserviertheit in der Stimme.

»Da du dich dazu entschieden hast, uns auch heute keine Gesellschaft zu leisten, habe ich beschlossen, dir ein paar Sachen vorbeizubringen«, erklärte Luisa und hatte die Nerven, beleidigt dreinzuschauen.

Angespannt verschränkte Juli die Arme vor der Brust und lenkte damit die Augen ihrer Mutter auf ihren mickrigen Babybauch. »Wie geht es dir?«, fragte Luisa.

»Gut«, erwiderte Juli knapp. Sie überlegte, ob sie ihrer Mutter einen Sitzplatz anbieten sollte, aber andererseits hatte sie wenig Interesse an einem klärenden Gespräch. Ihre Mutter hatte ihren Standpunkt ohnehin deutlich gemacht. Vermutlich war sie gekommen, um ihr vorzuschlagen, ihr Baby zur Adoption freizugeben. Zuzutrauen wäre es ihr.

Luisa nickte nachdenklich. »Du hast in den letzten Wochen eindrucksvoll bewiesen, dass du gut allein zurechtkommst«, bemerkte sie und fast meinte Juli einen Hauch von Anerkennung aus ihrem Ton herauszuhören.

»Ich war nie allein«, stellte Juli klar.

»Wie ich inzwischen erfahren habe, gehen du und Bastian nicht länger gemeinsame Wege?«

Julis Herz zog sich schmerzhaft zusammen. »Wir werden immer einen gemeinsamen Weg gehen«, widersprach sie tonlos. Nicht so, wie sie es sich wünschte, aber zumindest teilten sie die Freude über ihr Kind.

»Du warst immer schon eigensinnig«, stellte Luisa mit Blick auf die zahlreichen Bücher fest. Zu Julis Überraschung stahl sich ein Lächeln auf ihr Gesicht. »Schon im Alter von zwei Jahren wolltest du immer deinen Kopf durchsetzen. Johanna war die Vorsichtige, Zaghafte von euch beiden, aber du konntest es gar nicht erwarten, deine Grenzen auszuloten. Manchmal bist du gestolpert und hingefallen. Aber du bist immer wieder aufgestanden.« Sie strich sich gedankenverloren eine Strähne ihres braunen Haares hinters Ohr, so wie Juli das häufig tat. Eine kleine Falte trat auf ihre Stirn. »Es ist nicht leicht, dabei zuzusehen, wenn das eigene Kind auf einen Abgrund zuläuft«, fuhr sie fort. »Man glaubt daran, dass es weit genug springen kann, um ihn zu überwinden, aber trotzdem ist da immer die Angst, dass es doch abstürzt. Man tut eben, was man kann, um es davor zu bewahren.«

Das war so typisch für ihre Mutter. Noch dramatischer ging es wohl kaum. Ein schlichtes »Es tut mir leid« brachte sie offensichtlich einfach nicht über die Lippen. Allerdings musste Juli ihr zugutehalten, dass sich hinter ihren Worten eine aufrichtige Besorgnis offenbarte und Luisa ihr Bedauern deutlich anzusehen war.

»Ich steuere nicht auf einen Abgrund zu«, sagte sie daher ruhig. »Ich erwarte ein Kind. So wie Millionen andere Frauen auf der Welt.«

Luisa lächelte stoisch. »Bald wirst du wissen, was ich meine«, entgegnete sie ohne jeden Vorwurf in der Stimme. »Die Sachen sind für dich und dein Baby«, erklärte sie heiser. »Falls du irgendetwas brauchst, du bist immer willkommen.«

Damit straffte sie ihre Schultern und wandte sie zum Gehen. Ihr plötzlicher Abschied verwirrte Juli. Normalerweise bearbeitete sie Juli so lange, bis sie ihren Willen durchgesetzt hatte. Ihre Mutter hatte sich in den letzten Jahren als überaus einfallsreich erwiesen, was das Stellen von Forderungen betraf. Aber statt Julis negative Erwartungen zu erfüllen, hatte sie ihr soeben eine maskierte Entschuldigung garniert mit einer Liebeserklärung vorgetragen, was in der Welt ihrer Mutter wahrscheinlich ein absolutes Novum darstellte.

Juli sah ihr verblüfft hinterher. Als sie die Wohnungstür öffnete, hielt sie es nicht länger aus. »Mama«, rief sie.

Luisa hielt inne und schaute abwartend zurück.

Es wäre der Moment für eine dieser filmreifen Umarmungen gewesen. Aber so weit war Juli noch nicht. Stattdessen lächelte sie schlicht und sagte: »Wir sehen uns nächsten Sonntag.«

Luisa hatte viel Übung darin, Haltung zu bewahren, aber ihren erleichterten Gesichtsausdruck konnte selbst sie nicht verbergen. »Ich freue mich«, erwiderte sie würdevoll und verließ Julis Wohnung.

Juli konnte nicht behaupten, dass sie ebenfalls überschwängliche Freude bei der Vorstellung wiederauflebender Sonntagstraditionen empfand, aber sie wusste, dass es richtig war.

Sie kehrte zu ihrem Arbeitsplatz zurück, der noch immer von dem monströsen Karton besetzt war. Neugierig hob sie den Deckel und lugte hinein. Ganz oben lag eine grün gestreifte, samtweiche Babydecke. Juli nahm sie heraus und stieß unvermittelt einen spitzen Schrei aus.

Umgeben von Strampelanzügen, Babyspielzeug und Kuscheltieren lag die Spieluhr ihrer Großmutter. Sie blinzelte ungläubig, bevor sie das Karussell behutsam aus den Stofflagen befreite und neben den Karton stellte. Als sie den kleinen Schlüssel am Fußsockel drehte, ertönte ein leises Klicken, bevor sich das Karussell zu drehen begann und die vertraute Melodie ihrer Kindheit durch den Raum hallte. Ein Lächeln breitete sich auf ihrem Gesicht aus, während sie zum ersten Mal seit Wochen ein Gefühl der Wärme in sich spürte. Für einen kurzen Moment blickte sie in eine glückliche Zukunft, sah sich und ihr Kind – eingehüllt in Geborgenheit – tanzend zu eben jenem Klang, der die Stille durchdrang. Nichts Kostbareres hätte ihre Mutter ihr schenken können.

Dreimal zog sie die Spieluhr noch auf und lauschte gebannt ihrer Melodie. Danach trieb ihre Neugier sie zu dem Karton, wo sie die anderen Geschenke verzückt betrachtete.

Kurze Zeit später hörte sie, wie die Tür aufgeschlossen wurde. »Hallo Püppchen«, rief Isabelle und polterte durch den Flur. Seit Kurzem trug sie ihr Haar fransig geschnitten und in einem satten Blauton gefärbt, was ihre Augen riesig wirken ließ. Sie warf einen Blick auf Julis Esstisch. »Was ist das alles für Zeug?«, fragte sie irritiert, während sie die oberen Knöpfe ihres blauen Wintermantels öffnete.

»Meine Mutter war vorhin da.«

Isabelle rümpfte empört ihre Nase. »Ich hoffe, sie ist vor dir auf Knien herumgerutscht und hat dich angefleht, ihr zu verzeihen.«

»So in der Art«, grinste Juli, was ein erstauntes Blinzeln bei Isabelle hervorrief.

»Du bist viel zu nachgiebig«, stellte Isabelle finster fest. »Wo wir gerade von Vergebung sprechen, hast du Bastian endlich angerufen?«

»Nein.«

»Wieso denn nicht?«

»Weil ich immer noch keine Ahnung habe, was ich ihm sagen soll«, erklärte Juli frustriert.

»Das reicht!« Isabelle drehte sich auf dem Absatz um und lief eiligen Schrittes zur Tür hinaus.

»Wo willst du denn hin?«, rief Juli ihr irritiert hinterher.

»Ich muss an die frische Luft.«

»Aber du bist doch gerade erst gekommen.«

»Deswegen kommst du ja auch mit«, verkündete Isabelle entschieden und kehrte mit Julis Daunenjacke und ihren Winterschuhen zurück. »Damit du wieder klar denken kannst.«

Juli verschränkte störrisch die Arme. »Es ist schweinekalt da draußen.«

»Ich weiß«, sagte Isabelle grinsend. »Genau das, was du brauchst.«

Schimpfend schlüpfte Juli in ihre Winterschuhe und warf sich ihre Jacke über. Auf dem Weg nach draußen zog sie sich eine dicke Wollmütze über den Kopf. Dann folgte sie Isabelle, die ihr entschlossen den Weg in den Stadtpark wies. Eine Weile gingen die Frauen schweigend nebeneinander her Richtung Park. Vereinzelt kreuzten Familien und andere Verrückte ihren Weg, denen diese Eiseskälte nicht viel auszumachen schien. Seit einigen Tagen hatte es nicht mehr geschneit, sodass der Schnee von schmutzigen Furchen und Fußspuren zersetzt war. Immerhin schien die Sonne und tatsächlich legte sich Julis innerer Tumult etwas.

Ein leises Rascheln lenkte ihre Aufmerksamkeit auf Isabelle, die etwas aus ihrer Handtasche kramte. »Auch eins?«, fragte sie und hielt Juli ein Gummibärchen vor die Nase.

Missmutig schnappte Juli danach und schob es sich in den Mund.

Isabelle kicherte. »Wusste ich doch, dass ich dich damit aufheitern kann, mein kleiner Vielfraß.«

»Es ist noch gar nicht so lange her, da hast du dich beschwert, dass ich zu wenig esse.«

»Auch wieder wahr«, pflichtete Isabelle ihr bei und hielt ihr der Einfachheit halber die ganze Tüte hin. Juli nahm sie an sich, während Isabelle sie besorgt betrachtete. »Hör mal, Püppchen, so kann es einfach nicht weitergehen.«

»Ich will nicht darüber reden«, brummte Juli.

»Das sagst du schon seit Wochen, aber jetzt ist Schluss damit. Er hat sich hundertmal für sein Verhalten entschuldigt, dich angerufen, dir Blumen geschickt, sogar Briefe geschrieben. Handschriftlich!«, zählte Isabelle auf. »Gib ihm endlich eine Chance, es wiedergutzumachen.«

»Er hat mir das Herz gebrochen«, widersprach Juli hilflos. Und er würde es wieder tun. Es war nur eine Frage der Zeit.

»Ich will ja gar nicht bestreiten, dass er dich wahnsinnig verletzt hat. Aber ist dir denn nicht klar, dass er der Einzige ist, der dein süßes kleines Herzchen auch wieder ganz machen kann?«

Isabelle blieb unvermittelt stehen und sah lächelnd nach vorn. Juli folgte ihrem Blick. Ihr Herz erwachte schlagartig zum Leben, als sie erkannte, dass Bastian ihnen entgegenkam.

»Verdammt, Isabelle.«

»Sieh ihn dir an. Er sieht so elend aus.«

Zur Salzsäule erstarrt, konnte Juli nicht mehr tun als zuzusehen, wie er sich langsam näherte. Isabelle hatte unrecht. Er sah gut aus, tat er schon immer. Seine schönen grünen Augen schauten müde, aber offen. Ein zufriedenes Lächeln lag auf seinen Lippen. Seine Hände waren lässig in seinen Manteltaschen vergraben, sein Gang aufrecht und entschlossen. Es verwirrte Juli, dass er keineswegs so verzweifelt dreinschaute, wie sie es erwartet hatte. Stattdessen schien er jede Regung in ihrem Gesicht aufzufangen.

»Hör ihn wenigstens an«, beschwor Isabelle sie. »Wenn dir nicht gefällt, was er dir zu sagen hat, kannst du es ja weiter mit Verdrängung versuchen.«

Sie hauchte Juli einen eiskalten Kuss auf ihre Wange, dann nickte sie Bastian zu und ging den Weg zurück, den sie gekommen waren.

Einen halben Meter vor ihr blieb Bastian stehen. Sein Blick huschte kurz zu ihrem Bauch. Enttäuschung zeichnete sich in seinem Gesicht ab, weil er unter ihrer dicken Daunenjacke nichts erkennen konnte. Dann wandelte sich seine Miene in Besorgnis. Er suchte in ihren Augen nach einem verräterischen Hinweis, schien jedoch nicht schlau aus ihrem Gesichtsausdruck zu werden und es nicht zu wagen, nach ihrem Kind zu fragen. Es kam Juli grausam vor, ihn im Ungewissen zu lassen. »Dem Baby geht es gut«, sagte sie leise.

Bastian atmete erleichtert auf. Ihre Worte schienen ihn zu ermutigen, denn er trat einen Schritt nach vorn. Julis Körper reagierte augenblicklich mit einem aufgeregten Bauchkribbeln.

»Dass ich all diese Dinge gesagt habe, werde ich mir nie verzeihen«, gestand er niedergeschlagen und rang nach Atem. »Du hattest recht«, fuhr er mit festerer Stimme fort. »Ich war zerfressen von Selbstzweifeln und Unsicherheit. Ich habe mich selbst nie wirklich so akzeptiert, wie ich bin. Ich habe lange gebraucht, bis ich das begriffen habe.« Er zog eine kleine weiße Schachtel aus der Jackentasche und hielt sie Juli hin. »Ich möchte dir das hier schenken.«

»Was ist da drin?«, fragte sie argwöhnisch.

»Das sind meine Handschuhe«, erklärte er und öffnete den Deckel. Darunter offenbarten sich zahlreiche kleine Lederschnipsel, eingebettet in hauchzartes Papier. »Tu damit, was du willst.«

Julis Augen weiteten sich vor Überraschung. Reflexartig huschte ihr Blick zu seinen Händen. Zuvor war ihr gar nicht aufgefallen, dass er keine Handschuhe trug, weil sie viel zu sehr damit beschäftigt war, seinen Anblick in sich aufzusaugen. Jetzt nahm sie diese Veränderung dafür umso deutlicher wahr. Seine Finger waren von der Kälte gerötet und verschärften den Kontrast zwischen Narben und unverletzter Haut. Um seinen linken Daumenballen klebte ein großzügiges Pflaster.

»Ich werde sie nicht mehr tragen«, fuhr er fort. »Sollen die Leute gucken. Das ist mir egal. Ich bin ein netter Mensch und ich ... ich mag mich.« Seine Worte klangen unsicher, fast als hätte er sich noch nicht ganz daran gewöhnt, sie auszusprechen. Er lächelte scheu.

Der kleine Hoffnungsschimmer, den seine Briefe zum Leben erweckt hatten, sprühte Funken. Doch Juli vermochte nicht, sich zu regen.

Bastian schob die Schachtel linkisch in seine Manteltasche zurück. Es störte ihn noch nicht einmal, dass einige Schnipsel seines zerstörten Schatzes dabei auf den Boden rieselten. Dann überwand er den letzten Abstand zwischen ihnen und hob langsam seine Hand.

Juli wehrte sich nicht. Sie sehnte sich zu sehr nach dieser vertrauten Berührung, als dass sie ihn hätte zurückweisen können.

Als er seine kalte Hand auf ihre Wange legte, erschien ein zufriedenes Lächeln auf seinen Lippen. Nichts als Aufrichtigkeit stand in seinen Augen. »Ich liebe dich, Julietta.«

Juli war kurz davor, in Tränen auszubrechen.

Bis zuletzt hatte sie es nicht für möglich gehalten, dass er seine Selbstzweifel tatsächlich ablegen würde. Aber allem Anschein nach hatte er endlich einen Weg gefunden, sich selbst klarer zu sehen.

Sie war nicht dumm. Sie wusste, dass seine Unsicherheit zurückkehren würde, sobald Bastian einmal an seine Grenzen stieß. Damit konnte sie gut leben, bis auf eine Ausnahme. »Und was ist, wenn unser Kind ebenfalls betroffen ist?«, fragte sie leise.

»Dann werden wir zusammen damit fertig«, sagte er entschlossen. »Wir werden ihm beibringen, wie man damit lebt, und ihm zeigen, dass es ein wertvoller Mensch ist, weil es einzigartig ist, um seiner selbst willen.«

Welche hormonell beeinträchtigte Frau, die einen wochenlangen Liebesentzug hinter sich hatte, wäre dem Mann, dem ihr Herz gehörte, bei diesen Worten nicht um den Hals gefallen?

Ganz im Ernst.

Juli war weich wie Butter in der Sonne. Bevor ihre Knie vor Aufregung wegknickten, schlang sie die Arme um seinen Nacken, während er sie fest an sich zog. Er vergrub sein Gesicht in ihrer Halsbeuge, berührte mit seiner kalten Nasenspitze sanft ihre bloße Haut und atmete tief ein.

Sie lachte auf, während ihr eine Träne über die Wange lief.

»Unser Kind wird glücklich sein«, murmelte er in ihr Ohr. »Genau wie wir.«

Epilog

Es war einer dieser perfekten Sommertage. Die Sonne strahlte am wolkenlosen Himmel. Bunte Blüten leuchteten auf der weitläufigen Wiese, deren Gräser sich im sanften Wind bewegten.

Der kleine Schmetterling flatterte vergnügt darüber hinweg, erfreute sich an dem Duft der Natur und seiner Lebendigkeit.

Ein Liebespaar erregte seine Aufmerksamkeit. Es saß im Schatten einer alten Eiche, direkt neben ihm stand ein Kinderwagen. Der Mann lehnte rücklings an dem Baum und blickte mit einem zufriedenen Lächeln in die Ferne, während sie, den Kopf auf seinem Schoß gebettet, die zarte Berührung seiner rauen Hände genoss, die unentwegt mit ihrem Haar spielten.

Der Schmetterling landete auf dem Insektenschutznetz des Kinderwagens und lugte vorsichtig hinein. Ein Baby schlief darin.

Zart und wunderschön.

»Wenn du deine Nachprüfung in zwei Wochen hinter dich gebracht hast, sollten wir verreisen«, überlegte er laut.

Sie blinzelte zu ihm hoch. »Und wohin?«

»Wir könnten meinen Vater in Südfrankreich besuchen«, schlug er vor. »Er kann es kaum erwarten, euch kennenzulernen. Es gibt noch ein paar freie Ferienhäuser in der Nähe, direkt am Meer.«

»Klingt gut«, erwiderte sie lächelnd. »Aber dir ist schon klar, dass es etwas zu früh ist, um Sandburgen zu bauen?«

»Es ist nie zu früh, um einer Prinzessin ein würdiges Schloss zu bauen«, widersprach er entschieden.

»Noch eins?«, fragte sie amüsiert. »Hast du in letzter Zeit mal einen Blick in ihr Zimmer geworfen?«

»Ich bin mir immer noch nicht sicher, ob ich mich mit diesen merkwürdigen Blumen an der Wand anfreunden kann«, murmelte er stirnrunzelnd.

»Das liegt daran, dass dir der feminine Touch unheimlich ist«, erklärte sie mit einem nachsichtigen Lächeln. »Ich erinnere mich noch gut daran, wie standhaft du dich geweigert hast, die Wände deines heiß geliebten Ateliers rosa zu streichen.«

»Weil du dich von Isabelle hast bequatschen lassen und pink gekauft hast«, widersprach er entrüstet. »Das hatte wirklich nichts mit rosa zu tun.«

»Hatte es wohl«, sagte sie kichernd. »Und die Blumen sind schön.«

»Wenn du es sagst, Süße«, gab er nach, woraufhin sie leise lachte. Sie reckte spöttisch ihr Kinn vor, in ihren braunen Augen lag eine stumme Aufforderung, der er umgehend nachkam. Er neigte seinen Oberkörper und hauchte ihr einen sanften Kuss auf die Lippen.

Als er sich von ihr löste, war sein Blick verschleiert vor Liebe. »Also heiratest du mich jetzt endlich, oder was?«, fragte er sanft.

Sie grinste. »Vielleicht.«

Das Leben war schon seltsam. Man hätte meinen sollen, dass ihn ihre Antwort betrüben würde. Stattdessen erfüllte eine unerschütterliche Zuversicht seinen Blick.

Zufrieden erhob sich der Schmetterling in die Lüfte und tanzte als stiller Zeuge ihres Glücks mit dem Wind davon.

Weitere Informationen über Epidermolysis bullosa

DEBRA International
http://www.debra-international.org

Netzwerk Epidermolysis bullosa
http://www.netzwerk-eb.de

DEBRA Deutschland, Interessengemeinschaft Epidermolysis bullosa e. V.
http://www.ieb-debra.de

DermaKIDS e. V.
http://www.dermakids.de

DEBRA Austria, Hilfe bei Epidermolysis bullosa
http://www.debra-austria.org

Danksagung

Mika, ich danke dir für deine Liebe und die zwei wundervollen Kinder, die du mir geschenkt hast; für deinen unerschütterlichen Glauben an meine Fähigkeiten und deine uneingeschränkte Unterstützung.

Mama, ich danke dir für so viele Dinge. Ich werde dir nie zurückgeben können, was du mir gegeben hast. Aber ich versuche mein Bestes.

Sanni, Julis Einfühlungsvermögen beruht mit auf deiner wunderbaren Fähigkeit, zu verstehen, was andere nicht sehen. Dafür danke ich dir.

Nana, dir danke ich für deine Begeisterung und dein Vertrauen über all die Jahre hinweg. Ich habe großes Glück, dich an meiner Seite zu wissen.

Jules, danke für die aufrichtige Freundschaft, die uns schon so lange verbindet, und natürlich für deine gnadenlose und konstruktive Kritik.

Judith, vielen Dank, dass du dir die Zeit genommen hast, all die Fehler auszumerzen, die ich übersehen habe.

Von Herzen danke ich auch jenen, die stets vorurteilsfrei, aufopferungsvoll und mitfühlend gewesen sind – allen voran meinen Großeltern, Mopi, Rähne, Robert und vielen weiteren guten Freunden.

Ich danke den engagierten Fachzentren und Vereinen, die so selbstlos den Betroffenen und ihren Familien helfen. Vor allem danke ich den Ärzten aus Freiburg und Herrn Dr. Riedl von DEBRA Austria für ihre Unterstützung.

Und ich danke herzlich den Lesern dieser Geschichte für das Interesse und die zahlreichen freundlichen Rückmeldungen.

3807540R00229

Printed in Germany
by Amazon Distribution
GmbH, Leipzig